DE CASTELO EM CASTELO

LOUIS-FERDINAND CÉLINE

De castelo em castelo

Tradução e apêndice
Rosa Freire d'Aguiar

COMPANHIA DAS LETRAS

Título original
D' un château l'autre

Capa
Victor Burton

Ilustração da capa
Lua matinal sobre o Reno (1850), aquarela de Victor Hugo.
Paris, Maison de Victor Hugo

Ilustração da quarta capa
Castelo na noite (1857), aquarela de Victor Hugo.
Paris, Maison de Victor Hugo

Preparação
Eugênio Vinci de Moraes

Revisão
Carmen S. da Costa
Ana Maria Barbosa

Ouvrage publiqué avec le concours du Ministère français chargé de la culture — Centre National du Livre

Obra publicada com apoio do ministério francês da cultura — Centre National du Livre

Dados Internacionais de Catalogação na Publicação (CIP)
(Câmara Brasileira do Livro, SP, Brasil)

Céline, Louis-Ferdinand
De castelo em castelo / Louis-Ferdinand Céline ; tradução e apêndice Rosa Freire d'Aguiar — São Paulo : Companhia das Letras, 2004.

Título original: D'un château d'autre.
ISBN 85-359-0523-5

1. Romance francês I. Título.

04-4139 CDD-843

Índice para catálogo sistemático:
1. Romances : Literatura francesa 843

[2004]

EDITORA SCHWARCZ LTDA
Rua Bandeira Paulista 702 cj. 32
04532-002 — São Paulo — SP
Telefone (11) 3707 3500
Fax (11) 3707 3501
www.companhiadasletras.com.br

Sumário

Nota da tradutora

De castelo em castelo foi traduzido do original francês publicado na coleção Bibliothèque de la Pléiade (*Céline, romans*, volume II, Gallimard, 2001, 1ª edição: 1974), com prefácio e extenso aparato crítico de Henri Godard, professor de literatura da Universidade de Paris 4-Sorbonne. Trata-se do texto da primeira edição, de junho de 1957, revista pelo autor e, mais tarde, expurgada dos erros de impressão. Com *Norte* (1960) e *Rigodon* (póstumo, 1969), forma a trilogia alemã, sobre sua fuga pela Alemanha e os anos de exílio e prisão na Dinamarca, entre 1944 e 1951, quando, anistiado da severa condenação que recebeu em 1950, retornou à França

Desde seu romance de estréia, *Viagem ao fim da noite*, de 1932, Céline forjou uma língua própria, incorporando gírias, corruptelas e palavrões, criando onomatopéias, elipses, rimas e neologismos. Se esta é a urdidura do texto que, há setenta anos, revolucionou o fazer literário, e não só na França, um dos principais elementos de sua trama são, como dizia o próprio Céline, as reticências, "essas coisinhas de nada" que "arejam a frase" e contribuem para criar a música inconfundível de sua prosa. A transposição da linguagem oral para a escrita, o grande achado celiniano, estava longe de ser improvisada, o que se percebe pela profusão e a minudência das correções e emendas em seus manuscritos. Estilo falado e popular, sim, mas obsessivamente burilado e, quase sempre, refratário às normas de padronização. Assim, os indispensáveis "três pontinhos" ora vêm antes, ora depois dos sinais de exclamação e interrogação; os diálogos se iniciam ora com aspas, ora com travessão; um nome próprio, francês ou não, tem grafias diversas; um mesmo substantivo pode começar com maiúscula ou minúscula, ser aspeado ou grifado. Essa escrita insólita, que tanto trabalho deu aos revisores e tipógrafos, atinge a quinta-essência em *De castelo em castelo*, que o próprio Céline, tão rigoroso e infenso a falar de seu trabalho de escritor, considerava, quanto ao estilo, "um êxito".

As notas de rodapé que não são da tradutora e reproduzem, eventualmente reduzidas, as da edição francesa estão assinaladas com (N. P.). A Henri Godard, editor dos quatro volumes da obra de Céline na coleção Pléiade, e a quem recorri para esclarecer dúvidas do romance e das notas do Apêndice preparado para esta edição, agradeço a presteza e a excelência das respostas.

Rosa Freire d'Aguiar

DE CASTELO EM CASTELO

Para falar francamente, cá entre nós, estou terminando ainda pior do que comecei... Ah!, não comecei nada bem... nasci, repito, em Courbevoie, Sena... repito pela milésima vez... após inúmeras idas e vindas estou mesmo terminando muito mal... tem a idade, você me dirá... tem a idade!... tudo bem!... aos 63 anos e picos, é dificílimo recomeçar a vida... refazer a clientela... aqui ou acolá!... Ia esquecendo de lhe contar!... sou médico... a clientela médica, só entre nós, que ninguém nos ouça, confidencialmente, não depende apenas de ciência e consciência... mas antes de tudo, acima de tudo, de charme pessoal... charme pessoal depois dos 60 anos?... você ainda pode ser manequim, figurante num museu de cera... quem sabe?... interessar alguns maníacos, catadores de enigmas?... mas e as senhoras? o coroa todo perequeté, perfumado, pintado, gomalinado?... espantalho! clientela ou não-clientela, medicina ou não-medicina, é de dar nojo!... se for cheio da grana?... ainda passa!... tolerado? humm! humm!... mas e o grisalho pobre?... sai pra lá! Escute só um pouco as clientes, nas calçadas, nas lojas, assim, ao léu... estão falando de um jovem colega...

"ai, se a senhora soubesse!... Madame!... que olhos! que olhos, aquele médico!... na mesma hora entendeu o meu caso!... me deu umas gotas para tomar! almoço e jantar!... que gotas!... esse moço, esse médico é uma maravilha!..." Mas espere só chegar a sua vez... que falem de você!... "Ranzinza, desdentado, ignorante, escarrador, corcunda..." você é um caso perdido!... o tititi das senhoras é soberano!... os homens avacalham as leis, as senhoras só cuidam do que é sério: a Opinião Pública!... a clientela de um médico é feita pelas mulheres!... não estão do seu lado?... vá correndo se afogar!... essas suas senhoras são débeis mentais, idiotas de matar?... melhor ainda! quanto mais tacanhas, teimosas, mais completamente debilóides, mais soberanas serão!... pendure o seu jaleco, e o resto!... o resto?... me roubaram tudo em Montmartre!... tudo!... na rua Girardon!... repito... nunca repetirei o suficiente!... fingem não me escutar... justamente as coisas que devem escutar!... mas ponho os pingos nos is... tudo!... essa gente, libertadores vingadores arrombaram a minha casa e entraram, e levaram tudo para o mercado das Pulgas!... tudo sucateado!... não exagero, tenho provas, testemunhas, nomes... todos os meus livros e meus instrumentos, meus móveis e meus manuscritos!... toda a tralha!... não encontrei nada!... nem um lenço, nem uma cadeira!... venderam até as paredes!... o apartamento, o diabo a quatro!... a preço de banana!... "Seu besta quadrado"! está na cara! é o que você deve estar pensando!... tudo tão óbvio! ah! que com você isso não iria acontecer! nada de parecido iria lhe acontecer! que você tomou suas precauções!... que é tão comunista quanto o primeiro milionário que aparece, tão poujadiste quanto o Poujade,* tão russo quanto todas as saladas, mais americano que o Buffalo!... perfeita-

* Ver o "Apêndice" à p. 405. Este e todos os termos que constam do "Apêndice" estão assinalados por um asterisco. Quando se trata de um apelido ou de um nome deformado pelo autor, remete-se primeiro a uma nota de rodapé. (N. T.)

mente mancomunado com tudo o que de fato tem peso, Loja Maçônica, Célula, Sacristia, Ministério Público!... neo-*vrrainzês* mais que qualquer um!... o sentido da História passa pelo meio da sua bunda!... irmão de honra?... como não!... lacaio de carrasco? veremos!... lambe-guilhotina?... rá! rá!

E agora, não tenho nem mais "Pachon"...[1] pedi um emprestado para me livrar dos chatos, não há nada melhor!... você manda que se sentem, e tira a "pressão"... tendo em vista que comem demais, bebem demais, fumam demais, é raro que não cheguem a uns 22... 23... de *maxima*... a vida para eles é um pneu... têm um medo que se pelam dessa *maxima*... a explosão! a morte!... 25!... aí, param de bancar os engraçadinhos! os céticos! você anuncia o 23!... e não volta a vê-los! o olhar de ódio que à saída lançam para você!... o sádico assassino que você é! "adeuzinho! adeuzinho!..."

Bem!... eu sem largar meu Pachon vou cuidando dos amigos... vêm para se divertir à custa da minha miséria... 22!... 23!... nunca mais os vejo!... mas em suma, sem exagero, adoraria não praticar mais a medicina... no entanto, durar é preciso! *diabolicum!* até a aposentadoria! bem, quem sabe?... não tem "quem sabe" nas economias! de tudo! já! e em tudo!... primeiro a calefação!... nunca mais que 5 graus positivos durante todo o último inverno! estamos super-habituados, é verdade!... treinados! pois é!... treinamento nórdico!... agüentamos lá longe quatro invernos... quase cinco... com 25 abaixo de zero... numa espécie de um estábulo caindo aos pedaços... sem lareira, sem rigorosamente nenhum aquecimento, onde os porcos morreriam de frio... fique sabendo!... ora, portanto, treinados estamos!... lá se ia todo o colmo do telhado, voando... a neve, o vento dançavam lá dentro!... cinco anos, cinco meses no gelo!... a Lili, doente, operada...

1. Aparelho de medir a pressão sanguínea e a tensão arterial, inventado pelo fisiologista Pachon. (N. P.)

e não vá pensar que essa geleira era de graça! nem por sombra!... não confunda alhos com bugalhos! paguei tudinho! aí estão os recibos, e assinados pelo meu advogado... autenticados pelo Consulado... o que explica que eu esteja tão duro!... não só por causa dos piratas da Butte Montmartre... os piratas do Báltico também!... os piratas da Butte Montmartre queriam me sangrar para que as minhas tripas escorressem pela rua Lepic... os piratas bálticos, esses aí queriam me pegar com o escorbuto... que eu deixasse os meus ossos na prisão deles, a "Venstre"... foi por um triz... dois anos na masmorra, três metros por três!... e aí então pensaram no frio... nos turbilhões do grande Belt... agüentamos! cinco anos e pagos!... pagando! insisto! meu pé-de-meia, já viu onde ele foi parar!... todos os meus direitos autorais!... acabou-se o que era doce! nos turbilhões!... e mais as penhoras do Tribunal!... foi uma pilhéria! ah! cheguei a ter um leve pressentimento!... um vago lampejo!... o meu terno de colete, o único, e que conservo até hoje, é do ano de 34! meu pressentimento!... não faço o gênero Poujade, não descubro as catástrofes vinte e cinco anos depois, quando já foi tudo para as cucuias, virou múmia!... só lhe conto essa premonição de 34 para você dar uma boa risada!... estávamos caminhando para uma época dura com as vaidades... eu tinha um alfaiate na avenida de l'Opéra... "me faça um terno com colete, mas olhe lá! o mais sério possível!... Poincaré!* supergabardine!... estilo Poincaré!".

O Poincaré acabava de lançar sua moda! sua túnica! um corte especialíssimo, de fato... não tive do que reclamar!... o terno, aqui está ele... ainda novinho!.. a prova!..., sobreviveu à Alemanha... à Alemanha de 44... debaixo dos bombardeios! e cada bombardeio que nossa mãe! e por quatro anos... dessas *bouillabaisses* de homens, incêndios, tanques, bombas! dessas dezenas de milhares de toneladas de escombros! desbotou um pouco... só isso! e depois também todas as prisões!... e os cinco anos de

Báltico... ah, e ainda, primeiro, ia esquecendo! toda a correria entre Bezons e La Rochelle... e o naufrágio de Gibraltar![2] eu já tinha esse terno!... agora eles se gabam dos ternos de "nylon", dos conjuntos "Grévin", dos quimonos atômicos... só quero ver!... o meu está aí! puído, é verdade! não há dúvida! na lona!... catorze anos de agruras!... mas nós também estamos na lona!

Não faz parte dos meus hábitos procurar o pitoresco, me vestir para chamar a atenção... estilo pintor... Van Dyck... Rembrandt... Vlaminck... não!... bem mixuruca, bem zé-ninguém... já que sou médico... jaleco branco... imitação de náilon... muito distinto... portanto em casa estou muito apresentável... lá fora é que são elas, com o meu terno Poincaré... poderia comprar um terno novo... sem a menor dúvida!... apertando ainda mais... em tudo... hesito... sou igualzinho a minha mãe... econômico! economia! mas mesmo assim, certas fraquezas... minha mãe morreu de síncope, do coração, sentada num banco, e de fome também, de se privar, eu estava na prisão, na "Vesterfangsel", Dinamarca... não estava aqui quando ela morreu, estava nos "condenados à morte", Pavilhão K... peguei dezoito meses... o pior surdo é o que não quer ouvir, a gente não deve ter medo de repisar as coisas, não mesmo...

Estou lhe falando da minha mãe, apesar de sua doença do coração, da exaustão, da fome, de tudo, morreu convencida de que era apenas um mau momento, mas que com coragem, privações, enxergaríamos o fim, que tudo voltaria a ser como antes, a moedinha de um *sou* voltaria a valer um *sou*, e meia libra de manteiga vinte e cinco centavos... sou de antes de 1914, é claro... tenho horror a despesa exorbitante... quando vejo os preços!... o preço de um terno por exemplo!... engulo em seco... penso com

2. Em dezembro de 1939 Céline alistou-se como médico de bordo no navio *Shella*, que semanas depois colidiu com um patrulheiro britânico e naufragou ao largo de Gibraltar. (N. P.)

meus botões: só um Presidente, um "Commissar", um Picasso, um Gallimard é que podem se vestir!... o preço de um terno de "Commissar", em calorias, daria para eu sobreviver, trabalhar, olhar o Sena, ir a dois ou três museus, pagar o telefone, durante, digamos, pelo menos um ano!... hoje em dia, só mesmo os loucos é que conseguem se vestir!... batatas, cenouras, tudo bem!... macarrão, cenouras... não vou me queixar!... conhecemos coisa pior!... bem pior!... e pagando!... não confunda alhos com bugalhos!... todos os meus "direitos autorais"! todo o *Viagem*!... não foram só os meus móveis e os meus manuscritos, não!... me tascaram tudo!... na marra!... não foi só em Montmartre e em Saint-Malo, não!... sul!... norte!... leste!... oeste!... piratas para dar e vender!... Côte d'Azur ou Escandinávia!... a mesma raça!... não esquente a cabeça tentando imaginar que uns isso... que outros aquilo... tudo o que querem é enfiar o artigo 75* no seu cu! a grande Autorização para estripá-lo, roubar tudo o que é seu, e fazer picadinho de você!

Voltemos aos meus probleminhas!... estava lhe falando de alimentação... eu, quanto menos comer melhor... bem!... mas a Lili é outra conversa!... a Lili tem de comer... eu me preocupo... a profissão dela com o nosso trivial!... é verdade que temos um certo luxo: os cachorros... nossos cachorros... latem!... um indivíduo no portão?... um chato ou um assassino?... você solta a matilha! *au! au!* vivalma!...

— Mas onde o senhor mora?... — você vai me perguntar — ... orgulhoso Artaban?

— Em Bellevue, cavalheiro!... no meio da encosta! paróquia de Bellevue!... está vendo?... o vale do Sena... logo acima dessa fábrica na ilha... nasci pertinho... estou me repetindo... para os cabeças-duras nunca é demais repetir!... Courbevoie, Sena, Rampe du Pont, tem gente que fica tiririca só de saber que há uns forasteiros de Courbevoie morando aqui... a idade também, repito a minha idade... 1894!... estou remoendo?... estou caducando?... tenho direito!... todo mundo que é do século passado tem direito a se repetir!... e santo Deus! a se lamentar!... a achar tudo chinfrim e idiota! direi, entre outras coisas, toda essa gentalha, glutona, beberrona, que fica aí enchendo os cornos na Bastilha e arrotando na Place du Tertre até cair dura!... Toda essa gente é de onde Judas perdeu as botas!... Périgord! Bálcãs! Córsega!... não daqui... você viu, igual a mim, como é que foi o pernas, pra que te quero...[3] para onde é que eles estavam dando no pé, naquele salve-se-quem-puder? voltavam para casa, aos milhões! diacho! e o Exército junto!... para suas tocas e para os campos!... minha ama-de-leite, em Puteaux, Sentier des Bergères... talvez eu não devesse falar disso?... deixa pra lá!

Volto a Bellevue... ao nosso regime extremamente austero... por mim, tudo bem... eu, é a cabeça... quanto menos comer melhor... cambaleio, é verdade... podem dizer: olha lá! ele está bêbado!... e dizem... dê sempre um jeito de ter fama de embriagado, imprestável, vagabundo, além de gagá... e meio "ex-condenado"!... você é desprezado? habitue-se!... quanto a mim, velhote, já lhe disse, menos como e melhor me sinto!... mas a Lili não é velha! tem suas aulas de dança para dar! não rendem muito suas aulas de dança!... nem para a calefação!... faz o que pode... também faço o possível... pois bem, sem chegar às lágrimas, está tudo muito ruim!... falando cruamente, claramente, honestamente... nossa vida é muito mais dura que a do último operário lá defronte, lá de baixo, da Dreyfus...[4] penso no que eles têm!... *securit!* Sim,

3. Alusão à fuga em massa de milhares de franceses pelas estradas do país, em maio e junho de 1940, às vésperas da derrota e da assinatura do armistício com a Alemanha. Mais adiante, Céline se referirá a esse êxodo como "o grande rally-sova do Escalda a Baiona", "a mais formidável caganeira de 39", "a mais sensacional coça de 39".
4. A fábrica de automóveis Renault, cujo presidente era Pierre Dreyfus.

senhora!... seguros, férias... um mês de férias!... e se eu fizesse um Poznan[5] na frente da Dreyfus?... que sou eu o maltratado? que não recebo nem o salário de um varredor? não entenderiam!... varredor na Dreyfus? é previdência social! são férias! são seguros! se eu fosse da colônia penal Dreyfus mereceria respeito!... se digo que sou da colônia penal Gaston[6] todo mundo rola de rir!... só sou privilegiado numa coisa!... como fui um cruzado para os vrrainzeses, mereço cartazes em tudo que é muro,[7] que sou o traidor consumado, estraçalhador de judeus, alcagüete da Linha Maginot,* e da Indochina e da Sicília... Ah! não tenho a menor ilusão!... não acreditam em nem uma palavra desses horrores, mas de uma coisa tenho certeza, é que vão mesmo me atazanar até a morte!... saco de pancada dos racistas do lado de lá! matéria-prima de propaganda...

Chega de papo!... estava lhe falando do inverno em Bellevue... do frio... brincadeira!... ouço as pessoas se queixarem... daria tudo para vê-las, um pouquinho que fosse, nas condições escandinavas... beira do Báltico e borrascas, debaixo do colmo esburacado que sai voando ao vento!... e 25 graus abaixo de zero e não é durante um fim de semana, não... cinco anos, minha senhora! ao sair da cadeia!... só queria ver a cachola do Loukoum[8] quebrando o gelo daquele mar, congelado!... e o Achille,[9] então! e a patota deles!... ah, mas fundamental mesmo é o seguinte!... primeiro, esses anjinhos dois anos em cana, na Venstre, e Artigo 75

5. Alusão às greves e aos piquetes de Poznan, na Polônia, em junho de 1956, reprimidos pelas autoridades soviéticas. (N. P.)

6. V. Gaston Gallimard.

7. Quando Céline se instalou num casarão isolado em Meudon, cidadezinha entre Paris e Versalhes, os moradores espalharam cartazes contra sua presença e pediram ao prefeito que o expulsasse.

8. V. Jean Paulhan.

9. V. Gaston Gallimard.

no rabo! só queria ver a cara deles!... o bem que isso lhes faria!... até que enfim... até que enfim... seriam dignos de ser olhados!... poderíamos apertar as mãos deles... finalmente parariam com esse nhenhenhém...

Estava lhe falando da ilha... a gente tem de dizer as coisas como elas são, as coisas que interessam aos velhos... lá embaixo eles não têm muitos mutilados de guerra a 75%, nem convocados da classe de 1912!... assim é a vida! não é uma crítica!... fosse eu meio chegado à bebida, desde que me entendo por gente, digamos desde o Grupo Escolar, e não teria percebido nada do que aconteceu, e agora seria varredor na Dreyfus... com gratificações, previdência social, consideração...

Falemos de medicina... ainda me aparecem uns doentes... é verdade!... a gente nunca pode se gabar de não ter mais um só doente!... não! unzinho de vez em quando... bem!... examino-os... nem pior que os outros médicos... nem melhor... atencioso eu sou! ah! muito atencioso! e muito escrupuloso!... nunca um diagnóstico de orelhada!... nunca um tratamento fantasista!... há trinta e cinco anos, nunca uma receita estapafúrdia!... mas trinta e cinco anos, afinal de contas, o cavalo já está caindo pelas tabelas!... não é que eu não me mantenha informado!... nada disso! nada disso!... leio atentamente todos os prospectos... dois, três quilos por semana!... no fogo! tudo na lareira! não sou eu que vou ser importunado por "prescrição leviana"!... se você se afasta da velha Farmacopéia... caramba! carambola!... aonde é que vai parar? Tribunal do Júri?... 10ª Câmara?... Buchenwald? Sibéria!... Muito obrigado, mas comigo não, violão!... cabalista, alquimista perigoso! Nada a me recriminar! só uma coisinha... é que não cobro, nunca; não consigo estender a mão!... nem para a turma da Seguridade Social... nem para os da Assistência Médica Gratuita... não cedo!... orgulho idiota! e o quitandeiro?... e o macarrão?... e o pacote de torradas?... e o carvão? e até a água da torneira? fiz mais dano a mim mesmo por nunca pegar um tostão dos pacientes do que o Petiot* por cozinhá-los na caldeira!... um fidalgo, é o que eu sou, e estamos conversados!... o fidalgo da Rampe du Pont!... O sr. Schweitzer,* o padre Pierre,* o Joanovici,* o Latzareff,* esses aí podem se permitir gestos magnânimos... mas eu pareço mesmo é meio tantã e meio suspeito!... mais ainda tendo saído do xilindró, sabe-se lá como!

Os doentes de quem eu lhe falava, os últimos que vêm me ver, me contam suas condições de saúde, as mazelas que os deixam prostrados... escuto-os... de novo!... de novo!... os detalhes... as circunstâncias... se comparados com o que eu e a Lili estamos degustando há vinte anos... meu bem! são uns donzelos!... e como conseguimos nos safar!... são rosas frágeis!... com a terça parte! a décima parte do que sofremos... estariam rastejando debaixo dos móveis!... debaixo de todos os móveis! mugindo o horror!... até o fim de seus dias!... ao ouvir suas lamúrias não consigo deixar de pensar cá comigo "maldito desgraçado trouxa idiota onde foi que você se meteu? em que enrascada?... que mania!" peço arrego!... à gata Thomine, ali, que brrrt! brrrt! em cima do meu papel... para ela tanto faz como tanto fez todas as minhas trapalhadas! brrt! brrt! o mundo inteiro indiferente! animais! homens! e esse ideal da gordura, então!... porra!... gordos como o Churchill, o Claudel, o Picasso, o Bulganin juntos! bundas! bundões! e brrt! brrt! você também deve ser um deles!... comunissas-capitalissas! Campeões, todos criados com toucinho e muita banha! Commissars rentistas! perfeitas reencarnações de 1900, mas muito melhorados!... diga a eles para irem ver meus clientes, talvez pudessem tentar... para o bem deles! tudo pelo bem deles! talvez comer um pouco menos de carne! para a boa digestão! você vai ver só o ódio!... você feriu os Deuses!... Comilança e Zurrapa! não há paixão política que se compare!... devoção, fervor!... ateu do bife? hostil ao uísque? riscado da lista dos vivos!

Quanto a mim, estava lhe dizendo que a vida, mesmo muito ascética, ainda assim está pela hora da morte... entendamo-nos, ajudados por ninguém! socorridos por lugar nenhum!... nem pela prefeitura, nem pela Seguridade Social, nem pelos Partidos, nem pela Polícia... ao contrário! diríamos... ao contrário!... todos os que vejo são ajudados... todos proxeneteiam... assim... assado... um pouco... muito... uma gratificação bem polpuda... um cantinho no corredor! igualzinho ao padre Pierre... igualzinho ao Boileau... companheiros disso... daquilo... do Rei ou do Exército da Salvação!... igualzinho aos Schweitzer, Racine, Loukoum... sempre uma manjedoura!... *Irmãos Pitança!*... dá um trocadinho, por favor!

Seria apenas risível, e mais nada... eu não reclamaria se, com a desculpa do racismo, não tivessem me rapado tudo! dez anos, fique sabendo!... dez anos! de safadezas inacreditáveis! eles reclamam por causa do Canal de Suez?... ainda se o tivessem escavado à mão... teriam um pouquinho do que se queixar, estou dizendo! comigo, foi tudo trabalho à mão que me roubaram na rua Girardon!... levarão para o Paraíso?... talvez!... dez anos de sacanagens, sendo dois de cela... quanto a esses aí, esses outros, o Racine, o Loukoum, o Tartre,[10] o Schweitzer, passavam o pires aqui... acolá... iam abiscoitando os tostões e os Nobel!... boladas enormes! extasiados, inchados, iguais ao Goering, ao Churchill, ao Buda!... Commissars, pletoras de superextasiados! Dez anos, estou dizendo! me dá ânsia de vômito!... sendo dois de solitária... artigo 75 no olho do cu! quem encara essa briga? escritores de meia-tigela! ninguém nem abre o bico, por mais que eu bata na mesma tecla, parece até que fui lá longe, lá no alto, para um "Xilindró-party"! parece até que fiz de propósito e dei tudo aos

10. V. Jean-Paul Sartre.

alcoólatras da Butte Montmartre!... nem no dia-de-são-nunca vão descerrar uma placa para mim, com guarda florestal e tudo, numa prefeitura livre, "aqui foi depenado...". Eu conheço o mundo, tudo o que não tem a ver com eles, e com suas tripalhadas, não existe! alto lá!... não esqueço nada!... nem os pequenos roubos, nem os grandes... os nomes também não... todos! nada!... como qualquer um que é meio imbecil eu me vingo pela memória... a palhaçada que foi!... aproveitaram que eu estava em cana, artigo 75 no fiofó, para me levarem tudo! Tenho notícias dos meus larápios, mantenho-me informado, portam-se às mil maravilhas! para eles o crime compensou pra caramba!... o agente Tartre, então!... ajoelhado a meus pés na época dos fritz,[11] virou ídolo da Juventude, Grande Czaaar verborrágico!... deslumbramento, papada, cu mole, banhinhas, oclinhos, cheiros, tudo! mestiço de Mauriac* e piolho!... com uma pitada de Claudel* Gnome et Rhône! híbridos frágeis!... meganhas e a Peste! o crime compensa!...

Já que estamos nas Belas-Letras vou lhe falar do Denoël...* Denoël o assassinado... ah! como tinha pendores execráveis!... se fosse preciso ele vendia o sujeito, é claro, nem discutia! chegava o momento, as circunstâncias... o sujeito era todo empacotado, vendido!... nem que depois ele voltasse atrás, se desculpasse, como aconteceu com fulano... beltrano (cem nomes!), mas uma coisa o salvava... era apaixonado pelas Letras... reconhecia de fato o trabalho, respeitava os autores... outro papo! nada a ver com o Brottin!... o Achille Brottin, esse aí é o comerciante consumado, sórdido, implacável idiota bestalhão... só consegue pensar na sua grana! mais grana! mais ainda! o verdadeiro bilionário total! e cada vez mais capachos em volta dele!... línguas de fora e baixando bem as calças.

Denoël, o assassinado, lia tudo... quanto ao Brottin, ele é que

11. Os alemães em geral, na linguagem celiniana.

nem o Claudel, só olha a página das "cotações"... a leiturada fica por conta do "Pin-brain-Trust": Norbert Loukoum, presidente!... rá!... imagine como isso aí fuma, lava os pés e toca corneta, em matéria de leituradas! e como a coisa acaba se decidindo no cara ou coroa! vai ser apenas um autor a mais!... milhares e milhares deles, o porão lotado! e se jogassem tudo isso no lixo?... os garis não iam ler!... para mim, tanto faz como tanto fez... lixo! eu é que me sinto ridículo!... despejar o lixo? eu é que tenho duas lixeiras à minha espera!... se eu não for, quem que irá?... não vai ser o Brottin!... eu é que me dane!... coragem, rapaz! não vai ser o Loukoum! nem morto!... vai fazer sessenta e quatro anos que pratico o "coragem, rapaz!" de cara alegre!... e essa fase ainda não terminou... a lata de lixo e "coragem, rapaz!"... da minha casa até a estrada são bem uns duzentos metros... verdade seja dita, descendo!... levo-a de noite para que não me vejam... deixo-a na estrada... mas me roubam!... já foram bem umas dez latas de lixo que me surrupiaram... ah, não são só as Depurações,* não... é rapinagem o tempo todo, de tudo... e em tudo que é lugar! para completar eu acabo tendo um baita prejuízo por carregar eu mesmo a lixeira... a prova é que não me chamam mais de "Doutor"... só de "Senhor"... logo, logo vão me chamar de velho mendigo! já estou me preparando... um médico sem empregada, sem nem sequer faxineira, sem automóvel, e que carrega ele mesmo as latas de lixo... e que, ainda por cima, escreve livros!... e que esteve na prisão... já pensou!...

Enquanto isso, enquanto pensa, se você comprasse um ou dois livros meus me ajudaria...

Não se fala mais nisso!... mas o fato que me incita ao ódio... fulo de raiva... justamente nesta estrada! são os automóveis!... não param! aí é que você pode ver a loucura!... o furacão para Versalhes! Essa carga cerrada de automóveis!... semana!... domingo! como se a gasolina não custasse nada... automóveis com uma... três... seis pessoas!... esganadas barrigudas, que se dane o resto!

para onde é que elas vão, todas elas?... encher a cara, encher o bucho, pior! juro!... mais! muito mais!... almuooços de neguooços!... uooços!... uooços!... viaaageins de neguooços!... uooços!... uooços!... arruootos de almuooços de neguooços!... rrruooá! que pena, eu que tive três latas de lixo roubadas! tem uns milionários furibundos porque o motor deles não explode! tripudiam de mim... e das minhas latas de lixo!... enquanto arrotam *canards aux navets*! plutocratas, poujadistas, comunissas, arrotando peidando por toda a auto-estrada! a união dos *canards aux navets*! 130 por hora! mais peidante arrotante para a paz do mundo que todas as criaturas que andam a pé! *canards* históricos!... "Restaurant" histórico! menu histórico!... você sai da mesa com cara tão embriagante (*Château Trompette 1900*) que só mesmo por milagre! com um peteleco! não estraçalha o acostamento, o pé de bordo, e o choupo junto! e a sua direção e o volante!... catapum!... dois mil choupos! autopunitivo pra diabo!... que diabo!... freios fedendo! freios soltando faísca!... a auto-estrada todinha e o túnel! alegres marmanjos bêbados! ultrapassando, dando uma fechada, costurando! isso é que é delírio, isso é que é vigor!... ah! o *Château Trompette 1900*!... vida boa é isso aí!... o precipício! *canard aux navets!*... mil e trezentos automóveis rodas contra rodas! santo Deus, porra! carnes tão cheias de sangue, prontas para assar! um pé na tábua! abre-se o forno! lá dentro, é a Missa! não com água-benta!... com sangue quente! sangue, tripas, o túnel todinho!... a ave rara que sobreviver poderá de fato se vangloriar um dia de ter matado todos os outros? ou não? Cruzada! sejamos cruzados! peregrinos bólidos! num minuto e o choupo em cheio! peidantes, arrotantes, coléricos, bêbados de cair! o *Château Trompette*! o *canard maison*! os policiais olham... balbuciam... agitam-se... gesticulam... braceiam o vento!... de trinta quilômetros ao redor vieram os fiéis... ver tudo! ver tudo! os dois barrancos repletos de curiosos!... vovós, vovôs, titias, bebês! matutos sádicos! o precipício a 130 por hora, e os bólidos, e os policiais que nem barata tonta... braceando o vento... o túnel fumegante! o *Château Trompette*! o asfalto queimando!...

Ah! se eu fosse rico, digo a você, ou se fosse apenas "segurado social", como olharia toda essa bagunça, toda essa desperdiçalhada de azoto, combustível, lipídios, borracha, toda essa cruzadaria movida a gasolina, a pato e a superpileque com a calma de Napoleão! vovós, vovôs, carrões para o precipício!... qual é a dúvida! bravo!... mas aí é que está!... nós não temos o mínimo indispensável!... não temos!... vamos abrir o jogo! falta-nos o essencial... o ressentimento é lancinante, o azedume, o ódio... que todos esses porcos nos humilhem!... que torrem em cada "Restaurant", com cada Château d'Yquem, a cada giro de roda, o suficiente para vivermos um mês!... e para nem sequer se esmigalharem! arrancarem a raiz de um arbusto!... esse troço masoquista deles não me engana!... pois é! nem a pernostiquice do Loukoum! nem as caguetices do Tartre... nem o olho de peixe morto do Achille... e muito menos o outro, o tal do Vaillant![12] mas *vaillant*, valente, por quê? se queria me assassinar!... é! ele foi lá em cima de propósito! diz isso a torto e a direito! escreveu!... merda! eu estou aqui! não é tarde demais! que venha, estou esperando!... estou sempre em casa, nunca me ausento, fico de propósito, para os retardatários... uma primavera... duas... três... não estarei mais aqui... será tarde demais... serei um morto de morte morrida...

12. V. Roger Vailland.

Água potável?... oba!... oba!... prove!... que tal a água sanitária?... com muito vinho, pode ser, quem sabe?... mas pura?... que brincadeira de mau gosto essa pretensa água potável saturada de sanitária! imbebível, estou dizendo!... ah! existem outras razões de se lamentar... verdade!... minha situação de fio a pavio!... e como eu aporrinho o mundo com os meus suspiros!... que petulância!... o Achille Brottin me disse uma noite dessas: "Faça rir! Você sabia, não sabe mais?..." ele estava surpreso! "todo mundo tem suas chateaçõezinhas! você não é o único!... eu tenho as minhas, sabe!... se você tivesse perdido como eu cento e treze milhões com as De Beers! se tivesse 'adiantado' duzentos milhões aos seus autores! suas preocupações seriam bem diferentes! todo mundo tem as suas! cento e treze milhões nas De Beers!... quarenta e sete milhões nas Suez! e ouça bem!... em apenas duas sessões! e catorze milhões com as 'Croix'!...[13] que eu

13. As "Croix"(moedas de ouro suíças), as "De Beers"(ações da empresa de minas de ouro e diamantes) e as obrigações da Companhia do Canal de Suez eram cotadas em Bolsa. (N. P.)

mesmo tive de ir levar! e na minha idade! até Genebra! as 'croix' ao comprador!... ainda bem que meu filho me ajudou!... catorze milhões em '20 francos suíços!'... já imaginou?" Eu refletia tentando imaginar... o Norbert também imaginava... estava lá, assistia à conversa... Norbert Loukoum, o Presidente de seu "Pin-brain-Trust"... opinava que tinha sido um horror!... vinham-lhe lágrimas aos olhos!... o Achille, o velhote querido, levando nas costas catorze milhões de "croix"!... conclusão: Céline você não existe mais!... você nos deve quantias faraônicas e não tem mais um pingo de verve!... não está morto de vergonha? quando o Loukoum diz verve a gente entende um troço muito esquisito... de tal modo sua boca é pesada, gorda... a idade! e também porque as palavras lhe saem como que liquefeitas... dicção "cloaca"... lhe saem meio aos arrancos moles... pois sim, se ele não vibra mesmo aos arrancos moles, o Norbert Loukoum!... porque mais ninguém lê os meus livros!... ele, o Presidente do "Pin-Brain-Trust"! o triunfo das Nulidades! Bem!... já sei!... me odeiam... nenhuma surpresa!... mas e os amigos?... pretensamente consternados que eu não me reintegre à medicina... clinicando... reabrindo o consultório!... que eu deveria!... patati!... devotos impecáveis! meus colhões! minha intuição! meus tratamentos maravilhosos! patatá!... esperam mesmo é que eu morra, os velhos amigos! no fundo do poço!... uns e outros, todos, cataram manuscritos, papéis, pedacinhos, quando houve a grande pilhagem... nas escadas... nas latas de lixo... prevendo, com absoluta certeza, que na hora em que eu batesse as botas, fatalmente tudo isso se valorizaria!... mas santo Deus que eu bata as botas logo de uma vez!...

Sei tudo o que me afanaram, tenho o inventário na cachola... "Casse-pipe"... "La volonté du roi Krogold"... e mais uns dois... três rascunhos!... que, como se sabe direitinho, de perdidos não têm nada! sem dúvida! eu também sei! não digo nada... escuto os amigos... claro, claro! também espero, diacho, que eles batam as botas! eles! eles primeiro! todos enchem a pança muito mais que eu! que uma arteriazinha arrebente! esperança! esperança!... que eu encontre todos eles ao lado do Caronte,* inimigos, amigos, todos com as tripalhadas em volta do pescoço! o Caronte estraçalhando a fuça deles!... dá-lhe!... ah, sádico Norbert! preparado ali mesmo, e servido quente!... uma brutalidade, pois ele e o Achille vão ser abertos de uma orelha à outra!... garanto! para suas observações debochadas terão uma espécie de alto-falante! cada um com o seu! *vreec!* e *brrreec!* dá-lhe, Caronte!... está tudo previsto! ah! o Achille não vai mais pensar nas suas Suez! nem nas suas De Beers! nem nas suas cruzes!... bem no meio dos cornos! *plaft!* vão ficar umas tetéias dentro da barca! e todo o "Brain Trust" junto, é claro! as fuças bem arreganhadas e os olhos pendurados! é o regime dos passageiros do Caronte! imagino a pândega que vai ser!... muito mais gozado que o Renault* em Fresnes!... quando eles vêm um pouco me observar, os velhos amigos, para saber se estou prestes a abotoar o paletó, penso com meus botões, me esbaldo de rir, vejo-os no rio Estige, como é que o Caronte vai acariciá-los! *tapumba!... plaft!* as crapulices deles! os fofinhos! ah, os espertinhos!... o Loukoum, sua boca em corola já se presta a isso!... mole e torta... tanto assim que ele é incapaz de emitir mais do que uns *vuááá! uááá!*... boca cloaca profusa!... vai ficar uma belezinha indo de uma orelha à outra! o divertido Norbert!... e o Achille! seu olho de peixe morto lúbrico pendurado atrás da orelha!... estou vendo!... já o estou vendo!... ou pendurado no seu relógio?... ou num colar? faceiro berloque!...

Digo a você muito confidencialmente, os amigos não desconfiam de nada! bem!... bem!... divertem-se com o caso Renault... riem à vontade! e com o caso Caronte?... raios!... não vêem nada!... negam, fumam, arrotam, tudo na maior galhofa, satisfeitos, praticamente certos de viverem cem anos graças a umas dessas pilulazinhas! Ai, minha senhora!... e essas supergotas *Mirador!*... eu, paspalho, pelo menos uma coisa entendi! mas olho vivo!... sei por onde o Caronte vai pegá-los!... com que cara vão ficar dentro de sua barca!... escachados, fique sabendo! *vraac!* e *braac!* de uma orelha à outra!... enquanto isso, eles me enchem o saco, me embromam, peroram, se embriagam!.. tão confiantes em si mesmos!... seus armários, quinze prateleiras, entupidos de supositórios e gotas!... e de quebra, hein! as biritas! farto sortimento!... doces e amargas! o otimismo absoluto!... ai! ai!... uma fatia de *foie gras*, um cigarro, duas taças de Mumm, e depois me conte! o "Relais" em casa!... a auto-estrada em casa!... quando me acham pálido e nas últimas, tão deprimido, neurastênico! são eles que me dão conselhos!... que as minhas dietas são uma porcaria! para início de conversa! para início de conversa! a prova! a prova! as esposas deles pedem que não venham mais me ver! que eu estrago os estômagos, os fígados, os baços!... que ando numa fossa tão grande que extinguiria sozinho todos os 14 de julho[14] do mundo!... que deveriam me proibir de exercer a medicina!... e que já que estive na cadeia seria uma bênção se me enfurnassem lá de novo!... de certo modo elas têm razão!... mas não estou errado!... ranzinza, caindo aos pedaços, é verdade!... mas fervorosa e apaixonadamente, terrivelmente desejando que morram antes de mim! todos! que se empanzinem bem com os seus bifes! que façam o necessário! que se arrebentem!... e sejam servidos ao molho!... todos os molhos!

Eu penso... antecipo... os dois outros continuam a falar comigo... o Achille, o Loukoum... mas já não os escutava... são repetitivos! "você era tão engraçado antigamente!" reconheço que eu era muito traquinas, talvez volte a ser... com um pouquinho de

14. Data nacional da França, comemorada com festas populares e fogos de artifício.

"conta bancária"... igual à do Achille, taí!... igual à do Achille, sem tirar nem pôr!... mesmo com a "centésima parte" dele no banco! aleluia! ou igual à do seu grande castrador Loukoum!... perfeitos inúteis, não servem para nada, esses dois!... mas colocados, ó Céus!... ali onde cai! ali onde caem todas as coisas!... honrarias! dividendos! *securit!*... o "Família, Trabalho, Pátria"?[15] merda!... fizeram muito bem em liquidá-lo!... Verdun etc. e tal!... eu o conheci com suas dezesseis "cadernetas" de racionamento em Siegmaringen,* sei do que estou falando.

Mas o fato é esse... meus livros não vendem mais... dizem eles!... ou quase nada... que estou fora de moda, bato sempre na mesma tecla! pilantragens! embrulhadas!... golpe baixo!... querem é comprar tudo da minha viúva! por um naco de pão!... bolas! tenho idade, tudo bem! mas e o Norbert então! ele não se enxerga? o Achille, quando você abre a porta, tem de segurá-lo, senão o vento o carrega! e todo o seu "Pin-brain-Trust" junto! e tudo isso aí é de uma caduquice tão grande que não existe mais nada ao redor, que eles não ouvem mais nada, a não ser o jeito de um dizer para o outro os *humm! puf! ahn!*, e tudo escorrendo pelas pernas abaixo! cagando!... eu também poderia dizer *humm! ahn!* taí, por falar nisso, o Cristiano IV fez cagadas iguaizinhas, imensas! o Cristiano IV, rei da Dinamarca! a vida toda!... o tempo todo e por qualquer motivo!... que nem o Brottin!... tentou tudo, mas deu tudo errado... que nem o Brottin... o Brottin, na edição, o Cristiano IV, nos seus reinos... soterrado pelas próprias espertezas!... que nem o Brottin!... fui até lá longe, lá no alto, para ver com meus próprios olhos... até o Reino dele... fui testar as prisões dele... não era mais ele, era o seu arquidescendente Cristiano X, um maldito farsante boche boçal... mais tarde quando saí da cadeia a gente morou

15. V. Philippe Pétain.

defronte dele, numa água-furtada: na Kronprinzesssgade!... vamos e venhamos, é preciso coragem, uma rua com um nome desses!... para lhe dizer que a gente conhece um pouco aquilo lá!... o Castelo Rosenborg... um dia vou lhe contar... mas enquanto isso, volto à minha atualidade! nada deslumbrante! a mais outros dias difíceis... sobretudo por causa do Brottin! o Brottin maníaco que estraga tudo! o filatelista porcalhão! o Brottin entupido de prêmios "Goncourt" no seu porão entupido!... entupido de romances que não valem um tostão, como se ele os cagasse!... *ploc! plac!*... se você o encontrar mais prostrado e com o olho ainda mais de peixe do que de costume é que está refletindo, cogitando, cagando, seu décimo-milionésimo-décimo-terceiro autor, e é isso aí que se chama o Rei da Edição!

O Caronte vai arrancá-lo dessas reflexões! e a remo, bela senhora!... *vrrrang!... brang!*

Peço desculpa por falar tanto de mim... estou ficando maçante... dissabores?... cada um tem os seus!... esses literatos são terríveis! tão atacados de eueuísmo!... e os médicos então! um prato cheio!... e os encanadores?... e os cabeleireiros? tudo farinha do mesmo saco, ora essa!... nem um só joão-ninguém modesto!... e os ministros!... e o padre Pierre, reportagem de televisão em forma de gente?... penso no Caronte, no jeito que ele vai dar para acabar com o eueuísmo deles! todos! com aquele remo desgraçado bem no meio da fuça! *póim!* de uma orelha à outra!... já viu só? por pouco não descola toda a cara deles! é, e os olhos pendurados!... o embarque para o além!... uma atração para os turistas! *vlapt! plaft!*... de uma orelha à outra! bateladas de gente riquíssima com um catatau de mendigos tudo misturado!... sub-sub pequenos aposentados!... damas das camélias muito lânguidas, magistrados de barbas, atletas olímpicos, tudo isso numa *ratatouille*, com as faces bem picadinhas! *paft!* e se eu contasse essas palhaçadas em vez de minhas desenxabidas desventuras?... será que as minhas tiragens aumentariam?... é a opinião do Kramp... o Kramp que faz os pacotes na casa Hirsch... o Kramp em matéria de faro e inteligência é um pouquinho menos idiota do que o Achille... não fadado, tão fadado a fracassar em tudo... ele pelo menos tem uma profissão... entregador!... é raro alguém que faça alguma coisa...

Convém que se diga... fosse eu de uma Célula, de uma Sinagoga, de uma Loja Maçônica, de um Partido, de uma Paróquia, de uma Polícia... qualquer uma!... saísse eu das pregas de qualquer "Cortina de ferro"... tudo se arranjaria! seguro! no duro! te juro!... de um Circo qualquer!... é assim que se arranjam o Maurois, o Mauriac, o Thorez, o Tartre, o Claudel!... e o resto!... o padre Pierre... o Schweitzer... o Barnum!... nenhuma vergonha!... e pouco importa a idade! Nobel e Grã-Cruzes garantidas! Mesmo desmoronantes, desmilingüidos, urinosos, "honorários", "Emblemas dos Partidos"! Juanovicistas! tudo bem!... tudo serve! permitem que você faça qualquer negócio, basta que reconheçam que é um bom palhaço! pois na certa você é de um Circo!... e se não for? ai de você! não tem Picadeiro? ao cepo! ao machado!... Quando penso no "picadeiro" que eu tinha! que o Altman* que agora me chama de subtitica, de monstro vendido lúbrico, vergonha da França, de Montmartre, das Colônias e dos Sovietes, ficava doente, em transes de empolgação, tal o estado em que o *Viagem* o deixava!... não "in petto"! não! só faltava essa! mas no "Monde" do Barbusse!... na época em que a sra. Triolette e seu gastrítico Larengon[16] traduziam essa bela obra para o russo... o que me permitiu ir lá ver essa tal de Rússia! *às minhas custas!* por conta do Estado, como o Gide e o Malraux, e tutti quanti, deputados, nem pensar!... veja só como eu estava por cima da carne-seca! faço

16. V. Elsa Triolet e Louis Aragon.

questão de pôr os pingos nos is!... um pouquinho melhor que o agente Tartre! criptocomunista? uma ova! esse piolho zarolho! aposentado, bastava olhar para a cara dele! eu é que substituía o Barbusse! no peito e na raça! os Palácios, a Criméia, a Seguridade Social! a URSS me abria os braços! se arrependimento matasse!... o que está feito está feito, é claro!... a História não passa os pratos duas vezes, não!... eles apelaram para o que puderam, para o que encontraram!... Zolas sub-subdesbotados!... detritos do Bourget!...* bagulhos! tudo bagulho!... abarrotando os porões do Achille!... e amanhã o Latzareff!... e a Madame!... e o Tintin!... amanhã! a criadagem deles!... o mais reles colador de cartazes... tem algo a dizer!

Como é que o Caronte vai pegá-los?... *the question?... vraac! breec!* tenho certeza!

Mas voltemos à minha história!... de vez em quando um teimoso consegue a muito custo me descobrir, num cafun-fun-dó de galpão, debaixo de uma pirâmide de encalhados... ah, eu me conformaria, sem o menor problema... em ser o escrevinhador que ninguém mais lê... que a Vrrainza pura depurada rejeita! o médico mais maldito que o Petiot! mais criminoso que o Bougrat!* ah! até que eu ficaria um bocado feliz!... mas tem o macarrão! macarrão tão hostil às dialéticas! só entende *cash*! o Loukoum, o Achille e sua cambada, esses aí têm o macarrão garantido! donde seus arezinhos filósofos... tire o macarrão deles e você vai escutar esses bezerros desmamados! com macarrão não se brinca! "E a sua outra carta na manga?", já o estou ouvindo... "a medicina?" os doentes fogem de mim! pois é! confesso!... antiquado?... decerto!... isso mesmo!... não conheço os novos remédios? ah! que mentira! recebo todos os novos remédios! leio atentamente todos os prospectos... o que os meus colegas sabem a mais? Nada! o que lêem a mais? Nada! e o instinto de curandeiro, nem se fala! transpiro-o por todos os poros!... de tal forma ele me atravessa em ondas e fluidos!... com um quarto do que recebo de "remédios novos"... um décimo! teria com que envenenar todo Billancourt, Issy, e o diabo a quatro!... e Vaugirard! Acho graça no Landru,* a trabalheira que ele tinha!... em matéria de "fazer bem", nada me escapa! os progressos mais revolucionários!... eu não seria igual a todos esses colegas que deixaram a penicilina secar, mofar durante cinqüenta anos! magnífica idiotice que supera a de Suez! ah! eu, sempre alerta! posso remoçar você num ai!... vinte... trinta anos a menos! qualquer nonagenário!... o soro está aqui! em cima da minha mesa!... quem é o charlatão que enfrenta essa parada? coisa séria, garantida, carimbada, reembolsada pela Seguridade Social! uma ampola antes de cada refeição!... Você vira um Romeu de choque! a "Relatividade" em ampolas!... dou-lhe de presente! você volta a beber o Tempo, digamos assim!... as rugas!... as melancolias... as azias! as ondas de calor... viu só o que eu posso fazer?... a Comédie-Française, uma menina! o Arnolphe pulando corda!... serelepe! a Madeleine Renaud,* a Minou,[17] o Achille no jardim de Luxemburgo! no teatrinho de marionetes! e a Academia, então!... o Mauriac, finalmente, finalmente, como coroinha!... não nos chateando mais!... todos os seus recalques à mostra!... uma ampola antes de cada refeição! aprovado pela Seguridade Social!...

Fosse eu um curandeiro, daria certo... seria um achado... e bem rendoso!... eu transformaria o meu consultório à meia encosta de Bellevue num lugar de "ressaracoteio" dos estuporados!... Lourdes "new-look", Lisieux-sobre-o-Sena!... viu só?... mas aí é que são elas! não sou mais que um pequeno e simples médico... fosse eu empírico? poderia me permitir... não posso!... ou "quiroprático"?... não! também não!

Assim, tenho tempo de meditar... repensar os prós, os con-

17. V. Minou Drouet.

tras... refletir sobre o que mais me prejudica?... meu terno talvez? meus sapatos?... sempre de chinelos?... meu cabelo? tenho cá comigo que esse "mais" é, sobretudo, não ter empregada... ah, e também o pior de tudo: "ele escreve livros"... ninguém os lê, mas todos sabem...

Vou eu mesmo buscar os doentes (os raros), trago-os eu mesmo até o portão, guio-os para que não escorreguem (fariam um processo contra mim) no barro, na lama!... nos cardos também... vou eu mesmo às "compras"... taí o que me desacredita!... sou eu também quem vai levar o lixo! eu, pessoalmente! a lata de lixo até a estrada!... pois sim! como é que eu poderia ser levado a sério? "Doutor? Doutor? é para a pequena!... me diga! o senhor está sabendo? o extrato seco de fibras de coração de bacalhau?... uma revolução, dizem! sabe? e a hibernação? o que acha? para os olhos da mamãe?"

Ah! que eu responda isso! aquilo! dá no mesmo!... não é em mim que eles vão acreditar! desconfiança total!...

Nada disso é importante! você me dirá... milhões morreram, que não eram mais culpados que eu!... claro!... eu refletia sobre isso, fique sabendo, durante os passeios pela cidade... passeios "muito acompanhados"... não uma vez! vinte, trinta vezes! toda Copenhague de leste a oeste... num ônibus todo gradeado, cheinho de meganhas com metralhadoras... nem um pouco tagarelas... turistas "direito comum", "políticos", bem-comportados, algemados... da prisão para a Procuradoria... e na volta, uma estradinha!... ah! eu já conhecia a cidade de trás para a frente, mas ali, no ônibus dos meganhas, você vê a multidão de outro jeito... é isso que falta ao Brottin, ao Norbert também... e olhe que eles têm a maior pinta de "direito comum"!... "homo deliquensis" como ninguém... Lombrosos escarrados e cuspidos!... o verdadeiro *sight-seeing* de algemas! faria um bem gigantesco a eles!... veriam enfim as caras de todos os que freqüentam coquetéis!... a verdadeira natureza dessas pessoas! não só as do ônibus... a multidão!... a rua!... os verdadeiros olhares... seus terríveis complexos! caras de periquitos e chacais... *Politiigaard*, a Procuradoria deles! não é preciso suar a camisa! *politii*: polícia!...

gaard: Corte!... vem tudo do francês!... o que eles queriam saber... era se eu realmente tinha vendido a Linha Maginot?... os fortins de Enghien?... o ancoradouro de Toulon? os dinamarqueses que me deixaram na gaiola, não oito dias, seis anos! queriam a todo custo saber por quê? mas por quê? os franceses, a França inteira queria me ver esquartejado! seria por causa disso?... por causa daquilo?... para os dinamarqueses, tanto fazia! é verdade!... mas queriam compreender um pouco... não torturam às cegas, "à francesa"!... não!... raciocinam... enquanto raciocinam, refletem, você tem mesmo é que esperar, são lentos... não torturam só de mentirinha, não... mas abra o olho! tem o reverso da medalha! enquanto investigam, ponderados, sérios, o deixam apodrecendo fantasticamente no fundo das celas... só mesmo tendo estado lá!... repito o endereço, Vesterfangsel, Pavilhão K, Copenhague... ala dos condenados à morte... turistas, façam o pequeno circuito!... não basta o Hotel d'Angleterre!... nem a "pequena sereia".

Enquanto eles meditam, se vão entregá-lo ou se não vão entregá-lo, você mesmo vai se depauperando! os seus problemas!... lá no fundo do buraco, você não incomoda a ninguém!... Tartufos, que eles são! dez vezes mais que os nossos!... Tartufos protestantes, é de lascar! que você estique as canelas enquanto meditam? é tudo o que querem... puritanos!... poderão ficar refletindo vinte anos! tempo de sobra para você não ter mais corpo... só lhe restarem pelancas podres... placas... líquen... pelagra... e cego!... você vai me retrucar, pois é, claro, igual a todas as prisões do mundo!... o caso Renault não é o único... mais dia menos dia dão um fim em você!... é óbvio! pesando muito bem os prós e os contras... crrac! craaac! de noite... abre-se a porta pesadona!... quatro hércules de jaleco! Levem o objeto! *Komm!* você escuta a degola! "pip-cell"![18] lá longe! *11! 12!* sei o que estou dizendo...

18. Gíria penitenciária dinamarquesa que significa cela de segurança máxima. (N. P.)

Tartufo do Norte é gente grande! Tartufo Molière é um infante!... ouvi muito *Hjelp! Hjelp!*, no dia seguinte, morto! nunca mais você vê o sujeito!...

Isso acontece em Fresnes?... escusado dizer!... em toda parte!... o Renault? Amanhã, o Cocteau!... amanhã a Armide... e o padre Maús não está livre disso!... senhor doutor Clyster!... até o Mauriac de biquíni!... "express" como ele diz!... vão agarrá-lo! agarra-se tudo, à meia-noite no xadrez!

Hjelp! é socorro!... você entendeu! você desembarca em Copenhague... "táxi!"... "Hotel d'Angleterre"?... que nada!... "Verterfangsel"!... não desista! insista! você quer ver!... quer ir lá! nada de "Pequena Sereia"! você quer escutar! *Komm! Hjelp!*... só isso!...

Quando penso nas pessoas que ouço falarem de política é como se já as estivesse vendo no ônibus... ônibus de verdade! gradeado, sério, entupido de criminosos iguais a você!... nada de criminosos à Carlitos! criminosos algemados e uniformizados, assim, bonitinhos!... na mira de doze metralhadoras!... imagine só! que espetáculo! os pedestres ficam de pernas bambas, cambaleiam, apóiam-se nas vitrines... poderia acontecer com eles!... as consciências deles estremecem! cagaço! um cagaço que Deus me livre!... lembranças! é raro que não tenham um abortozinho aqui... uma roubalheirazinha ali... e nenhuma vergonha! vergonha é ser pobre!... a única vergonha!... olhe para mim, nada de carro, médico a pé! e fico com cara de quê?... a utilidade de um médico, mesmo um imbecil de quatro costados, é a gente dar um telefonema e ele chegar!... volta e meia a ambulância dá o bolo... quanto aos táxis, nunca tem... o médico mais idiota pelo menos anda de carro!... mesmo com a fama horrorosa que eu tenho, velho bicho de masmorra, se tivesse carro não me achariam tão biruta, tão acabado... automóveis e mais automóveis! eu acho graça! aquele, lá no norte, não era meu não!... aqui também não, nenhum! espero o do Achille! se ele quiser me mostrar suas contas tenebrosas!... diz que lhe devo quantias incalculáveis! *homo deliquensis*, é isso!... o ônibus todinho para ele! puta que pariu! mais todo o seu Trust junto!... e o Norbert correndo atrás desembestado! algemas e camisa-de-força! assim é que imagino a cena!

Quando chegávamos à Chefatura de Polícia deles ainda era preciso esperar pelo menos cinco, seis horas... que viessem nos buscar... cinco seis horas em pé cada um de nós num caixão vertical, trancado à chave... ao longo de minha vida posso dizer que fiz horas e horas de guarda, sentinela, plantão, olheiro, na guerra como na paz... mas ali naquelas caixas verticais do *Politiigaard* em Copenhague, nunca me senti tão idiota... esperando para ser interrogado... a respeito de quem? a respeito de quê? eu tinha tempo às pampas para refletir... pronto! abriam a minha caixa!... me ajudavam a subir até lá em cima... que remédio!... dois tiras... conseqüência do beribéri e também de esperar na vertical... a sala era no "quarto andar"... os tiras me ajudavam muito atenciosos... nunca a menor brutalidade! também devo dizer que tentei tudo para me curar das tonteiras, das pernas bambas ao caminhar... parar de desabar... Ei!... estou desabando!... seqüelas dessa pelagra... a gente lê em todos os "Tratados" que curar o escorbuto é mole, que com umas rodelas de limão... tintim, à sua saúde!... pois eu fiquei troncho para sempre!... que assim me enterrarão, bruxa feia da carochinha... bem! por mais que eu esteja desse jeito, gagá total, não é razão para deixar você se perder no meio do caminho! estava lhe contando a escada... aqui estamos, no "quarto andar"... uma observaçãozinha engraçada a propósito do *Politiigaard*... a construção do prédio... corredores e mais corredores tão labirínticos e rebuscados, curvas superfechadas e escadas em caracol, que supondo que você dê no pé, para qualquer lugar, a qualquer momento, vai parar num pátio onde os "surradores" o esperam...

uns tiras especiais... você é moído! e pro hospital! ai de você se tentar escapar da porrada! eu, qual o quê!... centenário como já me sentia!... todos os "Tratados" juntos não mudarão bulhufas! o que não tem remédio... remediado está!... a prisão nórdica!... é feita para isso! veja só, esses aí que atualmente se arriscam em Budapeste e Varsóvia! alguns irão em cana, está na cara!... batata!... daqui a vinte anos você vai perguntar o que é que acham de tudo isso?... o turista não vê nada, eu já disse, se orienta pelo guia... o "Hotel d'Angleterre", *Nyehavn*, os pirralhos tatuados, a "grande Torre"... a "sereia"... seu espírito se satisfaz, volta para casa, pode contar, viu!... dois, três cavalos diante da cervejaria *Karlsberg*, que usam chapeuzinhos em pleno verão!... desse turismo eu não sou especialista!

Volto para o meu andar! um tira içando cada braço... chegamos! eles me sentam! três *Kriminalassistents* vão me interrogar... em rodízio... ah! sem a menor brutalidade!... mas tão invariavelmente enfadonhos!... "*Reconhece ter entregado à Alemanha os planos da Linha Maginot?...*" eu também, invariavelmente! "*No!*" e assinava! tão sério quanto eles! tudo isso se passava em inglês... aí é que a gente pode avaliar o declínio da nossa língua... se fosse durante o reinado de Luís XIV ou, digamos, já na época de Fallières, nunca eles teriam se atrevido... "*Do you admit?... do you admit?...*" no cu! *no!* não! assinado!... sem comentários! e depois que eu assinava bem ali os meus *no! no!*, me algemavam de novo e me desciam de novo para o ônibus... e vamos nós, mais uma vez... a cidade inteira! Leste-Oeste!

Foi assim meses a fio e depois a certa altura não consegui mais me mexer... então foram eles que vieram me ver os três *Kriminalassistents*... no fundo do meu buraco... me refazerem a mesma pergunta... sou bem claro: buraco! você vai ver, três metros por três, seis metros de altura... um poço... para a pele esverdear, para o beribéri, para a impigem, nada melhor! eu que morei na Passagem Choiseul, dezoito anos, sou especialista em moradias sem sol... mas a *Venstre* é o ideal! uma vaga idéia de que lá dentro estou rendendo a alma? é evidente!... mas nada de escândalos... nada de brutalidades... "ele não agüentou a barra!" veja bem, vou citar um exemplo: o Renault... a forma como agiram!... pueris e apressados! dois anos no fundo do poço, e não se fala mais nisso! moleza!... eu, mais cinco, seis meses!... abotoava o paletó!... não tinha jeito!... mutilado a 75%!... babau!... agüentei! *merdazof!*

Agora aqui, dez anos mais tarde, em Meudon-Bellevue, não me perguntam mais nada... me azucrinam um pouco... mas mal-e-mal... já não trato das pessoas! chega!... outras preocupações!... o gás... a eletricidade... o carvão! e as cenouras!... os piratas que me surrupiaram tudo, tudo sucateado no mercado das Pulgas, esses aí não precisam se privar de comida!... nem de nada!... o crime compensa!... "Olímpicos" da desfaçatez! têm braçadeiras, galões... dez!... doze cartas! me cortariam a cabeça a canivete, eles, que estavam no Arco do Triunfo! a glória! não como soldados "desconhecidos"!... mas à luz do néon!

Mas talvez eu esteja errado ao me lamentar... a prova, ainda estou vivo... e perco inimigos todo dia!... de câncer, de apoplexia, de comilança... é um prazer assistir a esse desfile!... não vou insistir... um nome!... outro nome! há prazeres na natureza...

Ah! mas estava lhe falando da Thomine... Thomine, a minha gata! já ia me esquecendo de você! a caduquice não desculpa tudo!... também estava lhe falando dos meus doentes!... meus raros, meus últimos... tendo em vista a minha gentileza, a minha paciência, e o fato de que são todos muito velhos, e que me recuso a receber honorários! ah, isso nem a pau!... esses raros muito muito velhos ainda vêm me ver...

Em matéria de hábitos eu dato do "Segundo Império"... vejo-me "profissão liberal"!... depois de pagar meu "alvará", minha patente, a Ordem, um pouco de calefação, e meu seguro de vida, entro no prejuízo!... é a realidade!... nua e crua! fico com cara de bobo: médico liberal!... você vai retrucar: "Dê uma facada no seu Achille! ele tem mais é que vender um pouco os seus livros!..." mas porra é aí que ele tira o corpo fora!... simplesmente fica berrando que eu o arruíno!... pão-duro! que ele me adiantou uma baita quantia!... a má-fé do Achille!... um mundo!... ele faz o diabo a quatro, jogo duplo, triplo! pactos de Apocalipse! para que ninguém me compre!... me guarda no seu porão, me enterra... serei reeditado daqui a mil anos... mas em Bellevue, nos dias de hoje só me resta morrer... "Ah, é, o Céline!... está no nosso porão!... e de lá sairá daqui a mil anos!..." daqui a mil anos mais ninguém falará francês! eta, Achille mais cretino! repare bem, é igualzinho ao comércio de bordados e rendas!... vi a renda morrer... eu, que estou falando com você!... a prova, minha mãe no Père-Lachaise não tem nem sequer seu nome gravado na sepultura... ainda hei de lhe contar... Marguerite Céline... por minha culpa, vergonha... os passantes podem escarrar ali em cima...

Sem bancar os são Vicente de Paulo ou os Münthe,* volta e meia me criticam por dar demasiada importância aos bichos... De fato!... é! é!... torradas, toucinho, linhaça, erva-dos-passarinhos, "carne moída", tudo serve!... cães, gatos, melharucos, pardais, pintarroxos, porcos-espinhos nos dão uma trabalheira! e as gaivotas dos telhados da Renault!... no inverno... da fábrica lá embaixo... da ilha... parecemos ridículos, concordo!... tanto mais que uns trazem os outros... porcos-espinhos, pintarroxos, melharucos... sobretudo no inverno!... do alto Meudon... sem nós a vida deles seria periclitante, no inverno... digo: alto Meudon... de mais longe! de Yveline!... a gente é no finzinho da floresta de Yveline, nós... a ponta extrema... depois da gente é o bosque de Boulogne, Billancourt...

Bem! nossos bichos custam os olhos da cara... reconheço... hora de prestar atenção! prestamos atenção dez vezes por semana! e dez outros pássaros chegam!

O mais estropiado de meus assistidos é um felizardo comparado comigo... e olhe que pego no batente muito mais que ele!... imensamente mais!... e ele não vê nada disso, o assistido! trabalho de cabeça não se vê... vou acabar na falência total... morro de vergonha!... vou lhe dar um exemplo... no outro domingo, uma senhora de Clichy, uma das minhas pacientes mais antigas, uma senhora tudo o que há de mais distinto, instruída, fina, bem informada, veio me ver... tinha dado a volta em Paris, de metrô, de ônibus... que temeridade!... felicito-a... nem um pouco ofegante!... vem me ver para um pequeno conselho... tratei dela e de toda a sua família... quando chega a minha vez de falar, pergunto-lhe que fim levaram fulano... beltrano... gente que conheci muitíssimo bem... notícias também dos lugares... a Porte Pouchet, o Square de Lorraine, a rua Fanny... o que fizeram com a casa Rouguet?... ela sabe... sabe tudo... alguns ainda se lembram de mim... envelheceram... me mandam muitas lembranças, seus melhores votos... sabem tudo o que aconteceu comigo... acham tudo tremendamente injusto! me jogarem, a mim, na prisão!... todavia, tivesse eu ficado em Clichy, na certa teriam me esquartejado!... Mudamos de assunto!... os hospitais... o enorme Bichat... e depois a Prefeitura... e os conselheiros municipais... os comunas e os anti... o Naile que se suicidou... era parisiense como eu... é raro nos subúrbios de Paris um conselheiro municipal que não seja de Basses-Alpes ou do Hainaut... a gente só se sente em casa em toda essa periferia parisiense se tiver nascido nos Drôme, na Cornualha, no Périgord... na Prefeitura, por exemplo... "onde o senhor nasceu?" Courbevoie, departamento do Sena... a senhorita torce o nariz... você deu a maior mancada...

O fato é que por causa do Naile acabamos falando do Auffray, o antigo prefeito... e depois do Ichok... o falso doutor Ichok que se suicidou, também... é extraordinário, a gente nem calcula tudo o que se urde, arma, trama nos corredores de uma prefeitura! portas triplas, acolchoadas, "plantão permanente", e nunca tem ninguém!... foi-se o tempo em que nas sacristias é que se afiavam as adagas! se compravam os "ácidos prússicos"! não! o mistério se mudou!... você vai encontrar mistérios, e dos graúdos, nas salas das associações de beneficência... a história mais enigmática que eu sabia de Clichy era a do Roudière, o funcionário do departamento de Higiene... voltaremos ao assunto... o fim que teve esse senhor Roudière... um câncer! é! mas alto lá! havia política no meio!... a prova foi o estado em que o vi!...coberto de porrada, e como!... estirado! sua úlcera sangrou durante seis meses!... não consegui trazê-lo de volta à vida, coitado!... ele não tem "uma rua" como tantos outros... tivesse matado os outros a pauladas, ele é que teria uma "rua Roudière"... boa piada! Ir assim contando... conversa vai conversa vem... me traz à memória o assassinato de "La Maison Verte..." o cadáver que escapulia... banal! um crime no bar, no balcão... o que é gozado nesse mistério é que nunca mais se achou o cadáver! e no entanto viram! o sujeito desmoronar! duas facas nas costas!... capricharam, com o colega! dali que se avisasse aos guardas, que eles viessem, que vissem o morto... que fossem buscar uma padiola... cadê o cadáver? bateu asas e voou... não sozinho, evidentemente... foi tudo em cana!... o dono do boteco, as testemunhas, a empregada, tudo! uma hora depois os tiras reaparecem! fuzuê! lá estava o cadáver, de volta!... o mesminho! três facas nas costas!... essa não! eles retornam à Delegacia, alertam Paris!... mas daí até voltarem ao bar, de novo o cadáver tinha escapulido! juro! esconde-esconde!... afinal, desistiram! de recordações em recordações... "Maison Verte"... Porte Pouchet, bem!... acabo falando de Saint-Vincent-de-Paul...

"E o Saint-Vincent-de-Paul?"

O famoso asilo de velhos... também cuidei de gente lá... acamados e freiras...

"Quanto é que custa agora no Saint-Vincent-de-Paul?"

A preocupação de todos os velhos, a obsessão deles, é o preço das diárias nos "asilos de velhos"... minha mãe, meu pai colecionavam os prospectos com as condições de internação na "*Fonda-*

tion Bonnaviat" na "*Fondation Garigari*", na dos "*Petit-Ménages*" em Euques-sur-Ourque... eu, devo dizer, no meu estado, estaria mais para o Saint-Vincent-de-Paul...

"Sabe quanto estão cobrando?

— Ah! antigamente era barato!... antigamente! mas agora!... agora, doutor, 1200 francos por dia!

— Por dia?

— É!... é!... por dia!

— Tem certeza?... a senhora tem certeza?"

Francamente, é o cúmulo!... 1200 francos no Saint-Vincent-de-Paul!... melhor então no padre Pierre! mesmo sendo ele um fifi![19] pois é, devo estar sonhando... mais caro que ouro em pó!... 1200 francos por dia!... estou sonhando, eu, a Lili, fiquei pensando nas nossas posses!... andamos longe dessas 1200 pratas!... as voltas que dá a vida!... é uma obra-prima não morrer!... evidentemente, 1200 francos para o Brottin?... uma piada! ele, seus dois mil autores no porão, dois mil trabalhadores frenéticos! mãe do céu!... os seus Titãs da Série Bege, ali na manivela!... mimeógrafo! plagiocópia!... tudo! renderiam uns dez milhões de pensões! igualzinho ao Banco da França, o Achille! seus autores no porão! a manivela!... e pimba! e dá-lhe! ele, toda a sua cambada e a sua família, na rotativa!... tudo isso em tantos cofres que eles nem contam mais... em trinta e seis bancos! tudo no porão! os autores e os cofres!... basta olhar as pirâmides, o exterior imponente não é nada! vale mesmo é o que está debaixo! nas arquicriptas das profundezas! lá, a múmia do sujeitinho, e sua baita dinheirama! e seus dois mil autores escravos! e o Loukoum choramingão!... o Loukoum dele! junto!... junto!... seu castrador-*maison*! guloso, o monstro! boca de lesma, voraz na merda, não sobra nada! a merda está num salão? então! oba! ele ataca, viscoso! vamos para a

19. V. Resistência.

mesa!... a golfada imensa de baba!... subindo por sua goela! saindo! ele engole tudo!... ele é assim mesmo!

É! mas enquanto isso, minha paciente, minha velha amiga, tinha me dado uma cacetada! eu ainda estava tonto... 1200 francos no Saint-Vincent-de-Paul! não via muito bem como é que eu, a Lili... o nosso futuro...

Ah! você vai me dizer... o gás, ora essa! você se queixa do gás?... mas apele para o gás, pessoalmente!... coragem! leia o seu "jornal habitual"... as pessoas que já não agüentam mais abrem o gás!... grande coisa! você pode imaginar que eu entendo um pouquinho disso, são trinta e cinco anos de prática!... nem sempre elas se dão bem, em todas as vezes, quem dera! nem de longe! a gente faz a reanimação!... mais grave: não morrem mas sofrem tremendamente!... tanto para partirem como para voltarem!... mil mortes, mil revidas! e o cheiro!... os vizinhos acorrem!... deixam o seu barraco de pernas para o ar! se roubaram demais... zás-trás! fogo!... fogo nas cortinas!... e olhe aí você sofrendo além de asfixia das queimaduras!... é o cúmulo!... não! gás não é bom negócio!... o jeito mais seguro, vá por mim, fui consultado cem vezes: espingarda de caça na boca! enfiada, bem no fundo!... e *bum!*... seu bestunto vai para os ares!... um inconveniente: esses respingos!... móveis, teto! salpicados de miolos e coágulos... tenho, posso dizer, uma bela experiência de suicídios... suicídios bem-sucedidos e fracassados... a prisão pode lhe dar uma boa ajuda! eliminar também a sua existência!... é verdade! fortaleza de suprimir o Tempo!... suicídio a conta-gotas... mas não é todo mundo que pode prisionar na vida normal... digamos Bezons, Sartrouville, Clichy... ah, e Siegmaringen também!... lá, havia uma certa urgência!... Artigo 75 no rabo, todos!... urgência, repito! tinham motivos de sobra, todos! tanto os nababos do Castelo como os famélicos dos sótãos! prova geral dos nervos!... todo o Planeta concentrado no ódio!... que eles eram monstros e pior que isso!... que um só suplício não bastaria... milhares e milhares! e mais! mais!... séculos a fio!... até os meus doentes do "Fidelis" que já estavam praticamente mortos, babando de pus, todos bichados de sarna, pondo pâncreas e tripas pela boca, também me perguntavam o modo de terminar como num sonho... Adeus!... posso lhe dizer que os ministros no Castelo é que eram os mais nervosos!... o método? se eu sabia como fazer?... revólver? cianureto?... enforcamento?... o Laval* é evidente tinha o seu macete!... Laval, o orgulho em forma de gente! hesitava em me perguntar... e veja como terminou!... com cianureto úmido!... era mais esperto que todo mundo! como é que o De Gaulle* terminará? e o Thorez?...* o Mollet?...* eles não sabem!... conversam!... eu, eu vou me acabar no jardim... ali!... é grande... ou melhor no porão?... o porão também é bastante adequado... a gata vai lá ter seus filhotes... regularmente... a Lili a ajuda, massageia... a mim, ninguém vai me ajudar... a Lili não terá chateações... será tudo nos conformes... a Procuradoria virá constatar... causa do suicídio?... neurastenia... deixarei uma carta para o Procurador e uma pequena quantia para a Lili... meia-volta volver!... Debandar!... a Lili não terá praticamente nada... com o que viver dois, três anos, e olhe lá... Não foi mole! furacões, tornados, hordas em fúria, saqueadores de todos os horizontes! e "mandados de prisão" e algemas! e ainda nos restam uns caraminguás?... milagre! o mundo inteiro na Corrida!... Só queria ver o Achille, nesse esporte! ele! sua patota! seu grande "Pin Brain Trust" de calças na mão!

A Lili contra todos?... não vejo como!... a Lili mão-aberta que só ela... generosa total! que nem uma fada!... vai dar tudo!... que se há de fazer! terei feito o possível... ah! os "Cinq sous de Lavarède"!...[20]

20. Romance de Paul d'Ivoi (1891), de grande sucesso. Lavarède só receberá a herança de 30 milhões de francos se conseguir dar a volta ao mundo sem nunca ter no bolso mais de "cinq sous", 25 centavos. Em 1939, Maurice Cammage fez o filme homônimo, com o ator Fernandel.

brincadeira de criança! quanto escarcéu, minha senhora! ele ia de um país para outro passando por mil desgraças? terríveis! puxa vida... o que teria pensado de nós... papagaio!... passando por quatro exércitos furibundos! tonitruantes!... nos céus e nos trilhos! fulminando tudo! calcinando tudo! homens, trens blindados, bebês, sogras!... e as fortalezas voadoras,[21] hein!... esquadrilhas e mais esquadrilhas! ah, os nossos cacarecos! e o pequeno pé-de-meia, e nós junto!... comemos o pão que o diabo amassou! dilúvios em cima de dilúvios!... nada a ver com as montagens teatrais do Châtelet, garanto-lhe!... chamas, bombas, nós mesmos, tudo de verdade! juro por Deus! Göttingen, Cassel, Osnabrück! vulcões extintos, reativados, refosforados, re-remexidos!... *bing!* e *bang!*... bairros inteiros dentro das catedrais!... locomotivas nos campanários!... empoleiradas! Satãbacanal! só mesmo quem viu!...

Volto humildemente ao meu caso... Göttingen, Cassel, Osnabrück? ninguém está dando a menor bola!... tanto quanto para Trébizonde ou Nantes!... cidades que poderiam muito bem ter queimado por mais duzentos anos!... e sem falar de Bayeux! e de Baku, então!... e de Nápoles? essa aí!... os *pots au feu* de sempre! e os babacas de sempre! carnes! tripas! legumes!... discursos, vozes trêmulas de emoção, e estátuas!... blablablás!... termina o rufar dos tambores! sobram as preocupações, a lama! nunca nos safaremos!... jamais compraremos alguma coisa!... e os impostos, então?... marasmo canalha!... os negócios são o Otimisso!... mas o derrotismo ataca! preocupações?... preocupações?... a gente tem para dar e vender! e eu ainda iria perder tempo com Hannover, Cassel, Göttingen? pensar que fim levaram seus habitantes?... por que não os moradores de Billancourt?... de Montmartre? a família Poirier, na rua Duhem? ora bolas! modéstia! pudor!... vamos e

21. *Flying fortress*: bombardeiro americano posto em serviço durante a Segunda Guerra Mundial.

venhamos!... já basta a Lili!... a Lili, como eu lhe dizia, não tem um pingo de sentido de economia... eu enterrado, com o pequeno pecúlio ela terá do que viver dois anos?... mal-e-mal... ah, no máximo; as aulas de dança não rendem nada! as bailarinas o tempo todo "em turnê"!... ou de férias, ou grávidas... não vai conseguir agüentar dois anos... terei feito tudo, todo o possível... nada a me recriminar!... velho e cansado mutilado: vou-me!... tudo terá se passado impecavelmente!... nenhuma crítica a fazer!... com espingarda de caça?... arma vendida livremente!... é minha idéia fixa, seqüela de 1914... nunca ser um "fora-da-lei"!... eu bem soube o que era ser "fora-da-lei", por causa das tresloucadas safadezas dos meus irmãos! tudo capacho, tudo traidor!... você me desculpe! mas só mesmo os piores paspalhos debilóides furiosos, convivi com muitos deles, ou, do outro lado, os gênero Achille, terríveis depravados porcos cheios da grana, e os bolsos repletos de Cartas de todos os Partidos, é que vêm invadir essa seara dos "fora-da-lei"!... vão amolar o boi, seus falaciosos! "para os seus chiqueiros"! sei do que estou falando! ouço uns caras, rufiões supostamente bem informados, levar o Código na brincadeira... epa!... onde é que isso acontece?... em que repartição?... quantas propinas no bolso? algum distintivo na lapela?...impressões digitais? ainda estou para ver o rufião ideal! o durão que só ele, desses imaginados pelo Carco, ir tirar o maior sarro perante um Tribunal!... ainda estou para ver!... no do Júri, taí!... chamar o Presidente de rei dos babacas! na maior gozação!... o Promotor, de gago! todo mundo de bico calado! engolindo em seco! xeretando no dicionário de gírias!... de trás pra frente! de frente pra trás! pedindo desculpas! o Presidente acocorado debaixo do seu Código!... encolhidinho! lívido!...

Mas a verdade não é essa! infelizmente!... é outra coisa!... a Magistratura sempre leva a melhor... seja onde for! Uganda! Sovietes!... 12ª Câmara! na primeira Delegacia que aparece!... palavra de anarquista!... nunca jamais cederá!... nunca jamais inquirirá o rei dos rufiões!... nem é necessário esse troço de "a portas fechadas"!... os reis dos rufiões continuam do lado de fora! soçaites de Neuilly, gigolôs de La Villette!... em salões Luís XV ou botequins Zola... Tudo igual! calam o bico, os faroleiros! quando chegam na "Décima" já não sabem mais nada!... talvez em torno dos patíbulos?... também não!... também não!... na guilhotina?... na forca?... mais valem as frases históricas... veja o Laval... "Vive la France!"

Ah, claro!... concordo!... "Suicídio?... o seu suicídio?... não chateie!... suicide-se!... não fique só falando!... paspalho!... você nos enche o saco!" confesso!... fico dizendo besteiras, ainda pior que os outros... esse pânico de virar um fora-da-lei... o conformissa merdoso, medroso!... esse santo deus do cagaço me paralisa a *bic*! titubeio... bravateiro, cambaleio!... me atrapalho... e não digo tudo... ah! isso!... nem de longe!

Quando penso do que escapei!... tudo o que tinham me preparado!... um festim!... ah! amoreco!... que tristeza!... que eu tivesse partido!... tinham ido destruir a minha moto!... no meu lugar!... despeito!... pegaram os raios das rodas, em cheio!... e *paft!* e *puft!*... o quadro! os faroletes! o tanque! *filho-da-puta! paft!*... ébrios de vingança!... uns pontapés desgraçados, de botas!... como se fosse o meu próprio crânio!... do que escapei!... como se eu fosse a Argélia!... como se a tivesse vendido! e a Planície Monceau!... os homens estão cagando para saber os quês dos porquês!... pedem apenas que a fera esteja lá!... só isso! que fique lá!... nas Arenas!... e se ela deu no pé?... ah! essa não!... privados de gritos de guerra? de matança? ficam doidinhos, no ato!... os gritos, o tumulto, na rua Girardon!... na rua Lepic!... ah! canalha! escroque de uma figa! que o espeto para me empalar estava afiado! no ponto! fodam com a moto dele! ao menos isso! um comando? quarenta tacões de botas!... quarenta que não estavam à beira do Mosa para deter os tanques teutônicos! só faltava essa! minha moto IHP essa aí é que era a máquina infernal!... quarenta tacões!... estraçalhando, triturando, migalhas! e isso, líquido e certo, teria acontecido comigo se eu tivesse ficado lá! bem no meio dos cornos! *paft! puft!* igual ao Louis Renault... o Renault, ele, era a fábrica, e os 50 bilhões... eu, pelo prazer, pura e simplesmente!... quando o exército pica a mula, caga nas cuecas, a gente pode esperar qualquer coisa... sete milhões de desertores, enchendo a cara de vinho, você pode ter certeza: o Apocalipse!... dito e feito!... o mundo de pernas para o ar!... mentiras para todo lado!... esses tiros de misericórdia bem certeiros nas nucas e nas motos! essas represálias contra os objetos e os aleijados pernetas! essas cócegas nos agonizantes!... como fiz bem em abandonar a Butte Montmartre!... na calada da noite!... haverá outras Depurações, sem a menor dúvida!... minhas lindinhas!... canivetes e pivetes! excelentes razões não faltam! tal como para foder aos vinte anos!... ninguém tem de se meter!... divinas razões para assassinar!... mas eu por minha vez também gostaria de ser um pouquinho platéia! uns segundinhos antes de partir... "Espere um minuto, por favor, seu Carrasco!", para que eu veja os outros chegando!... primeiro! primeiro! onde o Carrasco quiser!... na Place de la Concorde! ou no Champ-de-Mars!... voyeur total! um lugar nas arquibancadas!... paguei, sim... mutilado a 75%!... aguardo!... preparam o laminador?... vá lá, que seja!... eu, filho do povo como ninguém! trabalho mais meritório não há, estou protegido!... comunissa?... nossa mãe! e como, meu amor!... cem vezes mais que o Boucard, o Thorez, o Picasso!... não são esses aí que vão fazer a limpeza na casa deles... americano?... muito mais que o Dulles!... sotaque e tudo!... saiba com quem está falando! cabeça de *pin*! ... contemplarei o laminador que vencer! e se estiver *atomizado*? oba!... oba!... no sentido da História! legal!... o Mauriac, laminado, transformado numa folha, não será mais nada!... platitude, gritinhos girondinos! esse aí vai ser uma barbada!.... vou torcer por ele... "Vai! vai! dá-lhe! dá-lhe! François!" mas mudei de idéia... talvez esteja me entusiasmando... talvez não vá ver nada... velho demais! ainda assim, ao meu redor o espetáculo vai se armando! pequenos antipastos!... próstatas, fibromas, câncer nos brônquios!... na língua!... e cada miocardite! daquelas!... mansinhas!... alegria! alegria!... comunas, burgueses, depuradores, tudo igual nas micelas!... o menor errinho de um subátomo, e eles não existem mais! o câncer pega-os na glote?... eles urram!... não falam mais!... tão ferozes na Tribuna, agora descem dali, de gatinhas!... e vão para o buraco!... menininhos!... molambos de esfácelos! ah! um martírio?... merda!... nhanhanhã!

Eu me contento com pouco... é isso!... filósofo!... bater na porta do Loukoum, então!... não há colete, não há náilon que compense!... o Achille também não, com todos os seus bilhões!... *toc! toc!* tenham a bondade!... nada de Resistência!... ah, triturar assim tão bem a minha moto!... como um brinquedinho!... a minha moto de Bezons... eu, que nunca consultei se não de graça... bem diferente do padre Gabola!

De repente, assim, uma idéia!... será que eles me dariam um prêmio Nobel?... Seria uma mão na roda para o gás, as cotizações, as cenouras!... mas os veados daquele país lá do alto vão me dar droga nenhuma! nem o Rei deles! isso é para todos os baitolas possíveis e imagináveis!... é! para os mais vaselinados do Planeta!... qual é a dúvida! a sorte já está lançada!... basta ter visto o Mauriac, de fraque, se inclinando, que nem uma dobradiça, prontinho, radiante, se oferecendo, em cima da sua plataformazinha... nem um pouco encabulado!... até a glote!... "ai! ele é tão bonito, ele é tão grande, o seu Nobel!"... ontem eu dizia isso a alguém... esse alguém retrucava! "ora essa! mas o Nimier* está propondo o seu nome!... ingrato!... você não leu? um pouco de coragem, simplesmente!... escreva-nos um outro *Viagem*!", as pessoas têm solução para tudo!... mas posso muito bem ter minha opiniãozinha... eu! eu!... não acho o *Viagem* tão engraçado assim! o Altman também não o achava engraçado... nem o Daudet... ao passo que o que se pede atualmente é o burlesco irresistível!... contar como eles moeram de pancada o Renault? é!... bem legal... como estraçalharam a minha moto?... bem piegas essa história!... a grande fogueira dos meus manuscritos? incidente banal!... mas como as pessoas brigam por um deles! bramem!... ah! ah! duvida? pronto, agora mesmo, estou me relendo... minhas quase 150 primeiras páginas... estão longe de estar no ponto!... continuam em fogo brando... o respeito às leis me deixa em desvantagem! peguei a doença da gravidade... pareço um bobo, eu com a minha gravidade!

Uma outra história!... o diretor das Edições Bérengères me faz "investidas"! é!... "investidas", o termo de cavalaria!... persegue-me, eu diria... persegue-me para que eu vá para eles, que passe, com os manuscritos, armas e bagagens para as suas "Bérengères"! viu só que coisa?... eu, minhas obras-primas! está na cara que odeia o Achille!... e não é de hoje!... desde sempre! um ódio já rançoso! ele daria tudo para vê-lo penhorado, falido, sucateado!... e todos os seus cacarecos no mercado das Pulgas! e que sejam reabertos os seus processos, os seus negócios vergonhosos... abafados assim... assado... que tudo dele seja revirado pelo avesso!... abafados?... submetidos a chantagens, melhor dizendo!... milhões por mês? é o que dizem... mas ainda sensíveis!... desses segredos que caíram na boca do povo!... o Gertrut se diverte! calcula! se eu cortar a fuça dele! o focinho do Achille!... ah! mas primeiro tenho de dizer sim!... oba!... lá vou eu!... eu e os meus calhamaços!... meus livros imortais nas Edições Bérengères! ah! mas que o Achille não bata as botas já! não! que primeiro tenha tempo de ver desmoronar todo o seu mafuá! catástrofe! *divino!... um estouro!*... que eu abra a brecha!... que seus 2 mil escravos aproveitem! escapem! e aí então, adiante com os Processos!... Ministério Público!... eta-ferro!... são desses gozos sensaaacionais!... grande sujeito, o Gertrut de Morny!... desconfio levemente de que lá no fundo é levemente anti-semita... seria um pouco o caso Dreyfus?... por isso se odiariam tanto?... quem sabe?... nunca me dirão... parece até que se conhecem há um século, de tanto que sabem coisas um do outro... mil anos, poderíamos dizer, de cachorradas!... o Achille não me leva mais a sério... "Você se queixa?... diacho! há outros! e que não se queixam! você poderia ter sido fuzilado!... não é?" o Gertrut sabe lidar com isso muito melhor, tem pena de mim... recorda os meus riscos, os meus sofrimentos... "Os seus móveis! os seus manuscritos! os seus dez tostões! realmente, deixaram-no na pindaíba!..." apieda-se, quase... o Brottin é o insensível!... que eu não tenha sido fuzilado e que fique me queixando! ó, que atrevimento!... é como se estivesse caindo das nuvens... ah, se eu pudesse lhe dizer o que penso!... que o que me interessa é que eles se engalfinhem, se esfolem, até beijarem a lona e irem a nocaute... que estraçalhem as respectivas carótidas!... se me contenho para não dizer tudo... é por causa dos cachorros, dos passarinhos... que o poupo!... por nós também!... a gente sempre fala demais... o macarrão!... o macarrão em primeiro lugar! e o carvão e o gás!... tivesse eu lhe dado o tratamento que merecia, e nunca mais o teria visto!

"Redescubra para nós o seu lado engraçado, Céline!... mas escreva como fala, hein! que obra-prima!...

— Você é muito amável, Gertrut, mas olhe para mim! dê uma espiada!"

Acalmo-o.

"Não estou mais em condições, quem me dera!... a caneta cai da minha mão!...

— Que nada, Céline!... ao contrário, está a mil por hora!... a mais bela idade!... o Cervantes!... não estou lhe ensinando nada!

— Não, Gertrut!... não está me ensinando nada!... a mesma idade que o Achille!... 81 anos!... o Dom Quixote!..."

O truque de todos os editores para estimular seus velhos pangarés... que Cervantes era um menininho!... 81 primaveras!

"E mais mutilado que você!... Céline!"

Ele insiste!... palavras tonificantes pra chuchu!... é pegar ou largar!

Por que será que eles eram brigados, o Achille e o Gertrut?... desde quando?... já não se sabia... vinha de muito longe... por um cavalo? por uma atriz? não se sabia mais... agora era por causa da edição... no passado, houve testemunhas... e duelos!... agora cada um tinha o seu negócio!... o problema era qual dos dois é que teria mais autores no porão?... capricheiras de velhos tantãs!... ainda não lhe falei das fuças deles dois... a certa altura da velharia, já não há muitas feições, a Época é que conta!... são de antes da "Roda-Gigante"?[22] ou de depois?... o Gertrut de Morny usava monóculo... e monóculo azul-claro!... será que andou metido na veadagem? bem possível!... além das moças?... ah! rico?... podre de rico!... mas havia uma expressão que a gente reconhecia direitinho no Achille... o seu sorriso!... sorriso tremendamente encabulado daquelas velhas que alugam cadeiras nos jardins públicos e nas igrejas e que são pegas em flagrante, metendo a mão na bolsa das moedas... quanto ao Gertrut, era o seu monóculo... que ele não tirava... fazia cada careta! para que as pelancas das rugas não tapassem seus olhos... o Achille, o sorriso tão encabulado fora o

22. A Roda-Gigante foi uma das atrações da Exposição Universal de 1900, em Paris. (N. P.)

seu maior encanto, por volta de 1900... "O Irresistível", chamavam-no... Watteau!... Fantin-Latour!... "no bazar do Tempo"... no mafuá, todas as mercadorias velhas se parecem... monóculos, caretas, pálpebras, chinós... sorrisos... velhas que alugam cadeiras... velhos que foram bonitos...

Agora não eram mais as damas nem o caso Dreyfus que estavam em jogo!... de mim é que se tratava... apropriarem-se de minhas obras-primas!... meus livros imortais que ninguém mais lê... (Achille *dixit*)... no ímpeto de suas mais absolutas patifarias eles já nem percebem!... é verdade, os porões deles estão lotados de Gigantes da pena!... bem mais formidáveis que eu!... os chamados pederastas! os chamados "de direito comum!" os chamados *collabos*! os chamados *fellagahs*![23] os chamados sádicos loucos!... os chamados moscovitas! pletora de gênios!... gênios bebês!... gênios gagás!... gênios fêmeas... gênios nadas!

Voltemos aos fatos históricos... nunca me tirarão da cabeça a idéia de que o Fred Bourdonnais,[24] meu primeiro gigolô, saiu propositadamente de casa, sozinho, e em noite de luar, para ser eliminado, na Esplanada des Invalides... ali assassinava-se diaria-

23. *Collabos*: v. Depuração. *Fellagahs*: nessa época, os argelinos que lutam pela independência de seu país.
24. V. Robert Denoël.

mente!... admito! e ele bem sabia!... era a Esplanada da moda... que ele era depravado?... óbvio!... mas seria levar o vício longe demais, meia-noite e sozinho na Place des Invalides!... o que aconteceu com ele, devia acontecer!... o engraçado é que o Bourdonnais, rendida sua alma, meia-noite na Place des Invalides, sou eu vendido, como um butim!... a marquesa Fualdès me herdava!... nada menos!... legado do safado!... e foi um tal de me venderem a outro receptador!... de novo!... de novo!... mais uma vez... mais duas vezes!... eu e minhas obras-primas imortais!... "na casa da mãe joana"!... cafetões, cafetinas não me deixam nada... "ele está na cadeia, que estique as canelas por lá mesmo!" Eu já deveria saber um pouquinho como são essas coisas!... já no Grupo Escolar e depois na época da linha azul dos Vosges, a poesia!... sempre a poesia, foi minha perdição!... cada vez mais! ah! sacrificial? tua cara imunda!... teu sangue! teus móveis!... tua lira!... teus livros!... pro calabouço! calhorda! tudo!... não perdes por esperar!...

E agora, veja só, o Brottin é que me dá umas cantadas!... ele ou o Gertrut? para mim tanto faz!... ou a Marquesa?... ridículos!... tudo gigolô!... rodando a bolsinha, pegando no batente?... ninguém! eu! eu que faça a cozinha! eu que dê duro!... que encontre para vocês uma história engraçada, alguma coisa... os rufiões, rufionas, que tudo fizeram, tudo fizeram para que eu batesse as botas na prisão, e não conseguiram, ainda estão aí, goelas escancaradas! para que eu os delicie!... mais engraçado!... mais engraçado!... exigem!... batem pé!

O engraçado?... a graça?... é que no dia seguinte ao assassinato, na Esplanada des Invalides, eu, por minha vez, fosse gadunhado! no outro extremo da Europa!... e não era para achar graça, não!... era para ir a nocaute!... seis anos!... detenção cômico-burlesca! pelos telhados!... cavalgada entre as chaminés!... forte comando de meganhas, revólveres em punho!... garanto-lhe que fazia frio nos telhados de Copenhague, Dinamarca, 22 de dezembro!...[25] vá lá ver!... tirar a limpo! turistas, vocês não correrão nenhum risco!... *Ved Stranden*, 20 (*tuve* em dinamarquês!) encontrarão!... embaixo, a mercearia! *Bokelund!*... bem defronte, do outro lado da rua, feericamente iluminado, noite, dia, o *National Tidende*... o prédio inteiro! um jornal... não há como se perder... portanto, fim de dezembro era o momento do grande halali contra os *collabos*... o total-delírio de Depuração!... as Arenas da Europa! como agora em Peste!...[26] como re-aqui amanhã!... a Depuração, tal como o coito, os amores, ora é aqui!... ora é ali!... acolá!... não pode faltar!... eu era um prato cheio! minha carne!... vinha a calhar! eu, a Lili e o Bébert!... de telhado em telhado! as feras acuadas fazem misérias para escapar dos estralhaçadores! aqui!... ali!... em qualquer lugar!... a caça é um esporte!... que seja!... vocês são, digamos, ávidos turistas!... cacem as recordações!... saiam à caça! pois é, tudo se esquece... Verdun está mais que esquecido... praticamente... Ypres não quer dizer mais nada... mas ali, em miniatura, nossa escalada na *Ved Stranden*, a Lili, eu e o Bébert, por telhados e goteiras... os tiras armados, holofotes apontados... esconde-esconde em torno das chaminés... Natal de 45!... pensando bem, eles devem ter uma vaga lembrança... Copenhague, Dinamarca, *Ved Stranden*... vá lá ver, muito me surpreenderia que as pessoas tivessem esquecido tudo... mas por sinal não era só o *National Tidende* que açulava, e como, a matilha!... o *Berlingske!*... o *Land og Volk!*... o *Politiken!*... a imprensa

25. Céline e sua mulher Lucette Almanzor (Lili) viviam em Copenhague com nomes falsos e foram presos em 17 de dezembro de 1945, quinze dias depois do assassinato de seu editor Robert Denöel. Os policiais estavam à paisana e, pensando se tratar de ladrões ou de um comando comunista que fosse matá-lo, o casal tentou fugir pelo telhado, sendo afinal levado para a Penitenciária Vestre Faengsel, onde ela ficou onze dias, ele catorze meses. (N. P.)
26. A revolta de Budapeste é de fins de 1956.

deles de chacais!... todos!... todos!... o que eu tinha vendido de redes inteiras de israelitas!... sem falar dos fortes de Verdun! do estuário do Sena!... já que eu lá estava, que tinham me pegado, eu pagaria pelo Rei, pela sua *Dronin*, pelo pacto anti-Komminform! pelo *Frikorps!* (a LVF* deles!)... eu tinha caído!... uma bênção dos céus!... eu tudo redimiria!... todas as máculas!... o sangue em cima das chaves... anti-Macbeth!...

Muito me espantaria que não se lembrem mais! vá lá ver... *Ved Stranden, tuve*... embaixo: *Bokelund*, mercearia...

Todos os jornais deles, manchetes... desse tamanho, ó!... plutocratas de direita tão verborréicos quanto os comunas. *Bopa e companhia!*[27] você vai dizer: minha carne é fácil!... contra mim, a santa aliança! sopa no mel!... conservadores e moscovitas!... "que tal, a gente empala ele?... caralho!... puta que pariu!... pra isso é que ele serve!..." quanto ao meu cadáver, nenhum desacordo... só beijos!... estou vendo como sou útil: faço as pazes entre os inimigos mais hostis!... magia!... magia!...

Divirto-me!... a pergunta de ter vendido os planos da Linha Maginot?... nem se discute! com toda a certeza! mas era preciso saber uma coisa... quanto? a quantia?... chutavam números... a viúva Renault não vendeu nada... mas, e os seus bilhões?... ora francamente!... vamos falar sério!... por isso é que a gente ouve tanto falar de Louis, o imperador de Billancourt... e de suas vértebras! e de seu martírio! e eu, tão mártir quanto ele mas sem um tos-

27. Bopa: Borgerlige Partisaner, movimento de resistência dinamarquês contra a ocupação alemã, muito ativo entre 1942 e 1945.

tão, ninguém veria viúva ou filho explicarem nem quê nem porquê!... nada de radiografias nem de embalsamamento!... quem dera!... mártir na pindaíba não tem direito a neca de pitibiriba!... bem mais mártires do que o Renault existem às carradas nos poços e nos fornos! e que ninguém radiografou, nem registrou minuto a minuto as suas agonias... nem os Irmãos de Caridade!... e as viúvas deles casaram de novo, bem quietinhas, bem caladinhas!... e seus filhos foram lutar... por aí afora!... em Dien-Pen-hu! no Oranais!... sem criar caso! e eu iria mostrar minha carantonha, dizendo que me causaram todos os males possíveis e que não param de me azucrinar? que isso é uma vergonha... etc.?... eu, não!... "Tchau, cara de chacal! bem feito! quem mandou!"... muito melhor é vê-los reavivar a chama!... subirem a avenida dos Champs-Elysées! investirem contra a rua de Châteaudun,[28] as fogueiras de arromba que eles preparam! ah, esses super-Buda *diviiiinos*!... e melhor ainda, todas aquelas artérias irritadas!... todas aquelas prostatazinhas inchadas! inchadas!... os futuros que berram!... "uma garrafa de água mineral!... e macarrão, rá rá!..."[29]

28. Rua onde ficava a sede do Partido Comunista francês, invadida em novembro de 1956 por populares que protestavam contra a repressão soviética na Hungria. (N. P.)
29. Como se verá adiante, Céline receitava a pacientes com problemas de próstata uma dieta de muita água e massas cozidas em água e sal.

O Bourdonnais, o assassinado, era mesmo um sonso, um tartufo, um gigolô... ah, nem mais, nem menos que o Achille ou o Gertrut... mas ele encurralado pelas dívidas, pelos adiantamentos, cheques sem fundos!... como isso terminou, já lhe contei... tivesse ele uma "cobertura", ainda estaria vivo, não o teriam mandado passear... mas sem estar coberto? era tiro e queda! não havia jeito!... o Carbuccia,* uma flor! um turista!... "depende de quem você é"... eu, aqui, ó!... eu e os meus livros! quando fiquei na bancarrota! tudo entregue, mala e cuia, àqueles pulhas tarados!... nunca se refestelaram tanto!... porcos!... o pior é o peso, como eles são pesados, enfadonhos!... suas espertezas... suas grossuras! tão gordas, grossas, que deixam os dedos da gente todos sujos ... nada de sutilezas! horas a fio lavando as mãos!... pegajosos!... O Bourdonnais, então, era o supra-sumo! jovem hipopótamo! claro que perceberam suas intenções... tão matreiras!... a Esplanada, à noite... um baita buraco nas costas!... durinho, no chão!... ao luar!... e a dona Fualdès é a herdeira! herda-me e vende-me! passa para o Achille!... futebol, os meus tesouros! os meus gênios!... rúgbi!... a Fualdès toca na bola, deixa escapar!... o Achille dribla, chuta! gol! ganha!... leva tudo!... me enfurna no porão!... eu, meus livros!... adeus!... não me vêem mais! a marquesa de Fualdès digere tudo isso... águas passadas... uma época!... Piruetas! encalhado! amordaçado! rigodão!... até o ano que vem, deslizando no gelo!

Eu, um recruta no meio de tudo isso, um otário? no porão, o papai aqui!... tão engraçadinho e tão mimado!... não é de ontem, repito, desde o Grupo Escolar da pracinha Louvois!... taí uma coisa que não rejuvenesce ninguém... era a época dos Impressionistas, do caso Dreyfus! o Grupo Escolar é a grande referência da vida do povo... o Mauriac pode falar "comunissa", nunca saberá do que está falando! ele é cem por cento *Chartron*![30] até morrer!... *Chartron*, eu o enalteço!

Portanto, nessa época de titicas em pedestal, de tudo quanto é bunda-mole se dedicando à pilhagem, de tudo quanto é desertor se aclamando triunfante, de tudo quanto é franco-cagão ressurgindo, de vingança dos quarenta milhões de cagaços, veja lá se era hora de eu ir dar um bordejo! como se o Larengon relapso, a Triolette de "biquíni de choque" fossem atravessar a ponte de Peste! pois sim!... estivesse eu na casa da minha mãe, na rua Marsollier, eles me liquidavam... igual ao Bourdonnais!... bum!... igual à rua Girardon!... basta que você seja o "fétido"! "ele está devendo! olha ele ali!... vamos lá cobrar!" o Vaillant que se gabou às pampas, e que ainda se lamenta amargamente de por um triz não ter me liquidado... ali, pensando bem, me acertaria em cheio... na casa da minha mãe, 74 anos...

Não me deixaram nada... nem um lenço, nem uma cadeira, nem um manuscrito... cadáver, eu ia feder... ia atrapalhá-los... mas ali fui bem discreto, puderam levar tudo vender tudo no mercado das Pulgas! na Casa de Leilões... regateadores, todos de pau

30. Bairro da alta burguesia de Bordeaux, cidade natal de François Mauriac. (N. P.)

duro! de pau duro! de pau duro, arrematem tudo, uma pechincha!... sou que nem a França!... tudo arrematado, uma pechincha! o furacão me leva daqui!... minha certidão junto!... sessenta e três anos daqui a oito dias!... assassinos, metam tudo no buraco do cu!... mergulho da ponte de Peste? quantos da minha espécie?

Vai ser um dia muito divertido esse em que um outro Lenôtre* dos tempos futuros virar pelo avesso os túmulos e as estátuas, as auréolas e as "Ações"... de quantas os "puros" se entupiram? quantas *De Beers*? quantas *Rhône*? Castelos, Beldades, Tesouros, Haras, Embaixadas?... mais que os de 1789?... menos?... debates sem fim!... na Sorbonne!... no *Trois magots*!... nos Annales!... e se Hitler tivesse vencido?... Aragon virado SS?... Triolette, encantadora Valquíria?... ia ser cada conferência! escute o que eu estou dizendo!... nos "Annales" do ano dois mil!... as grandes marquesas comunistas vão disputar a tapa um strapontin para não perderem a menor "vesperal"! um só arroubo emocionante do supergenial Herriot* dessa época!... melhor que dez traseiros!... do superdiviiino padre Pierre!... melhor que 10 revólveres!...

Dane-se o futuro!... voltemos à vaca-fria!... que o Gertrut dê uns sopapos na cara do Brottin?... raios me partam! puta que pariu! isto é que é!... que se estrangulem!... tomara! se você vir a fuça dele com o olho pendurado, me avise, para que eu goze de felicidade!... estou lhe falando do Achille... que se esfolem até ficar em carne viva!... os dois!... bem vermelhos escarlate!... despelados!... balcão do açougue, para um e outro... ah, mas antes que se estropiem desse jeito, escute só!... que engraçado!... nos tempos do *Hippodrome* na praça Clichy, o Gertrut e o Achille tinham o maior tesão pela mesma mulher, uma dessas devoradoras de francos-ouro! mas alto lá! uma verdadeira rival do Banco da França!... os que se lembram desses tempos, "a França feliz", se lembram da Suzanne... que artista de cinema que ela era! e seus penhoares vaporosos contra um fundo "azul luminoso suave"! "de Lua"... que artista sublime, bem muda, nada "falada"... a palavra é que mata!... mulher que fala corta qualquer tesão, a gente só ficava de pau bem duro nos "mudos"!... veja só as salas de cinema! a dificuldade que eles têm para enchê-las!... tititi tatatá tototó... tremendos sedativos!... tristes braguilhas!... indolentes bilheterias!... sorrisos, penhoares vaporosos, músicas suaves! voltaremos a isso!... e aos luares!... em matéria de ídolo, pode-se dizer, a Suzanne, nem com rios de grana, espalhafatos, escândalos, não há quem chegue aos pés dela!... você pode tentar se quiser!... eu que não tinha tempo a perder, santo Deus, não tinha mesmo!... entre uma "entrega" e outra... ainda assim dava um jeitinho de ir desembestado até mais longe que Bécon para ver a Suzanne "rodando", em pessoa!... que ídolo, nossa mãe! entre La Garenne e Nanterre... eles aproveitavam quando o tempo abria!... a gente aproveitava!... de um aterro a outro!... "contratados" ali mesmo!... a gente fazia a multidão... eu fazia um pirralho na multidão... entre um aguaceiro e outro, cinco francos!... dois francos, um apito! todos para os abrigos!... ao primeiro pingo! debaixo da passarela! salvar da chuva o material!... e os vestidos de cauda de tarlatana! e as complicadas maquiagens "estrela", carmim e óleo, e pó de gesso!... belezas sensíveis!... e como ajudávamos!... "para os abrigos!" não eram só nós, os robustos figurantes! os curiosos também ajudavam!... a malta!... o apitaço!... o pingo de chuva!... todos! e Suzanne!

Que fim levou tudo isso?... pergunto a você?... os artistas, e a magia?... nos dias de hoje?... e a multidão?... e a chuva... quantas chuvas!... eu, de todos esses tempos já tão distantes posso dizer uma coisa: o Sério morreu!... eu ali, ainda "atento e sério", me vejo muito bem... tão compenetrado! para nada!... estraçalharam, e com que orgulho, Bordéis e "Feiras de Rameiras"... do cacete!... as marafonas se espalharam para todo lado!... agora é Bordel em todo canto! e "Feiras de Rameiras"!... do berço ao túmulo, só dá vadio e pilantra! O Sério morreu, Verdun o matou! Amém!...

Talvez eu o esteja aborrecendo... algo mais engraçado?... mais picante talvez?... você sabe o que me preocupa! pois fique com água na boca! ainda antes da época da Suzanne, conheci o Hipódromo dos cavalos e das feras! a grande cavalariça! e aquelas multidões!... tamanha afluência que nos ônibus tinha gente saindo pelo ladrão!... não conseguiam mais partir de La Trinité! os exaltados por pouco não arrebentavam os ônibus! espetáculos do arco-da-velha! homens, leões e cavalos, fuzileiros navais, Boxers, e a tomada de Pequim! isso é que cria uma mentalidade! um senso artístico! Não conheço muitos escritores, pretensamente de esquerda ou de direita, "beatos", "comunas", conjurados de porões ou de Lojas Maçônicas, que viram como eu vi a tomada de Pequim, na Place Clichy! e a carga à baioneta dos nossos fuzileiros mirins! o assalto às muralhas de madeira, no meio de uma dessas fumaceiras de pólvora!... e *pum*!... vinte canhões no mínimo!... ao mesmo tempo!... o Sargento Bobillot sozinho lutando contra cem Boxers!... e arrancando a bandeira deles!... e fincando a nossa, a nossa tricolor! no alto da pilha de cadáveres! bem em cheio!... Pequim é nossa! e, de quebra, a frota! descendo das armações lá de cima! o "Courbet" numa lona!... não faltava nada... estou lhe dizendo! espetáculos de uma certa mentalidade!

Ah, espere!... ainda mais terrível que Pequim!... "o ataque da diligência!"... por três tribos de peles-vermelhas montados!... de "dorsos nus"!... é preciso ter visto! onde você encontraria hoje duzentos peles-vermelhas montando a cavalo, de dorsos nus?... e muito menos o Buffalo Bill em pessoa!... em pleno galope acertando no alvo, aqueles ovos lançados no ar! você pode esperar sentado!... nada a ver com essas palhaçadas de Hollywood!... pense no ovo lançado no ar!... Buffalo Bill e seus boys!... boys pra valer, cuspindo labaredas!... ah, e depois, no fim, o pior de tudo!... ia esquecendo de lhe dizer!... a Louise Michel!... eles ficam aí falando de *sensaaacional*! *suspense!*, mas o que é que eles têm? nada!... lá na Place Clichy você não ficava falando, bastava ver e tremer! olhar!... o supra-sumo! a Louise Michel surgindo do breu! lívida! lívida! todos os holofotes apontados para ela!... um minuto! "uah! uah!", ela fazia... como se trepasse numa cadeira... *uah! uah!*... a ira!... voltava a ficar tudo escuro!... minha avó tinha presenciado a Comuna, na rua Montorgueil, podia julgar... "Não é a Louise Michel, meu netinho!... não é nem a boca nem o nariz dela"!... ninguém enganava minha avó...

Agora, ninguém mais pensa nisso, você não verá o Kruchev, o Picasso, a Triolette se exibirem trepando numa cadeira... o número Desmoulins-Palais-Royal!... não!... os esbravejadores lívidos!... dizendo "uah! uah!"... o Thorez, quem sabe? o Mauriac?...

Uma certeza, no duro no duro, nariz ou não nariz, a Louise tinha todo o direito! "uah! uah!"... e a cólera!... e como!... digo e afirmo! ainda direi coisa muito pior... mais tarde!... preciso refletir...

"Conheço-o desde o caso Dreyfus!... cada ano está pior!... cada mês!... o mais descarado gângster entre mil! de toda a Edição!... impossível descer mais baixo!... ele e toda a sua cambada!... que naquele mafuá você é de quem mais caçoam!... os lambe-cus e as bichonas!... incrível como o maltratam, o esbulham!... que você é um chifrudo que topa qualquer parada, e radiante!... que eles sabotam, pilham, cagam em cima de você!... um prato cheio!... um negócio da China!... ele e o Grão-Castrado Loukoum!"

Até parece que ele estava me contando uma grande novidade, o Gertrut do Monóculo, e azul-celeste!... vai ver se eu estou na esquina!... fofocas eu teria para dar e vender, ô seu Gertrut Bérengères!... pois sim, se eu não sabia direitinho como é que o Achille me passava a perna! tenha a santa paciência!... logo ele, que, eu achava, tinha tanto tempo sobrando, o Gertrut de Gertrut, e tantas rendas, ia desencavar umas escandalhadas que ninguém, talvez quem sabe... nem ele mesmo?... levava a sério!... uns "bafafás-venenosos" 1900!

Jogar tudo no lixo! o Gertrut! o Achille!... mexeriqueiros!... eu, uma única preocupação!... coisa séria! *cash* e não se fala mais nisso! o que eu ia deixar para a Lili?... quanto?... como?... cadê?... o pequeno pecúlio?... mas aí! raios me partam! olho vivo!... aí é que está! lindinho, o pecúlio!... e eu falecido? o último suspiro? já estava vendo a avalanche dos "herdeiros"!... na mesma hora, a malta!... morto o animal você vê surgirem, fervilharem, atacarem!... mandíbulas em profusão!... "herdeiros"... todos! com documentos, sem documentos... com selos, carimbos, lacres! sem!... de todos os metrôs sai gente!... e crocodilos com lágrimas!... sem lágrimas!... e cada dentadura!... todos "herdeiros"! a Lili será despejada a toque de caixa!... no olho da rua!... estou vendo como se lá estivesse!... não é capaz de se defender!... exatamente a mesma história que na rua Girardon... ou em Saint-Malo... ou em Copenhague, *Ved Stranden* 20, (*tuve*)... aí está, a genuína seita para "todos os climas"!... a "perfeita Internacional"! os "herdeiros"... e a "feira do quem-dá-mais!"... sempre os mesmos, tudo vinho da mesma pipa, onde quer que seja! pouco importam regime, filosofia, seita, cor!... pouco importa o pretexto!... eles atacam, pululam! em cima de você!... devoram tudo o que é seu!... não é a Lili que vai se defender!... não!... até muito pelo contrário... eu diria... é triste... tristemente romântico... a bailarina...

Nenhuma ilusão!... preocupações pessoais... você me dirá... mas mesmo assim! mesmo assim! que seja o Gertrut ou o Brottin, ou um outro, ninguém me adiantará mais um centavo por uma história gênero *Normance*! pois é!... o leitor quer rir e mais nada!... nunca Paris foi bombardeada!... em primeiro lugar!... e em segundo!... não há nenhuma placa comemorativa!... a prova!... só eu, que ainda me lembro de duas, três famílias soterradas!... em matéria de livro, *Normance* não passou de um terrível fiasco!... porque isso!... porque aquilo!... além de sabotado até dizer chega! pelo Achille, por sua corriola, seus críticos, seus execráveis "às suas ordens", jornalecos enraivecidos!... todos esperavam que eu provocasse, que eu saísse devorando de novo tudo quanto era palestino, que eu fosse mais uma vez em cana! estirado no ringue, beijando a lona!... "benfeitores", é o nome que se dá a essa gente!... os "coragem-rapaz"!, enquanto isso, tome de solapar! muito bonito, Cavalheiro! vinte anos!... "perpétua"!... ah, mas vacilaram! bobearam! cochilaram! eu é que, pelo contrário, espero de pé firme que sejam todos presos!... canalhas flertando com os cadafalsos, trabalhos forçados e "reclusões"! que se reabra para eles a bela colônia penal da Guiana! que se reative a Ilha do Diabo!... e mais, de brinde, cada um com um troço na língua... pequenos epiteliomas... farta escolha! entre as carótidas e a faringe...

Bem!... mas enquanto isso, o Brottin me adverte: zero!... "Você vende cada vez menos!... o seu *Normance*? uma catástrofe!... nada passível de enfiá-lo de novo no xadrez!... nem de pornográfico! nem de deplorável! coitado de você!... e olhe que os críticos estão de dentes afiados! prontos! venenosos! tudo!... se mordendo!... com nojo de você!... e a bóia deles, ora essa?... desalmado!... e as grujas deles?... as famílias deles?..."

"Não escreva mais nada!"... você vai me retrucar... e que eu lhe dê ouvidos!... tem toda razão!... mas e a Lili, os cães, os gatos, os passarinhos, e as "fura-neve"?... com o inverno que tivemos!... será que você tem alguma sugestão?

E inclusive lhe garanto:... na maior pão-durice... cortando em tudo... uma luta pra valer contra os elementos, as coisas, ventos, correntezas, umidade, carvão!... couves-flores, arenques na salmoura! uma luta em que você não existe mais! e as cenouras!... até as migalhas de pão!

Quanto ao meu estilo e às minhas obras-primas?... cabala, boicote!... é verdade! fique sabendo!... todos os plagiários na forca! não apenas os plagiários, os "que não nasceram para isso"! sabe Deus quantos!... só os do bando do Achille, carradas! mil! mil!... por mim, o Dumel, o Mauriac, o Tartre, todos na mesma corda!... a dezena de prêmios Goncourt, na outra árvore!... ah, já ia esquecendo, mais o Arcebispo de Paris! antes que os chineses se melindrem!... nada de criar caso!... que ofereçam a eles a cabeça do arcebispo, na porta Brancion!

Falando em gás e em gracinhas, amanhã a conta!... estou com duas contas atrasadas... estou devendo também ao Fisco... estou devendo ao carvoeiro... estou me repetindo?... eta-ferro!...

no mesmo caso, metido nos mesmos lençóis, você daria uns gritos que se ouviriam até Enghien!... eles seriam obrigados a vir pegá-lo, tascar-lhe um brometozinho à guisa de sedação, e depois enfiá-lo numa cela acolchoada, de hospício! nós dois, eu e a Lili, temos bem uns quinze anos de caçados!... a matilha atrás de nós!... quinze anos é uma eternidade!... a teutonagem ferocíssima durou três anos, no máximo!... pense bem!

Estou vendo que o aborreço... outra coisa!... outra coisa!... todos os burgueses na forca?... burgueses de todos os Partidos!... pleno e total acordo! burguês é cem por cento canalha! vejo um deles muito especial, o Tartre! a nata da cloaca! o modo como me difamou, moveu céu e terra para que me esquartejassem, dou-lhe direito a cinco... seis cânceres entre esôfago e pâncreas!... prioridade!...

O Tartre me roubou pra caramba, me difamou... ah, e como!... mas não foi pior que os parentes!... e não é tão divertido como a minha tia!... nem de longe!... o choque, a síncope da minha tia ao me rever!... que eu não estava morto!... que eles não tinham me executado!... "Você? você?"... ela duvidava... "você, aí?"...

Nem imagina a farra que ela tinha feito com as minhas coisas!... passou a mão em três pares de cortinas, seis cadeiras, e todas as panelas de esmalte... não que precisasse de alguma coisa!... Deus me livre!... tinha tudo em dobro!... em triplo!... mas já que todo mundo metia a mão, que eu era seu sobrinho, por que não meteria a mão, logo ela? ficaria sem nada?... era a pilhagem do meu barraco!... uns desconhecidos!... e ela, minha tia?... nada? primeiro, que eu nunca devia ter voltado... devia ter batido as botas na prisão... enforcado?... empalado?... era evidente, seria minha herdeira!... nada mais natural!... o Tartre também herdou de mim! e uma batelada de outros!... "Bom dia, minha tia!"... ela pula da cama! e de camisola ao me ver! a mim! "Ele assassinou a mãe!... prendam-no! prendam-no!..." é o que desembucha! o grito do coração! emoção tão forte que correu berrando sem parar e me denunciando! "Seu Chefe de Polícia! socorro! socorro! prenda-o! ele assassinou a mãe! Seu Chefe de Polícia!..." assim todo o Faubourg Saint-Jacques, depois pela beira do rio... "socorro!... socorro!" os tiras a agarraram em plena corrida, a jogaram na Delegacia!... mudança de turno!... posta em liberdade!... endoidece de novo! "É ele! é ele!...", recomeça a ladainha!... em plena noite, Quai des Orfèvres!... de propósito... que o Chefe de Polícia interfira!... que me jogue de novo no xadrez!... que nunca mais eu lhe peça de volta uma cadeira!... a tia!... assim, os parentes, os amigos!... eles são a horda, eu um fora-da-lei!... quando a minha tia danou de berrar pelos Halles durante o resto da noite, que eu era o assassino da minha mãe, correndo de pavilhão em pavilhão, teve um chilique!... aí então a agarraram, amarraram... e ainda assim, no hospital!... continuava a berrar que eu era isso! que eu era aquilo!... umas baboseiras...

Quando a rapinagem foi total!... os seus móveis, manuscritos, bibelôs, cortinas, você pode esperar qualquer negócio!... mais ainda dos parentes, dos amigos... os mais depravados benfeitores!... tudo macaco velho, diplomado em malandragem!... com que paixão ficam no encalço da gente!... o halali para a presa acuada! meu par de cortinas, minhas quatro cadeiras... minha tia que ficou lelé!... o Tartre: comuna!... todos epilépticos, basta olhá-los!... pensei: a Titia possuía tudo! o Tartre também!... abastados! abastados!... tudo em dobro! triplo... na cidade!... no campo!... geladeiras, automóveis, criados!... a trompa de caça soara para mim, eles tinham participado da caçada!... só isso!... surpreso, eu? de quê?... babaca!

Não quero que você se perca nessas frioleiras!... eu estava falando do Gertrut Morny... esse profundo interesse que demonstrava por mim!... Tartufo!... que eu deixasse o Achille a ver navios, sabotador conjurado abaixo de tudo, e fosse para as Edições

Bérangères!... que eu estava me perdendo com o Achille!... que a maior alegria, dele, do Loukoum e de toda a sua cambada, era me reduzir a zero! lá no fundo do porão deles!... eu, os meus livros!...

Mas e ele, esse Gertrut?... já lhe descrevi a figura dele... não da velha que aluga cadeiras, feito o Achille! não! está mais para cabeça mosqueteira, barbicha mosqueteira... além do grande monóculo azul-celeste... evidentemente, ele me empanturrava, prometia a Lua!... cada "tiragem"! e uma dessas "re-popularidades" junto ao Público que só vendo! ah, com toda certeza, eu não teria muito a perder! nem cairia num mais sovina que o Brottin!... fazia oitenta e tantos anos que os autores se revezavam, tentavam o diabo a quatro com o porta-níqueis dele, nunca ele vomitou: nem um vintém!... a luta pelos "adiantamentos"!... Hércules resistente, o Achille! só uma coisinha talvez você pudesse tirar dele... ao vê-lo desembolsar dez mil francos... vinte mil... era partir para a ofensiva! "Passe bem, Achille! estou cheio da sua cara..." Ele sai correndo atrás de você!... com o seu sorriso mais amável!... um ódio daqueles!... ah, que merda! ah! melhor assim!...

Já lhe falei um bocado, imagino, de como eu desconfiava do Gertrut... mas delícia mesmo era quando você o punha para falar do Achille, a gente não se chateava nem um minuto... era cada anedota! de trinta! quarenta anos atrás... as ignomínias dessa criatura!... prova definitiva do que dela eu podia esperar! as manobras para trapacear em tudo!... em qualquer lugar!... no carteado, nas corridas de cavalos, no cassino de Enghien, na Bolsa... não conseguia se segurar!... que ele matava de fome seus autores, seus funcionários, suas empregadinhas, que dava um jeito para fingir que lhes emprestava dinheiro... cuja cor eles jamais viam!... partidas de perde-ganha com adiantamentos e contratos!... mandava-os assinar, assim estavam quites... e que deviam ficar muito agradecidos!... quantos haviam se suicidado, tinham sido encontrados na barragem de Suresnes?... até entre os gigantes da pena! e senhoritas de sobrenomes ilustres, que hoje teriam 130 anos!

Chega de conversa fiada!... aí está ele, justamente, o rapaz que lê o relógio da água!... o quilo de macarrão e o arenque "semi-defumado"... vou cuidar deles!... o Gertrut, ódio ou não, tinha esses "esquecimentos", esses "não me aborreça" dos ricos... não se dava conta do macarrão... os dois tinham a mesma alma, a mesma grosseria... a alma exasperada, e você ali, tão tolo!... a falar de macarrão!... a se atrever!... diante deles!... os ricos só podem ser "esportivos"... esportivos na Bolsa, ou no Paddock... esportivos fazendo subirem as suas "Suez"... esportivos saracoteando com as atrizes, e mandando seu jóquei montá-las... esportivos furando o sinal vermelho... esportivos já desabando e babando e mesmo assim correndo atrás de todas as "Quermesses"!... e de Gides mirins! agora, ali, o Gertrut e o Brottin, era um seqüestrando os autores do outro!... mas um esporte que não praticavam... oh, que horror!... assim como fazer cocô na cama!... era eles mesmos botarem a mão na massa naquela joça!... gigolôs, sim, mas nada loucos! os autores morrem dando duro, no batente? e daí?... os asnos também!... mas o que é que ele poderia fazer com uma página em branco? me diga! o Achille?... que esporte?... que desonestidade? e o Gertrut?... passarinhos de papel?

Olhe, se pelo menos eu pudesse contar com a Crítica... umas notinhas... nem que injuriosas... não evidentemente as de todo o Circo do Mauriac!... bichonas matreiras e confessionais!... nem do Trissotin[31] Tartre... todos eles sobreviventes de vinte anos de bobajadas!... não! alguns cochichos me bastariam...

Eu posso me vender? hein?... quem garante que não?

"Vamos nós!... vamos nós!"

31. Personagem da comédia de Molière *As sabichonas*, um tipo de poeta mundano, pedante e vaidoso.

Reflito!... napoleônico quando se trata de agir! reflito! a Arlette, num braço!... o Simon,[32] noutro!... e "adiante"!... um Estúdio na nossa frente?... atacar! aqui estamos!... corações ao alto!...

Que pena, pequena!... essa caverna? escombros, destroços, cacarecos de pelo menos três... quatro Exposições! bricabraque fúnebre... e debaixo daquelas abóbadas? uma altura de umas três... quatro Notre-Dame... tudo papelão, estuques, baldaquinos gigantes!... é ali!... é o lugar!... momento solene!... nossas vozes!... dá tudo errado!... recomeçamos!... regravamos!... o Simon primeiro!... estou emocionado, devo dizer... essas abóbadas, mesmo toscas, ressoam!... se não são elas, um amplificador! eu tão discreto, por mim cairia fora, medo da minha voz tão horrorosa!... que efeito!... jamais acreditaria!...

De jeito nenhum, eles dizem!... não partirei sem cantar!... eles querem, não vou me fazer de rogado... de gostoso!... em frente! marchar! um!... dois!... com abóbadas ou sem abóbadas!... pergunto ao gringo que está ali, o que fala um pouco de francês... se a idéia é pôr tudo isso à venda?... canções, harmonias, vozes desafinadas?... se eu pudesse talvez?... um disquinho?...

"Ah, não! Mestre! não! mais tarde!... muito mais tarde, espero eu!... para a nossa discoteca!... o seu programa necrológico!"

Estou entendendo por que é que vieram me buscar!... mais tarde?... mais tarde?... não concordo!... para a prosa... os textos... quem sabe?... mas para as canções, sinto muito! tal e qual, e é pra já!... num vôo, uma fração de eternidade!

Eu não ia explicar isso ali!

32. V. Arletty.

Não vou cair no macabro, coveiros etc.... não!... estava lhe falando da vala comum... não a daqui... mais longe... em Thiais!... mais longe ainda... mas, e eu na cova?... a Lili?... os gatos... os cães... taí uma coisa que eu não vejo, a Lili se defender... ela não nasceu para isso... essa avalanche!... imagine só!... uma dessas corridas de "herdeiros"!... amigos, parentes, vigaristas, oficiais de justiça, vorazes de tudo quanto é tipo!... ah, a gente sabe o que é isso!... é! não há dúvida!... todas as gatunagens!... aqui! ali!... acolá!... por todo lado! mas a Lili sozinha?

"Ele se indispôs com todo mundo!... esse racista indigno ainda não foi esbulhado o suficiente!... vamos decepar a viúva!..."

Sou meio recalcitrante?... essa é boa!... minhas idéias racistas, nada a ver! Tartufos!... um tempão que ela não existe mais, a raça branca!... olhe o Ben Youssef!*... o Mauriac!... o Monnerville! a Jacob!*... amanhã o Coty!*... o que não chega a ser um drama!... foi o *Viagem* que me causou todo o mal!... meus piores odiosos ferrenhos inimigos nasceram com o *Viagem*... Ninguém me perdoou o *Viagem*... desde o *Viagem* sou um caso perdido!...

ainda se me chamasse *Vlazine*... Vlazine Progrogrof... se tivesse nascido em Tarnapol-sobre-o-Don... mas Courbevoie, Sena! Tarnapol-sobre-o-Don eu teria o Nobel há que tempos!... mas eu, daqui, nem sequer sefardita!... não sabem onde me enfiar!... me suprimir, melhor ainda!... vergonha das vergonhas!... que calabouço? a que ratos suplicar? A Vrrainza para os vrrainzeses!...[33]

Naturalizado mongol... ou fellagah que nem o Mauriac, eu andaria de automóvel, tudo me seria permitido, em tudo e por tudo... teria a velhice assegurada... paparicada, mimada, juro!... que padrão de moradia! e eu pontificando no alto da minha colina... daria imensas lições de Virtude, de extremismo, macacos me mordam! a mística!... e seria filmado pela televisão o tempo todo, o meu ícone seria visto em qualquer lugar!... a bajulação de todas as Sorbonnes!... a embriaguez da vetustez! tivesse eu nascido em Tarnapol-sobre-o-Don, faturaria uma média de duzentos mil francos por mês só com o *Viagski*! não é o Altman que vai me contradizer! nem a Triolette, nem o Larangon!...

Que eu fale... que eu meta a cara... veremos!

Mas Courbevoie-sobre-o-Sena, cá para nós, eles não passam nada de mim na televisão, nunca passarão nada de mim!... o único resistente do lugar! ó, que merda! ó, que horror!... a prova?... a prova? você não me achará no Dicionário... nem no dos médicos-escritores... nem na lista da dona do armarinho... lugar nenhum!... e muito menos no "Illustris-Brottin"... na "Revista Pontual da Chatura!"... não! e não!... o Norbert Loukoum gostaria que eu publicasse lá, mas tudo às avessas!... idéia dele!... o texto, as palavras, as páginas, tudo de ponta-cabeça!... resisti! chamei-o de baitola, de chupa-trolha, e mais! que ele tinha a boca incestuosa etc....

33. Adaptação celiniana do lema de extrema direita, "A França para os franceses", ainda hoje usada pelos partidos neofascistas, e aqui atribuída por Céline às personalidades do mundo literário que o boicotariam.

bem sádico-me-morde... a gente se separou com essas palavras!... "a minha 'Revista Bosteira' está fechada para você!"... o que eu já esperava! ah, a Chatura!... vamos a outras! a outras maneiras de garantir o macarrão!... outras cartas na minha manga! Hipócrates, acuda-me!... verdade, os doentes vão escasseando... já lhe disse... mas a gente nunca pode se gabar de não ter mais nenhum paciente... quiropráticos, curandeiros, irmãs de caridade, massagistas deixam sempre escapar um ou outro... ah, insuficiente para pagar meu "alvará"... e a cotização da *Ordem*, e o meu seguro de vida... e o encanador... e a *Presse-Médicale*... para você ver a economia em que vivemos! ali!... lá! até os mais economicamente fracos são uma espécie de estróinas se comparados comigo...

Mas desde o danado do bolchevismo que você não pode mais abrir o bico!... é o Picasso aqui!... é o Boussac ali! é o Tartre recomuna!... bilhões para todo lado! e os malditos acolá!... você não existe mais! quem for o mais pançudo, bundudo... bolachudo, é o mais maldito da Terra! está rindo? eles cortam a sua cabeça...

Eu desconfio de tudo! não rio!... nossos cães farejam, e "au! au!"... afastam!... a propósito, o Bécart me dizia, talvez dois dias antes de morrer: "Você é teimoso Ferdinand!... os cães são carnívoros, ora essa!... um convite ao ataque!..."

Volto às nossas dificuldades... em suma, tal e qual, sem gozação, o último operário lá de baixo, da ilha, da Renault trabalha menos que eu, come mais que eu, dorme mais que eu... e sessenta e três anos daqui a dois dias... esclareço... quanto à consideração!... é inacreditável o esforço que faço para não virar picadinho, ali, na bucha! "crápula! stalinista!... nazista! pornográfico! charlatão! praga!..." não sussurradas, essas coisas bonitas!... preto no branco!... cartazes cheinhos!... aí também um erro capital: não cobro!... e minha gratuidade me torna mais odiado!... só os crápulas é que são gratuitos! "ah, ele gostaria de ser perdoado! pérfido pior que tudo! pústula!"

Reflito... o lado engraçado... essa degringolada!... meu querido velho mestre Étienne Bordas ainda outro dia me escrevia... "Você, um espírito tão distinto! um sujeito de elite!... meu melhor aluno!..."

Caralho!... ainda bem que ele se foi! o Étienne Bordas! "um sujeito de elite!" ah, não é a opinião do Baixo Meudon!... nem do Alto!... tivesse ele visto os cartazes! "traidor, médico charlatão, pró-Stalin, pornográfico, bêbado..." mas talvez ainda o pior de tudo, o que mais me prejudica: "Ele não tem automóvel, sabe!"

O açougueiro, o quitandeiro, o marceneiro não vão trabalhar a pé! médico a pé?... você merece tudo o que dizem a seu respeito!... sem automóvel? o descaramento desse vagabundo!... charlatão perigoso, serve mesmo é para ser enforcado!... a rua, a calçada, para os marginais!... as marafonas!... ir ver um doente a pé?... você o insulta! o doente o expulsa!... e depois você se queixa!

Veja bem, Versalhes não fica longe... você imagina o médico mais mixuruca indo lá a pé?... o Fagon* a pé?... ora, o doente consciente de seus direitos, segurado social, sindicalizado, leitor de três, quatro, cinco jornais, primo de duzentos, trezentos milionários é muito mais esclarecido que o rei Luís!... XIV!... XV!... XVI!

De quebra... o fim da picada!... o fundo do poço!... as compras!... eles me vêem com minhas duas cestas!... uma para os ossos... outra para os legumes... as cenouras, sobretudo!

Tendo em vista a minha idade, o meu pequeno tremor, eu poderia talvez, a rigor, meus cabelos brancos, passar por um "Professor Qualquer Coisa"... *Nimbus*,[34] iriam rir de mim... me ajudariam! mas e os cartazes?... coisa séria! inexpiável!... e meu nascimento em Courbevoie!... sinto-me aventureiro total... mais baixo, bem mais baixo do que *quiroprático*!... entre herborista e "cami-

34. Personagem de história em quadrinhos criado em 1934 por André Daix, o Professor Nimbus é um cientista que vive nas nuvens e quase não fala.

sa-de-vênus"... mais baixo que a Bovary!... cule!... cule do Ocidente!... o futuro! carrego os embrulhos: todas as caixas, as sacolas, os sacos!... e as latas de lixo!... carrego os crimes... carrego os impostos... carrego a medalha militar... carrego meus 75% de invalidez... homem completo...

Não é o Loukoum que vai me ajudar!... não discuto!... impressão, só isso!

E depois não são só idade e cartazes!... o estado da nossa casa também... "Curioso que ela não desabe"... vou eu mesmo abrir o portão!... destranco!... retranco!... eu me mato por assim dizer!... sem empregada! confesso! e a localização tão estranha!... não lhe contei?... à meia encosta!... lugar realmente impraticável! e o caminho, então!... lama!... pobres doentes! inverno!... escalando, atolando-se, quebrando o pescoço!... e eu vou me queixar!... claro, eles não sobem!... nunca subirão!... seguem pela margem do rio até Issy, todas as suas compras... padeiro, açougueiro, correio, farmacêutico, macarrão, cabeleireiro, vinho... e o "Grand Rio", 1200 lugares... tela tripla! e quantos médicos, de porta em porta? que é que eu posso fazer, merda, eu, à meia encosta? os doentes do alto ficam no alto, não são bobos! os poucos "crônicos" que se arriscam é para as conversas na birosca, se eu sou mesmo tão pulha como disseram? se é verdade, aqui em casa é gênero "Petiot"?... será que eles verão restos de vítimas?... fornos de supliciar doentes?... etc.... etc....

A chuva é que me manda clientes!... acontece!... não muito! alguns... que subindo para o Meudon de verdade pifam à meia encosta... ah, só no inverno!... estão errados, viessem eles no verão e desfrutariam da localização... do panorama excepcional!... e das ramagens e dos passarinhos!... não só a cachorrada!... pássaros, e como cantam! e o que se descortina!... até Taverny do outro lado! o limite do município!... do jardim da minha casa, da estradinha... digo jardim, sim!... autêntico mini-Éden, três meses por ano!...

que árvores!... e pilriteiros e clematites... ninguém diria, só a uma légua da ponte d'Auteuil! a mata, o arvoredo na fronteira com os bosques de Yveline... logo em seguida é a Renault!... abaixo de nós! não há como se enganar... onde tem o matagal mais cerrado, é ali!... somos nós! primeiro os cachorros se jogarão em cima de você, a matilha!... não se deixe intimidar!... faça de conta que não os escuta... olhe essa vista! as colinas, Longchamp, as Tribunas, Suresnes, os meandros do Sena... dois... três meandros... na ponte, bem do outro lado, a ilha da Renault, o último bosque de pinheiros, na ponta...

Óbvio era bem mais campo quando vínhamos meu pai e eu entregar as guipures, os leques... as mesmas estradinhas por volta de 1900... ah, muitas freguesas em Meudon!... "assim ele tomará um pouco de ar!" a gente aproveitava!... eu aproveitava!... nós nos asfixiávamos na Passage Choseuil!... trezentos bicos de gás!... criação de crianças à base de gás! saíamos depois do "Escritório", do "Coccinelle Incendie" do meu pai, ele a passo de ginástica! e pé na estrada!... de ônibus, no "imperial", com as encomendas! nunca estávamos de volta na *Passage* antes das 9, 10 horas da noite... em matéria de caminhos, Meudon não mudou nada... estradinhas, uma barafunda de labirintos, ladeiras puxadas... encontrar as freguesas ali no meio!... você nem imagina!... senhoras extremamente meticulosas!... e suas senhoritas... "não estava bom! era muito caro!" etc.... tudo para que a gente levasse a nota de volta mas deixasse a mercadoria! um pequeno conserto: 10 francos!... não pagar! eram assim, as freguesas... que fim levaram essas famílias?... as casas ainda existem, as mesmas, praticamente... e os mesmos caminhos... não muito bem indicados, à noite!... para mim, tudo bem! nunca saio sem cachorros! não um!... três... quatro... e brabos!...

— Seus doentes, então?...

— Nada agradáveis!... tão difíceis de contentar como as damas "emperiquitadas" de 1900!... clientes resmungonas, burlonas, ladronas!... de dar nojo a um são Vicente!... creio que se sou como sou, ódio tão total a qualquer transação de grana, comunissa de sangue, 1000 por cento, com doentes ou saudáveis, foi por causa das freguesas de minha mãe, que me deixaram enojado!... marafonas e condessas 1900... e o diabo a quatro!...

Porém, como a natureza humana não muda nada vezes nada, nunca! imutáveis gametas, a senhora "torneira mecânica" menopáusica segurada social resolve ter um desses faniquitos e um desses acessos de raiva piores que os da Maintenon!... nunca, no que me diz respeito, me vi posto no olho da rua, tão brutalmente tratado, "de abaixo de tudo", e corrido, e a vassouradas do que por uma segurada social "torneira" cujos nervos eu queria poupar... eu não lhe falava em operação... ainda não!... fibroma?... câncer?... não queria informá-la... ai, a porra da minha delicadeza!... o meu tato!... a operária se sentiu aliviada! pra quê!... carradas de insultos!... os vizinhos ouviram tudo... dois, três saíram de casa... eu os conhecia de vista... "ah, não ligue não, doutor!... ela está nervosa!..." eu acho mesmo é que era sobretudo o automóvel... se eu tivesse um automóvel daqueles!... um capô daqueles! ela não teria dito nada!... e se eu trocasse todo ano? tudo me seria permitido!... cada vez mais possante!... o mundo não é comunissa, não!... raios! mas materialissa... e ponto final!... terrivelmente!... até o átomo!...

Ande de automóvel, Suez ou não Suez, e você existirá!... para Versalhes, eram as carruagens, agora é o número dos seus HP... Versalhes, Kremlin ou Casa Branca... você é um maioral?... não é?... Professor, Comissário... Ministro... quantos HP?... teve sucesso na vida?... teve?... ou picas?... fibroma?... mixaria!... foda-se!... câncer?... qual é a sua carroceria?... as suas suspensões?... Versalhes... Windsor... Casa Branca... Cairo...

Eu só queria ver o Luís XIV com um "segurado social"!... ele ia ver só se o Estado é ele!... pense nos bilhões que representa o menor contribuinte! ah, o Luís unha-de-fome!... imagine o Luís-Sol, o pavor que sentia só de ter de mudar de cirurgião! aquilo não era mais vida!... a etiqueta!... o "segurado" esse aí nem esquenta a cabeça se tiver de chutar você para escanteio! chamá-lo de borra-botas!... os seus conselhos?... rá, rá, rá! velho palhaço!... "férias" é o que a gente lhe pede! e assine!... carimbo e tchau! velho parasita! "oito dias, está entendendo!... um mês!... e dane-se! palhaço de uma figa! o seu carimbo!... as suas receitas?... só rindo!... só rindo!... as gavetas e as latrinas já estão cheias de receitas! e não é de gente da sua laia, não! dos maiores medalhões e Professores e Quiropráticos de Neuilly, Saint-James e Monceau!... cada salão!... e os tapetes, hein?... gramados!... dez enfermeiras!... vinte ditafones!... pois é! eles mesmos! esses semideuses, com as receitas deles, a gente limpa o rabo! com as suas então?... o seu carimbo!... depressa! não olhe!... assine!... tchau!"

Eu não deveria dizer, mas é muito gozado, a maioria dos

doentes que vejo gasta muito mais em cigarro do que nós para vivermos modestamente... nós, quer dizer, a Lili, eu, os cachorros e os bichanos...

Uma das minhas bêbadas mais difíceis brandiu sua garrafa bem em cima da minha cabeça... e depois debaixo do nariz... tinto zurrapa!... ela me desafia!... eu lhe disse para não beber... "Ela pode matar a filhinha!" eu deveria mandar interná-la!... "Ela é perigosa, sabe, Doutor! o senhor não pode fazer alguma coisa?..." se mandasse interná-la, ela daria no pé, voltaria para me matar!... bebedeira é isso: "Eu estava de pileque, não ia com a cara dele!", e não precisa dizer mais nada. Como o Tartre e tantos outros se masturbaram, esfalfaram, suaram, sangue e venenos, reviraram Céus, Terra, Inferno, para que alguém se decidisse a me matar! enquanto isso, a bêbada, ali, estava prontinha!... os cães também estavam prontinhos... as cadelas mais ainda, só dependia de mim, que eu dissesse uma palavra...

Eu, meu Deus! garrafa, hospital: não queria mais vê-la, só isso!... aconselhava outro médico... mas era a única que não queria!... nenhum outro médico que não fosse eu!... só eu! não me xingava, queria mesmo é me matar!... e que eu tratasse das verrugas dela!... queimasse!... uma vez sim uma vez não, eu recusava... ela insistia...

A gente tem de prestar atenção em tudo... nos meus cachorros nem se fala!... que não me tenham devorado um doente!... dois doentes!... é bater na madeira!... o jardim é imenso e em declive... se a matilha sair desabalada!... e uivante!... mais que suficiente para afugentar todos os doentes... para os vizinhos reclamarem... porque se eles latem!... é uma loucura!... quanto mais berro atrás deles mais rugem... me respondem... com os doentes, nem se fala!... subo com toda a matilha para o sótão entre as 2 e as 4... eles uivam lá em cima... pior!

Pensando bem, no frigir dos ovos a minha matilha me prejudica às pampas, é verdade!... mas me protege dos intrometidos... eu desconfio de quem passa... desconhecidos... e conhecidos! ouvem os cães latindo... estavam espiando, e dão meia-volta!... os assassinos detestam riscos... são mais prudentes ao matar alguém do que um burguês ao comprar as suas "Suez"... conheço um pouco os assassinos... convivi com eles aqui, ali, por todo canto, não só na cela... na vida... cinco... seis *pum*!... *pum*!... acabou-se!... não sou muito dado a confiar, não tenho confiança em rigorosamente nada! quando estava no Pavilhão K., *Vesterfangsel*, o escarcéu era bem diferente!... não só os presos do *pip-cell*... todas as matilhas soltas, até de manhã!... quantos molossos? cem?... duzentos?... era bem guardada, a prisão!... *intramuros! extramuros!* dois anos... durante dois anos... eu não dormia, podia escutá-los... o diretor da prisão não tinha confiança... por que eu teria, logo eu? a prisão, não é mesmo, é uma escola, você já esteve lá? não esteve?... as verdadeiras lições!... os que não estiveram, mesmo nonagenários e lá vai fumaça, não passam de uns donzelos infectos boquirrotos cabotinos, gratuitos... falam, falam e não sabem!... você os escuta botando banca... mas o que é que eles pensam, bem lá no fundo?... "Tomara, caralho! que ninguém desconfie desse meu papo de araque, até o fim! tomara que eu agüente firme até o fim!..." o cagaço, o xadrez! é a obsessão deles!... dos Mauriac, Achille, Goebbels, Tartre!... por isso é que você os vê tão nervosos, tão alcoólatras, de coquetel em coquetel, de confissão em confissão, de trem em trem, de mentira em mentira! de Célula em Célula... de baboseira em baboseira!... que eles escapem mais uma vez dos "Mandados", das algemas, da prisão da Santé!... e como têm palpitações, hein! o minuto sério de suas vidas!... o único!... *finish* blablablá!

Por que eu, logo eu, me diga, teria confiança? Não desconfio da sra. Niçois... talvez seja um erro? entre outros doentes... da sra. Niçois, não!... o menor perigo... realmente a pessoa inofensiva... mas os gestos!... que gestos!... faz mais gestos do que a minha bêbada... não me ameaça, não!... não sacode nenhuma garrafa debaixo do meu nariz... mas treme para se segurar... no portão!... em tudo!... num arbusto... em qualquer coisa... cambaleia... fica perdida... ausente digamos assim... cada vez mais fraca... não se lembra mais do meu caminho... engana-se... ah, meus cachorros não a incomodam... nem ouve!... também não enxerga muito... para você ter uma idéia do seu estado!... pois bem!... fique sabendo, o que a constrange é que eu não cobre nada dela...

Portanto, estava lhe dizendo, a sra. Niçois se perde nos atalhos... do Baixo Meudon até minha casa... pegou a direção de Saint-Cloud, os vizinhos a agarraram... já quase na Ponte!... devem ter pensado até onde ela iria? mora na praça ex-Faidherbe paralela à estrada de baixo, prolongamento da Vaugirard... da casa dela se vê direitinho a água, o Sena... o cais logo ali!... falando nisso, perto, cem metros, depois da estrada des Virofles, o antigo famoso restaurante: *Pêche Miraculeuse*... quase uma recordação, tal o estado em que se encontra!... mesmo assim, ainda com suas varandas onde o "Tout-Paris" vinha para as festanças, ao fresco do rio, na brisa... a ilha em frente, já sem árvores!... virou fábrica!... seja como for, ao longe a Sacré-Coeur, e o Arco do Triunfo, e a Torre Eiffel, e o Mont Valérien!... mas os fregueses que vinham cear não voltaram... sumiram!...

Ah, o tráfego do rio continua... todo o movimento!... rebocadores e uma enfiada de outros, os de alto bordo, os rentes à água, os de carvão, saibro, entulho... a gente enxerga tudinho... em fila indiana... a jusante... a montante... ela não está interessada... isso depende evidentemente da sensibilidade de cada um... o movimento dos rios nos toca... ou não nos toca!... as manobras dos comboios para passarem pelos arcos... o esconde-esconde... ali, da casa da sra. Niçois, da sua janela, a gente os via embicando na direção certa... quase desde a ilha des Cygnes!... e do outro lado... já passado Saint-Cloud... imagine só esse trecho do rio! da ponte Mirabeau a Suresnes!... a vista dos comensais naqueles jantares!...

Eram mais sensíveis que nós, ainda não eram negrinhos[35] ensandecidos... para mim, basta ver o Achille e o Gertrut... ai, que nojo eles me dão, imenso... mesmo assim você ainda encontra

35. Nos panfletos anti-semitas, esclarece Henri Godard, Céline se refere aos judeus como seminegros ou negrinhos (*négrites*).

neles, debaixo de suas rugas, papadas e dobras, no tronco dos nervos, na fibra, uma espécie de vestígios de requintes...

No tempo da "Pêche Miraculeuse" era a moda das ioles e das grandes camisetas listradas, dos remadores de bigodes dardejantes... vejo meu pai, de bigodes dardejantes!... vejo o Achille na iole, cabelo à escovinha, camiseta, bíceps!... vejo todos os chefes de família... as freguesas cacarejando para embarcar!... a volta na "Ilha dos pombos"!... *pum! pum!* o Tiro! mil gritinhos, frufrus, fricotes!... meias de seda, flores, frituras, monóculos, duelos!... a "Pêche", as varandas, ali, agora, só mesmo jogando no Sena!... bichada, a "Pêche"...

Lembro-me como se lá estivesse do "tiro aos pombos"... de seus choupos! as copas ao vento! você nem calcula os sopapos que me deram, porque eu era levado da breca, no bateau-mouche "Pont-Royal-Suresnes!..." o verdadeiro bateau-mouche! não os de imitação, de agora!... o bateau-mouche todinho era só catiripapos... era a educação da época!... tabefes, pontapés na bunda... agora evoluiu enormemente... criança é "complexo e tetéia"...

Sim, os refinados comensais da época tinham uma vista panorâmica... não só o Mont Valérien, e do outro lado a Sacré-Coeur, todo o vale, o Sena, os meandros... que eu também, eu, da minha janela, de onde agora escrevo, não tenho do que me queixar... ah, Longchamp também, as tribunas... defronte...

Sabe, escuto os velhos falarem... falam como se tivessem estado lá!... Aqui, ó!... mentirosos!... não estavam lá!... eu?... sabre desembainhado!... a última parada do 14 de julho!... todos os efetivos da Praça!... mais os 11º e 12º *Couraceiros*!... à carga!... para a última carga pode-se dizer!... depois, não houve mais nada além de passeios, de ensaios para o Sacha[36]... fim do exército!... assim como da "Pêche Miraculeuse"... e dos verdadeiros bateaux-mouches e das crianças que respeitam os pais...

36. V. Sacha Guitry.

Estou me alongando... aborreço-o talvez?... estava lhe falando da sra. Niçois, que eu descia até a casa dela... estou lhe falando da "Pêche" bichada... mas a casa dela!... milagre que se agüente em pé! uma tarde de "buldôzer"!... escada, telhado, janelas! ah, e o meu barraco, hein! igualzinho! tudo isso é anterior a 70!... bem anterior!... o senhorio não quer consertar nada!... espera que a sra. Niçois renda a alma pra vender tudo!... não tem outro motivo de "despejo"... ela paga o aluguel pontualmente, em dia!... concordo, o senhorio é um salafrário, vigarista abominável e tudo, mas recibo de aluguel é recibo de aluguel!

Devo confessar, egoísta, que não me convinha nem um pouco descer até a casa da sra. Niçois... e as cadelas?... eu as fechava no sótão, trancava!... isso mesmo! mas já estava vendo a hora em que quebrariam as vidraças e se atirariam em cima da sra. Niçois!... é, do "terceiro" andar!... isso mesmo!... é!... elas me aprontavam cada uma, cada chilique, doidas para estraçalhá-la!... a sra. Niçois gesticulava demais... se agarrando por todo lado... em tudo... em nada... já, já no ar... cambaleava... rodopiava!... que nem uma folha ao vento... não devia mais sair de casa!... não sei quantas vezes lhe repeti! disse... dava-lhe o braço para levá-la de volta!

Os "calmantes" também a deixavam aparvalhada... evidente!... não gosto das drogas, mas é preciso... um caso em cem... a sra. Niçois era esse caso... sua doença evoluía muito devagar... uma forma que dá nos velhos... além do mais, forma nada limpa... invasora, decerto... e sangrenta... ah, precauções a tomar! acompanhar, digamos assim... gaze por gaze... curativos sofisticados!... e o mínimo possível de morfina... não obstante nenhuma melhora e mesmo assim sangrando um pouquinho... "Doutor! Doutor! tire-me isso!... Ah, não, sra. Niçois!... só faltava essa!..." a sutileza, o tato do tratamento do câncer dos velhos é praticamente impossível... eu vi, eu conheço, infelizmente! as sutilezas de Embaixadas, grotescas patacoadas se comparadas com as necessárias para que a sua velha cancerosa não acabe mandando-o tomar no cu!... você e os seus ungüentos!... as suas esperanças e essa cara de estar pouco se lixando! termocautérios!... vá para o inferno!... pentear macaco!... ali, o problema da sra. Niçois era que ela parasse de se movimentar, ficasse em casa, não subisse mais até a minha... seu estado não melhoraria... ela não se agüentava!... e dá que um dia ela cai e não se levanta mais?... não ia demorar muito!... Petiot! Landru! Bonnot! Bougrat!... já é extraordinário que não me acusem de Dien-Pen-hu!... da queda de Maubeuge em 14-15!... mas que agora eu tenha dado cabo da sra. Niçois? qual é a dúvida?... pois se eu fui acusado, pelo Tartre e por cem periódicos bem informados, de ter vendido o Pas-de-Calais... é o hábito!... agora a sra. Niçois ainda por cima! Cruz-credo! dá que ela desfalece descendo a estradinha?... não!... eu ainda posso ir até lá me arrastando... mas até o Sena?... não!... o pessoal lá de baixo, verdade seja dita, leu tudo... todos os cartazes... que me tratam de cada coisa!... conseqüência: "Está vendo aquele velho ali?... etc...."

Ah, não só os meus crimes!... há também, e talvez sobretudo, o modo de me vestir... não vou mandar fazer um terno novo para a crítica do Baixo Meudon!... não me acham bem vestido?... se eles se vissem como os vejo! explodiriam de forma atômica, e iriam para os ares!... lufadas de nêutrons!... o horror da fealdade!... cabeças! almas! bundas!... sim!... sim!... mas e a sra. Niçois?

Portanto, desço até a casa da sra. Niçois... mas sou desconfiado, repito... o pessoal do cais é hostil comigo... carradas de razões... e o diabo a quatro... o modo de me vestir... primeiro!... os comentários dos cartazes!... segundo!... minhas consultas grátis, meu "sem empregada", "sem carro", latas de lixo, as compras etc.... Realmente, só posso descer de noite... desço pelo "caminho des Boeufs" junto com um cão... melhor dois... o "caminho des Boeufs", passadas as sete horas, é raro que a gente encontre alguém... lá do final do "caminho des Boeufs" à praça ex-Faidherbe, um minuto, se tanto... a sra. Niçois... a casa dela, a antepenúltima, no segundo andar... já estive aqui... primeiro prendo o meu totó... quase sempre levo o Agar... ele me espera, ronca... não me aventuraria sem cachorro... é um poço de defeitos, o Agar, rabugento, rosnento... e para enrolar a coleira, nem se fala!... pula que nem cabrito!... numa serpente, é que ele transforma a coleira!... aparece na sua frente... a coleira fica toda enroscada nas suas pernas!... ele já está atrás!... você não pára de berrar... "Agar! Agar!" com uma companhia dessas por pouco você não se esborracha, se fratura, cem vezes... é, mas uma qualidade do Agar, não faz amizade com ninguém!... não é um cão sociável... só quer saber de mim!... por exemplo: na casa da sra. Niçois, enquanto cuido dela, fica no patamar do lado de fora, se alguém estiver assuntando por ali, posso ficar sossegado... mesmo alguém na calçada em frente!... vai dar um desses chiliques brabos!... assim como é, com os seus defeitos, é o verdadeiro "cão de guarda"... não um "suposto"... a Frida, cadela da Lili, lá em cima, é pior... mal me conhece, só quer sair com a Lili... portanto eu boto o meu cachorro no patamar, em cima do capacho... não vá pensar que temo alguma coisa, não tenho medo de nada, mas não gostaria de ser abatido, amor-próprio esportivo, após quinze anos de caça com matilha e tudo, por uma dessas pequenas hienas cheias de espinhas na cara, cocainômano dado a tremedeiras, que já veria a placa com seu nome: "Aqui, Lydoirzeff abateu..." a glória!... ah, para mim não seria nenhuma surpresa!... que haja um!... dois!... três de olho em mim!... lá embaixo!... ali!... justamente!... bem ali!... e a sra. Niçois por dentro!... e mais!... no conchavo! com seu jeito apatetado, e seu cu canceroso!... isso mesmo! que conheci doentes piores, mais perto do fim, se metendo em tramóias e mutretas ainda fantasticamente mais perversas!... do momento em que eu saía de casa, doentes ou não doentes, podia esperar a quintessência das patifarias!... se você é o supra-sumo dos dedicados pode esperar o pior... mais ainda nos prédios, subindo, descendo os andares... veja, eu, minha escada, na rua Girardon, foi por um triz que não me abateram... uns assassinos vieram especialmente... me falavam de um *Praga*! um *Buda*!... me escreveram... ainda se lamentam!... uma boa rajada!... e eu não ficaria mais aí me lamuriando... e não era uma vaga ameaçazinha... não!... não!... de um stalinista de choque, daqueles até a medula!... um dito-cujo chamado Etienne Vaillant!... não o da Câmara!... a Câmara não interessa a mais ninguém! a História são caprichos! manias! iras! o primeiro tiro: rigodão!... urra!... o segundo?... vaia! murro! cagão! repare no caso do César... quantos foram os que tentaram de novo depois? já não se sabe, de tantos que foram! do Louverture ao Mollet passando pela Christine! tantos quantos os escritores que me copiam!... o César, o Alexandre são uns bambambãs!... mas vá recomeçar!... como no caso desses Vaillant 1!... 2!...[37]

Deixemos o passado no museu *Grévin*!... Vamos ao atual! à sra. Niçois!... estamos na casa dela... vou lhe contar... observo se está tudo bem... se o Agar está comportado... ronca em cima do capacho... suas orelhas se mexem... já não se mexem... confio mais no Agar do que na sra. Niçois... a menor suspeita na escada?... o menor rangido de porta?... uma revolução para o Agar! "É melhor que eu me deite, doutor?... Deite-se, sra. Niçois!..." Levei meus instrumentos, seringas... compressas... pinças... "Ainda estou sangrando, doutor?... ah, não senhora!... ah, não!... bem pouquinho!... cada vez menos!... E o cheiro, doutor?... cada vez menos, sra. Niçois!"

Tivesse eu, imagine, que cuidar do Vaillant... o Vaillant, meu assassino medroso... do Tropman* ou do Landru... ou do Tartre em pessoa... ou das centenas de milhares de tiras que me perseguiram anos, de prisão em prisão... tão saltitantes, tão esfuziantes!... eu não mudaria nem uma vírgula... meu estilo, meu jeito... sou o samaritano em pessoa... samaritano da arraia-miúda... não consigo me impedir de ajudá-los... o padre Pierre está mais para o Gapone, pope Gapone... veremos!... eu, está visto!... sou o doutor "Antes isso"... era desse jeito na *Vesterfangsel*, na ambulância (luz acesa noite e dia), sou o preposto do "levanta-o-moral"... Eu veria ali o Tartre na agonia, admitamos... "dedo-duro! que é o que eu ia dizer para ele, cai fora!... veado! purulura

37. Vaillant 1: o escritor Roger Vailland. Vaillant 2: provável confusão com Raoul Villain, que assassinou o deputado socialista Jean Jaurès, em 1914. (N. P.)

de merda!... se arranca! se arrebente! recupera todo o teu fel!... não desanima, não!... você é um monstro de cretinice, mas é instruído!" o Tartre ou outro qualquer!... evidentemente o moral é tudo!... na verdade, no duro no duro, eu não via essa sra. Niçois vivendo mais do que digamos cinco... seis semanas... no máximo!... e ela não queria saber de hospital!... ah, isso aí, não!... queria saber de mim!... só de mim!... meus tratamentos!... sofria, verdade... mas não atroz... um câncer... mas dessa forma especialmente tóxica... ainda bem!... ah, felizmente!... é um desses que desejo a você! um desses que deixam os doentes sem entender mais nada... tão apavorados... debilitados... o quê?... como é?... babam, tremelicam, suam... A sra. Niçois se queixava um pouco, mas não de uma dor intensa... a gente vê esse tipo de doente tentar se levantar... falar... comer, até!... e depois não conseguir... desistir de tudo... cada vez mais fraco... a fisionomia da morte... seria esse o caso, o da sra. Niçois... eu ali, uma coisa que eu pressentia é que ficaria pelo menos uns dois meses descendo para lhe fazer os curativos... menor hipótese de que ela saísse!... o passeio era meu!... ah, mas não de dia!... já disse... só de noite!... não que eu tivesse tanto medo de ser morto!... não!... mas não ser visto! em primeiro lugar! em segundo!... que me deixem em paz!... que pensem o que quiserem atrás de suas vidraças!... bem!... eu, não vê-los, é tudo o que peço.

A sra. Niçois, pois, em sua cama... terminei meu curativo... acabo lhe falando disso e daquilo... que o frio de rachar terminou!... breve os lilases!... já gelamos o suficiente!... breve os junquilhos!... o mugué... esse inverno foi excepcional, todos os recordes!... recolho meus chumaços de algodão... ela me pede um rolo... que eu deixe um com ela... aí está!... ah, e o pessegueiro da estrada des Gardes?... como andará?... resistiu ao frio?... informo-lhe... até floresceu!... aquele que cresce bem no meio do muro, entre um granito e outro!... esse aí, é plena Primavera!... ela não sabia!... sei muito bem infundir a confiança perdida... o tônus!... na cadeia eu via reclusos fazendo greve de fome, condenados à morte, conseguia que voltassem a comer!... amavelmente... de pilhéria em pilhéria...

Enquanto conversava, ia guardando meu materialzinho... ah, mas ia esquecendo!... a injeção!... ela precisava... 2 cm^3 de morfina! ela adormeceria... eu iria embora... injeto meus 2 cm^3... e olho lá fora... pela vidraça, ali!... acuso os outros de viverem abelhando... na verdade!... na verdade!... taí, sou igualzinho!... o abelhudo por excelência!... tenho horror a ser visto!... mas eu, mil desculpas! horrível! confesso!... em qualquer lugar onde estou... ali, não havia jeito, as luzes lá fora!... olho... ao longe... o Sena... a sra. Niçois vai pegar no sono... não me responde mais... essa janela dá praticamente eu já lhe disse para a praça ex-Faidherbe... o cais, em suma... ainda faz bastante frio... estamos em março... noite escura... vê-se o cais... eu vejo!... com toda certeza a sra. Niçois não vê!... até porque está dormindo... vejo inclusive o vaivém das pessoas... gente que faz o carregamento de uma barcaça?... vou perguntar à sra. Niçois... vou acordá-la um instantinho...

"Ei, sra. Niçois!... viu as pessoas lá embaixo?

— Embaixo onde?

— Que estão carregando a barcaça?"

Não sabe, para ela tanto faz, vira-se... ronca... olharei sozinho!... devo lhe dizer que além de espiar sou alucinado pelos movimentos dos portos, de todos os tráficos na água... de tudo o que vem voga atraca... ia aos quebra-mares com meu pai... oito dias de férias no Tréport... quanta coisa a gente conseguiu ver!... entradas e saídas dos pequenos pesqueiros, a pescadinha em troca de se arriscar a própria vida!... as viúvas e seus pirralhos implorando o mar!... havia uns quebra-mares patéticos!... cada suspense que nem lhe conto! então, pera lá!... porque no fundo o mata-esfola dos teatrinhos não passa de uma encenação! e de bilhões em Hollywood! mas agora ali, bem, é o Sena... ah, sinto-me tão fascinado... tão apaixonado pelos movimentos da água e dos navios quanto na minha meninice... se você é maníaco por barcos, por suas formas, partidas, regressos, é para a vida toda!... não há muitos fascínios que são para a vida toda... a menor barcaça que desponta, pego a minha luneta, deixo-a sempre lá em cima, na minha mansarda, vejo o nome dela, seu número, a roupa secando, o homem no leme... aponto para a barcaça, o modo como ela passa pelo arco de Issy, a ponte... a gente é apaixonado, ou não é... a gente tem vocação para os movimentos de portos, xavecos, tráfico nos cais e nas barragens... a menor iole que acosta, eu me despenco, vou ver... saía desabalado!... não saio mais... agora, a luneta, só isso!

Se a menor barcaça inerte mofada rastejasse ao longo de um canal eu ia até o outro canal!... ah... verdade, também seguia as senhoritas!... muitas senhoritas!... mas passei muito mais horas a me fascinar com os movimentos da água... com todo o esconde-esconde dos arcos... o outro arco!... o grande barco-cisterna... mais um!... o pequeno iate!... uma gaivota!... duas!... a magia das bolhas na corrente... marulhos!... você é sensível ou não é... as chatas em fila indiana...

Pela janela da sra. Niçois via que o cais se agitava... ninguém me engana!... pessoas... via que era uma barcaça... você tem o olho treinado...ou é um terrestre bem obtuso, tipo minhoca?... essa aí é uma segunda natureza!... tudo bem!... gênero "fanático por ônibus"... bom!... eu ali de tanto viver olhando o cais via que aquele movimento não era nem de longe o que eu pensava... nem sombra de barcaças!... nem sombra de transbordo de entulhos!... nem de carvão!... a correria ali era para alguma coisa muito diferente!... é, ali!... eu jamais diria!... o cais da praça ex-Faidherbe nunca está iluminado para valer... foi a minha desculpa... a prefeitura não pode!... primeiro não passa tanta gente assim... depois a garotada quebra tudo quanto é globo!... a alegria deles!... *paf!!*... jeitosos! há tempos que a prefeitura entregou os pontos! portanto, de noite: breu total!... parecia até Suez!... ainda por cima que o cais todinho são só rachaduras em ziguezague!... metros desmoronados!... a serem inteiramente reconstruídos!... nosso atalho também está merecendo ser reconstruído!... o que é que não está merecendo ser reconstruído? ... e a estrada, nem se fale!... a grande fábrica deve ser ampliada... eu ali sempre da janela percebo uma certa movimentação... nem transbordo de areia nem de carvão... digo à sra. Niçois, ali, deitada de lado... acordei-a... ela não dá a menor bola para o cais... estava no que a gente conversava ainda agorinha... a vegetação atrasada, a Primavera... sua resposta é sobre a Primavera... escuto-a... ai, um baita qüiproquó!... eu, é o cais!... e, posso afirmar, no escuro!... isso, aquilo pensando bem nada banal que vejo: é que não é barcaça coisa nenhuma!... eu, ó, o lúcido supervidente!... é um bateau-mouche, nada mais nada menos!... que eu até enxergo o nome dele! o nome em letras vermelhas garrafais *La Publique* e o número: *114!*... como é que vejo?... talvez um pequeno clarão de uma lâmpada?... de uma vitrine?... não!... todas as grades estão arriadas!... isso eu garanto! olho, vejo toda a praça... e perfeitamente bem o *La Publique*!... no cais... e os vaivéns a bordo... grupinhos... de duas... de três... sobretudo... de três pessoas juntas... vindo lá do alto... a mesma estradinha nossa... creio eu... sobem a bordo... falam com alguém... e saem de novo... disse: falam?... acho que sim... não escuto!... vejo-as, mais nada... subirem, se cruzarem... grupinhos de três... o vaivém pela escadinha... vejo vagamente suas figuras... tampouco posso dizer isso... talvez suas silhuetas... sim, sem dúvida!... confusas silhuetas... pouco nítidas... confuso eu também!... eu mesmo!... vamos e venhamos!... quem não estaria confuso? andei meio abalado... inclusive num tremendo estado de choque!... isso mesmo!... toda a Europa no meu rabo!... é, toda a Europa!... e os amigos!... a família!... taco a taco, para ver quem me arrancaria mais coisa!... e nem um ai!... os olhos!... a língua!... a caneta!... a ferocidade da Europa!... os nazistas não eram tipo beija-mão mas me diga e a doçura da Europa?... não estou exagerando nada... o belo "Mandado"!... e todas as Promotorias... sofri certas perturbações, reconheço... a prova, não tenho muita certeza de ver muito bem essas idas e vindas no cais.

Puxa!... estou fazendo digressões... vou perder você!... aquele bateau-mouche está mesmo no cais!... vejo-o! ninguém me dirá o contrário!... grupos até!... vão, vêm... pegam o cais de sombra... um atrás do outro... pegam a escadinha... sobem a bordo... ah, não estão passeando!... com toda certeza!... não é lugar para passeios... primeiro estamos apenas em fim de março... um vento glacial!... conhecemos bem pior, verdade... Korsör lá no norte! o Báltico, o Belt!... e em matéria de gelo, vou lhe contar mais adiante... mas ali, já estava bem geladinho!... não dava para passear!... um vento bem traiçoeiro, de tiritar... e aquele bateau-mouche *La Publique*?... não é um sonho! eu o via, sim! mas como o resto... embaralhoso!... talvez a minha própria fraqueza?... anemia?... ou de tanto arregalar os olhos?... a sra. Niçois não me escutava mais... cochilava... não era ela que poderia me ajudar a desembaralhar alhos e bugalhos! e se fosse um bateau-mouche de verdade?... para início de conversa, e em primeiro lugar, a sra. Niçois mesmo acordada já estava bem de miolo mole... só vendo, quando vinha à minha casa... se agarrando nos galhos, se agarrando nisso... naquilo!... em nada... não cambaleava de bebedeira, não!... já parecia no outro mundo... e mais nada... no cais não teria agüentado dois metros... dentro d'água! *tibum!*... dois metros!... imagine!... eu que fosse lá!... que fosse lá ver!... não ela!... não sou de natureza hesitante... miragem ou não miragem!... quanto a isso!... pensando bem!... ou é o *La Publique* ou sou eu o abilolado e embriagado!... de quê?... de meus sentidos enganados!... fatos são fatos!... o Agar é ainda pior que eu em matéria de racional, de concreto... um sinal insólito?... tempestade de *au*!... *au*!... mais ninguém o segura!... ele vai é alvoroçar a praça ex-Faidherbe e todas as pessoas que vão, vêm!... as supostas pessoas!... e todas as lojas!... ele vai é fazer com que elas reabram!... mas basta que eu diga: Agar!... ah, é o mais escandaloso da matilha!... a prova: os nervos dos vizinhos... "Ai, doutor, dê-lhe uma injeção!... uma injeção, ora bolas! ele inferniza a nossa vida!" por uma coisinha à toa você inferniza a vida dos vizinhos no subúrbio! o cansaço, a exaustão das idas e voltas, ficam encrespados, uma pilha de nervos... o seu cachorro cai como uma luva! mais os rancores da vida!... esposas, donas de casa enfezadas!... as lojas de departamento ali tão pertinho!... você vem a calhar, você e a sua matilha!

Eu, sempre esperando, o Agar iria me esclarecer, eram fantasmas ou não? eu era vítima de uma ilusão... sim?... ou qual o quê?... um reflexo da água? "Volto já, sra. Niçois!" a escada!... lá estamos nós, embaixo, na calçada... eu, o cão... as pessoas vão... vêm... cruzam a praça ex-Faidherbe... isso mesmo... o Agar as fareja... não late... não vejo a cara dessas pessoas... encapuzadas que estão... não capuzes de verdade, farrapos!... bonés de farrapos... espécies de turbantes enfiados, seja como for, escondem a cara... para você ver como não era nada banal!... ainda por cima, faz noite escura, não é mesmo!... quer dizer, quase... nunca faz noite escura total... o Agar não late... aproximo-me do cais... ali, vejo... ah, aposto!... ali, com certeza!... o bateau-mouche!... um de verdade! e o seu número: *114*... e o seu nome... chego mais perto... é um da velha guarda!... nada de bateau-mouche de araque, modelos que a gente vê hoje em dia!... choça, carroça para turistas!... tudo vidros, vitrines!... que lá do alto eu vejo passar, da nossa casa... não!... este é um velho de verdade!... modelo bem antiquado... mais velho que eu!... com âncora enorme... âncora na proa!... bóias tudo em volta... fileiras de bóias... guirlandas de bóias, amarelas, rosas, verdes... botes salva-vidas!... e a grande chaminé reclinável... e o castelo de popa do comandante!... até a pintura é de época!... alcatrão de hulha e lilás!... sua tabuleta deve ser nova, *La Publique*... não estou de tereré... bateaux-mouches e lero-lero!... não acabo de descobri-los!... todo domingo, na minha adolescência, para que eu ficasse mais corado, pegávamos um deles no Pont-Royal, o pontão mais perto... vinte e cinco centavos ida e volta até Suresnes... chegava abril, e era todo domingo!... chovendo ou não!... maçada aquela criançada, ao ar livre!... toda a meninada dos bairros do centro... eu não era o único "branco cadavérico"!... e as famílias!... a cura!... fazer uma cura, assim que se chamava!... Suresnes e volta!... lufada de ar!... vento na cara! vinte e cinco centavos!... não era um cruzeiro tranqüilo... se você ouvisse um pouco as mães!... "Não mete o dedo no nariz!... Arthur! Arthur!... respira fundo!" os pirralhos, com esse negócio de ar livre, eles ficavam dando pinotes para todo lado! trepando em tudo!... das máquinas às latrinas! metendo o dedo no nariz, e xumbregando dentro da braguilha... ah, e em primeiro lugar a hélice!... no alto dos seus grandes remoinhos... turbilhões de bolhas! ali era o ponto de encontro... quinze... vinte... trinta... capetas... e as mães e os pais junto!... e tome de bofetadas!... de castigos!... ah, Pierrette!... eu te pego, Léonce!... a gente ia à forra!... berreiros!... lágrimas!... *plaf! plof!*... sopapos e cura de ar puro!... gastar vinte e cinco centavos por cabeça, assim, à toa, essa não!... "Você vai acabar degredado lá para a colônia penal, seu delinqüente!..." garotos, desespero das famílias! "Respira, respira, seu vagabundo!"... *beng!... paft!*... "eu estou mandando!" a infância na época eram os tabefes! "Mas respira fundo, seu diabinho! *póim!* deixa o nariz quieto, moleque de uma figa! você está fedendo, não limpou a bunda! porcalhão!..." as ilusões quanto aos instintos foi mais tarde que as famílias tiveram, bem mais tarde, complexos, inibições etcétera... "você está fedendo, não limpou a bunda! pára de ficar cutucando dentro da braguilha!" era suficiente antes de 1900... e vendavais de tapas!... marcando bem as palavras, no ritmo! só isso!... criança sem bordoadas virava necessariamente condenado reincidente... bandido terrível!... ou coisa parecida!... culpa dos pais se virasse assassino!

Isso criava bateaux-mouches barulhentos... punitivos, educativos! respirar, mal-e-mal, bofetes com toda a força, para dar e vender!... proa, perto da âncora!... popa, em cima da hélice!...*vapt!*... *plaft!* "Jeannette!... Léopold!... Denise! de novo! você fez xixi na calça, na cueca!" para que se lembrassem de seus domingos!... crianças "brancas cadavéricas", ranhentas, desobedientes!... pais fazendo das tripas coração para que elas aproveitassem o ar puro! que elas faziam de propósito para não respirar!... Pont-Royal-Surenes e volta!

Se iam todos juntos para um lado, o barco todinho adernava... era tiro e queda!... e os pais junto! nova ladainha das mães! "Você faz de propósito, seu pestinha! e *plaf*! e *paft*!... "Respira! Respira!"... o Comandante, na cabine, vociferava... que eles se comportem! "Todos juntos, não!" no megafone!... ora, vai te foder!... eles se amontoavam mais! ainda mais!... a garotada, e pais, avós!... e tabefes!... contratabefes!... e xixis!... o xaveco inteirinho na mesma amurada!... e virando! quem que se diverte sem bagunça?... *plof! boing!* Clotilde!... *ai! plaf!*... bateladas de bofetadas! Gaston!... tira a mão do bolso!... você está se bolinando!... *plac!*... safado!

Éramos muitos a tomar ar... era um cruzeiro também especialmente indicado para as pequenas asmas, coqueluches, bronquites, Pont-Royal-Suresnes... todas as lojas, bairros do Centro, Gaillon, Vivienne, Palais-Royal, não passavam de uma espécie de caixotes de crianças com caras branquelas igual a miolo de pão... que só respiravam no domingo!... Bairro da Ópera... Petits-Champs, Saint-Augustin, Louvois!... vamos à cura!... os que viviam nos fundos das lojas à frente do cortejo!... pois se é para aproveitar... "a fundo! fundo!" Pont-Royal-Suresnes!

Falando da nossa Passage Choseuil, em matéria de bairro e asfixia: era o pior de tudo, o mais insalubre, a maior redoma de gás de toda a Cidade-Luz!... trezentos bicos Auer permanentes!... criação de crianças por asfixia!... o Sena afinal de contas era bem melhor... a cura!... quanto aos sopapos, tanto faz como tanto fez, cruzeiro ou fundos da loja!... nesse tempo não se modificavam os "programas" a cada oito dias! não!... mas com bolachas ou sem bolachas, o ar, a espuma, a hélice, o marulho, o imenso fervilhar, turbilhão de bolhas, convenhamos, era um paraíso!... e "as gaivotas, mamãe!" *paf*!... "sai daí, não se debruce!" sobretudo a partir de Boulogne a pirralhada não parava mais quieta!... o Bois!... o ar era muito puro!... as mães não botavam mais a mão neles... também havia mães chorando... soluçando por todo lado! em todos os bancos... "Clémence, Clémence!... Jules, cadê você?..." tudo só voltava a entrar mais ou menos nos eixos depois do Point du Jour... a garotada sossegava um pouco... agora só havia casas... nenhuma árvore... o regresso... o ar de Paris... a ponte de l'Alma...

Mas eu, de mansinho, vou perdendo-o de vista!... conto-lhe histórias da infância!... não desci até aqui para perdê-lo!... por isso tenho de prestar atenção!... vejo meio embaralhado... já lhe disse... a praça ex-Faidherbe e o cais... sem iluminação... mas vejo as pessoas... essas, digamos, pessoas... e o bateau-mouche... ah, o bateau-mouche, bem mais nítido!... ilusão, nem de longe!... e todas essas criaturas que vão, vêm... cruzando a praça... e voltando pelo mesmo caminho... quanto ao barco, por mais gagá que eu esteja, não perdi de vista o seu nome, a sua placa: *La Publique*... nem o seu número: *114*, os fatos são estes!... já que estou aqui, olho ao redor... tudo ao redor... essa praça ex-Faidherbe... as lojas... nenhuma aberta!... nem acesa... nem uma só vitrine, ali, vejo com absoluta nitidez que esse bateau-mouche, o *La Pu-*

blique, não é do modelo atual!... ah, qual o quê... igual aos que vejo lá de cima, da minha janela, entupidos de turistas!... eu já lhe disse?... nem sequer do modelo 1900!... esse aí é um antigo de verdade, quase todo de madeira... outra coisa que eu não entendia direito, a forma como enxergava aquelas pessoas, indo, vindo... estava escuro... era noite... nem um lampião aceso!... nem na praça... nem na estrada... as lojas... nem um néon!... não seria má idéia se eu soubesse um pouco do que estou falando... se não embaralhasse tudo que nem a sra. Niçois... néon, vitrines, bicos de gás! como é que você vai identificar tudo isso? eu ali pelo menos esse vai... vem... dois a dois... três a três... não tinha a menor dúvida... já lhe disse... quanto à temperatura, estava quase frio... enxergar?... eu enxergava o outro lado... a outra margem, defronte!... é!... a ilha!... e a fábrica!... a fábrica inteirinha... já que estou aqui, já que desci, olho tudo... tanto no ar!... como no céu!... procuro ver!... nada!... um pouco de estrelas?... tenho cá minhas dúvidas!... pisca-piscas?... talvez aviões?... não!... era noite e mais nada! quanto aos lampiões, os garotos tinham arrebentado todos!... portanto se havia uma relativa claridade não vinha da lua, nem das lâmpadas do cais, nem dos reflexos da água... eu, a minha idéia fixa é a razão!... preciso me explicar as coisas!... sou o médico do escrúpulo total!... não suporto o anormal!... um fato é um fato!... ou é! ou não é!... *vide latus!*... talvez então pudéssemos dizer uma certa fosforescência?... fenômeno tremendamente sutil! as raras vezes em que me vi bafejado por essas espécies de sutilezas... anomalias!... restou-me um horror!... sou o positivista em pessoa!... um fato é um fato!... mistérios naquele bateau-mouche ali?... nem te conto como eu ia descobrir uma porrada deles! como o viraria de quina pra cima! tudo de ponta-cabeça!... olharia o traseiro!... e toda aquela gente!... fantasmas ou não!... e a ilha lá em frente!... e a fábrica em cima dela!... ia afundá-la para ver se ela bóia! a fábrica! ah! o mundo quer rir! pense nisso!... e a margem do outro lado?... vejo-a melhor do que esta!... e melhor do que em pleno dia!... via até mesmo o *L'Héraclite* na outra margem... uma barcaça da maior seriedade... roupa pendurada no varal... cozinheira no fogão!

Ah, e também ao longo de toda a outra margem, a praia dos pequenos choupos, Billancourt...

Enfim, esquisitice por esquisitice, já que eu tinha descido para saber se era sonho, ou não sonho... lingüiças, pessoas, bulhufas, Cristóvão Colombo? Cortéz?... ectoplasmas ou nada? então era para pôr as coisas em pratos limpos!... eu tinha descido com o meu Agar!... dá que o Agar late?... afinal, eram pessoas!... ele não é dado a miragens!... ah, esse aí!... nem te ligo! farejava!... refarejava!... e eu com cara de ora-veja!... não adiantava nada incitá-lo: ksst! Agar!... Agar!... ksst!... ele não queria nem saber!... ele, o rematado escandaloso!... o flagelo dos vizinhos!... "Ele inferniza a nossa vida!..." agora, ali, dane-se! eu mesmo latia, para que ele fosse em frente!... *au! au!* ele me responde!... vai te foder!... cheirava os passantes, mais nada!... se quisesse latir de verdade, a Lili o escutaria!... e saberia onde é que eu estava... um tempão que a gente tinha saído!... lá do alto a gente ouvia tudo direitinho, todos os barulhos do Sena e das ruas à beira-rio... se o Agar quisesse latir todos os cachorros lhe responderiam... em casa a gente ouve tudo muito bem... é que tudo sobe!... as sirenes das fábricas, os sinos, os gritos das crianças, a zoeira das caçambas... tudo!... mas o Agar logo agora não quer berrar!... faz tanto barulho quanto um rebocador... quando quer!... mas ali, neca! fareja... todos aqueles passantes um por um... e depois os cascalhos... e depois mija!... e volta a farejar... como não há outro jeito, vou berrar eu mesmo para a Lili, já que é assim! para Bellevue, lá para o alto... "Ei, Lili!..." também tenho um tiquinho de voz!... com a sua licença!... voz de polígono de tiro!... voz do 12º Couraceiros!... "Ei, Lili!" alcanço pelo menos a ponte d'Auteuil!... eu mesmo me ouço!... o eco!...

nesse exato momento: a mão de alguém! a mão de alguém encosta no meu braço... não me viro... o Agar fareja com força... mais força!... viro-me... alguém!... vejo um personagem, uma espécie de mascarado... mascarado gaúcho escoteiro, fantasiado, é isso!... com uma calça grandona de franjas... e chapéu de feltro, de franjas também!... chapéu, calças, uma jaquetinha... tudo colorido!... de todas as cores!... uma cacatua!... e cada espora daquelas!... o chapéu imenso, amarelo, azul, verde, rosa, enfiado até a barba!... é!... a barba crespa branca... Papai Noel!... o gaiato se disfarçava!... não era para ver seu rosto!... o zé-dos-anzóis se escondia!... entre sua barba e o pára-sol do seu chapelão... que é que você teria feito?

"Quem que você é?"

Pergunto...

Ah, mas aí, de repente mato a charada!... tiro e queda!... abraço-o! é ele!... a gente se abraça!...

"Ah, é você!... é você!..."

Juro por Deus!... é ele!... isso é que é surpresa!... ele, ali, mascarado!... o Le Vigan!...*

"Onde é que você andava?

— E você?"

Xi, tem é tempo que a gente não se vê... desde Siegmaringen... muita água rolou...

Mortalmente perseguidos nós fomos... não um pouquinho só não!... e no Tribunal!... como ele foi heróico!... que atitude! penso em como enfrentou!... e algemado!... me defendeu!... não tem muitos iguais a esse não!... não tem nenhum!... e a horda chacal lotando a sala!... e tiveram de escutá-lo!... obrigados!... que era eu o único patriota!... o verdadeiro patriota!... o único!... que eles, eles é que eram os futriqueiros, ranzinzeiros, hienas venenosas, todos!

Encontrá-lo ali, no cais Faidherbe!... o La Vigue!... o La Vigue!

"Então?... então, La Vigue?

— Não fale tão alto!..."

Cochicho:

" Você é do bateau-mouche?"

Queria que ele me dissesse...

"Sou... sou... a Anita também!... cuidado não fale alto!... Anita, a minha mulher... a Anita está lá dentro!..."

Em geral eu compreendo bastante rápido, mas ali era demais para uma só pessoa... o *La Publique*, o Le Vigan no meio... o Le Vigan, gaúcho!... de barba branca, eu que o imaginava em Buenos Aires!... de quebra, com uma Anita... não tinha idéia de quem era essa Anita!

"Ela está lá dentro... é ajudante de foguista... você também não conhece o foguista?

— Não."

O foguista? de onde o conheceria?

"Mas claro!... claro que sim! conhece!... ora essa!... é o Émile! o Émile da LVF!... O Émile, daquela oficinazinha Francoeur!... era lá que você deixava a sua moto!"

Ele me refrescava um pouco a memória... ah, é!... ah, é!... a oficina Francoeur... a porta-cocheira... é!... isso mesmo!... o Émile!... a LVF!... a minha moto... estava quase me lembrando... pronto!... nossa!... tinha toda razão! que ele foi para Versalhes!... e depois para Moscou!... isso mesmo!... isso mesmo!... a gente ficou sabendo!... e que depois tinha voltado de Moscou... a prova é que estava ali!... mas que raios fazia como foguista? ali no cais ex-Faidherbe?... no *La Publique*?... foguista?... a Anita junto! e ele, o admirável La Vigue? o quê?... meu querido Le Vigan!... cobrador? ele me dá um tapa, sacode a sua bolsa na minha frente, uma baita sacola!... balançando sobre a barriga... e tilintando!... mostra-me!... abre-a!... cheia de moedas de ouro!... mais parecia uma algibeira!

"Então, você é que está cobrando?

— Se estou, hein!... e só ouro! moedas de ouro!... de ouro!... a barca do Caronte! imagine!..."

Não quero fazer cara de espanto... até acho tudo muito natural!...

"Claro!... Claro!...

— A barca do Caronte?... tem certeza?

— Ah, tenho!... ah, tenho!... claro!

— Agora é aquela ali, viu só!"

Ah mas está na cara!... naturalíssimo!... o *La Publique*, barca do Caronte? é tudo o que eu desejo!... por que não!... *La Publique* é o codinome?... ótimo!... ótimo!... que bom, isso mesmo!...

"Então, me diga, tudo isso aí são mortos?"

Tirar a limpo...

"Todos os que sobem?

— Quem você imagina que sejam?"

Eram os mortos... ah, bem!... não perguntarei mais... essencial era que ele estivesse ali, ele! e vivinho!... não morto!... vestido engraçado... é! fantasiado!... a barba também... e que barba!... tapava a algibeira!...

"Você não está com o seu laço para apanhar cavalo?"

Já que estava vestido assim, um laço!...

Falta de tato minha...

"Que laço que nada! *money first*, filho!"

Como ele fala! e em inglês!

"Tutu, filho!... e só de ouro!... que fique bem claro! e que pulule! te garanto que o Caronte entende do riscado!... você vai vê-lo, é só não sair daqui!..."

Amável, o sujeito.

"Mas me diga, por que é que eu o estou vendo, eu?... por quê?... e o barco?... nada no cais está iluminado!... olhe!"

Uma dúvida, afinal...

"Ah, isso, é que você está feito para nos ver!... é especial, sabe! especial!... você não iria entender!..."

Muito cômodo em matéria de explicação.

"E além do mais, não tenho direito de contar!

— Não tem direito?... ei, me diga, e o Agar que não late também é especial?

— Talvez... talvez...

— Você também não pode me explicar?

— Não, caralho!"

O Agar diante daquela cara horrorosa de repente: cachorro mudo!... especial discreto!... devo acreditar nisso, logo eu?... o Agar mágico?... o barco mágico?... o La Vigue mágico?... que todos estejam mortos?... bem!... bem!... quem sabe?... que estivessem mortos já era alguma coisa...

Pois precisavam parecer mortos!

"Por que você voltou?... não estava mais conseguindo se virar por lá?"

Eu conhecia a situação dele... ainda corria muito risco...

"Sabe!... eu não agüentava mais... é isso!

— Você se chateava?

— Muito.

— Compreendo..."

Era verdade, compreendia... é preciso ter passado por isso... não agüentar mais... arriscar tudo em determinado momento... ter nascido em outro lugar... a morte, mas longe desse lugar!... o ímpeto de não mais raciocinar... mesmo que seja muito discretamente... o regresso! o ímã animal que é isso...

Bem!... bom!... admito!... vá lá!... mas as pessoas ali que vão vêm... que não param... reatravessam a praça... sobem a bordo... descem de novo... que merda é essa que estão fazendo? talvez aqueles ali pelo menos ele possa me dizer!...

"Voltam para sua morada buscar o óbolo!"

Está se irritando comigo...

Voltar para sua morada buscar alguma coisa?... fico pensando... taí uns mortos que nem desconfiam!... é de lascar!... eu que fui dado por morto... considerado morto!... visto como morto!... seria o fim da picada que voltasse para pedir um lenço!... um alfinete!... em dois tempos os outros viraram meus herdeiros! me evaporaram! a zero!... o que foi que eu encontrei?... picas, e ameaças!

"Ah, me diga, só de brincadeira! pergunto-lhe... será que você vai encontrar alguma coisa na sua casa?"

— Minha casa, onde?"

Tonto!...

"Onde você morava, ora bolas!... Avenida Junot!

— Ah, nem por decreto!

— Então esses caras aí estão todos mortos?

— Não viu?... não está sentindo o fedor?"

Verdade!... estava sentindo... o Agar os cheirava... mas eu não conseguia que ele latisse!... ele que latia por qualquer bobagem!... uma folha ao vento! agora não latia mais!

"Para você ele também não late... o cais impõe respeito!... não só os mortos!... e você, está vivo?"

Ainda estou meio na dúvida...

"Mas me diga, como veio parar aqui?... como foi que você partiu?"

Que me explique...

Era complicado... escuto-o... trabalhava na Argentina... tinha encontrado, sorte dos diabos!... uma "figuração", uma "externa" com sua mulher, a Anita...

"Está vendo as esporas?... espie só!... 'gaúcho'!... um filme que devia durar dois meses!... logo de cara eu ganho um papel... não pedi nada, claro! fui praticamente forçado!... pergunte para a Anita!... um filme histórico... primeiro 'gaúcho'... e depois 'bandido'... e depois 'general dos insurgentes'... um filme sobre a história deles lá... aí eu disse: está legal!... justo quando o Perón cai!... e era ele que subvencionava! aí eu disse: Até logo! vou dar no pé! vamos dar no pé! eu não ia ficar!... eu, a Anita!... aí pensei, o Lebrun! o Pétain! o Hitler! eu já tinha me divertido bastante!... o Perón... que merda!... fogo na roupa!... todos os portos fechados, interditados!... esses engraçadinhos!... a gente só encontrava um cargueiro para a França em Santiago do Chile!... já imaginou?... e tem mais!... toda a travessia da América! o pampa todinho!... três meses de mato!... alto assim, ó, o mato!"

Ele me mostra...

"Conhece o pampa?... três meses!... a Anita de alpercatas!... eu, de botas, não é!... faço umas solas novas para a Anita... faço para mim... com a cortiça que a gente encontra... difícil!... se você achar pneus de caminhões!... tudo bem!... mas as árvores!... na Cordilheira a gente acha tudo!... de tudo!... um acampamento completo!... caminhões! cozinhas!... tudo!... já era tempo! e ouça mais essa!... um maria-fumaça que ia serpenteando a montanha!... um trem de verdade!... uma cidade de gaúchos!... ah, isso é que é! eu falando de alpercatas! e galpões lotados de alpercatas! e de botas!... a gente fez a maior festa! se você visse!... nos cobriam de tudo!... simplesmente!... e de grana, então! eu não queria, me obrigam, se zangam!... tinham me visto, tinham uma sala de cinema, me conheciam!... "sonora" e tudo!... tinham me visto no *Goupil*!...

— Você estava fantástico!..."

Ele não me deixa terminar, inesquecível que estava!... etc.... etc.... não só o *Goupil*... em vários outros filmes!... mas precisa falar! eu que me cale! e que conte logo!... não teremos tempo!

"Tempo de quê?

— O Caronte! ora essa!"

Volta a ter medo... o Caronte!... o suposto Caronte...

E aí, uma coisa...

"Como foi que você encontrou o bateau-mouche?

— Pelo Émile!... o Émile!... foi o Émile!"

Chama-o.

Ele é o foguista, o Émile... desce... ou melhor, despenca... pela ponte de embarque... o La Vigue me anuncia.

"É o Ferdinand!"

Decididamente, o Émile não me reconhece... e tampouco o reconheço... não me lembro dele... eu, é evidente, mudei... ele? fico assuntando...

O La Vigue me explica tudo de novo... as tribulações... tudo o que aconteceu com o Émile... e não foi uma bobaginha!... está saindo do cemitério!... o Émile! o Émile, sim!... tenho o direito de não reconhecê-lo!... do cemitério, direto!... da vala comum... vamos aos fatos!... detalhes: está saindo da agência do Correio quando é pego pelos tiras que o estão seguindo!... preso!... algemas!... pronto! "por aqui"! levam-no!... querem levar!... a multidão não deixa!... os transeuntes!... arrancam-no dos tiras! "um pústula da LVF!", e toda a malta corre para cima dele!... lincha-o! dessossa! descarna! em dois tempos! quebram tudo!... fêmur!... cabeça! bacia!... arrancam-lhe um olho!... por isso que ele usava uma venda... e andava tão engraçado, debaixo de si mesmo digamos assim, que nem uma aranha, e todo rotativo... eu o via descer pela ponte de embarque, era irreconhecível, parecia um inseto-monstro... sua bobeada é bom que se diga foi ter dado as caras bem naquele dia!... e na agência do Correio!... a central!... a capangada ainda era o de menos, mas a malta!... nem lhe deram tempo de chegar à Delegacia!... rua du Bouloi!... deixaram-no que nem carne moída!... carne moída e lasquinhas de osso!... é esse o raciocínio da turba: carne moída e lasquinhas de osso!... assim, na calçada defronte da agência do Correio!... a central!... uma carrocinha dos Halles que passava... "olha a carne!"... é o que eles berram! o magarefe não quer... "vamos para Thiais"! para a vala!...

direto!... pense bem, era inevitável... ele caiu num dia da maior Glória de Vingança... não foi o único, o Émile!... nesse dia milhares foram linchados... nesse dia mesmo!... notórios LVF ou outros... aqui!... ali!... no interior... em Paris...

Bem!... o Émile na vala comum... e não é que cinco... seis dias depois... os mortos começam a se agitar... até mesmo, quem diria, a pulular debaixo dele?... os presuntos... começa tudo a se mexer se remexer debaixo dele!... e em cima dele!... e a se extirparem!... juro! a saírem da vala... içando-se!... o Émile, que estava voltando da frente de Moscou, tinha amargado três invernos russos, visto uma carrada de outros marmanjos enterrados de modo muito pior!... se extirparem de buracos muito mais gigantescos! crateras, fendas de terreno, verdadeiros Panteões tudo revirado e de pernas para o ar!... ele ia contando... sem o menor espanto!... montanhas de detritos de tudo, a dar com o pau!... cidades inteiras, subúrbios, fábricas, e locomotivas!... e os tanques, nem se fala! exércitos de tanques em barrancos tão profundos que os Champs-Elysées, o Arco e o Obelisco teriam desaparecido, soterrados!... fácil, fácil!... para você ver como ele estava preparado, o Émile!... nem uma, nem duas!... preso debaixo dos defuntos, em Thiais, ele se agarra nos trapos!... pelancas de carnes... andrajos de roupas!... e oba! consegue se içar! se içar junto! já que está tudo se mexendo!... tomara!... ele também! aproveita!... deixa-se puxar! isso!... sai!... e imagine como estava sofrendo! mas não desgrudava!... os outros iam partir?... ele partiria junto!... desceria com eles!... para o Sena... para a margem, ali... colado neles!... como em peregrinação... dois a dois... três a três... e como em oração... até o *La Publique*... bem!... peregrinação sem nenhum barulho... o Émile também não fazia barulho... ninguém abria o bico... a obsessão do Émile: silêncio total!... nada de ser remassacrado!... observado... ele sabia, batata! ele sabia!... como era isso... acima de tudo, evitar os vivos!... tinha visto na agência do Correio! ah, um pouco! com policiais ou sem policiais! se desse na vista de novo, não escapava!... perspicaz, o Émile!... a sorte desgraçada que teve de ir parar numa vala comum junto com criaturas que se extirpavam! a calhar!... não ia deixá-las!... "Vão por ali?... oba! e eu grudadinho!..." ele grudava... o atalho... os ziguezagues... a descida... e a ponte de embarque!... ah, mas aí então!... logo ali!... mal chegou, pôs um pé na ponte... um estentor! uma voz! "Que é que o senhor está fazendo aí?..." e depois uns "você"... "de onde é que você está vindo? quem é você?" ele não vê a criatura!... atrás dele, a criatura... não se vira...

"Estou saindo da vala comum!... estou junto com eles!

— Ah, está junto com eles, pilantra! ah, junto com eles, mentiroso! calhorda! ah... está junto com eles!"

E *paft*! *blaft*!... de novo no seu crânio... em cheio no crânio! *vapt!* mas com que ele está batendo?... um martelo? *vlapt!*... cai desmaiado!... não viu o monstro... não deu tempo... quem é?

"Sou o Caronte, entendeu!"

Ele volta a si... vê a criatura... um grandalhão!... impressionante! conta-me: pelo menos três... quatro vezes eu!... um gigante! mas a cabeça, essa aí, de macaco! mais para tigre! meio macaco... meio tigre... só com seu peso ele faz adernar... o barco todinho!... vestindo, ele também me conta... um gênero de sobrecasaca... mas sobrecasaca de farda!... sobrecasaca bordada com pingentes de prata... e o mais bacana: seu boné! tão impressionante quanto ele! e de almirante!... alto! largo! bordado a ouro!

Divirto-me com o jeito do Émile de contar.

"Ah, você vai vê-lo!... não vai achar a menor graça!... pelo menos três, quatro vezes mais alto que você!... te juro! quando ele der um jeitinho na sua fuça!"

Ai, minhas caçoadazinhas... o La Vigue, esse aí cala o bico...

"Você vai ver só!... o remo dele na sua cara!... você vai ver só!"

É o que me promete...

"Quebra o crânio dos outros a remo!... que tal?

— Ah?"

Digo, meio surpreso... o remo do Caronte, ele quer dizer...

"Todo mundo que sobe, ele dá um jeitinho em cada um, sabe!... hein, La Vigue?... ele rema lá dentro... em cada bestunto! em cheio! rema com ginga ali dentro deles, juro!... é ou não é, La Vigue?

— É!... é!..."

O La Vigue confirma...

"O método dele, para que ninguém escape!... a lei, sabe!... a lei!... e tudo desembolsando a grana!... fique sabendo!... aí eu ia dizer, como já tinha dito antes: Émile! presente!... mas e os cobres? se eu tivesse os cobres, me aceitava a bordo! nenhum problema!... acabava comigo! e me embarcava! se eu lhe dissesse: 'Taí o ouro, cavalheiro!...' Supimpa! junto com os outros! mas com ele: dodói! dodói!... você vai ver só como eles vão apanhar!... eles têm?... não têm?... *paft! puft!*... espectros ou espectras! rapapés?... picas!... *paft!*... os cobres! o Almirante!... selvageria total!... sem tempo a perder!... os cobres!... têm?... não têm?... mães!... crianças!... tudo igual!... *vlapt!*... uma estraçalhada!... o óbolo!... e *cash*!... 'não tem?... volte para o cemitério!'... está vendo aqueles lá?... estão voltando para a morada deles!... hein, La Vigue?... é ou não é?...

— É!... é!... sim!...

— É para esse aí que eles passam a grana: não é, Robert?... não é verdade, Robert?

— É!... é!... é!..."

Basta eu ver a sacola imensa!... ah, também vejo o remo!... o famoso!... realmente, ele não mentiu, é do tamanho de um bonde! com isso aí ele pode remar de ginga!... perfeitamente!... e olhe que sou um entendido em remo!... vejo-o ali, encostado, do cais até o alto da chaminé!... com um alcance!... mais comprido que a passarela de embarque!... não tem homem que consiga levantar aquilo!... só um monstro!... não tem força humana... ele podia muito bem estraçalhar o crânio deles!... agora eu entendia... mas será que estavam debochando de mim? ali?... todos?... o La Vigue, o Émile e a garota?... todos!... com crânios... ou sem crânios! primeiro, uma coisa!... como é que foram parar lá?... eles?... como é que se encontraram?... o La Vigue, esporas, sombrero... e o Émile-Cemitério?... e a senhorita Anita?... eu estava velho demais e cansado para achar qualquer coisa impossível... mesmo assim, tão certo como dois e dois são quatro, eu ia dar o fora! com remo ou sem remo!... com Caronte ou sem Caronte!... é, tudo aquilo muito esquisito!... bizarro... diríamos: curioso... quem nasceu curioso, é curioso para sempre... mas ali o Émile, o La Vigue, a moçoila eram um pouco mais que bizarros!... e o barco deles então, o *La Publique*!... ao ir embora, uma última pergunta!... indago:

"Onde vocês se encontraram?...

— Na Embaixada da Argentina."

Ele acrescenta:

"Rua Christophe-Colomb!

— Mas você estava voltando da Argentina!

— E daí? a gente se encontrou, só isso! Eu e a Anita a gente queria retornar!... o Émile tinha sido despedido pelo Caronte! será que você não entendeu?... ele queria ver, não conhecia a Argentina!"

Só tinham documentos falsos, a Anita, ele!... tinham saído clandestinos de Santiago!... ou de outro lugar!... mentira, tudo aquilo!... ele, o La Vigue, não ia dar outra, se o pegassem, mesmo depois de tudo o que se disse, "indultados" e o escambau... pegava cana!... 10 anos!... 20 anos!

Santo Cristo, gaúcho de carnaval, iam foder com ele só pela sua risada!... e pelo seu cinema!... isso mesmo!... era mais que urgente que dessem o pira dali, ele e a sua boneca!... mas o outro, o fulustreco dos Cemitérios, que raios é que tinha ido fazer na Embaixada? coçar o saco? turista?... o Émile LVF?... não era da Argentina!!... ah, bem, andava pensando... em ir para lá!... refazer a vida!... ele dizia!... continente novo!... foi posto no olho da rua, e como!... "então você não lê os jornais?... não sabe o que está acontecendo, não? você não é peronista, assim como quem não quer nada, de vez em quando?" e logo ele, que só se mantinha de pé graças a uns nacos, uns farrapos e uns barbantes amarrando tudo, ia ser interrogado desse jeito... saiu despencando porta afora aos trambolhões!... *catapum!*... na calçada!... assim é que tinham se encontrado! "oi! oi! tudo bem?... você? você? você?" ah não eram os únicos na calçada! uma fornada dos diabos!... um mundaréu!... postulantes para o mundo novo!... o que mais deixou o La Vigue encabulado ele me dizia foi a sua roupa... suas esporas sobretudo! o pessoal lá da fila perguntava de onde é que ele vinha?... "da Argentina"!... custavam a acreditar...

É verdade, aquelas esporas, eu também entendia do riscado, teriam perfurado a cavalgadura!...

"Ah, você não é bobo nem nada!"

Ofende-se... explica-me:

"Eu fui 'histórico'!... entende!... um episódio!... esporas que você não pode tirar, costuradas direto nas botas!... eles não se vestem mais assim, nem pensar! um filme de época!... sabe o que é que é um filme de época?"

Era eu, o idiota!

E o outro?... o Émile?... será que também era de época?... quem sabe?... e o bateau-mouche?... e todas as pessoas das idas e vindas? em grupos de três... de quatro... procissão? tudo aquilo era para o Caronte?... levar os próprios ossos?... serem recebidos à ginga?... *plaaf!*... voam os miolos!... difícil entender... e que isso acontecesse na praça ex-Faidherbe debaixo da janela da sra.

Niçois... quer dizer, no cais... e que o Agar os cheirasse, e só isso... por mais que eu *pss! pss!* tanto, e mais ainda! ele se negava a latir! logo ele, um espalhafatoso!... um leão!...

Por último, uma coisa... eu tinha descido para a sra. Niçois, seu curativo, e acabei metido numa trapalhada daquelas!... um bololô!... onde é que isso ia parar?... era tudo imaginação?... Anita, a morena de macacão de operário?... a ajudante de foguista do Émile LVF?... e as criaturas ali, supostamente mortas, que eu via direitinho desfilarem, que não paravam... cruzavam a praça ex-Faidherbe... e subiam para buscar seu óbolo?... e tudo isso, hein?... sem iluminação...

Nem um só poste!... nem uma só vitrine iluminada!... como já expliquei... era eu?... um sonho?... fui muito brutalizado... verdade!... reconheço... ainda sofro muitíssimo com certos traumas... faço o estilo emotivo, interior!... é!... meu privilégio!... mas alucinações iguais a essas? auditivas, ainda vá lá... quem sabe?... mas visuais? literatura!... visuais!... extremamente... extremamente raras!... visuais!

O que não seria sonho é se o Caronte deles desse as caras de novo!... o pretenso monstro do remo, e que me perguntasse o que é que eu estava fazendo ali?

"Mas diga, Émile, como é que ele o pegou para ser motorista?

— Motorista e mecânico!"

Seco, ele me repete!

"Mecânico!

— Você não era!

— Era sim!... era sim!... você foi lá um monte de vezes... porra!... não se lembra? a sua moto?

— Ah é... ah é..."

Estava ofendido por eu não lembrar... sua oficina da rua Caulincourt... é... vagamente... rua Caulincourt... longe!... a moto... rua Girardon, rua Francoeur, e o resto!... falar a respeito disso me fazia recordar... tudo!... como eles me roubaram!... em suma, eu só tinha salvado o Bébert!... ali, o Émile, o que me atrapalhava era que ele tivesse diminuído tanto... encarquilhado... quebrado e torto sob si mesmo em pelo menos quinze ou vinte pontos do corpo... assim, rodopiando sob si mesmo... os "Vingadores de choque" ou o Caronte... tinham caprichado... ia andando como que fazendo voltas!... uma volta!... duas voltas!... e no sentido contrário! que nem a aranha!

"Mas me conte, Émile!... você diz que os passageiros é tudo pago?"

Eu pensava em mim...

"Digo!... mas o La Vigue que recebe! olhe!"

Olho e reolho... o La Vigue cobrador... esse aí não espanca!... é o Caronte!... antes do La Vigue houve outros! muitos outros!... deram no pé, todos! uns vigaristas! é! todos!... peço-lhe que me conte... todos! o Caronte só teve desgostos!... afanaram vinte! cem sacolas!... o tipo de pilantra que ele teve!... qualquer um desses aí que vivesse debaixo das pontes!... "Interpols e Cia."!... agora ele queria só gente séria, gente que com toda certeza permaneceria... podia contar com o Émile!... com o La Vigue também e com a Anita... tinha massacrado o Émile, agora o recuperava como um semivivo... e todo dedicado à sua máquina!... nunca, jamais viam a luz do dia, nem uns nem outros!... o *La Publique* largava bem no raiar da aurora!... o momento do grande alvoroço!... terrível!... terrível!... o momento em que o Caronte chegava!... batia a sineta! um por um!... todos!... os que não tinham pago... primeiro!... e os outros depois! pagantes!... caloteiros!... todo mundo recebia a sua dose!... geléias de fuças!... massacreira de remo!...

Quanto aos trajes, devo dizer, só mesmo o La Vigue é que era esquisito... os outros dois, o Émile, a Anita, poderiam perfeitamente se apresentar como qualquer pessoa.

"Então você diz que não tem caloteiro?... ele é tão terrivelmente sovina assim?"

Minha mania agora, os cobres... não pensei o suficiente nos cobres... desgraça da minha vida ter pensado em coisas completamente diferentes... penso no Achille, nos outros milionários... nunca pensaram a não ser na gaita!... são felizes... olhe só na Depuração, se você tivesse grana, tudo bem!

"Ah, você fica aí dando tratos à bola!... e além do mais ele racha a cara deles! de quem quer que seja!

— Mas não dos que pagam?"

Faço-o repetir...

"Não?... você é que pensa, e ele lá se importa com isso?... você vai ouvi-los!... vai ficar aqui!"

No gênero eu tinha visto um bocado de malandragens mas essa aí, cá para nós, era meio sofisticada!...

"Tanto os ricos como os pobres?

— E daí?... *plaft! pluft!* ricos!... pobres! mães! fedelhos de colo! *plaft*: ele arranca a cabeça deles! voa para todo lado!... está vendo o remo?... ali!... o remo dele!"

Eu tinha visto!... do Cais até o alto da chaminé... encostado ali!... impressionante!... uma ferramenta!... bem mais comprida que a passarela que levava a bordo!...

"Primeiro ele quebra o crânio!... depois rema dentro de cada cabeça!... em cheio!... já lhe disse! 'Eu os desperto', é o que ele diz!... vai fazer com você também!... rouba as idéias deles!

— E aí?

— E aí?... aí!... acaba-se a farra! voltam para suas moradas! ou soltam a grana! se você os ouvisse gritar!

— Aqui?... lá?...

— Está maluco!... aqui não!... depois de Ablon!... Villeneuve-Saint-Georges!..."

Eu não queria fazer perguntas demais... por ali é que eles

iam?... então era ali a passagem para "o além"?... depois de Choisy?... tudo isso era tão fabuloso... a massacreira... e o resto!... e as informações do Émile... mas e o cheiro?... aquele cheiro característico... eu não podia negar o cheiro... o cheiro que não nos engana... a mim sobretudo! eu, diria... que tenho vinte e cinco anos de "atestados de óbito"! o Agar farejava... farejava todas aquelas criaturas... uma por uma... mas latir, nem a pau! nem um *uau*!... ele que late com uma folha, lá no alto, na nossa casa, que cai... ali, neca!... mudo total!... criaturas, no entanto, pouco comuns... e de fato um cheiro!... e o remo?... eu o olhava de novo, esse remo... uma massa que só para agarrá-lo, Caronte ou não-Caronte, exigiria uma força colossal!... e para levantá-lo!... um monstro!... uma força sobrenatural!

Ainda tinha perguntas a fazer... demorando-me ali eu acabaria sendo uma vítima!... a curiosidade!... muitas perguntas!... nesse exato momento a fábrica apita!... mudança de "turno"... uma hora da manhã... e mais um apito... mais longo... de um rebocador, esse aí... comunicava-se com Suresnes... anunciava quantas barcaças... para as eclusas...

Tudo isso era muito bonito mas e se o colosso do remo me pegasse aqui?... à-toa na vida?... no que é que isso ia dar?... rolando de rir junto com esses gaiatos?... e que ele me mostrasse, a mim também, o seu jeitão!... que eu voltasse lá para cima todo achatadinho... uma espécie de meia aranha? igualzinho ao Émile?... triturado igualzinho!... quebradinho!...

Ah, não era hora de pegar no sono!... refletir... sim!... meditar!... mas dar no pé! até mesmo eu, muito prostrado muito molenga, quase nocaute, me dava conta disso... não era para ficar ali em nenhuma hipótese!... antes de mais nada, e para início de conversa!... aquele bateau-mouche, o *La Publique*, logo ali embaixo da nossa casa? e todos aqueles peregrinos fedorentos?... e o Le Vigan junto com os dois outros?... ah, sobretudo o La

Vigue!... o admirável La Vigue!... "Não emporcalhem o Ferdinand!... ele é mais patriota que vocês!" Suas palavras exatas durante a "Supremíssima Corte dos Ódios"!... e ele, algemado!... de pé, bem na frente! e não nos bastidores, nem no boteco, nem no milk-bar, nem no cabaré Quatzarts!... ele sozinho!... no Conselho da Inquisição!... que tentava fazê-lo confessar, que ele clamasse em alto e bom som!... que me acusasse, que era eu toda a sua desgraça!... mais ninguém! o pior dos escrotos vendido traidor que ele tinha conhecido!... de todos os patifes dos *Staffels*, rádios, jornais, clandestinos, assassinos... eu!

Conto-lhe como as coisas aconteceram, históricas!... bem! mas ali, por exemplo, no cais não era hora de criar raiz!... comigo não, violão! eu, hein! bizarrias?... pancadarias?... avemaria!

"La Vigue!... escute aqui!... vou num pé volto no outro!... estou na casa da doente!"

Era verdade... por causa da sra. Niçois é que eu tinha descido!... ela devia ter acordado...

"Está vendo a janela da casa dela?"

Mostro-lhe... do cais se vê direitinho... os postigos abertos... a única com os postigos abertos...

Eu que não tenho muito medo de nada não estava querendo insistir... vá saber se esse tal de Caronte não passava de uma farsa?... uma lorota?... mas aquele remo ali?... eu via o remo! quem sabe se tudo não passava de uma cilada?... armada para mim?... seria demais!... a gente imagina... fica virando e revirando as coisas... e as idas e vindas?... aquelas criaturas?... no miserê também?

"Está vendo a janela?... a primeira, no canto... a casa marrom! é só o tempo de subir e descer de novo!... faço um sinal para você!... mas ouça: não vou falar para ninguém! contar para ninguém!..."

Quero tranqüilizá-los! ah, mas eles acham a maior graça!

caem na gargalhada! e eu cheio de dedos!... os três! se escangalham de rir!... ainda por cima me xingam!

"Seu pilantra de meia-tigela! bronco!... se arranca, ô panaca! pé no mundo! não solte o seu leão!... bobalhão!"

Assim mesmo, eu e o Agar!... tiriricas porque não vou ficar!

"Sacana! dedo-duro, vagabundo!... vai lá, dedurar! ei, vai logo! traidor! traidor!"

Traidor, para eles também!... não vou permitir! que a última palavra seja deles!

"Seus mascarados! seus bufões!... pústulas! infectos!"

Toma lá dá cá.

De uma hora para outra, a zanga absoluta! os três!... que eu vá embora!... não admitem... o La Vigue também não admitia... ah, fiquei sensibilizado!... contrariar o La Vigue!... os outros que se danassem!... mas o La Vigue! ah, eu ia dar meia-volta!... subir no bateau-mouche deles!... interpelá-los! e de bem pertinho!... quem que era o mais herói dos três!... porra!... eles abusavam das circunstâncias!... eu também, a certa altura, perco as estribeiras!... o próprio La Vigue!... o mais simpático!... teria de cair em si! eu o faria engolir o seu "dedo-duro"!... desculpe!... desculpe!... sombrero! caballero!... respeito é bom e eu gosto!... do jeito que eu sou! assim!... ora sus!... ele vai ter de engolir as esporas!... Le Vigan! ou não Le Vigan! já uma outra vez em Siegmaringen a gente tinha partido para a briga igualzinho! Senhores e Senhoras! uma coça!... na neve!... em plena neve!... e por quê?... eu não lembrava mais... Seria bom que eu explicasse um pouco a você... Siegmaringen... fica para uma outra vez!... explicasse direitinho, antes que as mentiras se metam no meio... mentiras e pústulas e lambisgóias!... intrigalhadas de gente que nunca pôs os pés lá! pronto!... prometido!...

Agora ali naquele cais uma coisa! ele me xingou!... todos me xingaram!... ao meu Agar também! não só a mim!... de cãozinho fraldiqueiro! dedo-duro! miriápodes!... sobretudo o La Vigue! e de biruta!... que direito? eu ia dar um esbregue nele, no La Vigue!... nos três, aliás! amestragem dos três!

"Provocadores!... lacaios de carniças!"

É o começo!... que fiquem sabendo!... bem que eu subiria a bordo para dar um esculacho neles... mas um peteleco... e me jogavam na água!... era o que eu ganharia em troca!... eu não me agüentava mais em pé... melhor dar uma resposta de longe!... inclusive de marcha a ré!...

"Vocês são uns chuchus, daqui, da pontinha da orelha! facínoras!"

A voz estava boa!... eu me ouvia de eco em eco... até a ponte d'Auteuil! a água propaga!... ainda assim era melhor dar o fora!... não eram uns indivíduos broncos, desses que não entendem nada... e a Lili devia estar mais que aflita!... horas que eu tinha descido!

Portanto, largo aqueles doidos-varridos! "passem bem! seus grosseiros!" e vou embora recuando! sou desconfiado!... vai que eles me lançam um dardo!... ou o remo!... recuando!... o "Caminho des Boeufs" todinho... subo de marcha a ré... vai que eles atiram?... não desgrudo o olho deles... xingam-me de tudo!... eu na mesma moeda!... é uma linha reta o "Caminho des Boeufs"! Eu que tenho horror a escândalos!

"Coloquíntidas! ipoméias! rá, rá! clematitas!"

"Clematitas" os desconcerta... já não entendem mais nada... e de repente: "Excremento"! de novo! recomeçam!... deve estar se escutando tudo, até Bellevue! até o bosque... Saint-Cloud... o vale todo... imagine só!... vou subindo de costas... de repente paro de recuar! *rruá! rruá!* um rosnar daqueles! ali, na minha frente! não um eco! uma raiva! um cão!... ah, o Agar não!... não!... um outro!... olho: a Frieda!... a Frieda que está esquadrinhando tudo... a cadela da Lili... a cadela de verdade xereta e ranheta, está atrás de alguma coisa... no meio do mato...

"Ah, você apareceu!"

A Lili me procurava.

"Não é por minha causa que a sua cadela está rosnando?"

Não me responde... é ela quem me pergunta.

"Onde você estava?

— Na casa da sra. Niçois! você sabe muito bem!

— Tanto tempo?"

Paro de recuar... já estamos quase em casa... mesmo assim ainda grito...

"Moleques!... beija-flores!... papa-moscas!"

Lá para baixo... para a margem!... faço questão de ter a última palavra... mas essa paspalha da Frieda resmunga... reclama... não pára!...

"Por que é que ela está rosnando?

— Por causa do Dodard!

— O Dodard!... o Dodard!...

— Acha que vai encontrá-lo?"

É o nosso porco-espinho, o Dodard... realmente um bicho simpático... mas fujão que só ele! não pára quieto!... e é um tal de eu trotar atrás dele!... mil patas!... cada hora num lugar! num buraco!... debaixo de um galho!... de outro!... é a Frieda que o encontra sempre... o Dodard deve estar debaixo de uma raiz... a Frieda vai revirar o jardim!

Os outros, embaixo, funesta tripulação, não entregam os pontos, cabeças-duras como são!

"Gladíolo!"

Berram para mim... me chamam...

"Mande a Frieda se calar!... ela não vai encontrá-lo!"

A Frieda xereta escavaca debaixo de um evônimo...

"Por que você está gritando?

— O La Vigue está lá embaixo!... é ele que está dizendo besteira!... quer dizer, ele e o Émile!... de "carniça" é que eles me chamam!... eles, sim, é que estão cercados de carniças por todos os lados!... a bruaca deles! uma tal de Anita!"

Para que ela fique sabendo! vai me contradizer!

"Deixe o La Vigue em paz! ele está na América, ora essa!"

Sempre foi cética, mesmo em relação ao que lhe provo, a Lili... mais ainda desde a Dinamarca... que a Dinamarca... não me fez bem!... eu não ia lhe contar que havia um barco lá embaixo! e um bateau-mouche! cheio de fantasmas!... e que os nossos pilantras estavam dentro dele...

Saio da perplexidade... foi um desses latidos! *uau! uau!* ah, esse é o Agar!... o Agar que começa! e a Frieda junto! e ao mesmo tempo!...

"Encontraram! está ali!"

Esfuziante Lili! o Dodard encontrado!

"Amanhã você volta lá!"

Ela insiste.

"Ele está ali!... olhe!... pegaram-no!"

Sim, é o Dodard, ela o apanha... ele não solta seus ouriços, conhece-nos... a Lili o pega... bem! vamos subir... vamos levá-lo...

"Se você visse o La Vigue de gaúcho!"

Posso dizer o que eu quiser... "sei! sei"... ela deixa... posso afirmar o que me der na telha!... na veneta! para ela o La Vigue está longe! lá no fim do mundo!... e só isso!... as coisas evidentes, razoáveis... bem!... e eu é que falo besteira!... ora francamente! que eu não ando nada bem? eu é que sei, e como!... e não só desde a Dinamarca! eu é que sinto, e como! a cabeça, o coração, as vertigens!... é, um pouco! tenho menos arrepios... é! mas quanto às vertigens!... as paredes ficam ondulando! não digo nada!... o principal: a Lili... deixasse eu a Lili, e disso ela não se dá conta, sozinha contra as pessoas que conheço... a matilha!... quanto é que ela pesaria na balança? beneficiários, herdeiros, parentes, editores!... esses aí então, os verdadeiros abutres esquartejadores! campeões! nada a ver com os mascarados lá de baixo!... e com o xaveco deles, podre, "um buraco só"!... amedrontando os pardais!... o fisco, os herdeiros, os editores... faça-me o favor!... ah, a Lili pesaria bastante!... ela e o Dodard e toda a matilha!

"Tudo na carrocinha, para o depósito dos bichos abandonados!..."

Eu, ainda ali, não estou sonhando, nem de longe, e está gelado! não paro de tremer!... de quê?... o cansaço?... o cais? também é que falei demais!... será?... estou tiritando por quê?... subimos bem devagarinho! a Lili carrega o Dodard... cuido dos cachorros...

Desculpe! desculpe!... para falar a verdade, são coisas!... da minha própria pena!... não o relato de uma bobagem qualquer!... não é para se perguntar: como é mesmo? o que é mesmo? não! ali!... de meu próprio punho!... no documento!

Vendo assim, parecia uma coisinha à toa... uma pequena fantasia fluvial... um barco engraçado... as pessoas dentro... mas puxa!... os arrepios... olhe eu aí invadido por eles, e de tal modo!... que me deito... estava ali bancando o idiota, tiritando, suando... bem pior que a sra. Niçois!... é!... compreendo na mesma hora... o acesso!... é um acesso!... nenhuma dúvida!... no início da crise a gente sabe o que é que está acontecendo, depois começa a bater pino... fazia bem uns vinte anos pelo menos que eu andava sossegado... é o efeito do frio lá embaixo, do Cais... bem que eu desconfiava! azar o meu!... o vento frio do Sena!

A Lili me pergunta o que deve fazer... ai, cacete! porra nenhuma!... me deixar em paz!... médico, a não ser que tenha virado um imbecil completo por causa dos pacientes, só pensa numa coisa... sossego e paz de espírito! finalmente!... a gente sabe o que é a malária... é para a vida toda, e estamos conversados!... a gente apanha o "solene calafrio"!... e põe a cama para dançar igual vara verde! como ela grita! estala!... e vamos de acesso em acesso!... tudo calculado milimetricamente!... a gente sabe como é, mais nada!... tremedeira para começar! em primeiro lugar!... e logo, logo, em segundo lugar... alucinações!... ah, a rodo! eu já estava preparado para dizer um monte de asneiras!... vinte anos sem acesso!...

"Não ligue não, Lili!"

Previno-a... ah, e amanhã?... a sra. Niçois?... é mesmo!... o curativo!... não!... depois de amanhã!... não!... daqui a três dias!... descerei de novo, ponto pacífico!... verei de novo esse *La Publique* e seu carregamento de polichinelos!... claro! claro!... e vou te moer de pancada, seu Caronte! e vou te transformar num capacho, seu Caronte! meio pantera meio macaco!... esse pretenso Caronte! isto é que é!... nem um pio que ele vai dar!... ai dele se abrir o bico, esse Caronte!... aliás vai ser fantástico extraordinário o jeito dele me implorando! esse pretenso! vou quebrar o remo bem no nariz dele!... para começar! e já! ali!... *plaf!* estou me vendo! seu remo colossal!... vai!... anda!... mil migalhas!... um caco, a sua imensidão! um fiapo?... não!... dois! três! quatro! agora ali é que eu sinto como sou forte!... como toda a cama chacoalha! esporeia! range! encrespa-se!... a força que tenho!... eu sei... eu sei... uma linda história! e não de ontem!... desde os Camarões! eu deveria ter dito à Reforma!...[38] com 20 ou 30 por cento a mais teria uma pensão um pouquinho mais polpuda do que exclusivamente com meus ferimentos! seria um 130 por cento! no mínimo!... não trabalharia para fazer os leitores rirem! para deliciar ainda mais o Achille! e toda sua cambada de "veados enrustidos"!... que vergonha! ah, os barqueiros do Volga!... mas eles ganharam, os barqueiros! a prova!... dê uma espiadinha nas bundas dos mais insignificantes *Commissars*!... bundas de Arcebispos!... tutti quanti! quando todos os felás do Nilo tiverem umas bundas dessas, de

38. Suboficial de cavalaria na Primeira Guerra Mundial, Céline foi baleado no braço esquerdo, ficando com uma paralisia muscular. Reformado em dezembro de 1915, trabalhou no ano seguinte na colônia francesa de Camarões, de onde teria retornado com malária.

Arcebispos, a gente vai poder dizer que está tudo bem! o sonho dos povos, terra inteira, bundas de Arcebispos! panças de *Commissars*!... Picassos! Boussac!... a sra. Roosevelt!... com peitinhos!... sutiãs! todos!

Fico pensando... mesmo no meu estado, suor e tremedeira, que raios pode o Achille fazer com seus cem milhões por ano?... *cash!* nos tralalás?... das putinhas? ou no seu caixão?... pode mandar enfeitá-lo lindamente, todo marchetado, seu supercaixão!... acolchoar tudo de seda azul-celeste festonês rendas pingentes prateados... e para a sua cabeça? o travesseiro da Eternidade!... paina de ouro e pompons cor-de-rosa!... vai ficar uma tetéia na Capela ardente... eterno Achille! seu olho horroroso fechado para sempre, até que enfim!... seu terrível sorriso engolido... estará apresentável, morto.

Eu me divirto... fanfarrono!... foda-se: ilusiono-me! morrerei antes dele!... eu trabalho, apresso o meu fim!... esse aí se repousa, a última palavra da gerotécnica: não fazer droga nenhuma, e deixar os outros fazerem!... seguridade social! gigolô!... para as suas putas! para o seu caixão! bem ou mal, levo água ao seu moinho! à sua mó! e faço-o girar! "Eia, força! burrico!" transpiro, esfalfo-me... olho-o!... ele se poupa... inevitável que dure mais que eu!...

Imagine vagamente o B!... o K!... o Maurice![39] se no meu lugar seriam maravilhosamente comunissas!... a girar a mó para o Achille!... os seus trololós teriam murchado!... seriam um pouco mais decentes! bundas e bochechas!... à mostra! cintas de náilon! sutiãs! ó, caros Arcebispos-Commissars!... os malditos do populacho!... todos de acordo! nós os forçamos a se sentar? Mesa do povo ou Mesa do Espírito Santo? e eis que decuplicaram!... são, por natureza, porcos de Concursos, seja qual for a mesa!... sadismo

39. Bulganin e Kruchev, dirigentes soviéticos da época, eram chamados na imprensa por suas iniciais. V. Maurice Thorez.

nosso!... não estamos com remorso? em lágrimas?... ficamos indiferentes?... diante de tais destinos trágicos? formidáveis mártires? fadados a mais banha? cada vez mais banha!...

Pois é!... pois é!... estou galhofando! o que viso é o efeito! vou acabar me perdendo de você... e o curativo da sra. Niçois?... onde é que estou com a cabeça? o que me resta de bestunto?... a febre! a febre, indiscutível! e o curativo da sra. Niçois? à noite!... tudo à noite!... tremelico! tremelico! mas essa cama desgraçada está desmoronando! do jeito que eu balanço! quebre!... ande!... sacudo-a de malária!... plena crise!... também de raiva!... e o que eles me disseram, berraram lá de baixo!... "gladíolo!" do barco podre deles, esses patifes!... atreveram-se!... "cagão" também! e "vem cá se tem coragem!" claro que irei!... dez vezes e não só uma!... e sozinho!... vão me ver de novo!... estou fervendo de indignação! sintome em fusão!... essa cama, vou queimá-la! peguei a "sezão" em Camarões em 1917!... eles vão ver com quantos paus se faz uma canoa!... tomo meu pulso!... a febre continua a subir! aos 40 graus recupero a lucidez!... o momento das idéias!... blablabalbuciarias?... quem sabe?... eu me embaralho... baralho... o Baixo Meudon... Siegmaringen... sim!... mas e o Pétain?...* ah, esse tinha um vidão, o Pétain... estatuto "Chefe de Estado"!... igualzinho ao Bogomolev ou ao Tito!... ao Gaugaule ou ao Nasser!... dezesseis cadernetas de racionamento!... o Laval... o Bichelonne...* o Brinon...* o Darnand...* tinham menos... cada um só seis... oito cardernetas... bem menos paparicados!... seja como for, nós, uma!... dialho!... caralho! ministros, não-ministros, Chefes de Estado! a Injustiça morreu!... finados, todos! mortos de Injustiça! e nenhuma discrição!... salamaleques, protocolo, houve tudo isso!... você acha graça, porque eu não largo mais os defuntos!... para onde me viro... defuntos!... defuntos!... só o Achille é que está aí, à espera.

Um momentinho!... sezão avançada, não terminei!

Gostaria que a cama desabasse!... que eu abrisse uma brecha nela! um curso de água!... que me afundasse nele sob as ondas! transpiro... em bicas.

"Você não deseja nada?

— Não... não... meu benzinho!"

Nunca desejo nada... recuso tudo... nem um beijo... nem uma toalha!... quero rememorar!... quero que me deixem só!... pronto! todas as recordações!... as circunstâncias! é tudo o que peço! ainda vivo mais de ódio que de macarrão!... mas o ódio justo! não o "aproximativo"!... e de gratidão! desculpe!... disso eu transbordo!... o Nordling* que salvou Paris bem que quis me tirar da cadeia... que a História tome nota!... somos memorialistas ou não somos!... vejamos! vejamos!... embaixo?... no cais?... o La Vigue?... estava mesmo de gaúcho? embaixo? cobrador e gaúcho... o Le Vigan cobrador... que eu não esqueça! que me lembre exatamente! e mais nada!... com febre ou sem febre! a exatidão!... que o Achille ou o Gertrut recusem a minha obra?... que eu tenha mentido? faça-me o favor!... que me refutem dizendo que não foi assim em Siegmaringen! e depois?... me deu pane?... e que no cais eu não vi rigorosamente nada!... nem o *La Publique*!... nem os fantasmas!... que o La Vigue não era gaúcho!... não tinha sombrero!... e usava um baita turbante! isso eu sei perfeitamente, porra! o baita turbante!... arranquei-o dele na batalha!... e na neve!... aliás, por que foi mesmo que a gente chegou às vias de fato?... era um curativo o turbante dele!... um curativo de otite!...

A memória é precisa, fiel... e aí, de repente, não é mais... cadê?... o gato comeu! sumiu!... a idade! você dirá... não!... que eu reencontre o La Vigue! e Siegmaringen!... e o Pétain e suas dezoito cadernetas!... tenho-os todos bem guardados!... e o Laval e o seu Ménétrel!...* não os largo mais!... nem a Floresta Negra nem a grande águia!... você já vai ver o que estou querendo dizer! esse Castelo Hohenzollern!... aguarde!...

Com essa febre, não vou me decidir... o Achille? o Gertrut?... um e outro igualmente infectos!... mas se na hora agá eles desistem? possível!... tanto um quanto outro?

Ai, como eu estava firmemente decidido a não escrever mais nada... sempre achei indecente, só a palavra: escrever!... pretensiosesca, narcisa, "você me leu?"... portanto a razão é mesmo a necessidade... a única!... candidato ao Panteão, nem pensar! os vermezinhos mais caros do mundo! Soufflot-gulosos![40] não!... não costumo levar pito da vaidade! mas o gás, as cenouras, as torradas... você sabe o que é isso!... se me arrisquei, se entrei pelo cano?... foi por causa do gás, das cenouras, das torradas!... dos cachorros também, a gororoba deles... o pouco que escrevi, veja só os ódios!... como ficaram me odiando!... e até hoje!... nunca senti tão bem o horror que eu era para o mundo quanto nos meses em que, entre uma reclusão e outra, me puseram no hospital *Sonbye*, Dinamarca, nos "cancerosos"... ainda tremo, mas estou certo do que digo... nenhu-

40. No Panteão de Paris, construído por Soufflot, estão enterrados grandes vultos da França.

ma dúvida, nada imaginário!... nos "cancerosos" do *Sonbye*, Copenhague, Dinamarca... aquilo lá era uma berraria!... tudo leitos de cancerosos "muito adiantados"... eu estava ali por uma espécie de favor... ainda assim, melhor que na *Venstre*... ah, e também para prestar serviço... espreitar os últimos suspiros... chamar a enfermeira... ajudá-la a embrulhar o cadáver... que ela só tivesse de ir rolando-o até a porta... e até o corredor!

Tudo é tão aperfeiçoado, tão mirábolo-sanitário, em Copenhague, Dinamarca, que é de ficar de cu arrepiado?... não creia numa só palavra!... no mundo inteiro é a mesma coisa!... ou seja... ou seja: as faxineiras é que fazem tudo!... responsáveis por tudo e em todo lugar! nos ministérios, nos restaurantes, nos partidos políticos, nos hospitais! as faxineiras é que sabem das coisas!... desencavam para você um documento, um artigo, viram pelo avesso um segredo de Estado, um agonizante!... o mundo dorme... a faxineira nunca!... traças! traças!... de manhã você não encontra mais nada!... o seu agonizante está encaixotado!... Yorick! nem um ai!... como os agonizantes gritam!... como esperam!... morfina!... sondas! aqui! ali!... eu era o "vigilante" de plantão!... o samaritano da campainha!... o último suspiro? *trim! trim!* despachem! um a menos!... a Erna... a Ingrid... chegavam... bocejando... rolavam o cara lá para fora... isso mesmo, não estou falando de ouvir dizer, não... Sonbye Hospital, chefe de serviço, o Professor Gram... arguto clínico!... sutil, sensível... ah, nunca me dirigiu a palavra!... não se fala com prisioneiros!... eu também estava em tratamento... também estava partindo, aos molambos!... não de câncer! não de câncer, ainda não!... só em conseqüência da fossa, da gaiola, Vesterfangsel... não invento essa fossa... era de verdade!... úmida pra caramba toda escura, só uma frestinha, perto do teto... peça para ver o pavilhão K, Vesterfangsel, Copenhague... viajar, é ou não é? é instruir-se!... nem tudo é *Nyehawn*, Tivoli, Hotel d'Angleterre!... como turista você não correrá o menor risco!... a vantagem dos cancerosos, em relação à prisão, é que não tinham grades, nem frestas... suas janelas largas e altas davam para uma espécie de prado... as pastagens do Norte são pálidas... pálidas como o Céu e o Báltico deles... tudo uniforme, homens, nuvens, mar, arbustos... meio traiçoeiro... fácil, fácil você veria fadas por ali... mas fadas nos "cancerosos", nem a pau! eu não estava lá para invocá-las... mas para escutar os derradeiros estertores!... não acordar a Erna, a Ingrid... cedo demais!... tarde demais!... o Gram tinha uma coisa, confiava em mim, que eu não aproveitaria a chance de estar lá, sem algemas, e todas as noites tão longas, para dar no pé... eu teria tirado de letra, digamos!... mas?... a Lili ficaria só... e o Bébert... e depois, fugir para onde?... todas as polícias tinham a minha ficha... me apanhariam de novo logo, logo!... tiras para todo lado! em todos os países do mundo: tiras! o homem ainda mais que sátiro ladrão assassino é acima de tudo, mais que tudo: um tira!... a Suécia em frente?... Malmö?... o que é que você acha, hein?... eu não andaria nem cem metros! reacorrentado, pior! bem apertado! fundo de porão nele!... e entregue aos fifis! especialidade sueca: as entregas! duvida?... escute só os nomes que vou lhe citar, dos que se suicidaram... na própria ambulância! ali!... na minha frente!... debaixo do farol!... ah, esse "direito de asilo"! adoraria ver o Montherlant,* o Morand,* o Carbuccia passarem por isso! se ainda seriam coquetelizantes, imunes, mundanos gigolôs... se ainda teriam seus belos móveis!

Ali, na minha função de campainha, uma vantagem, eu tinha tempo à beça para refletir... todos os agonizantes, e no meu serviço, no meu caso, os cancerosos da faringe, são sempre muito barulhentos... mas nada melhor do que ser pessoalmente um condenado à morte, quase mais nada nos incomoda... eu não saía do meu lugar, pensava, pensava com muita clareza... não como na febre de hoje... a pelagra atrapalha a visão, a gente vê turvo, mas mantém o bestunto em pleno vapor... o impecável bom senso!

todos os meus agonizantes ao redor, a noite toda, duas enfermarias inteiras... o que aconteceria comigo se eu retornasse a Montmartre era muito simples... eles me fariam vestir o paletó de madeira!... pegos em flagrante?... nada de criar caso! um paletó de pinho!... simples como beber água! eu tinha sido avisado de que estavam me afanando tudo! o meu barraco! à venda em leilão público!... e tudo no mercado das Pulgas!... deliciando-se... e queimando todas as camas para fazer um foguinho... sendo assim, sabendo disso, onde é que eu ia me meter?... a saciedade de todas as vinganças!... ah, os piores dos ferozes assassinos de loucos não têm nada, como se pensa!... matreiros... previdentes!... manhosos!... incrível como no auge do delírio o mais lancinante para eles, mais que qualquer outra coisa, é a segurança bancária, Laetitia!... o lema dos piores terrores, dos mais exacerbados vingadores, torturadores, arranca-olhos e tudo o mais, corta-colhões, é: "*Tomara quissu dure!*".

Eu não ia largar o *Sonbye* enquanto me tolerassem fazendo tratamento!... vitaminas... porridge... eu também: *Tomara quissu dure!* Tinha perdido todos os meus dentes... e também quase cinqüenta quilos... continuei bem magro, desde então... a reclusão não é benigna... os homens suportam mal... não vá pensar de mim: cheio de não-me-toques! tagarela!... qual o quê!... o Silêncio me convém!... mas as cafuas da cadeia dinamarquesa realmente não dão para agüentar... até os especialistas mais severos, noruegueses, finlandeses, suecos concordam que elas são horrorosas... daria tudo para ver por lá os Mauriac, Morand, Aragon, Vaillant, e tutti, tocando o galubé deles, seis meses depois! ah! os Nobels! os Goncourts! e frutti! seria uma revelação... e uma baita caganeira! toda a poltronice deles escorrendo pernas abaixo! quanto a isso aí, eu digo e me orgulho, o moral sempre se manteve firme! o corpo cedeu, confesso... foi-se, aos pedaços... farrapos vermelhos... como que roído... o mal da escuridão, o mal das "presigangas"... podiam me pôr nos cancerosos, ninguém se surpreenderia!... as moças da enfermaria... pelagra?... câncer?... era tudo a mesma coisa!... elas imaginavam que a certa altura também me rolariam pelo corredor... enquanto isso, que eu prestasse serviço!... que vigiasse atentamente os soluços!... que tocasse a campainha nem cedo demais... nem tarde demais!... que embrulhasse o morto em cima do carrinho... depois da higiene... e, em primeiro lugar, tudo isso em silêncio! nunca uma palavra!... nem à enfermeira que eu acordava, nem aos colegas no dia seguinte... ali ficava eu, muito frágil, em suma... apenas tolerado... útil mas sem nenhuma estabilidade!... uma coisinha à toa, uma palavra, achariam que eu estava sobrando...

Eis que certa manhã não vejo ninguém... mais nenhuma enfermeira... os médicos não passam... eles que passavam tão regulares... nem uma nem duas, penso cá comigo: pronto!... nas condições tão sensíveis em que estamos, vivendo tão cabalmente, e não "de mentirinha", estalo imediato!... você tem a intuição clara, sabe antes que tudo aconteça, implacável, que é para você e não para um outro... a certeza animal... a idiotice do homem tudo dialetiza, barafundiza...

Passam-se ainda um dia e uma noite... ninguém me diz nada... não vejo nem mais uma enfermeira por lá... um agônico morto... fica ali ao deus-dará, tal qual, deitado, todo amarelo, boca aberta... nem mais um interno... só temos eu e os que estão nas últimas... e olhe que toquei a campainha várias vezes, não adiantou nada...

Até que enfim, alguém!... não uma enfermeira... um motorista!... na grande moldura da porta... escancarada... imensa! de duas folhas!... um homem que eu conheço... o mesmo motorista que me trouxe... ah, não um brutamontes!... um fortão bastante calmo... não está de "agente penitenciário"... está "à paisana", túnica e gabardine... gabardine a mesma que a minha, "modelo

Poincaré"... cito-lhe esse detalhe, talvez você o ache fútil... não creia! não creia!... a circunstância!... corretos nós dois!... só ele e eu nas duas enfermarias, e os moribundos... nem mais uma enfermeira, um estagiário, um interno... "Komm"! ele me diz... nem precisava... eu sabia... me levava de volta para o xilindró...

Posso dizer que tenho muitas lembranças para uma biografia de indigente igual à minha... e nada pitorescas, gratuitas... lembranças pagas! inclusive pagas tremendamente caro... pois bem, cá entre nós, que ninguém nos ouça, prezo muito aquela circunstância... aquele motorista ali! me dizendo "Komm!" na moldura da porta... nem brutal, nem nada... imóvel, postado... que me levava de volta para o buraco... do outro lado da cidade... sem escolta... sem algemas... absoluta confiança... de limusine... e que ainda seriam muitos meses... a impressão não me larga...

Meses de cela para você não é nada, óbvio... evidente...

Foram muitos meses, de fato... até que decidissem se iam me entregar?... me deixar preso?... o artigo 75 no cu... todos os jornais de Copenhague dando como favas contadas que eu tinha vendido, não se sabia muito bem, mais ou menos, as defesas dos Alpes... o artigo 75 fazia fé!... duraram anos as reflexões nas Altas Esferas... se me entregariam?... se me deixariam bater as botas na prisão?... no hospital?... em outro lugar?

Enquanto você não viu surgir o motorista civil das prisões na moldura da porta você não viu nada...

Ah, atualmente as coisas não estão melhores, não!... não estão nada melhores... a prova é que escrevo para o Achille... ou para o Gertrut!... fodam-se os dois! os dez!... os vinte!... pústulas satânicos mãos-de-vaca idiotas!... para quem quiser!... tripalhada!

O Norbert Loukoum, faço de propósito, ele se chateia, falo com ele de propósito sobre a cabana... ele nunca esteve lá, caralho!... ele!... nem o Achille!... o Malraux também não... o Mauriac também não... nem o feto Tartre!... e o Larengon!... a Triolette no toalete!... toda essa corriola de astutos malandros!... a elite "vira-casaca"!... que não param de bancar os bicho-papões!... bravos franceses "Cocoricó Cortina de Ferro!"... superbazukas!... bombas a Oeste!... petardos do Leste!... trovões para todo lado!... e que não passam de uns frouxos!... "aposentados" de nascença... desde a mamadeira, e depois a ama-seca meio lânguida, o querido liceu, o amiguinho do peito, o "emprego garantido!" oba! trocar dez doze vezes de casaca, jogar fora as velhas e vestir as novas... e estamos conversados! a populda pensão Camaleão! ganhou!... pensão "indexada"!... e a Promenade des Anglais!... um pouco de veadagem nos mictórios... distinção!... a Academia!... o Richelieu!... panacas!... nunca pagam nada!... jamais!... pagos sempre! o ponto final dessa viagem é o "Cais dos Espertos!"... a Coupole dos retos e das próstatas!... "Ah, mas como o senhor mudou!...

mais suave, mais sensível, mais profundamente beberrão!... Apoteão!..”

Como o Richelieu enxergou tudo tão bem!... o Mauriac, o Bourget e a Aspirina!...[41] a certa altura da Decadência as piores lacraias viram reis, tranqüilamente!... Luís XIV comparado ao Juanovice não valeria meio tostão furado! bastaria um “vazamento”![42]

Não se ofenda se eu pulo para cá!... para lá!... ziguezagueio e volto atrás!... aquela história esquisita do *La Publique*... e se você estivesse no meu lugar?

“Você continua a tremer?

— Não... não... não...”

Numa certa idade... 63 anos... só lhe resta dizer: não!... não... e ir embora!... por cortesia!... você está sobrando!... quantas vezes desejaram a sua morte nesses sessenta e três anos?... incontáveis!... pode ser que ainda o suportem mais uns meses... uma primavera?... duas?... ah, mas primeiro antes de mais nada! podre! de rico!... rico!... fundamental!... e que você se revele um poço de generosidade com os seus herdeiros!... autêntico Papai Noel!... que deixe em testamento, garantia hológrafa, tabelionatado, carimbado, registrado, que tudo é tudo para eles!... tudo para o Lucien!... nada para a Camille!... e que você não anda se sentindo nada bem! e que não vai fazer outro testamento! e que sem fôlego é que você está ficando!... sem energia!... sem nada!... que não vai demorar muito! a língua já bem de fora... bem grossa, sarro amarelo e preto!... então... então... então quem sabe?... não vão

41. Em resposta a uma carta de Gaston Gallimard, que acrescentou a palavra “gênio” a um comunicado de imprensa para seu novo livro *Entretiens avec le Professeur* Y, Céline protesta furioso: “‘Gênio’, meu Deus, caro amigo, é o menor dos títulos, já que eles tornam ‘imortais’ os vendedores de aspirina”. (N. P.)
42. Em 1954, durante a guerra da Indochina, vazou para a imprensa um relatório secreto do comando militar francês, que poderia favorecer o inimigo Ho Chi Minh. Os quatro acusados pelos vazamentos foram julgados em 1956.

achá-lo tão tirano abjeto, abutre medonho... no entanto é a opinião unânime!... mas você que se cuide!... em sursis, você está! ponha os bofes pela boca!... escarre bem amarelo!... ande capengamancando!... se o forçarem a se levantar?... tropece!... desabe!... mande vir o padre... a extrema-unção faz um bem danado às pessoas cuja única esperança é você!... o seu último suspiro!... é espantoso como um agonizante é capaz de esfrangalhar os nervos das famílias!... essa crueldade de não acabar logo!... o sadismo dos "últimos momentos"!... extrema-unção, é só questão de tempo!... ah, quantas pessoas vocês enlouquecem, seus lerdos agonizantes!

Vi arquejos em toda parte, nos trópicos, nos gelos, na miséria, na opulência, na prisão de trabalhos forçados, no Poder, cobertos de honrarias, condenados leprosos, na revolução, em plena paz, no meio de tiros de barragem, sob chuvas de confetes, todos os registros do órgão *de profundis*... os mais penosos, creio: os cães!... os gatos... e o porco-espinho... ah, é minha impressão, minha experiência!... vale o que vale!... não procurei... creia-me... as circunstâncias!... nenhum prazer! encontrasse eu noite dessas a Madeleine Jacob em pleno câncer invasor do ligamento largo do útero, admito, suponho... não seria igual ao Caronte!... não mesmo!... a sangrá-la, esquartejá-la, e a suspendê-la num gancho por seu tumor... não! que ela se esvaziasse completamente, qual uma coelha podre... não!... sem nenhuma vaidade de puta, "estilo Schweitzer" ou "estilo padre Pierre", não! posso dizer e provar, sou a caridade em pessoa! até com o pior raivoso odioso... o mais pustulento, tetânico... mesmo uma criatura asquerosa, a Madeleine por exemplo, é desagradável que ela exista!... síncope de hediondez! mas nós, aqui, que estamos conversando, você me verá reprimir meus sentimentos! afagar, paparicar a Madeleine! comportar-me como o amante caloroso! fogoso! como se se tratasse do padre Pierre! ou do outro apóstolo... o do "Trópico-Harmônica-Digest!".

Ah, mas e os "últimos momentos"?... pois sim! falar é fácil!... estou com a sezão!... a Madeleine, o Schweitzer e o Padre!

Vejo-os chegando... tudo bem... são eles! a Madeleine, o Schweitzer e o Padre, recebo-os... ah, método Caronte, nem em pensamento... não lhes rearrebentaria os tampos! não os faria re-re-remorrer! não!... você vai ver, o papai aqui! exatamente o contrário!... bem suave!... ternura tebaica!... morfina 2 cm^3!... isto é que é!... o Sydenham já declarava (1650) que curava tudo o que queria, todas as doenças, com quatro ou cinco onças de ópio... e aí?... por isso eu digo aos meus confrades, não desperdicem seu ópio, não! pode vir guerra pela frente, restrições... prometem-nos isso!... aquilo!... mas e a sua agonia? não é o Lero-lero que vai ajudá-lo!... mais tarde!... ah, evidente!... o mais tarde possível!... quando você estiver nas últimas... o seu estoque ali!... todinho seu!... cada coisa em seu tempo... moderação em tudo...

Minha memória, essa aí não tem nada de moderada! safada!... agita... agita-se!... que nem a minha cama!... e essa sra. Niçois, hein!... que crise desgraçada ela me fez ter!... sua rua à beira do rio!... os calafrios!... aquele vento encanado!... a morte, é o que eu ia pegar!... todas aquelas almas penadas!... e aquele *Publique?... La Publique?*... eu tinha razões de sobra para estar bufando com essa velha caprichosa cancerosa!... cacete!... e também aquelas patacoadas no cais com aquela tripulação de apaches!... corja de estrambóticos injuriosos! "gladíolo!", foi como eles me chamaram... gladíolo! ousadia! cafajestes descarados!

O Embaixador Carbougniat,[43] tão pró-Vichy quanto o Brisson,* tão pró-Doriot* quanto o Robert, tinha cada crise, essa Excelência!... por que não me despachavam para Vincennes!... e dá-lhe de sacudir sua cama na Embaixada, crise em cima de crise, de loucura-fúria mordia seus Gobelins a dentadas, de um jeito tão

43. V. Guy de Charbonnière.

alarmante que ia acabar devorando a Embaixada, de crise em crise, a mobília toda e os dossiês! não sobraria nada! foi preciso que lhe prometessem um posto "primeira-classe"! outro hemisfério! estava ficando mais alucinado que eu!... por saber que eu vivia ali, tão perto, bem pertinho, na Vesterfangsel!... morrendo de tanto sofrer, e que não me empalassem!... que eu tinha xingado o Montgomery!... e o Führer!... ele alegava! e o Príncipe Bernadotte! escrevia cada carta aos ministros bálticos, só vendo!... verdadeiros ultimatos! obtive cópias dessas belas cartas...

Estando agora em plena febre eu tremo tanto quanto ele! e encharco a roupa de cama... ah, mas não fico dizendo asneiras, tanto mais que não me equivoco sobre o que fui!... a peça única!... a presa inaudita dos caçadores e sua matilha de cães!... Glória! Valentia! Perfeita Sabujice! mesmo ainda hoje, aqui, tal e qual, arquiencanecido, ruína desmoronante, ainda causo certa impressão... prova disso! o meu corpo! ainda em linha de mira! na linha!... sem desvio!... que me expulsam, impecavelmente! como a milhares de vermes!... de tudo!... de qualquer lugar!... a única verdadeira escória: Ferdinand!

E vi todos eles em plena ação!... carregando os seus cupinchas... tão vaselinados... tudo!... lambendo todos os colhões!... e sei todos os nomes, os endereços... tão bem como os dos que fizeram a mudança lá em casa, veleidosos assassinos! é claro, continuo aqui, presente, cadavérico mas não cadáver... e conheço todas as idades de todos eles... recito-as para mim mesmo... suas datas de nascimento... revejo seus grandes momentos felizes!... sob as botas!... visiono!... serão mil vezes piores... mil vezes mais felizes na próxima vez!... estão avisando!... como vão se comportar!... vejo-os!... vejo-os!... acima dos 39 graus a gente vê tudo!... a febre deve servir para alguma coisa!... por natureza nunca desperdiço nada!... nunca!

É! pois então!... depois de oito meses no buraco... já! eu estava indo dessa para melhor, um molambo!... mas isso já lhe disse e repeti... céus!... o estou massacrando!... eita-pau, agora outras preocupações! outras deferências!... outras cortesias!... com o Achille primeiro!... para começar!... ele e os seus "bônus-fantasmas" de gigolô... 90 milhões por ano!... de tirar o chapéu! miliardário às pampas que ele já é! arquipodre! um exército de capachos e capachas que não param de passar a língua em todos os seus orifícios e ele geme chora berra, tortura! martírio do Achille! mas não basta! porque as línguas não são tão blababosas! não há pepitas suficientes nos livros! ai, que supliciado ele é!... esses escrevinhadeiros da sua galé tornam a sua vida um inferno!...

Agora na remissão da febre... menos alta... realmente paro de desatinar... delírio?... delírio? refletir!... "o Destino é a Política!"... tenho dito! opinião do Bonaparte!... que seja! comunissas? comunissemos!... o Achille primeiro!... o galho da esquerda!... o que é que ele deu para não ser enforcado na última Depuração!... o que é que não dará na próxima!... tudo e mais alguma coisa!... a ponte de Pontoise e o Arco do Triunfo!... o Monsenhor Feltin, o Lacretelle, e todos os coroinhas de brinde! o Lacretelle, o sr. Robert, digamos, com o artigo 75 no fiofó, proustianizariam? gideanizariam melhor?... hein? vejo o Loukoum, prelado que só ele!... todos os débeis mentais para ele!... sua bocona mole em forma de vagina, tão... tão prêensil! tão pegajosa!...

Ainda estou com calor... eu miragino... desculpe!... não! o Loukoum seria ainda mais insuportável que todos os fedorentos do *La Publique*! o Caronte ao vê-lo desistiria... não poderia fazer nada violento!... com seu remo remexer o crânio dele?... fazê-lo recitar o divino Sade, de trás para a frente?... quem sabe?

Sei... sei... perdi a ocasião de encontrar... o Caronte!... ficasse eu mais um minuto e o teria visto!... o La Vigue, os outros, com toda certeza o viram!... a desculpa, eu sentia a febre chegando... e depois mais uma desculpa!... já vou lhe contar...

Ó, céus! os chacais!... eu também poderia levar você para passear, com outras pessoas!... já que é para divagar!... um local mais bonito!... com ou sem febre!... e até um local muito pitoresco!... turístico!... melhor que turístico!... romântico, histórico, e salubre!... ideal! para os pulmões e para os nervos... meio úmido, perto do rio... talvez... o Danúbio... a margem, os bambuais...

Melhor não se vangloriar ainda de Siegmaringen!... embora tenha sido uma pitoresca temporada!... crentes que estávamos numa opereta... o cenário perfeito... à espera dos sopranos, tenores ligeiros... os ecos, toda a floresta!... dez, vinte montanhas de árvores!... Floresta Negra, rodopios de pinheiros, cachoeiras... o palco, o cenário, a cidade, tão lindamente arrumada, rosa, meio bebê, verde, meio pistache, cabarés, hotéis, lojas, tudo bem mirabolante, para uma "mise-en-scène"... tudo estilo "barroco boche" e "Cavalo branco"... já estamos ouvindo a orquestra!... o mais assombroso: o Castelo!... como que o bolo de noiva da cidade... estuque e papelão!... e olhe... e olhe que se levássemos tudo conosco: Castelo, burgo, Danúbio, para a praça Pigalle! teríamos um baita público!... nada a ver com a empolgação pelo *Ciel*, pelo *Néant* e pelo *à Gil*!...[44] os "tourist-cars" que seriam necessários!... os batalhões de policiais! seria uma loucura, a multidão, e pagante!

No nosso caso, devo dizer, o lugar foi triste... turistas, certa-

44. Cabarés do bairro de Pigalle. (N. P.)

mente! mas especiais... muitas sarnas, muito pouco pão e muita RAF em cima!...[45] e o exército Leclerc* pertinho... avançando... seus senegaleses com os facões afiados... para as nossas cabeças!... não para esses cabeças-tontas!... atualmente leio aqui todos os nossos "diários" se condoerem da sorte dos pobres húngaros... se tivéssemos sido acolhidos da mesma maneira! se tivessem choramingado tanto com as nossas desgraças, estaríamos com a vida ganha, aposto! dançando um divertido sapateado! se esses patéticos fujões húngaros tivessem tido no rabo o artigo 75, o Coty* não os convidaria para jantar!... diacho!... se fossem simples franceses da França em dois tempos mandaria cortá-los ao meio!... em dez pedaços se fossem mutilados! em mais ainda se medalhados militares! a sensibilidade francesa só se comove com tudo o que for antiela! inimigos declarados: todo o seu coração! mortalmente masoquissas!

Nós lá nas mansardas, nos porões, nos vãos de escadas, mortos de fome, garanto-lhe, nada de Opereta!... um elenco de condenados à morte!... 1142!... eu sabia o número exato...

Voltarei a lhe falar dessa pitoresca temporada! não só cidade de águas termais e turismo... fantasticamente histórica!... um Santuário!... dê uma espiada no Castelo!... estuque, remendos malfeitos, uma desengonçalhada de todos os estilos, torrinhas, chaminés, gárgulas... inacreditável!... super-Hollywood!... todas as épocas, desde o fim da glaciação, do estreitamento do Danúbio, da morte do dragão, da vitória de são Fidélis, até o Guilherme II e o Goering.

Lá, de nós todos o Bichelonne era o mais sabichão, não só porque foi o primeiro da classe na Politécnica e na Engenharia de Minas... História! Geotecnia!... com o perdão da má palavra!... um verdadeiro cibernético, ele sozinho! e foi um tal de nos expli-

45. Os bombardeios da Royal Air Force no Sul da Alemanha.

car os quês e os porquês! as esquisitices do Castelo! todas! por que a inclinação mais para o sul do que para o norte?... se ele sabia? por que as chaminés, as ameias, ponte-levadiças, carcomidas, inclinavam mais para oeste?... berço filho-da-puta, esse dos Hohenzollern! papagaio! empoleirado como estava em seu rochedo!... cambaio! estapafúrdio de qualquer lado que se observasse!... fora!... dentro!... todos os seus quartos, dédalos, labirintos, tudo! há catorze séculos tudo prestes a desabar dentro d'água!... quando você for lá vai entender o que estou dizendo!... covil-berço da mais importante criação dos mais rematados lobos rapaces da Europa! era a grande pilhéria desse Santuário! e como balançava, nem lhe conto, sob as esquadrilhas que não paravam, milhares e milhares de "fortalezas voadoras", para Dresden, Munique, Augsburgo... de dia, de noite... que todos os pequenos vitrais se espatifavam, pulavam para o rio!... você vai ver!...

Todo esse castelo Siegmaringen, fantástica extravagância *trompe-l'oeil* ainda assim agüentou treze... catorze séculos!... o Bichelonne é que não agüentou nadinha... politécnico, ministro, uma figura fantástica... morreu em Hohenlychen, Prússia Oriental... pura vaidade!... ilusionice!... foi lá longe para ser operado e consertar uma fratura... já se via voltando para Paris, a passinhos céleres, ao lado do Laval, triunfal e tudo!... o Arco da Étoile, os Champs-Elysées, o Soldado Desconhecido!... estava obcecado com sua perna... ela não o incomoda mais!... como foi que o operaram lá no alto, em Hohenlychen... daqui a pouco eu vou lhe contar... não há mais testemunhas... nem mesmo o cirurgião!... o Gebhardt,* criminoso de guerra, enforcado!... não por causa da cirurgia Bichelonne!... por todo tipo de genocídios, uns mini-Hiroshimas íntimos... ah, não que esse Hiroshima me abale!... olhe só o Trumann, como está feliz, todo contente, pimpão, tocando cravo!... ídolo de milhões de eleitores!... viúvo dos sonhos de milhões de viúvas!... Landru cósmico!... no cravo do Amadeus!... é só esperar um pouco... mate uma porção de gente e espere!... basta isso!... não só o Denoël!... o Marion... o Bichelonne... o Beria... amanhã o B... o K... o H![46] fila!... fila de espera de frementes impacientes... berrando para entrarem, para chegarem lá, serem enforcados rapidinho!... queimados, essas titicas! todo o Palais-Bourbon, os 600!... ouça-os, o estado em que ficam, a impaciência para servirem de pasto aos leões!

Nós ali os 1142 não estávamos lá só para passear, não!... para tratamento na estação de águas de Siegmaringen!... tínhamos de nos virar para encher o bucho... devo dizer que me contento com muito pouco, mas ali, como mais tarde no norte, passamos fome de verdade, nada de passageiro, tipo regime, não, coisa séria!...

Quantas histórias disparatadas! eu me releio... que você compreenda isto!... aquilo!... ufa! não perca o fio!... minhas sinceras desculpas!... se ando tremelicante, capengante, então estou parecido com muitos guias, só isso!... você não se zangará comigo quando souber o fundo das coisas!... meu firme propósito!... agüente, junto comigo!... aqui estou, fazendo minha cama estremecer, melhor assim!... tudo para você!... agrupar as lembranças!... que a crise, pois, me deixe escaldante! me chacoalhe os pormenores!... e as datas!... não quero que você se perca em momento algum...

Naquela mixórdia desgraçada de barroquices de quinze... vinte palacetes superpostos, havia uma biblioteca, mas essa aí, de tirar o chapéu!... caramba! aiaiai! uma riqueza! inacreditável!... voltaremos a ela, eu lhe contarei...

A certa altura, os 1142, o exército de Leclerc se aproximando... aproximando... são tomados por uma aflição daquelas!... por uma vontade de saber mais!... mais!... os intelectuais sobretudo!... e nós tínhamos um bom quinhão! de intelectuais em Siegmarin-

46. Talvez Dag Hammarskjold, secretário-geral da ONU, chamado na imprensa de Mr. H.

gen... autênticos cerebrais, sérios!... como o Gaxotte poderia ter sido, quase foi... não eram aqueles destrambelhados das varandas dos cafés, ambiciosíssimos alcoólatras, debilóides dados a tremeliques, espiando de esguelha, de sedução em sedução, de mictório em mictório, eslavos, húngaros, ianques, mings, de engajamento em engajamento, de uma mauriaco-tartreria a outra, carambolando a cruz e a foice, de Pernod em Pernod, de casaca em casaca, de cala-a-boca em cala-a-boca... não, nada em comum!... todos intelectuais bem sérios!... isto é, nem um pouco grátis! verbosos! de jeito nenhum! não!... pagantes! com o artigo 75 bem metido no rabo! bem carne de cadafalso!... nada de boys Greenwich-Bloomsbury!... não!... exclusivamente autênticos!... "origem controlada"! pode-se dizer de todos: eruditos impecáveis! morrendo de fome, de frio, e de sarna... portanto, tomados pelo desejo, pela angústia de saber se, talvez, no correr dos tempos... algum dia existira... uma espécie, uma camarilha, uma pilantrocracia tão odiada, maldita como nós, tão furiosamente aguardada, procurada por pencas de meganhas (ah, os húngaros, tão delicadinhos!) para nos submeterem às bandarilhas, churrasqueiras, empalamentos?...

Uma trabalheira e pesquisas e investigações, como você imagina! juro que os nossos eruditos deram duro!... todos os casos dos piores de todos os velhacos que foram torturados aqui! ali! Espartaquistas? Girondinos?... Templários!... a Comuna?... avaliamos... escrutamos todas as Crônicas, os Códigos, os Libelos... comparamos... por esta razão... por aquela razão... será que nós éramos?... será?... tão ralé da Europa, tão só prestando mesmo para sermos jogados no primeiro esgoto que aparecesse, pendurados em qualquer forca por aí, quanto os amigos do Napoleão?... já em Santa Helena!... será?... especialmente os amigos espanhóis!... colaboracionistas hidalgos!... os *josefinos*! um nome para nunca esquecermos!... o que também éramos!... os *adolfinos*!... e como os *josefinos* apanharam! ó, "colaboracionistas" da época!... todos os Javert da época tomando no cu! o halali mais ou menos parecido... com o nosso, os 1142!... nós, o exército Leclerc em Estrasburgo!... e junto os senegaleses de facão do mato!... (e os húngaros que se queixam dos tártaros, merda!)

Para lhe dizer como essa biblioteca imperial, real, era opulenta, rica em tudo!... o que se podia catar ali! fertilizantes de todos os gêneros!... manuscritos, memórias, incunábulos... só vendo os nossos letrados sérios, trepando nas escadas, professores universitários, livres-docentes, acadêmicos, todas as idades, imortais agora riscados da lista, esmiuçando aquilo! ardorosos! latim, grego, francês!... ali é que você via o que era cultura! ao mesmo tempo que se coçavam de sarna!... no alto de cada escada!... e como queriam ter razão! cada um a favor do seu texto!... sua crônica!... se éramos menos odiados ou mais odiados do que os *collabos* do José?... as nossas cacholas, postas a prêmio maior?... menor?... em francos, em escudos da época?... um Decano da Faculdade de Direito pendia para "maior"! um Imortal pendia para "menor"!... votamos... fifty-fifty! o futuro a Deus pertence! e passe bem! o Imortal se enganou redondamente! como bem provaram os acontecimentos!... o calvário dos "adolfinos" foi infinitamente mais feroz do que todas as outras vinganças juntas! tão estupendo quanto a bomba H!... 100 000 vezes mais forte do que o nosso mesquinho obus de 1914! super-halali! matança fantástica!... e o tempo todo! não termina nunca!... nenhum de nós enxergará o fim dessa história!... São Luís, o sacana!... por causa dele é que expiamos! isso mesmo!... ele, o brutal! o torturador!... ele que foi beatificado, pasme! que fez um bom milhão de israelitas serem batizados, à força!... no nosso adorado Sul da nossa adorada França! pior que o Adolf, o cara!... para você ver o que a gente aprendia de uma escada a outra!... ah, o são Luís!... canonizado, 1297!... voltaremos a isso!

Vale a pena, já que estamos fazendo turismo, que eu lhe conte um pouco os tesouros em tapeçarias, *boiseries*, louças, salas de armas... troféus, armaduras, estandartes... um museu em cada andar... além dos *bunkers* sob o Danúbio, túneis blindados... Quantos buracos, esconderijos, masmorras esses príncipes duques e gângsteres tinham cavado?... no lodo, nas areias, na rocha? catorze séculos de Hohenzollern! desgraçados sapadores de esconderijos!... toda a muamba ficava debaixo do Castelo, os dobrões, os rivais liquidados, enforcados, estrangulados, encarquilhados... nas alturas, o visível, fantástica jóia falsa, *trompe-l'oeil*, torreões, campanários, sinos... para impressionar! enganar os trouxas!... e tudo debaixo: o ouro da família!... e os esqueletos dos seqüestrados, caravanas vindas pelas gargantas do Danúbio, tesouros de mercadores florentinos, aventureiros da Suíça, Germânia... os riscos que eles correram, e foram parar lá, nas masmorras, debaixo do Danúbio... catorze séculos de masmorras... ah, nada inúteis!... cem vezes!... cem alertas! ali salvamos nossas vidas!... se você visse aqueles formigueiros! a malta debaixo do

Danúbio, naquelas tocas de fuinhas, pluricentenárias! famílias, bebês, papais, com seus totós... militares fritz e guardas de honra, ministros, almirantes, *landsturms*, e os pés-na-cova do *Fidelis* e das vitrines do PPF,* e loucos de tudo quanto é lugar, tudo misturado... e os homens do Darnand tateando de catacumba em catacumba... à procura de um túnel que não desmoronasse...

Tão íntimo do Castelo, você já está me vendo muito bem na Corte... hã, onde já se viu!... nada de residente!... não confundir!... nada de dezesseis cadernetas de Alimentação!... nem oito!... só uma!... é isso que situa exatamente cada um: a Caderneta!... eu era admitido no Castelo, sim!... por certo! não para filar a bóia, mas para "prestar contas"!... quantas gripes? grávidas? novas sarnas?... e quanto de morfina me sobrava?... óleo canforado?... éter?... e o estado dos meus bebês de colo?... isso aí, o Brinon tinha de me escutar, para os bebês de colo, eu atacava! que raios é que andavam fazendo com eles no campo? seis mortos por semana?... estavam deixando as nossas crianças morrer!... de propósito!... só sendo de propósito!... isso mesmo! na base de papinhas de cenouras cruas!... é!... exatamente! todos filhos de "colaboracionistas"... eliminação das crianças!... crimes mais que intencionais!... o ódio dos alemães, diga-se de passagem, exerceu-se sobretudo, de verdade, só contra os "colaboracionistas"... não tanto contra os judeus, que eram tão protegidos em Londres, Nova York... nem contra os fifis, que eram chamados "a Vrrainza nova", de amanhã!... dura, pura... mas a fundo contra os "collabôs", escória do mundo! e que lá estavam, mais fracos impossível, à mercê, derrotados total!... e contra seus filhos mais fracos ainda... estou lhe dizendo: Nuremberg tem de ser reaberto!... falaram de tudo, mas foi uma piada! nem um pouco pertinentes, sérios... passaram longe do essencial!... Tartufos!...

Esse campo de crianças era Cissen, necrotério graças às papas de cenouras cruas, Creche "Banho de Sangue", sob o comando de médicos pra lá de falsos, charlatães tártaros, sádicos radiantes...

O Brinon óbvio sabia de tudo isso, eu não lhe ensinava nada... mas não podia fazer nada!

"Sinto muito, doutor! Sinto muito!"

Brinon, o "animal das trevas, secreto, mutíssimo, e perigosíssimo"...

"Olho vivo, doutor! abra o olho!"

O Bonnard* me deixava de sobreaviso... o Abel... Bonnard o conhecia bem... devo dizer que comigo o Brinon, nas nossas relações, trabalhos juntos, sempre foi correto, honesto... e teria do que reclamar! ele também!... aqueles comentários que me atribuíam!... e que não eram de se jogar fora!... que a Bochia estava fodida!... o Adolf, uma catástrofe!... comentários em público e em privado!... para ele, o Brinon, teria sido fácil, cômodo me despachar para outro lugar!... não despachou!... tenebroso ou não... os Partidos também me achavam esquisito... o Bucard,* o Sabiani,* etecétera... a Milícia...* que eu não estava "inscrito" em coisa nenhuma... que o meu lugar era, o meu, também, num campo, longe...

A Opinião Pública tem sempre razão, mais ainda se for bem cretina...

Ah, verdade, eu poderia desconfiar do Brinon, "famoso animal das trevas"...

Após examinarmos nossos relatórios, queixas, contraqueixas, eu começava as visitas aos doentes... no Castelo mesmo, um andar, outro... três, quatro, toda manhã... eu conhecia o local, quer dizer... os corredores e as tapeçarias, as portas verdadeiras, falsas... bem... as escadas em caracol, atrás dos lambris e das vigotas... esconderijos e sombras ideais para um apunhalamento, de verdade, milhares de vezes!... e ali ficar, ressecando, séculos a fio!... aliás, os Hohenzollern não se privaram!... peritos em alçapões, corredores de saídas falsas!... e direto para o abismo!... Danúbio!... mergulho!... a Dinastia, mãe da Europa, não precisa de muita imaginação, é coisa de mais de mil assassinatos por dia! e durante onze séculos!... putamerda!... e o Barba Azul que nos enche o saco, com sua meia dúzia de burguesonas pernósticas dentro de um armário! o que é que ele ia fundar com isso?... e eu com cara de tacho, eu e as minhas crianças das cenouras, ali me queixando de que elas estavam depauperadas! o Brinon, é verdade, também pensava igualzinho, mas, senhor vassalo, ele tinha é que calar o bico... "Graf von Brinon" escrito em sua porta...

Gozados mesmo eram os plantões, todos do exército francês, do exército regular, de regimentos com "dragonas"... eles também deviam estar fardados iguaizinhos em Londres... os mesmos talvez?...

O andar Laval... do Laval eu tratei um pouquinho... do Pétain nunca cheguei perto... o Brinon tinha me proposto, o Ménétrel tinha acabado de ser preso... "Prefiro morrer, e já!..." era a impressão que eu causava no Pétain... a mesma impressão que nas pessoas daqui, do Baixo Meudon... ou de Sèvres... Boulogne... ou na minha sogra... ah, não tem nada demais! a gente se habitua muito bem em não agradar a ninguém!... assim nos livramos! nos livramos! é o ideal, aliás!... mas, e o rango?... muito bonito o isolamento total, mas, e os meios?... não agradar e envelhecer e ter rendas!... a felicidade total! nunca nunca mais se chatear!... sonho fácil para um ricaço, o Achille por exemplo!... é, o Achille... mas sendo muito menos cretino do que ele...

Assim, eu conhecia de trás para a frente esse Castelo, todos os cantos, mas nada se comparado com a Lili. Lili, como que em casa! todos os esconderijos e labirintos! tapeçarias cheias de truques, com personagens que abriam passagens, os grandes aposentos, boudoirs, armários de fundo triplo, escadas em espiral... todas as portas falsas, todos os ziguezagues e o emaranhado de patamares!... charadas a decifrar... subindo, descendo... o Castelo ideal para a gente se perder... todos os cantos... obra dos séculos de Hohenzollern... e em todos os estilos!... Barba-ruiva, Renascimento, Barroco, 1900... eu mesmo de porta em porta me perdia... ficava fascinado com os retratos, as fuças daquela família desgraçada... e como havia!... corredores e estátuas... eqüestres e jacentes... todos os tipos!... Hohenzollern cada vez mais feios... com balestilhas... capacetes, couraças... em trajes de Corte... moda Luís XV... e os bispos deles!... e os carrascos deles!... carrascos com achas desse tamanho, ó!... nos corredores mais escuros... os pintores não esquentavam a mufa naquele tempo, pintavam todos com as mesmas caras...

Eu que acabava de me queixar ao Brinon de que os médicos exterminavam as nossas crianças! poderia ter olhado um pouquinho os perfis desses Senhores de Baraço e Cutelo... esses aí deviam exterminar pesado: corcundas, barrigudos, couraças, aqueles pernas de cambitos... e não só crianças!... portanto, o que é que a gente tinha ido fazer em Siegmaringen?... crianças, adultos?... nós?... fugir do nosso destino de terminarmos com as tripas fritas, o sexo picado, a pele virada pelo avesso... cruz-credo! os corredores Hohenzollern rendiam umas reflexõezinhas... de retrato em retrato... admito que esses príncipes me atraíam, sobretudo os bem de antigamente... cabeças três a quatro vezes a do Dullin, umas fuças desavergonhadas, horríveis ferozes... ali então você podia estar certo: criadores de Dinastias!... o Bonaparte tem um jeitinho meio senhorita, traços finos, mãos afetadas, à Fragonard... ao passo que os Hohenzollern, você vê, você pensa, especialmente os primeiros: "quantos Landrus!..." e aquele outro?... pior ainda!... o Tropman!... o Deibler* escarrado e cuspido!... toda a corriola!... cada vez mais sonsos!... mais cruéis!... mais cúpidos!... mais monstros!... centenas de Landrus puro-sangue!... três!... quatro andares de Landrus! primos Landrus! e de lança!...

porretes! foices!... esporas!... fundas!... cada vez mais sádicos!... delfins Landrus! não o Landru tímido de Gambais!... acanhado, furtivo, com o forno adaptado para assar melhor, pechincha de Leilão... não!... Landrus seguros de si!... raça pura!... juro por *Gott*!... lanças, couraças, tudo! brasões, *mit uns*!... andares inteiros de retratos "de tirar o fôlego"!... *Gott* a dar com o pau!... não só uns estraçalhadorezinhos de noivas!... não! outros tantos torturadores imperiais!... às pencas!... especialistas em jogar ducados na frigideira!... burgos, fortalezas, claustros... no espeto! contentes ou não!... nas marmitas!... nas marmitas!...

Ali estão as carantonhas... em fila indiana... fascinantes... entre um doente e outro, entre uma porta e outra, eu ia vê-las... século XIII... XII sobretudo!... você também irá! todos monstros!... hein? hein?... vamos com calma!... peralá!... ali, olhando, refletindo um pouco... mais pareciam uns diabos desgramados!... de pés fendidos!... lanças!... tochas!... chifres!... fundadores de dinastias! O ar de família, absoluto! demônios!... foi quando pararam de ser diabos que o Império deles desmoronou!... tudo que é Império é igualzinho!... eu vejo aí os russky na ladeira... o B... o K... o M... eles têm um jeitinho bem lúcifer, mas não tão seguros de si!... ficam aí se rapapeando, rebolando seus tanques, dialeticalotando... eles vão ver só!... o Lênin!... o Stálin!... ahn, no duro, no duro! Satãs a 1000 por 1000!... olhe ali umas caras iguais às deles, nas galerias Hohenzollern! nos cinco andares! e nos torreões!... nada de se rapapearem, esses fundadores! dinastias feitas para durar!

Sou meio alquimista, na certa você já notou... mas sério!... não estou lhe contando lorotas!... só coisa bem avaliada, os prós e os contras!... mostrei-lhe o *La Publique*, agora estamos aqui fazendo turismo em plena História!... a diversidade é minha lei!... Siegmaringen! Hohenzollern!... e você ainda vai rir muito!... vai se embevecer com os retratos, bustos, estátuas...

De curva em curva, eu me perdia!... digo e confesso... a Lili ou o Bébert me encontrariam... as mulheres têm o instinto dos dédalos, dos avessos e direitos, elas se acham... o sentido animal!... a ordem é que as perturba... o absurdo lhes cai bem... o rebuscado é normal para elas... a Moda!... quanto aos gatos: sótãos, bagunças, velhos celeiros... as moradas tipo "Contos fantásticos" os atraem, é irresistível... essas onde nós não temos nada que fazer!... a Embriogenia é o divertimento delas, piruetas, reviravoltas de gametas... a perversidade dos átomos... com os bichos é igualzinho!... veja o Bébert!... brincava de esconde-esconde comigo pelas lucarnas... *psiu!... psiu!...* uma graçola!.. sumia!... estava pouco ligando para mim!... os gatos, as crianças, as senhoras têm um mundo deles... a Lili ia a qualquer lugar do Castelo Hohenzollern... de um dédalo de corredores a outro... da torre lá no alto, toda ao ar livre, dos sinos à sala de armas, no nível do rio... itinerário de puro instinto!... na base do raciocínio, ficaria tudo cambaio!... escadas de caracol, madeiras, pedras, escadinhas!... subidas!... meias-voltas!... tapeçarias... tapetes... portas falsas... tudo armadilhas!... mesmo com um mapa não se entenderia nada!... só assassinos em todos os cantos!... trovadores, morcegos, fadas zanzando... podia-se encontrar tudo, estou lhe dizendo, de uma porta falsa... de uma tapeçaria falsa a outra!... eu saía dos aposentos do Brinon, do Marion...* do Y... do Z... cito-lhe apenas nomes de gente morta... deixo os sobreviventes em paz... bastam os mortos!... os que morreram na Espanha... e os que terminaram seus dias longe... muito longe!... das indiscrições, Tácito se encarregará!... dizem que ele já nasceu!... bem!... quanto ao Castelo, terá de se fiar em mim... até lá o edifício já terá desabado, como é de imaginar!... ruído de tão bichado... o equilíbrio não é eterno! terá ido para o Danúbio!... o *Schloss* e a Biblioteca! labirintos!... boiseries!... e porcelanas e calabouços!... na água! e recordações!... e todos os príncipes e reis do Diabo!... no delta, lá longe!... ah, Danúbio tão furiosamente destruidor!... tudo arrastará!... ah, *Donau* *blau*!... uma ova!... tão fogoso colérico fremente rio a arrastar o Castelo e seus sinos... e todos os demônios!... não se acanhe! coragem! e os troféus, armaduras, gonfalões, trompas de sacudir toda a Floresta Negra, tão sonoras que os pinheiros não resistem!... caem de costas de tanto vibrar!... partem nas avalanches!... o fim feérico das mansões, assombrações, triplos-subterrâneos e vasos de porcelana! Boticarialhadas e potes!... Apolos pórfiros!... Vênus ebâneas! tudo na torrente! e as Dianas Caçadoras! andares inteiros de Dianas Caçadoras!... de Apolos!... Netunos!... rapinas dos demônios de couraças, dez séculos afanadores!... já pensou?... o espólio de sete dinastias! você vai lá ver e vai se dar conta, esse bazar "Divinas Rapinas"... não quero ser mais brilhante que o Tácito, mas mesmo assim você pode imaginar que dez séculos de demônios-gângsteres é coisa para ninguém botar defeito!... e reis, para completar! e que entre Roma e a Prússia havia, pensando bem, um tremendo tráfego, caravanas de mercadores ricos!... ah, Dianas!... Vênus!... Apolos!... antiqualhas!... Cupidos! viagens de mercadores! os Príncipes deitaram e rolaram!... Hohenzollern!... gângsteres do Danúbio!... abasteceram-se!... cercaram-se de coisas lindas de morrer!... disso eu entendo... vi os aposentos do Pétain... seus sete salões no "sexto"... e os do Gabold,* no "terceiro"... tudo em "Dresden"... soalho em marchetaria "pau-rosa"... maravilha de trabalho!... que com os milhões atuais... ninguém seria capaz de fazer! acabaram-se as mãos!... aqueles pequenos "aparelhos de chá" também não... não!... e os do Laval, no "segundo"!... Primeiro Império!... abelhas, águias... perfeição da Época!... não se imprimem mais veludos iguais àqueles... de Lyon, autênticos...

Assim se instalam as dinastias... miscelânea!... com drapeados, realces... enfeites!... um bazar monstruoso fantástico, três vezes, digamos, o tamanho da Notre-Dame!... e todo em equilíbrio no alto do seu rochedo!... e inclinado!... qualquer um que for lá vai lhe contar... inocentes turistas, nada levarão para casa, zonzos, sufocados... com o que há!... para ver!... baús, milhares de objetos, lembranças, bibelôs...

Também lhe conto tudo como uma miscelânea... conforme os solavancos, as pancadas do estrado da minha cama... que não sei o que mais me sacode... a febre?... o colchão que cede?... estou tremendo menos... acho!... essa história do cais não me fez nada bem!... o *La Publique*!... e essa cambada imunda de funâmbulos!... e injuriosos!... e a malária pondo o nariz de fora!... e o vento do Sena!... tudo me atordoa... pois é!... já não dou para isso! "nossa"!... você me dirá... "que insolente!"

"Você está se sentindo melhor?... como se sente?

— Não tão mal... sabe!..."

Estava pensando numas coisas... vou chateá-lo de novo!... estava pensando, é verdade, que ela se sentia em casa quando vivia por lá... nunca se perdia... me encontraria entre um corredor e outro... fascinado, um tanto espantado, diante de mais um Hohenzollern!... Hjalmar... Kurt... Hans... outro!... corcunda!... sim!... sim!... eu não lhe contei... todos corcundas! Burchard... Venceslas... Conrad... vão trotando na minha frente...! 12º!... 13º!... 15º do mesmo nome! séculos! séculos!... corcundas e sem pernas!... uns cambitos, pés forcados!... todos!... Landrus Diabos!... ah, como os estou vendo! como os estou revendo, todos!... suas verrugas também!... verrugas de família!... na ponta das ventas...

A cabeça é uma espécie de fábrica que não funciona tão bem como se deseja... imagine! dois mil bilhões de neurônios em pleno e absoluto mistério... ai de você! neurônios entregues a si mesmos! a menor crise e o seu crânio entra em parafuso, você não agarra mais uma idéia!... e fica envergonhado... eu, assim, como estou aqui, deitado, gostaria de lhe contar mais... quadros, brasões, corredores, tapeçarias!... mas não me lembro... não encontro mais nada! minha cabeça está rodando... ah, mas espere!... vou reencontrá-lo... a você e o meu Castelo... e a minha cabeça!... mais tarde... mais tarde... estou me lembrando de uma palavra! é isso!... o sentido animal! do Bébert!... reencontro o fio da meada!... Bébert, o nosso gato... ah, me achei, pronto, cheguei!... que o Bébert se sentia em casa no imenso Castelo desde o alto das torres até os porões... eles se encontravam a Lili e ele entre um corredor e outro... não se falavam... jeito de quem nunca se viu... cada um por si! as ondas animais são assim, um quarto de milímetro fora do espectro e você deixa de ser você... não existe mais... um outro mundo!... o mesmo mistério com a Bessy, minha cadela, mais tarde, nos bosques, na Dinamarca... ela dava no pé... eu a chamava... qual o quê!... ela não ouvia!... dando o seu bordejo... e só!... passava e roçava em nós bem pertinho... dez vezes!... vinte vezes!... uma flecha!... e tome de rodar em volta das árvores!... tão depressa que você nem via mais suas patas! bólido! a velocidade que atingia!... eu podia chamá-la! eu não existia mais!... e olhe que eu adorava essa cachorra... e ela também... acho que me adorava... mas sua vida animal acima de tudo! durante duas... três horas... eu não existia mais... era a sua escapada, sua fúria no mundo animal, através de bosques, pradarias, coelhos, corças, patos... voltava para mim com as patas sangrando, afetuosa... morreu aqui em Meudon, a Bessy, está enterrada aí defronte, no jardim, vejo o montinho... sofreu às pampas para morrer... de um câncer, creio... só quis morrer ali, fora... eu segurava a cabeça dela... beijei-a até o final... era realmente um bicho esplêndido... uma alegria olhá-la... uma alegria vibrante... como era bonita!... nem um defeito... pêlo, porte, altivez... ah, nos Concursos nada chega perto!...

É um fato, sempre penso nela, mesmo agora com febre... primeiro, não consigo me distanciar de nada, nem de uma lembrança, nem de uma pessoa, com mais razão ainda de uma cadela... tenho o dom de ser fiel... fiel, responsável... responsável por tudo!... uma verdadeira doença... o antidane-se... o mundo é um regalo!... os bichos são inocentes, mesmo os fujões como a Bessy... nas matilhas, são mortos...

Posso dizer que a amei muito, com suas escapadas loucas, não a trocaria por todo o ouro do mundo... muito menos o Bébert, que no entanto é o pior e mais raivoso bichano estraçalhador, um tigre!... mas muito afetivo, em seus momentos... e tremendamente apegado! como percebi por toda a Alemanha... fidelidade de fera...

Em Meudon, eu logo via, a Bessy sentia saudades da Dinamarca... nada de bordejos em Meudon!... nem uma corça!... talvez um coelho?... talvez!... levei-a ao bosque de Saint-Cloud... que ela corresse um pouco... farejou... zanzou... voltou quase em seguida... dois minutos... nenhuma pista a seguir no bosque de Saint-Cloud!... continuou o passeio conosco, mas de rabo entre as pernas... era uma cadela muito robusta!... era muito infeliz lá em cima, na Dinamarca... de fato, uma vida tão atroz... um frio de menos 25 graus... e sem casinha!... não durante uns dias... meses!... anos!... o Báltico congelado...

De repente, conosco, sentiu-se ótima!... nós lhe dávamos tudo o que havia!... comia igual a nós!... fugia... voltava... nunca uma crítica... por assim dizer, nos nossos pratos ela comia... quanto mais o mundo fez misérias conosco mais tivemos de mimá-la... e mimamos!... mas sofreu para morrer... eu não queria de jeito nenhum lhe dar uma injeção... aplicar nem mesmo um pinguinho de morfina... ficaria amedrontada com a seringa... nunca sentira medo de mim... tive-a, malíssima, bem uns quinze dias... ah, não se queixava, mas eu via... faltavam-lhe as forças... dormia ao lado da minha cama... a certa altura, de manhã, quis ir lá fora... tentei deitá-la em cima da palha... logo após o amanhecer... não queria que eu a deitasse... não quis... queria ficar em outro lugar... no lado mais frio da casa e em cima das pedras... deitou-se calmamente... começaram os roncos... era o fim... haviam me dito, eu não acreditava... mas era verdade, estava deitada no sentido da recordação, de onde viera, do Norte, da Dinamarca, o focinho ao norte, virado para o norte... cadela a seu modo tão fiel, fiel aos bosques de suas escapadas, Korsör, lá no alto... fiel também à vida atroz... os bosques de Meudon não lhe diziam nada... morreu após dois... três pequenos estertores... ah, discretíssimos... sem um só lamento... por assim dizer... numa pose de fato muito bonita, como em pleno ímpeto, em fuga... mas de lado, prostrada, acabada... o focinho para as suas florestas das fugas, lá longe de onde vinha, onde sofrera... só Deus sabe!

Ah, vi muitas agonias... aqui... ali... por todo lado... mas nem de longe tão belas, discretas... fiéis... o que estraga a agonia dos homens é a pompa... o homem afinal está sempre no palco... até o mais simples...

Desnecessário dizer que eu fazia das tripas coração para melhorar... me pôr novamente de pé!... que seria apenas uma pequena crise... quem dera!... uma semana!... um mês inteiro!... também, que verão, que tempo!... faz um século que ele não dá as caras... quase neve!... a febre não impede de trabalhar contanto que a gente não se arrisque a pegar nova friagem... por conseguinte, nada de cais! nada de Sena!... mas e a sra. Niçois?... podia esperar oito dias... dez dias... se eu não pudesse mais ir lá de jeito nenhum o Tailhefer iria... o Tailhefer tinha carro... eu lhe telefonaria... não se negaria... eu pensava em tudo... mal ou bem!... era um Príncipe da Ciência, o Tailhefer... acabaria encontrando o cais ex-Faidherbe... aposto que não me diria não... daria uma olhadinha no *La Publique*... não era de hoje que a gente se conhecia, o Tailhefer e eu... ele tinha subido... Arqui-Mestre... subiu tanto quanto eu despenquei lá para baixo... a prova: para o carvão, as endívias, eu só podia contar com os meus livros... que não se vendiam mais!... em maus lençóis eu estava metido!... a esperança de que este se venda?... temerário!... que possa interessar a certas pessoas?... vá saber! vira e mexe tiro a minha temperatura... diversão boba! uma pasta de couro! e que eu tenha onde me apoiar!... pronto!... vou rascunhando!... avançando!... os ricos se perdem em indagações... eles podem!... os pobretões, esses aí não têm idade! não têm estado de saúde! vão em frente!... sou boicotado?... e daí?... "ele ainda não se suicidou?..." pois é, surpreendente!... "antiquado, decrépito!..." haja! eu, cá comigo, acho que são um bando de vendidos fodidos patifes, todos eles! dejetos de Grévins!... badalhocas de esgotos!... cada um com a sua opinião!... a meu ver, é preciso "re-writar" todos eles, até a medula! até o osso! até o átomo!... pior, pior que 1900!... mingau de vaidades! circunlóquios! seios postiços!... a sra. Émery, na rua Royale... Paris, e Trouville no verão, talhava uns vestidos! muito mais bem-feitos que os romances deles!... e o capricho! vaporosos, e nada de pontarecos!... um belo trabalho!... nunca mais a vi... cada um pode ter sua opinião!... eu que vi tantos Impérios virarem mingau, verei, se durar bastante (o carvão, as cenouras), o mingau dos "atuais"... horda de chucros embromadores, paspalhos!... xô!... carvão! cenouras! condição fundamental! nada que seja vaporoso demais!... e costure à mão, ponto de agulha!... um pequeno aplique de recordações! aqui!... outro!... ali: um fato histórico!... costura de agulha!... mais um!... devo-lhe uma "revolta da fome!..." ah, revolta benigna!... você vai se divertir, quem sabe...

Não vou me levantar... não quero me levantar... o Tailhefer irá!... vou telefonar para ele...

Revolta... não no Baixo Meudon! não!... em Siegmaringen, estou divagando, passeando com você... tudo bem!... juntando as minhas recordações históricas... que eu não me engane!... ali estamos!... em Siegmaringen... o estado de espírito!... não é lá essas coisas!... apesar dos apelos à "consciência combatente" da "Europa Unida..." frouxo! tão frouxo como nos dias de hoje, apesar dos apelos do Dulles, do Coty, do Lazare, do Youssef, do Papa... mole, mole, mole moral!... as "certezas na Vitória"... que ela estava ao alcance da mão, etcétera e tal!... não empolgavam ninguém! não se abria o bico, mas se pensava baixo!... a elite, interessada porém, "colaboracionista", os 1142 condenados à morte, todos com o artigo 75 no cu... começaram, que topete!... a reclamar que a comida era uma mixaria, que a questão "Stamgericht" e "Hausgericht" não passava de uma bobagem, pura e simplesmente!... fome!... isso aí é que se cochichava, breve se gritaria! e que os alojados no Castelo, pontífices, ministros e o diabo a quatro, "ativos" e "sonolentos"[47] e suas esposas e amantes, seus guarda-costas, babás e bebês, comiam, em compensação, à tripa forra!... e os Generais, Almirantes e Embaixadores sabe-se lá de onde!... que tudo isso aí eram uns pluribanhas, gordos, sanguíneos, com 8, 16 cadernetas cada um!... e que já era tempo de se vomitar essa história!

É claro que tudo isso foi repetido nas altas esferas: num estado de espírito daqueles!... tiras zelosos postados em cada canto!... um, dois alcagüetes por sótão!... o Castelo de sobreaviso!... você compreende toda a Idade Média se viveu algum tempo em Siegmaringen... a inveja, todo o ódio dos vilãos, em torno, morrendo de todas as podridões, fomes, frios, febres... mas as pessoas, os paparicados do Castelo também tinham sentimentos, maneiras de amansar a plebe... primeiro, os boatos!... espalhar notícias muito alvissareiras!... a que mandaram circular foi de que iam fazer uma boquinha junto com os vilãos!... em pessoa! ali, tudo bem informal! ali, na ponte levadiça!... junto com os 1142!... toda a choldra dos pedintes!... a turma da mendicância e das mansardas!... primeiro uma distribuição de pão!... ai, que maravilha!... para todos

47. V. Sigmaringen.

os refugiados do burgo!... quinta-feira ao meio-dia! meio-dia em ponto!... bastaria aparecerem por lá, presentes! todos!

Estava na cara que esses boatos não cairiam em ouvidos moucos!... havia um mundaréu na ponte levadiça!... uma afluência no dia marcado!... e desde o raiar da aurora!... o estômago não tem ouvidos?... todos os collabos estavam na ponte levadiça... a não ser os pés-na-cova do *Fidelis* que realmente não conseguiam mais se levantar, e os que estavam em fuga pela Floresta Negra... mas, afinal, podemos dizer, dos 1142 pelo menos bem uns 1000 estavam lá, esperando ganhar alguma coisa... e haja conversas, bate-bocas!... reflexões do suco gástrico!... pão preto?... pão de cevada? pãezinhos?... e todos informados pra cacete! ou dedos-duros abjetos?... levantando o moral?... e sabendo muito bem o que ia acontecer!... para as crianças: croissants, brioches!... ah, isso nem se discutia!... eu que estava informado sobre Cissen pensava com meus botões: vai ser a razia... a grande colheita dos famélicos!... esse ajuntamento é um truque!...

Enquanto esperavam os brioches, trocavam entre si pulgas, piolhos, chatos, sarnas... se você visse, pareciam convulsivos! um amontoadozinho de epilépticos... seja como for, a fome!... fome mais que tudo!... puxa, como iam se empanturrar! oba!... pulando de um pé para outro... se coçando, se escalavrando, arrancando as pelezinhas sarnentas... formavam uma espécie de semicírculo diante da ponte levadiça... com cada olhão esbugalhado! embevecidos... com o festim que vinha por aí!... não só pão!... presunto também! sanduíches... e banha de porco... eu que não sou nada romântico quando se trata de gororoba, e muito sério quando se trata de vigiar, não tirava o olho de um buraco das catacumbas à direita da ponte... um desmoronamento... uma espécie de cratera... desconfiava de alguma sacanagem, a razia schupo... alguma coisa... um comando dos subterrâneos... um golpe preparado... SS?... SA.?... *Sicherheit?*[48]... porque os fritz já estavam de saco cheio!... mais que isso!... nos vendo ali, tudo pulando de um pé para outro, se coçando, tossindo, rabugentos, esperando o quê?... o Menino Jesus? a grande sublevação do Walhalla?... os Cavaleiros Siegfriedo-Graal? além dos pãezinhos? e ainda por cima querendo encher a pança?... não bastavam os nossos "stams" de rábano!... os nossos caldos ralos de margarina!... motivos havia!... estavam de saco cheio!... mais ainda porque os negócios deles andavam mal das pernas... cansados de Derrocadas!... os exércitos deles, um depois do outro!... nós e nossos arezinhos cépticos e nossas denunciazinhas!... que fodíamos com o moral deles!... que já estavam com o Céu todo controlado pelos outros!... bastava dar uma olhadela... atrás de cada nuvem, vinte!... trinta aviões!... RAF. para todo lado! um carrossel!... e ianques!... três quatro esquadrilhas de "fortalezas voadoras"... permanentes... dia, noite... Londres... Munique... Viena... nem uma só asa fritz contra!... por aí você faz uma idéia de como nos detestavam, nós e nossas observações desiludidas... tanto mais que eles, para completar, de fritz para fritz, também só queriam mesmo é se trucidar!... nós ali, ainda na frente da ponte levadiça, era uma discussão pra valer, se só ia ser mesmo pão K.?...[49] ou pão-bola da tropa?... ou brioche? a distribuição devia ser ao meio-dia, fazia uma hora que a gente esperava... se coçar faz passar o tempo, é verdade... mesmo assim, aquilo ia acabar mal... uma e quinze!... toda a torre do campanário tocando!... de repente!... uma salva de sinos! magnífico campanário!... você escutará se for lá!... ah, mas eu estava de olho no meu buraco! a cratera... quase que apostan-

48. Schupo: abreviação de *Schutzpolizei*, agente da polícia alemã nos anos 1920. SS: *Schutzstaffel*, "tropa de proteção"; SA: *Sturmabteilung*, "Seção de assalto"; *Sicherheitsdient*, SD, serviço de segurança dos SS. Os três organismos policiais eram ligados ao partido nazista. (N. P.)
49. *Kriegsbrot*, pão de guerra.

do que dali... dito e feito!... vejo saírem como que dois ratos imensos!... duas pessoas muito entrouxadas!... mulheres... duas mulheres... vejo-as, se aproximam... nunca as tinha visto... saem do fundo daquela fenda... para cima do monte de entulho... devem viver nas catacumbas... nunca ninguém tinha estado nas catacumbas, lá no fundo, até o final... passavam por baixo do Danúbio!... até a Basiléia!... para o outro lado até o Brenner!... dizem!... ninguém tinha ido ver... quem sabe essas mulheres?... sempre ali, as duas, eu que conhecia bem o Castelo nunca as havia encontrado... a Lili também não... pergunto-lhe... uma ainda parecia bastante jovem... ah, mas a outra, uma bruxa perfeita!... torta!... ambas com sombrinhas... é!... sombrinhas cor-de-rosa... eu estava vendo ali, a velha, bem pertinho... seu nariz... um nariz todo coberto de verrugas... ela não parava de piscar um olho... o outro também... a claridade!... deviam viver no escuro... habituadas ao breu!... mas por quê? por que as sombrinhas? não se falavam... ah, sim!... falam-se!... a velha pergunta o que está acontecendo? falam em alemão... essa velha, uma chata de galochas!

"O que disse? O que disse?

— Franzosen!

— *Brot!*

— Então vá! vá!"

Ela me vê ali, olhando também... eu a Lili e o gato Bébert! aproxima-se, a mais moça das duas, fala comigo em francês: "Desculpe, cavalheiro, o senhor também espera o pão? — Sim! sim! tenho essa honra! não vai demorar!... ouviu os sinos?... — Sim, sim, cavalheiro!...", em matéria de sinos, agora é uma barulheira! e tome de tacões na ponte levadiça! e vamos lá! o ajuntamento não agüenta mais! "Escrotos! aproveitadores!... porcos! traidores! cadê o pão que está lá dentro!... *paf!* e *puf!* o Laval para a forca! pulha! patife! cadê o pão!... merda!... o Brinon!... escroto! cadê o pão!..." a raiva aumenta!... eram pelo menos trezentos berrando cadê o pão! escalando e pulando por cima do fosso!... *paf! puf!* na ponte levadiça! não é mole, a ponte levadiça, aquela massa, podiam muito bem ser três mil! uma solidez, um tabuleiro que dá passagem a todo um exército, mais a artilharia! eles podiam ir sem susto, os sarnentos! os vilões! quanto mais chutavam menos ela mexia! eu, cá comigo, via nessa patacoada do pão uma bela armadilha do Raumnitz[50] para pegar os descontentes... todos esses chatos rebocados para um campo qualquer... "por aqui! meus queridos petulantes!" do jeito que os fritz são sonsos e pérfidos!... deles a gente pode esperar qualquer coisa! repare só: nos music-halls, todos os prestidigitadores são boches!... sinal de que entendem do riscado!... o Göbbels, campeão!... não há como não desconfiar deles, terrível!... "oi, soldadinho! Gare de l'Est! não se meta onde não foi chamado! pule!... dois milhões de mortos!"

Eu via direitinho o golpe baixo... tramado!... não tirava o olho do buraco, no final do entulho por onde as duas mulheres vieram... o fingimento daquelas duas criaturas... e por que as duas sombrinhas cor-de-rosa?... e aquela espécie de peplos verde-acinzentado cobertos de teias de aranha?... sabe-se lá de qual porão saíam?... vá saber!... melhor perguntar à que falava francês... "Mora ali, Madame?... nos subterrâneos?", ela tinha falado comigo, eu podia sem parecer impertinente perguntar de onde saía!

"Moro, cavalheiro!... sim... e o senhor? é de Paris?

— Mas, com quem tenho a honra, Madame?

— Dama de companhia da Princesa!"

Ela não é nada afável, sua princesa!... não gosta de nós... olha para o outro lado... para mim, é o seu nariz que me diz alguma coisa! que eu quero ver melhor... três quatro verrugas...

"Princesa de?, pergunto.

— Hermilie de Hohenzollern..."

50. V. Karl Boemelburg.

Entendi tudo!... ela devia estar dizendo a verdade!... o nariz era verdadeiro!... eu tinha observado até dizer chega, meses a fio, todas as cornetas Hohenzollern, todos os seus retratos, todos os corredores do Castelo!... todas as paredes!... o nariz meio adunco, e terminado por um botão... todos com uma, duas... três verrugas violeta! ah, inclusive nos retratos antiquíssimos! século X... XI... narizes iguais ao dela, ali, ganchudos, e as verrugas violeta na ponta... igual à princesa, ali!... mesmo assim é curioso que a gente nunca tenha cruzado com ela, no seu próprio Castelo!... tudo bem, havia muita gente no Castelo!... todos os andares!... catorze ministros, mais o Brinon!... quinze generais... sete almirantes... e um Chefe de Estado!... os estados-maiores e as comitivas!... mas ela, nunca vimos... escondida e emburrada!... nem a Lili nem eu... sobretudo a Lili que andava para cima e para baixo!... deviam viver no fundo de um túnel... e só saíam por causa do pão-bola!... no momento do grande fuzuê!... quando os insurgentes não se controlavam mais!... *paf!* e *puf!*... que todos davam socos e pontapés!... que a ponte levadiça cedesse!... *paf!*... e os insultos!... a Hermilie digna, com sua sombrinha, nada de se meter com aqueles vagabundos!... só falava com a sua dama!... ih, mas queria porque queria o seu pão-bola!... *nun! nun!*, importunava sua dama tímida!... *nun! nun!*, que ela brigasse também! que brigasse junto com os outros!... que não fosse perder a sua vez diante desses 1142 escandalosos! *pumba! plaft!* como se o pão-bola fosse um direito deles! espancam! batem! corja descarada! nesse exato momento, o clarim!... é!... exatamente!... do outro lado da muralha!... "*marchar! para os campos!*", a guarda do Castelo!... nada de clarins boches, os boches tocam cornetas!... não!... clarins de verdade!... parecia até Lunéville... ou o quartel da Pépinière... a ponte levadiça se mexe... suas correntes... suas polias... o tabuleiro balança... lá no alto tudo no ar... baixa... abaixa-se devagarinho... *bang! vang!*... pronto! está pousada!... no nível!... aí então a gente podia imaginar que aparecessem pencas de lacaios carregados de cestas cheias de pão-bola, brioches, lingüiças e petits fours!... a fantástica distribuição!

Picas!... os guardas é que aparecem!... primeiro três ou quatro... e depois bem uns cinqüenta schupos num caminhão grande a gasogênio... e depois mais um bando de guardas... uma outra polícia, francesa!... e depois, seguindo-se a eles... o Marechal!... é!... ele!... o Debeney* à sua esquerda, meio recuado... o general Debeney, o amputado... mas "bolas" que é bom, necas de pitibiriba!... o passeio do Marechal!... foi isso que os 1142 otários ficaram esperando!... você poderia imaginar que... nada disso!... eles iam cobri-lo de palavrões horrorosos... que era uma vergonha! uma infâmia!... nada disso!... ele e suas 16 cadernetas!... todo mundo sabia!... e que botava tudo para dentro do bucho!... que não deixava uma migalha para ninguém! e que era isso o seu famoso apetite!... sem falar do conforto absoluto!... instalado como um rei!... e que era o responsável de tudo! Verdun! Vichy! e do escambau a quatro! e do miserê em que estávamos! culpa do Pétain! dele! dele, lá no alto, bem tratado, como um sonho!... todo o seu andar para ele sozinho!... aquecimento! quatro refeições por dia! 16 cadernetas, além dos presentes do Führer, café, água-de-colônia, camisas de seda... um regimento de guardas à sua disposição!... um general de estado-maior... quatro automóveis...

Você poderia imaginar que aquela escumalha de maltrapilhos bufasse! se jogasse em cima dele! o estripasse!... que nada!... só uns suspirozinhos!... afastam-se!... olham-no saindo a passeio... a bengala na frente! e opa!... e digno! respondendo às saudações deles... homens e velhas matronas... as garotinhas: reverência!... o passeio do Marechal!... mas pão e salsichão que é bom, nada feito... a Hermilie de Hohenzollern, essa aí não saúda!... ainda mais trombuda carrancuda do que antes... *Komm! Komm!*... que a senhorita fosse com ela!... desaparecem... não nos dão nem um até-loguinho!... o buraco por onde tinham vindo... a espécie de fenda nas pedras... ela e sua dama de companhia... é só o tempo de se esgueirarem... e babau Hermilie!... babau senhorita!... tinham voltado para os subterrâneos do Castelo... ah, também não ganharam pão... ora!... nós também não... bolas!... a Lili, eu e o Bébert, tínhamos vindo um pouco para isso... nem dá tempo de ficarmos tristes... vejo o Marion! avisto-o... o Marion, o único que demonstrou ter coração, que nunca esqueceu de nós... que sempre foi ao "Löwen" nos levar tudo o que conseguia... não era grande coisa!... uns restinhos... sobretudo uns pãezinhos... havia pãezinhos no Castelo... não muito, mas, mesmo assim, três quatro por ministro... tem hora em que ser ministro conta... o Marion pensava sempre em nós, e no Bébert... sua grande diversão era o Bébert imitando o Lucien... o Lucien Descaves...* eu punha o meu cachecol no Bébert... com os seus bigodes desgrenhados ele imitava à perfeição o Lucien Descaves... era a nossa hora de brincar... ah, como já está longe!... penso nisso... foi-se o Marion!... foi-se o Bébert!... todos partiram!... as lembranças também!... de fininho...

Como eu ia lhe dizendo... avisto o Marion! ele também participava do passeio... mas à grande distância do Pétain!... não estavam se falando... ah, não mesmo!... em todos os regimes, em todos os tempos, os ministros se odeiam... e pior, na hora em que tudo desmorona, fica de pernas para o ar!... desentendimento absoluto!... o frenesi desenfreado de todos os rancores!... ali, era a ponto de não se atreverem nem mais se olhar!... estavam de tal forma com a cachorra que teriam se massacrado lá mesmo, à mesa, em plena refeição, por causa de um olhar atravessado!... afiavam suas facas na hora da sobremesa, tão ameaçadores que todas as esposas se levantavam!... "Venha! Venha!..." levando seus ministros, generais, almirantes!... estavam na iminência de chegarem às vias de fato! bufando! ah, em tudo que é lugar, igualzinho!... seja em Berchtadgaden, Vichy, no Kremlin, na Casa Branca, melhor não estar presente na hora da sobremesa!... com os Hanover-Windsor tampouco!... na hora da sobremesa... por isso, você há de entender, o passeio... manter distância! Protocolo!... nada de braços dados!... bem longe!... bem longe uns dos outros!... o Marechal, Chefe de Estado, lá na frente, e sozinho! seu chefe de Estado-Maior, Debeney, o maneta, três passos atrás, à esquerda... mais longe, um ministro... mais longe ainda, outro ministro... em fila indiana... separados no mínimo por cem metros... e depois os guardas... a procissão por pelo menos três quilômetros... digam o que disserem, e posso falar à vontade já que ele me detestava, o Pétain foi o nosso último rei de França. "Philippe, le Dernier"... a estatura, a majestade, tudo!... e ele acreditava!... primeiro, como vencedor de Verdun... depois, aos setenta e tantos anos, promovido Soberano! resistir, quem há de?... empertigado como se fosse! "Ai, como o senhor encarna a França, Senhor Marechal!" o lance do "encarnar" é mágico!... pode-se dizer que nenhum homem resiste!... se me dissessem "Céline! meu Deus do céu! como você encarna bem a Passage! a Passage é você! você por inteiro!" eu perderia a cabeça! pegue qualquer pateta, diga-lhe bem nos olhos que ele encarna!... e vai vê-lo enlouquecer!... e terá sua alma na mão! ele não cabe mais em si!... o Pétain, que ele encarnava a França, nem uma nem duas, não quis mais saber se assim ou assado, forca, paraíso ou Suprema Corte, Douaumont, o Inferno, ou Thorez... ele encarnava!... a única verdadeira felicidade das felicidades, a encarnação!... podia-se cortar sua cabeça: ele encarnava!... a cabeça iria embora sozinha, toda contente, nas nuvens! o Charlot[51] fuzilando o Brasillach!* nas nuvens também! ele encarnava! nas nuvens os dois!... ambos encarnavam!... e o Laval então?

Num nível bem mais modesto, mais prático também, o truque do "encarnar" ainda faz cada milagrezinho! a alimentação,

51. V. Charles de Gaulle.

por exemplo!... suponha que amanhã recomecem o racionamento... que tudo volte a faltar... não arranque os cabelos!... o truque do encarnar o salvará!... você pega aí um novato qualquer, um autor qualquer de província, e taca ficha! agarra-o pela gola, petrifica-o ali, na sua frente... "Ó, meu Deus, mas não há outro igual!... não há outro igual para encarnar o Poitou!" você berra no ouvido dele! "As suas amadas 32 páginas? o Poitou inteirinho!" Pronto!... nunca mais vai lhe faltar nada!... bem-vindos os pacotes de produtos agrícolas!... você recomeça na Normandia!... depois em Deux-Sèvres! e no Finistère! está abastecido por cinco, seis guerras e doze epidemias de fome!... não sabe mais onde pôr as suas dez! doze toneladas de pacotes! os Encarnadores doam, se desdobram, incansáveis! basta que você repita sem parar que a obra deles é a Drôme sem tirar nem pôr! o Jura!... a Mayenne!... o Roquefort, se você gostar do queijo!... não estou miraginando: taí o Denoël!... Denoël, o assassinado... matreiro, trapaceiro que só ele, mas extremamente belga e prático... feitas as contas, agora que ele é cadáver, se o comparo com o que se seguiu: lamentável!... dois dias antes de o assassinarem eu lhe escrevi de Copenhague: "dê no pé... raios! se arranque!... o seu lugar não é na rua Amélie!..." não partiu... as pessoas nunca me obedecem... acham-se os reis da esperteza!... amuletos no cu!... bem!... como queiram!... ocorre que, é um fato, até o instante em que o assassinaram ele teve manteiga a dar com o pé, queijinhos, franguinhos, trufas... mesa farta!... mantimentos a rodo!... viveu bem pra caralho!... graças à Encarnação dos Autores!... à revelação da Missão de cada um!... à Anunciação!... mas veja bem!... cuidado!... vou lhe avisando!... o truque é mágico!... facilmente mortal!... não se inebrie!... a prova: o Pétain! a prova: o Laval! a prova: o Luís XVI! a prova: o Stálin!... você vai com sede ao pote, tudo é permitido?... adeuzinho!... o Denoël, de tanto bancar o Mágico de uma província a outra, de promover a encarnação desta... daquela... perdeu o juízo!... "Viva! Tabu! atrevo-me a tudo!..." mas à meia-noite na praça des Invalides o truque se desfez! uma nuvem, a Lua!... foram-se os feitiços!... o Denoël, o que o liquidou, o que acabou com ele, de tanto bancar o idiota, foi sua coleção de "Províncias", os enfeitiçados folclóricos, os encarnadores hipnotizados por suas respectivas regiões!... cus-de-ferro num concurso: *Eu! Eu! Eu!* as Cornualhas sou eu... o Léon sou eu!... as Charentes, eu!... epilépticos da encarnação!

Não creia que é tão extraordinário assim! "Mande a Joana d'Arc para cá!" e lhe consigo umas doze por município!... e os pacotes junto!... e patês!... quilos de manteiga!... vagões de sacas de farináceos!... peruas!... pastoras e rebanhos!...

"Você foi selecionado para o Concurso!... ai, como encarna os Camarões!..." por aqui, as bananas!... as tâmaras, os abacaxis! todo o Império chegava à sua mesa!... em cima da mesa dele!... estou lhe dizendo: nada faltava!... pode-se dizer que o pobre Denoël tinha de fato resolvido muito bem o problema do abastecimento...

O Pétain também era "Eu encarno"! sou eu! Imperial! se acreditava nisso?... xi, e como!... foi disso que morreu!... Encarnador total!

De bobagem em bobagem eu me esqueço de você!... estávamos no passeio... bem, na partida... o Marechal na ponte levadiça... a Hermilie de Hohenzollern redesaparecida nos subsolos com sua dama de companhia... o Pétain, o Debeney andam num bom passo, ao longo do Danúbio, pela margem... o passeio ritual... sozinhos na frente, e os ministros longe lá atrás... fila indiana... de cara amarrada, diremos... o ajuntamento que ali estava, resmungante, expectante, todos os sucos gástricos prontos para tudo, teve mesmo é que se dispersar, esvaziar a praça... alguns protestos... ah, mas não muitos... volta tudo para os seus currais, seus sótãos, para o *Fidelis*, para a floresta... sem dizer nada!... só se coçando!... tudo se esfolando!... tudo indo embora se coçar em algum lugar por aí...

Bem acima das nuvens a farândola continua! esquadrilhas e mais esquadrilhas da RAF... e que depois embicam para o Castelo!... a baliza, a referência delas, o Castelo!... a curva do rio... é ali que viram de norte a leste... Munique Viena... esquadrilhas e mais esquadrilhas... não seremos destruídos, é o boato que corre, porque todo o Castelo está reservado para o Exército Leclerc... que já está em Estrasburgo... com seus fifis e seus negros... a prova de que está chegando!... fugitivos, refugiados, olhos arregalados assim, ó!... do que viram!... decapitações em série!... com facões do mato! os senegaleses do Leclerc!... sangue aos borbotões, enchendo as sarjetas!... o que possivelmente nos espera a qualquer momento!... sobre isso é que os sarnentos devem estar meditando!... isso é o que têm para se dizer nos seus sótãos, os 1142 "Mandados"!

Pensando bem, algo histórico, o Pétain, o Debeney já tinham, quem diria, saído de cena... e não havia mais rigorosamente nada para pôr em cena! ainda era o ato do "Império francês!"... cai o pano! os senegaleses! próximo ato!... o Petáin terminou de encarnar!... a França se encheu! que ele retorne, que o matem!... virar a página! ali, aproveita que está longe, ainda tem ares de ser alguma coisa, ele e o Debeney, e a fila indiana do seu passeio... e como estão todos nos trinques os sujeitinhos!... sapatos impecáveis... andam num bom passo!... margem do Danúbio, esse riozinho tão violento, tão alegre, salpicante, jogando sua espuma até a copa das árvores... rio otimista, de um imenso futuro!... é, mas o Exército Leclerc, pertinho... e seus senegaleses de facão corta-goela... as pessoas não sabem, quase nunca, que no mesmo instante outro ato está sendo representado, e que elas estão sobrando! que não têm mais nada a fazer no palco, que deveriam sair de cena... não! não! teimam!... tiveram o papel mais bonito, não largam o papel mais bonito! eternamente!... o Marechal e o Debeney no seu passeio diário... margens do Allier... margens do Danúbio... passeio e Chefe de Estado, mais nada!... para nós, o que interessava, à Lili, a mim e ao Bébert, era o Marion... Marion, com as sobras das mesas deles, e os pãezinhos... além do mais, era melhor que o Pétain nem me avistasse... o Marion da *Informação* era quase o último da fila... assim é o Protocolo, primeiro o gládio! o gládio: Pétain!... e depois a Justiça!... e depois as Finanças!... e depois os outros!... os xepeiros, digamos, os chamados: recentes! aqueles cujos sobrenomes não têm mais de três, quatro séculos!... os verdadeiros ministros, os de "peso" devem descender de Dagoberto!... na Justiça! Saint Éloy, este sim é que foi um ministro!... o Marion da *Informação*? nem uns cinqüenta anos!... indigno de um simples olhar! por exemplo, de nós três, o Bébert era o único que contava!... portanto, nada de criar caso! incorporar-se ao passeio, na moita!... que ele pudesse nos passar os pãezinhos e as migalhas, sem que ninguém notasse!... o Mattey[52] não ficava muito lá em cima na procissão dos passeios... seu lugar vinha só depois do Sully!... duzentos metros atrás da Marinha, dos almirantes, do Francisco I!... de capote preto, Mattey, "o ordenador" austero, chapéu preto, cem metros à nossa frente... "Peço-lhe, senhor Mattey, que faça os franceses comerem!"... assim é que ele foi recrutado, o Mattey, vestido de preto... "Mattey! a lavoura! as pastagens!"... e aí ele desembestou!... igual ao Bichelonne com as estradas de ferro!... "Bichelonne, você fará a França andar!", agora só lhes restava seguir... cem metros à frente da Informação, de mim, da Lili e do Bébert... ah, ia esquecendo!... muito sinuoso, encapelado, o Danúbio!... e aí, de repente, largo! larguíssimo... e nem sequer meio revolto, espumoso... um grande lago de águas plácidas... logo depois da ponte da estrada de ferro... ali, os

52. V. Pierre Mathé.

patos nos aguardavam... ou melhor, aguardavam o Bébert... eram uma boa centena que não nos largavam mais!... remavam duro com as patas, nadavam quase rente à margem para olhar bem pertinho o nosso Bébert... ah, um outro bicho também!... ia esquecendo!... a águia!... também ficava conosco!... também ia àquele lugar, mas à distância!... ela, nada a ver com os patos!... muito distante!... nos prados, no alto de um poste altíssimo, sozinha!... dela não dava para se aproximar!... nunca!... a águia Hohenzollern!... nos olhava de lá... a olhávamos de cá... não levantava vôo!... mexia-se um pouquinho, nos seguindo, ao mesmo tempo que nós, de longe... girava no seu poste... devagar... acho que olhava sobretudo o Bébert... o qual sabia... ele, o bichano terrível independente, o rematado desobediente, pois só vendo como se grudava nos nossos calcanhares!... já se via capturado!... o que é bonito no mundo animal é que eles sabem sem se dizer, tudo e mais alguma coisa!... e de muito longe! à velocidade da luz!... nós com a cabeça cheia de palavras, é assustador o esforço que fazemos para ficar atarantados, e pior! não entender mais nada!... barafundar tudo, captar nada!... e como a gente chacoalha! a cachola grandona!... ela vomita!... não agüenta mais!... não passa mais nada!... nem um milímetro de onda!... tudo nos aflora!... e foge!...

Ali, a águia real Hohenzollern era a dona da Floresta e dos territórios até a Suíça... fazia rigorosamente o que lhe dava na telha!... ninguém conseguia intimidá-la... o comando da Floresta Negra!... rebanhos, coelhos, corças... e as fadas... em todo passeio lá estava ela, mesmo prado, mesmo poste... com toda certeza não gostava de nós...

Depois de, digamos, dois quilômetros de margem de Danúbio você via surgir uma silhueta... era infalível: uma silhueta gesticulante... sinais para avançar!... ou recuar!... sinais para que o Pétain prosseguisse... ou desse meia-volta!... conhecíamos! a silhueta!... era o Almirante Corpechot, responsável pela guarda do Danúbio, e pelo comando de todas as flotilhas até o Drave... ele via a ofensiva russa chegando: o Marechal em pleno passeio!... a frota fluvial russa subindo o Danúbio!... tinha certeza!... ele mesmo se autodenominou: *Almirante dos Estuários da Europa* e *Comandante das duas Margens*... via a frota russa de Viena passar pela Baviera e pegar o Wurtemberg pela retaguarda!... e Siegmaringen!... necessariamente! e toda a "colaboração"... e sobretudo o Pétain!... já estava vendo o Pétain seqüestrado!... amarrado no fundo do porão de um desses engenhos submersíveis que ele tinha visto saírem da água!... ele! é!... anfíbios!... que pululavam, para lá de Peste!... o Coperchot me contava tudo!... eu tratava do enfisema dele... tomara conhecimento de todos os planos russos! material e estratégia! sabia até a quintessência do dispositivo aero-aquo-terrestre, a catapulta por hidrólise, o sistema Ader invertido, subnáutico!... só para lhe dizer o que havia à nossa espera!... eu nunca me assustava ao ver o Corpechot aparecer, numa ou noutra margem, nos fazendo sinais de que o passeio tinha terminado, pois ele havia detectado a presença russa!... para o Pétain também não era uma surpresa... dava meia-volta... os ministros junto... imagine como esse Corpechot já tinha sido preso! dez vezes... vinte vezes!... e vinte vezes solto!... mais nenhuma vaga nos Hospícios!... mais nenhuma vaga, aliás, em lugar nenhum e para ninguém!... louco ou não-louco!... era se aboletar em qualquer canto!... loucos!... não-loucos... todos os álibis!... em todas as cumeeiras! estábulos... *bunkers!*... fundos de lojas! e nas salas de espera das estações... empurra-empurra total! aldeias inteiras abrigadas debaixo dos trens... passando a noite... encolhidas... e na floresta!... grutas de onde as pessoas não saíam mais! vindas dos quatro cantos da Europa...

Eu lhe dizia que o Corpechot tinha se promovido almirante... achava que possuía as credenciais, muito mais credenciais que os do Castelo, almirantes de gabinete, do grande Estado-Maior Darlan!* e em primeiro lugar o artigo 75!... condecorado com o artigo 75!... esse aí ele não tinha inventado... com mandado e tudo! autêntico! seriamente perseguido!... a prova foi como partiu!... por um triz!... no último trem! Gare de l'Est!... só conseguiram engaiolar seu filho, sua mulher, sua cunhada... toda essa turminha em Drancy!...[53] mais um minuto e o pegavam!... e era verdade!... eu tinha lido o relatório na sala do Brinon... e o seu currículo verdadeiro... foi repórter e depois redator-chefe do grande semanário iatista *Bout dehors*! você podia falar dele em Bremen, em Enghien ou na ilha de Wight... só reverências!... ele e as regatas eram unha e carne!... "o Corpechot disse!..." e bastava! a autoridade! para o Doenitz,* cooptá-lo foi uma barbada!... "Corpechot, você é a Marinha! *über alles!*... você vingará a França e Dunquerque!" e aí se beijaram... "Trafalgar! Trafalgar!..." por isso é que ele estava ali, artigo 75 no rabo... e toda a família em Drancy... mas da qual ele não queria nem saber!... Corpechot-você-é-a-Marinha!... imagine como ele teve de rebolar para ser "Corpechot-você-é-a-Marinha"! para merecer!... primeiro em Hamburgo... depois em Kiel... depois em Warnemude... para o Doenitz!... a *Kriegsmarine*! de um campo a outro!... aí então, o lance da promoção!... "Comandante das Forças do Danúbio"!... todas as águas navegáveis de Wurtenberg à Suíça... e portanto a segurança do Pétain, até onde ele estava autorizado a ir... não muito longe! não muito mais longe!... meia-volta!...

É verdade que no ar, no céu, corria tudo bem!... a inglesada não ia lá bem das pernas... bastava ver seus pobres aviões que não se atreviam nem mesmo a nos bombardear! intimidados pelo

53. Campo de internamento na periferia de Paris, onde foram confinados centenas de judeus até embarcarem para os campos de concentração e de extermínio na Alemanha. Após a Libertação, Drancy alojou colaboracionistas presos.

Castelo! fodidos!... mas e os russos?... seus submarinos anfíbios? o Corpechot não perdia de vista o rio, a menor ondinha: traiçoeiro Danúbio! perigo russo! tinha construído uns morrinhos... em cada cotovelo... uma espécie de pequenos semáforos... uns cestos de gávea... dali se podia falar com ele!... contar-lhe as coisas da RAF! ele se esbaldava, se escangalhava! rolava de rir de tantos disparates!... bombas?... era ele que estourava! de tanta gargalhada! "Ah, essa não!... ah, essa é boa! você só olha para o Céu! você também! um pica-Lua!... grotesco! inacreditável! mas é pelo rio que eles virão! ora bolas! olhe!... olhe-o! olhe você mesmo!..." e me passava o seu binóculo... o seu grande *Licca*... e não era brincadeira!... "Tem razão, Almirante!..." ninguém o contradizia!... o Pétain, mal o avistava, meia-volta!

Com que então, a certa altura do fim dos regimes, ninguém contradiz mais ninguém... os mais energúmenos são reis... o Corpechot, um gesto, o Pétain e o Debeney lhe obedeciam... o Corpechot dormia no chão, no fundo de um matagal... de outro... e ainda assim mantinha a pose... absolutamente impecável!... a farda de almirante, o boné muito alto... e sapatos de verniz!... conseguira essa indumentária lá em cima, no Depósito, entre um bombardeio e outro... tez escarlate, narigudo, barrigudo... pelerine dupla! uniforme de "Tempestade" no Oceano!... o seu *Licca* balançando sobre a pança... se você o encontrasse na rua Royale,[54] teria exclamado na mesma hora: "Ah, mas não tem erro! o Almirante!... ele é a Marinha!... encarna!..." muito simples, muito fácil, os autênticos, de verdade, e os doidos varridos... a única diferença... o lugar onde se encontram!... na rua Royale ou às margens do Danúbio... Vinte vezes... cem vezes!... o Pétain mandara que se escrevesse ao Abetz* dizendo que esse Corpechot era um trambolho! almirante ou não! como se já não bastasse o seu pes-

54. Sede do Ministério da Marinha, em Paris.

soal!... em todos os andares... ministros e altos funcionários!... que o espionavam durante o passeio!... o Abetz não podia fazer nada! na hora da debandada geral só resta olhar e se calar... o núncio do Papa em Vichy... o Corpechot-Danúbio... melhor não contradizer!... tentar tumultuar a mudança de ato, agüentar em cena um pouco mais... o momento em que a página é virada! o Deloncle?...* o Swoboda?... ou o Brinon?... ou o Navachine?[55] com ou sem metralhadora... ou o Joanovici?... o Stálin? ou o Pétain?... ou o Gurion? o que interessa mesmo é o comando do Corpechot!... todos, meia-volta!... toda a Casa Militar... e a fila indiana dos Ministros... e os outros manda-chuvas... e nós quatro, o Marion, a Lili, eu e o Bébert... nem pensar que a frota nos pegue antes da grande ponte!... a de "tripla-pista-vãos-livres-metálicos"... fim do passeio!... retorno ao Castelo... chegar à grande ponte!... mesma margem, sentido contrário... os últimos serão os primeiros! meia-volta! meia-volta!... os chefes de Partidos à frente!... o Bucard e seus homens... o Sabiani e seus homens... o Bout de l'An* e seus homens... a propósito, observo que o Herold Paqui,* tão mentiroso sem-vergonha quanto o Tartre, nunca pôs os pés em Sigmaringen, ficou na sua ilha, a setenta quilômetros, se empanturrando de conservas... nunca viu nada vezes nada... a não ser sua ficha policial... o Doriot também nunca deu as caras... nunca se viu mais do que o seu automóvel, crivado, rendilhado... foi nisso que deu, ter saído de Constança!... lá era a boa-vida, a não ser a sarna... a sarna igual a nós mais que nós!... quanto ao passeio, o Déat* nunca participou de nenhum... gigante do pensamento político, preferia embrenhar-se sozinho no fundo dos bosques... freqüentava pouco... preferia... estava preparando um certo programa da "Europa Burgunda e Francesa", com eleições primo-majoro-pluri-diferidas... meditava...

55. V. Cagoule.

De tanto refletir, meditar assim, penso no Noguarès...[56] que é que ele tem de se meter a escrever sobre Siegmaringen? bastava ter aparecido por lá! esse pomposo babaca desagraçado! que de lá ele fugia como de cagar na cama!... assim como você também não viu o Charlot descer numa trincheira, bazuca em punho, e botar os tanques fritz para correr!... bichanos espertos!... "gratuitos" todos!... jamais pagaram!... putas de festivais!... que eu ainda veria, todos, puros, seguros, te juro, na varanda dos "Trois Magots"... assinando seus próprios retratos com o sangue dos admiradores... milhões, cornudos!...

Tudo isso me deixa febril!... matéria para meditar! larguei o Philippe suspenso no ar!... estava lhe contando... meia-volta! regresso ao Castelo... nós, de súbito, passávamos à frente junto com o Marion da *Informação*... bem, quase à frente, logo atrás dos Chefes de Partidos... um dia essa meia-volta rendeu uma história muito engraçada... ainda não tive chance de fazê-lo dar umas boas risadas... na ponte metálica da "via férrea" toda a caravana pára de chofre!... debaixo do primeiro arco!... ah, não por causa do alerta! era um alerta perpétuo... as sirenes não paravam... mas a RAF procurava a ponte... justamente a ponte! no exato momento!... não era miragem!... largavam todos os seus rosários de bombas em cima da ponte, a pique! assim, sem dizer água vai!... três quatro aviões ao mesmo tempo... como é que eles faziam para não acertar o alvo?... seus rosários de bombas formavam gêiseres! o Danúbio fervia! e era cada jorro de lama!... até nas plantações!... três... quatro quilômetros, nos campos!... estávamos amontoados sob o arco, grudados no enorme pilar de granito... era uma boa ocasião para mijar, todos os ministros, e os Partidos, e o Marechal... eu conhecia todas as próstatas deles... alguns tinham outras necessidades... para isso, mais cômodo, as moitas!... Lá vão eles

56. V. Louis Noguères.

para trás dos arbustos... nesse momento, lembro direitinho, vem vindo no sentido contrário um destacamento inteiro de presos, com seus guardas, uns *landsturm*... presos e "reservistas", tão nervosos uns quanto outros... presos russos e velhos boches... em pandarecos!... em pandarecos!... tão magros uns quanto outros, arrastando as pernas... e também esfarrapados!... os fritz, com fuzil, os outros, sem... para onde iam?... algum lugar!... perguntaram-lhes... não entendiam nada... não ouviam nem sequer as bombas... então, nós, nossas perguntas! nem se fala!... iam pela mesma margem que nós, só isso... no sentido contrário...

O Bridoux* acabou de mijar... sacudiu-o... bem sacudido! e disse: "Precisamos agir, Senhores! Precisamos agir!" agir o quê?... expôs sua idéia... "dispersemo-nos!"... princípio da Cavalaria!... "soldados forrageiros"!... todos transformados em "soldados forrageiros"... quantos havia ali debaixo do arco, amontoados contra o pilar?... trinta mais ou menos... eu sentia que o Bridou tinha razão, as bombas chegavam mais perto... mais perto... logo, logo atingiriam a ponte... enfim!... aquela imperícia terminaria!... nós ali todo o grupo um bocado hesitantes... ministros, Partidos, tiras franco-boches, menor empolgação com os "forrageiros"!... afinal, podíamos seguir os russos... os presos capengantes... sem dúvida! deviam ir para algum lugar?... deviam ter uma idéia?... eles não diziam nada... pelos campos... seguir os presos... aqui, devo lhe contar um fato, a sra. Rémusat e sua filha jaziam no lodo, em pleno lodo, de bruços... o lodo da margem... uma cratera de bomba... tinham ido colher dentes-de-leão... cobertas de lama que estavam!... camada bem grossa!... devem ter morrido de medo, na certa... não se mexiam mais... mortas ou não... quem sabe?... continuavam de bruços!... nunca mais tive notícias delas... moravam no outro extremo do burgo... eu estava lhe dizendo que os prisioneiros russos e seus guardas *landsturm* afastavam-se pelos campos... nem sequer tinham nos olhado... as bombas caíam pertinho deles... tão esbodegados, tão sonâmbulos, jeito de quem não consegue mais parar... as bombas caíam em volta, quase em cima deles!... em cima de nós também! caralho!... um carrossel nos ares!... o que eles queriam, nenhum bicho-de-sete-cabeças, era fazer a ponte desabar!... a ponte de todo o tráfego Ulm—Romênia... percutir!... e nós bem ali debaixo!... o Pétain e sua procissão! As tetéias! acabariam acertando o alvo!... e a ponte todinha nas nossas costas! ah, minha senhora, a tripalhada, a ferralhada!... eta desastrados mais teimosos!... furos na água!... eu olhava a sra. Rémusat e a filha colhendo dentes-de-leão... de bruços!... os ministros puxando as calças... falavam todos ao mesmo tempo... havia os "pró"... havia os "contra"... avançar? juntos?... ou pegar a outra margem?... os generais, os almirantes preferiam os "forrageiros"? ou a fila indiana? alcançar os presos russos? então pelos campos de alfafa? se ficássemos ali, nem uma nem duas, nossas cabeças, a ponte bem em cima delas! todinha! as bombas estouravam quase em cima da gente! em cheio no Danúbio!... jusante! montante!... eles corrigiam o alvo! cada enxurrada de lodo fantástica! verdadeiras caçambas na nossa frente... cada cratera nas margens! *tibum! tapuf!*... nós, espavoridos, colados no pilar!... ministros, generais e guardas... e eu e a Lili e o Bébert... e então, no instante realmente trágico o Pétain que ainda não tinha dito nada... disse!... "Em frente!" e mostrou para onde queria ir! "Em frente"!... com a bengala! "Em frente"! que todos saiam de sob o arco! que o sigam! "Em frente!"... tudo de braguilha fechada!... "Em frente"!... ele mesmo junto com o Debeney, saíram! ah, sem a menor pressa... muito dignos! direção: o Castelo!... e tudo de novo em fila indiana... todos os ministros e os Partidos... as bombas continuavam a alvejar a ponte... nós, a nossa fila indiana foi rajada em cima de rajada!... até o Castelo!... de metralhadora... era bem na gente que eles atiravam!... mas atiravam mal!... eu via as rajadas ricochetearem... na grama!... na água!... os fiapos de grama pularem, ceifados!... atiravam mal e porcamente!... a prova, ninguém foi atingido!... e passavam rasante ao rio!... o Pétain falava com o Debeney... iam no seu passinho, sem se apressarem... os ministros também não... por no mínimo dois quilômetros... o cortejo não se desviou nem um centímetro... ainda estou vendo o Bichelonne, na nossa frente... mancava pra caramba, o Bichelonne... foi antes de ser operado... não teria mais muito tempo para mancar... morreu da cirurgia, quis ser operado em Hohenlychen, lá longe, na Prússia Oriental, ainda vou lhe contar... por ora estou no Pétain... a volta ao Castelo... o chefe à frente... e debaixo das rajadas!... e toda a fila indiana de ministros generais almirantes... bem alinhados reabotoados... muito dignos... e à distância!... insisto porque se contou que o Pétain tinha ficado tão gagá que não ouvia mais as bombas nem as sirenes, que confundia os militares fritz com seus próprios guardas de Vichy... que confundia o Brinon com o Núncio... posso restabelecer a verdade, posso dizer, eu que ele detestava, falo com absoluta independência, que se não tivesse assumido o comando na hora da ponte, posto a procissão para andar, ninguém escaparia! jamais teria existido a Suprema Corte! o Noguarès tampouco! eu vi, posso dizer, o Marechal salvar a Suprema Corte!... sem ele, sem sua fria decisão, nunca nem um só teria saído dali debaixo do arco!... nem um só ministro nem um só general!... e tampouco de lá detrás das moitas! seria o fim! sem requisitórios! e sem veredicto! estraçalhamento total! e também nenhuma necessidade de Ile d'Yeu!... a decisão do Pétain é que fez todo mundo sair lá debaixo do arco!... assim como foi o temperamento do Pétain que fez o exército ir para a frente de combate naquele momento de 1917... posso falar à vontade, ele me execrava... ainda vejo as balas em volta de nós... a margem, o caminho de sirga, crivados!... especialmente em volta do Pétain!... ele via, mesmo se não ouvia!... todo o percurso até a ponte levadiça!... e dá-lhe de rajadas!... ah, nem uma palavra!... nem ele, nem o Debeney... perfeitamente dignos... e o mais engraçado: nem um só atingido!... nem a Lili, nem eu, nem o Bébert, nem o Marion!... na ponte levadiça, parar!... adeus!... dispersar! ninguém esperava mais nada! cada um na sua casa!... os RAF não atiravam mais... subiram ao Céu! nós, a Lili, eu e o Bébert, só nos restava nos despedirmos do Marion... mas eu, quatro pãezinhos no bolso!

Minhas consultas!... estava na hora! no primeiro andar do *Löwen*, nº 11, o nosso pardieiro... digo: pardieiro!... sim! dois colchões de palha... e que colchões!... mas eu já tinha passado por poucas e boas, é verdade!... diversas poucas e boas!... portanto, dissemos: adeus... abraçamos o Marion... não tínhamos certeza de nos revermos!... nunca mais!... ele tinha o seu quarto no Castelo, no terceiro andar, o menor quarto!... eu já lhe disse, para o Protocolo, a *Informação* era insignificante... o Marion, digamos, na corte do rei Dagoberto, em Clichy-sur-Seine, não teria tido nem um escabelo!... se você não quiser errar pense sempre no Saint Éloy!... todas as imposturas começam no ano 1000! a vagabundagem se espalha!... Excelências patati-patatá!... farsantes! mais nenhuma precedência séria!... eu aqui, uma coisa sempre séria, nada de vagabundo, são minhas consultas!... como nós estávamos instalados, ainda vou lhe contar... você pode ir ver por conta própria... li várias reportagens aqui!... acolá!... sobre Siegmaringen... tudo ilusório ou tendencioso... enviesadas, enganosas, evasivas, encagaçadas... de lascar!... eles não estavam lá, nenhum! na hora em que deveriam ter estado!... vira e mexe eu lhe falo dos WC... sobretudo os do *Löwen*... é que a gente ficava no mesmo andar, a porta em frente, e que eles viviam ocupados! toda a turma de Siegmaringen, da cervejaria, e dos hotéis, ia terminar ali, qual é a dúvida... na porta defronte!... todo o vestíbulo, toda a escada ficavam apinhados dia e noite de gente que não se agüentava mais, injuriosa, reclamando que aquilo era uma vergonha!... que estavam fartos de sofrer!... que estavam fazendo nas calças!... que estavam apertados!... e era verdade: ficava tudo escorrendo pela escada!... e o nosso corredor, nem se fala! e o nosso quarto! não dá para imaginar nada mais laxante que o *Stamgericht*, rábanos e repolho-roxo... *Stamgericht* mais a cerveja ácida... é de nunca mais sair dos WC!... nunca! imagine todo o nosso vestíbulo resmungando peidando que não se agüentavam mais!... e os cheiros!... as latrinas transbordavam! é óbvio!... viviam entupidas!... o pessoal entrava em grupo de três... quatro!... homens, mulheres... crianças... de qualquer jeito!... eram tirados, puxados pelos pés, extirpados à força!... porque monopolizavam o assento do vaso!... "estão sonhando! estão sonhando!..." e como berravam!... no corredor, na cervejaria, e na rua!... e todo esse mundaréu se coçava, para completar... e um passava, repassava para o outro a sarna e os chatos... e os meus doentes!... um banzé... que obviamente também iam mijar junto com os outros, e por todo lado! cheio de vida, o nosso corredor!... e também os que iam ver o von Raumnitz... vou lhe explicar esse von Raumnitz... uma outra afluência, para o seu escritório, um de seus escritórios, no andar de cima... estes também iam ao cagatório na porta em frente... o momento verdadeiramente mágico era todo santo dia quando de fato as latrinas não agüentavam mais... aí pelas oito horas da noite... que estouravam! a bomba de merda!... merda saindo pelo ladrão, vindo lá das profundezas!... todos os alívios da cervejaria na véspera e naquele dia!... então era um gêiser no corredor todinho!... e no nosso quarto! e em cachoeira, escada abaixo!... imagine o salve-se quem puder!... fuzuê-pancrácio no meio da bosta! todos para a rua!... era a hora que o Herr Frucht dava as caras! gerente do *Löwen*! Herr Frucht e sua vara de junco!... realmente tinha tentado tudo para salvar suas latrinas... mas também era, pessoalmente, responsável por tudo aquilo!... era dele o hotel, dele a gororoba de rábanos! dele a cervejaria! o restaurante!... cinco mil *Stamgericht* por dia! nada surpreendente que as latrinas transbordassem! Herr Frucht subia com sua vara de junco! mexia! remexia! desobstruía o vaso!... e substituía mais um cadeado... aparafusava!... aparafusava!... que mais ninguém pudesse abrir! chega! dois minutos que ele tinha ido embora e seus cagatórios estavam re-re-repletos! o pessoal se engalfinhando! e o vestíbulo todo alagado!... Herr Frucht, que não era Sísifo, por mais que praguejasse "Teufel! Donner! Maria!", seus clientes do Stamgericht não paravam de inundar o seu barraco! submerso debaixo de torrentes de rábanos! se tivesse blindado a tampa, proibido de verdade a subida dos clientes! cimentado o buraco!... ele ameaçava mas não se atrevia...

Nós, ali no 11, patinhávamos! não vou insistir... a gente se habitua e não havia outro jeito!... o que era de temer, o que eu temia, pior que esse inconveniente, é que nos expulsassem!... nos expulsassem à maneira boche, isto é, pérfida, judiciosa, "para o conforto geral!"... que para os doentes seria melhor que eu me mudasse dali... que eu consultasse em outro lugar... etc. etc.... aquele pandemônio!... razões de todo tipo para que eu me arrancasse... boatos? rumores? intrigas?... ouvi muitos outros!... fique sabendo!

Quanto a esse vestíbulo tão amplo (pé-direito muito baixo, esclareço), vou lhe explicar que não eram apenas as minhas consultas... e os clientes nos sanitários... havia os clientes do von Raumnitz... Barão Comandante von Raumnitz... o quarto bem em cima do nosso... nº 26... voltarei a lhe falar desse von Raumnitz... continuo com as digressões... de tanto perambular com você vou acabar por perdê-lo!... quero lhe mostrar coisas demais ao mesmo tempo!... tenho a desculpa disso... daquilo!... de uma certa precipitação... Deixamos o Marechal... a ponte levadiça estava descida... subimos até o *Löwen*... vou lhe abrir caminho... é necessário!... o mundaréu primeiro, na calçada... depois no vestíbulo!... uma verdadeira malta que quer fazer xixi... gente para todo lado!... afasto-os... afasto-os... e bato à nossa porta: o 11! o nosso barraco...

Não sou de me espantar com pouco mas mesmo assim, ali, tenho de esfregar os olhos para acreditar no que estou vendo!... em cima do meu próprio colchão, o da direita, um homem deitado, de peito nu, desabotoado, vomita e solta um ronco... e em cima, escarranchado, um cirurgião!... bem, um homem de jaleco branco e que se prepara para operá-lo à força! três, quatro bisturis na mão!... o espelho frontal, as compressas, as pinças!... nenhuma dúvida!... atrás dele, em plena bosta e urina, sua enfermeira!... jaleco branco também!... e grandes caixas metálicas debaixo do braço...

"O que está fazendo?"

Pergunto!... tenho o direito! tanto mais que quem está embaixo não pára de berrar!...

"Doutor! doutor! me salve!

— De quê?... de quê?

— Era o senhor que eu vinha ver, doutor! os senegaleses! os senegaleses!

— O que foi?... o que foi?

— Eles cortaram todas as cabeças!

— Esse aí não é senegalês?...

— Ele quer começar pela orelha!... era o senhor que eu vinha ver, Doutor!

— Ele não é senegalês?

— Não!... não!... é um doido!...

— De onde você veio?

— De Estrasburgo, doutor! sou garagista em Estrasburgo! cortaram todas as cabeças!... estão chegando!... estão chegando! sou garagista! estou com sede, Doutor!... mande-o se levantar, doutor! ele está me estrangulando!... vai me meter a faca no olho!... mande-o se levantar, doutor!"

Que situação... louco ou não, sem largar seus bisturis, realmente era melhor, e já, já, que a polícia lhe pedisse seus documentos!... e que pusesse todo mundo no olho da rua, a polícia!... todo mundo toda a rua tinha se enfiado no quarto! no corredor, nos cagatórios, com o doido e a enfermeira!... jamais eu conseguiria, eu sozinho, esvaziar o local!... na nossa espelunca, só os nossos dois catres, mais o lavabo, já atravancavam tudo!... o mundaréu ainda por cima!

Para mim, ordem era com o Brinon! eu dependia dele... tinha de ir lá!... ele que prevenisse a polícia!... uma das polícias! e que estava uma balbúrdia desgraçada, todo o *Löwen*, os sanitários e o corredor! não costumo titubear em circunstâncias delicadas... o cirurgião maluco, o outro debaixo dele... berrando!... não dava para bobear! a Lili já tinha posto o Bébert na sacola... nunca um sem o outro, a corda e a caçamba!... ela me esperaria na sra. Mitre... irei sozinho ver o Brinon... a sra. Mitre dirigia a administração... pessoa de um coração imenso e de um imenso tato, realmente... com ela a gente podia falar... era ela que devia providenciar isso... aquilo... responder às dez mil... cem mil queixas por dia!... imagine só esses 1142 com mandados, tudo reclamando! e mulheres e crianças!... de tudo! e por causa de tudo! e os "trabalhadores na Alemanha" e os quarenta e seis tipos de espiões! e a cagüetagem geral!... que se prenda fulano!... beltrano!... e o Laval!... e o Bridoux!... depressa!... o Brinon!... e eu mesmo! e o Bébert! exílio, o caldeirão das denúncias! ferve! ferve!... o que eles não devem ter passado em Londres!... ponha aí dez anos de Londres, e nem um único retornaria, enforcados, todos!... cêntuplo de denúncias!... sobretudo os condenados à morte! a vela tão fraquinha e gotejante que você vê bruxulear no fundo de um sótão... não dê tratos à bola!... é o fulano! o fulano condenado à morte, que transpira treme encharca-se ao garatujar mil milhares de horrores sobre este e aquele outro pária, condenado à tortura, o sacana! já que é assim, melhor denunciá-lo aos fritz! à Bibici! ao Hitler! ao

Diabo! ah, como o Tartre me parece fedelho pueril fracassado da cabeça aos pés!... aqui estou lhe falando de verdadeiros encarnados delatores! a cabeça já sob a lâmina da guilhotina! reunidas as condições, uma vez por século!... palmas para eles!... complôs? complôs a dar com o pau! um montão na Milícia!... um montão no *Fidelis*!... a *Intelligence Service* por todo canto! quatro aparelhos emissores noite e dia à espreita de tudo o que se passava! ali! ali... você podia ouvi-los direitinho... até na *Prinzenbau*! (a nossa prefeitura)... nossos sobrenomes... nomes... atos... gestos... intenções... minuto a minuto... doze dúzias de fanáticas porteiras, faladeiras, lavadeiras bem agarradas nos nossos colhões não teriam feito melhor, inventado mexericos piores! isso mesmo!... nós sabíamos! mas a vida é um impulso em que a gente deve fazer de conta que acredita... como se nada houvesse... mais longe! mais longe! eu devia receber no "11" os meus 25... 50... pacientes! darlhes o que não tinha... pomada de enxofre que nunca chegava... gonacrina, penicilina que o Richter devia receber... que não recebia nunca! a vida é o impulso... e calar o bico!... numa ocasião, mais tarde, exerci a medicina em Rostock, no Báltico, com um colega, o doutor Proséidon, que estava voltando do Paraíso do Leste... ele estava muito habituado... a cara que se deve fazer nos Estados verdadeiramente sérios... a expressão de nunca pensar!... nunca mais! em nada!... "Mesmo se você não diz nada, percebe-se!... habitue-se a nada pensar!" admirável colega! que fim levou?... enxergava o Paraíso por todo lado! "Se o Hitler cair, você não escapa!", palavra de um grande intelectual: "A Europa será republicana ou cossaca!"... será as duas coisas, porra! e chinesa!

Bem! bem! você não está me perguntando nada! digo-lhe o que penso!... ponha o Gazier* de cossaco... e os médicos de bico calado! e suas vovozinhas mudas!... meu colega Proséidon esteve lá quinze anos... no Paraíso!... "Durante quinze anos eu 'receitei', prescrevi... durante quinze anos meus doentes levaram minhas receitas ao farmacêutico... voltaram sempre de mãos abanando... ele não tinha!... ah, sem reclamar! nem uma palavra!... os doentes também não... nem uma palavra!... eu também não... nem uma palavra!..." quando o sr. Gazier, cossaco, aprender de verdade todo o seu ofício, não poderá dizer mais uma palavra... nós ali em Siegmaringen ainda não estávamos no ponto... ainda tínhamos idéias... umas certas pretensões... eu reclamava por causa da sarna, do enxofre que deveria ter chegado... assim como Herr Frucht com os seus sanitários, que deveriam estar funcionando... ainda me faltava muito adestramento! o Herr Frucht morreu louco, mais tarde... mais tarde...

Xi! voltemos ao meu quarto!... o cirurgião aloprado e sua vítima berrando debaixo dele... me chamando: socorro! eu tinha de tomar uma providência, ora essa! que me desocupassem o meu pardieiro! disse à Lili: "chega de escândalo! vou ao Castelo!"... levo a Lili... Lili-Bébert... eu tinha a carteira permanente... "prioridade e a qualquer hora" confesso!... prioridade!... pela poterna debaixo da abóbada... e a ladeira escavada em pleno rochedo!... se você visse um pouco essa abóbada!... esplêndida passagem elevada... para o Pátio Nobre!... a Sala dos Troféus!... as Lanças, por toda a abóbada, da mesma altura! por ali você teria visto, fácil, fácil, subirem três... quatro esquadrões, bota contra bota! a amplidão de uma época... e as Cruzadas! nesse Pátio Nobre, logo à direita, a antesala do Brinon... deixo a Lili com a sra. Mitre, e aperto a mão do plantão, soldado da França! um de verdade! é! é!... com alamares no ombro!... e tudo!... e até medalhado militar... igual a mim!... *toc!... toc!* ele bate, vai me anunciar, quero falar com o Senhor de Brinon!... sou logo recebido... ali está ele como o conheci na praça Beauvau... e praticamente a mesma mesa de trabalho... talvez não tão grande... menos telefones... mas a mesma cabeça, a mesma expressão, o mesmo perfil... falo com ele, digolhe mui respeitosamente que ele poderia quem sabe?... etc....

etc.... meu Deus! meu Deus! ele já sabia!... e sabia muitas outras coisas!... as pessoas bem colocadas lêem tantos relatórios! e recebem ao menos cem policiais por dia! não se não consegue avisálas de nada!... o Sartine!* o Luís XIV! ele sabia tudo o que se dizia a seu respeito, o Brinon... que se chamava sr. Cohen... que não era Brinon droga nenhuma!... assim como o Nasser não é o Nasser!... pequenas charadas para tribunais do júri!... que sua mulher Sarah lhe ditava toda a sua política... e por telefone... dez vezes ao dia, de Constança! todos os agônicos rolavam de rir com isso! todo o *Fidelis*! e as mesas de escuta dos bunkers... todas as polícias!... e a Radio-London!... tudo!... ele sabia, e me olhava sabendo que eu sabia... a certa altura, não há mais segredos... só há as polícias que os fabricam... quanto a mim, eu ia falar com ele sobre o nosso quarto, que seria muita gentileza sua se mandasse um pequeno reforço de uns policiaizinhos! que eu não podia receber mais ninguém... que minha cama estava ocupada... que todo o hotel estava superlotado!... que a desordem era extrema!... dou-lhe os detalhes sobre o doido e a enfermeira...

O Brinon era por natureza bastante taciturno... uma expressão dissimulada... uma espécie de animal das cavernas (X *dixit*)... no seu escritório praticamente não atendia a mais ninguém... não era bobo... sempre tive a impressão de que sabia perfeitamente que tudo aquilo já não passava de uma presepada, de uma questão de dias...

"Ah, essa é boa, um médico louco!... não é o único!... não é o único, doutor!... sabemos que de nossos doze médicos supostamente franceses, supostamente refugiados franceses, dez são loucos... loucos de pedra, identificados e fugidos dos hospícios... além do mais, escute aqui, doutor! Berlim está nos enviando, o senhor vai receber, o 'Privat-Professor' Vernier, 'Diretor dos Serviços Sanitários Franceses'... estou sabendo, nenhuma surpresa, minha mulher me telefonou, que esse Vernier é tcheco... e que trabalhou como espião para a Alemanha durante dezessete anos!... primeiro em Rouen... depois em Annemasse... depois no *Journal officiel*... delator... aqui está sua ficha!... aqui está sua foto!... aqui suas impressões digitais!... a partir de hoje, ele é o seu chefe, doutor! seu chefe! ordem de Berlim!... quanto ao que lhe causa tanto embaraço, no seu quarto, dirija-se ao andar acima do seu!... ao Raumnitz, ora bolas! o senhor cuida dele, do Raumnitz! conhece-o!... se ele quiser agir! eu, sabe, a polícia de Siegmaringen... todas as polícias!"

Já não tinha a menor vontade de se envolver em coisa nenhuma, o Brinon... nem a sarna... nem os cancros... nem as minhas tuberculosas... nem a favor dos pirralhos de Cissen que iam morrendo com a papa de cenouras... nem contra o meu cirurgião doido... como que uma fruição em não fazer mais nada...

"Ah, doutor, uma coisa! uma notícia! o senhor foi condenado à morte pelo 'Comitê de Plauen!' aqui está o seu julgamento!..."

Da pilha onde estavam seus blocos de papel ele tira uma "participação",* o mesmo formato, os mesmos termos... das que eu tanto recebia em Montmartre... mesmos motivos... "traidor, vendido, pornográfico, judeófago..." mas em vez de "vendido aos boches"... "vendido ao Intelligence Service"... se existe algo enfadonho são as "terríveis acusações"... repetecos piores que as paixões!... eu ainda veria outras, mais tarde, na prisão, na Dinamarca... tanto lançadas pela Embaixada da França... como pelos jornais escandinavos... nem precisa quebrar a cabeça!... simplesmente: "o monstro e vendido o pior entre os piores! que supera as palavras!... que rebenta as canetas!..." sempiternos crimes de monstro: vendilhão disto!... daquilo!... de toda a Linha Maginot! das cuecas das tropas e dos cocôs! junto com os generais! toda a frota, a baía de Toulon! o estuário de Brest! as bóias e as minas!... grande entreguista da Pátria! em matéria de "collabos" ou "fifis" atrozes depuradores disso... daquilo... o certo é que em Londres,

Montmartre, Vichy, Brazzaville, eram todos uns celerados suspeitos! meganhalhada e Companhia!... o supernazista da Europa nova ou o Comitê de Londres ou de Picpus! você que se cuide! todos de olho vivo para o enfiarem no espeto e fazerem um churrasquinho! picadinho! bife enroladinho!

Essa minha mania de viver escapulindo... de deixar você solto no ar!... onde é que estou com a cabeça?... estava lhe dizendo que o Brinon não fazia a menor questão de intervir naquele caso do abilolado... que eu ia ter de ir ver o Raumnitz!... eu não fazia a menor questão... mas, afinal!... devia estar uma gracinha o nosso quarto, naquelas alturas!... primeiro ir ver a sra. Mitre!... e buscar a Lili!... preciso descrever-lhe o apartamento da sra. Mitre... vale a pena!... um conjunto de grandes e pequenos móveis, consoles, mesinhas, madeiras torneadas, espiraladas, detalhes caprichados, górgonas, quimeras, de deixar a Sala de Leilões com inveja, de enlouquecer toda uma "rive gauche" de antiquários! e nada de imitações! exclusivamente puro "Segundo Império"!... vitrais! baldaquinos! e aquelas "causeuses" com cada pufe!... sofás circulares em torno de vasos de plantas! banheira de cobre cinzelado, com ramagens frufrus... um toucador também cheio dos frufrus, babados, que dava para esconder embaixo uns vinte hussardos... em matéria de mesas, uns monumentos de esculturas!... dragões irados! e as Musas! todas! ali os Príncipes deviam ter saqueado, na época deles, toda a rua de Provence, as ruas Lafayette e Saint-Honoré... talvez você ainda encontre, quem sabe?... uns conjuntos desses em Compiègne, na residência da Imperatriz... na do Victor Hugo em Guernesey... ou nos estúdios de Épinay para *A dama das camélias*... quem sabe?... a Lili e a sra. Mitre estão conversando... a Lili se sentia muito bem nesse cenário "Imperatriz"... todas as mulheres!... eu não podia recriminá-la... o *Löwen*, nosso corredor, nosso catre, e de quebra o doido varrido!... era demais para uma mulher, mesmo bastante corajosa, como a Lili... das janelas da sra. Mitre você via toda Siegmaringen, todos os telhados do burgo, e a floresta... compreende-se a vida castelã... a vista lá do alto e de longe... o distanciamento dos senhores... a beleza de não ser vilão... não estar entre eles! nós estávamos!... e com os piores dos piores!... falo com a sra. Mitre sobre o hotel, nossos transtornos no quarto, e, o fim da picada!... o louco fazendo uma cirurgia! sem a menor dúvida ela compreende muito bem que eu me queixe... mas!... mas!... "O Embaixador não pode fazer mais nada, Doutor!... as polícias não podem fazer mais nada!... ele não lhe disse tudo, doutor! o senhor sabe como é discreto! o senhor não sabe da missa a metade! veja só!... oito falsos bispos em Fulda!... supostamente franceses, e que pedem todos para virem para cá, para o Castelo!... três astrônomos em Potsdam!... supostamente franceses! onze 'irmãs dos pobres' em Munique... seis falsos almirantes em Kehl!... que também pedem para ser acolhidos!... ontem todo um Convento de indianas que supostamente vinham das Feitorias... com cinqüenta meninas da Caxemira, supostamente estupradas, mães muito em breve... a serem acolhidas aqui também!... menininhas!... ou no *Löwen*!... ou em Cissen!... mais três mongóis perseguidos!"

Era gente pra chuchu, não duvido...

"O senhor não é perseguido, doutor?

— Ah, sou! ah, sou! muito! Sra. Mitre!

— E o embaixador então, doutor! e o Abetz, doutor! se o senhor soubesse! as denúncias!... quantas imagina?

— Sei lá... muitas!

— Ontem, trezentas!... contra o Laval! contra nós mesmos!...

— Posso imaginar...

— Três relatórios ontem! Adivinhe sobre quem?

— Sobre todo mundo!

— Não apenas sobre todo mundo! sobre o Corpechot!... e um relatório vindo de Berlim!... que o tinham visto em Berlim!

— Ah, minha senhora, isso aí é uma mentira! O Corpechot não larga o Danúbio!... é responsável pela guarda do Danúbio!... não é homem de desertar! isso posso lhe afiançar!

— De qualquer maneira, precisamos responder!... a Chancelaria! o senhor pode me escrever uma palavrinha?

— Posso! posso! sra. Mitre... aqui! aqui! agora mesmo!... que o Corpechot não é de fugir! não é mesmo!

— Ah, caro doutor!

— Dê um beijo na sra. Mitre, Lili! e vamos embora!... Bébert! Bébert!"

Bébert, a palavra que faz com que ela se decida!... que faz com que se levante... "Bébert" significa que primeiro a gente passa pelo *Landrat* para buscar as sobras... o *Landrat* fica na outra ponta da rua principal... tipo de funcionário entre "prefeito e subchefe de polícia"... eu tratava da cozinheira dele... dispepsia... muito boa casa, muito boa burguesia dos muito bons tempos... na casa do Landrat eu também tinha, uma inquilina, a mãe de um ministro, 96 anos... minha paciente mais idosa... que belo espírito! que finura! que memória! Christine de Pisan! Louise Labé!... Marceline! ela me leu tudo, tudinho! recitou! como eu gostava dela!

Sozinha, eu fiquei!
Sozinha estou!

Como declamava bem!

Eu estava crente que, mesmo suando em bicas e muito febril, por causa daquele ar frio que peguei no cais, essa crise não duraria meses... pois sim, foi foda! eu vivia batendo queixo, ridículo, cada vez pior... pingava... estava que podiam me torcer, o colchão encharcado... mas tentando escrever... aos trancos e barrancos... não sou homem de discutir condições de trabalho... porra!... isso aí é tudo coisa de depois de 1900, essas brigalhadas de trabalho... "será que aceito esse emprego, mamãe?"... você nascia vagabundo gigolô... ou trabalhador!... totalmente um ou totalmente outro!... e eu ali sacudindo a cama, digamos... digamos que apesar dos pesares se eu recomeçasse a trabalhar...

"Meu santo Deus tomara que não seja ninguém!"

Ruídos ao lado!... os cachorros também!... *au au!*... é a obsessão de quem envelhece, que o deixem em paz, absoluta!... mas que merda!... a Lili está falando com alguém... uma mulher... a porta está fechada mas escuto... ouço... trata-se da sra. Niçois... uma vizinha... a sra. Niçois está passando frio em casa... parece... queixa-se... "o que é que eu posso fazer?" pergunta a vizinha... eu berro...

"A ambulância! Versalhes! o hospital!... telefone, Lili! telefone!..."

De repente a porta se abre!... a Lili e a vizinha entram para me ver... o que eu não queria!... justamente isso!... reenfio-me debaixo das cobertas... debaixo do montículo dos capotes... já perdi a conta dos mantôs! sou pobre em tudo mas foda-se! caralho! não em mantôs! é isso que as pessoas que o vêem na miséria lhe oferecem primeiro e até dizer chega... mantôs! sempre têm pencas de mantôs!... ah, os que "não dá mais para usar", puídos! você não pode mais sair com eles mas na sua cama, e com febre, acha ótimo! nada excessivos!... aquecimento central a preço de banana... o nosso, a gás, nos dá tanta despesa!... a ruína!...

Saem a Lili e a vizinha... não abri a boca!... nem uma palavra!... que telefonem!... Versalhes! a ambulância!... não! não vou incomodar o Tailhefer!... ela vai se sentir muito bem em Versalhes, o hospital é muito bem aquecido... estará melhor do que em casa... talvez também, quem sabe?... fico pensando... que tendo lhe falado de assombrações, daqueles estrambóticos do *La Publique*, talvez não queira mais ficar em casa?... você vive sondando os seus pacientes... falou demais? de menos?...

Eu sempre às voltas com as lorotas, puxando pela mufa, além das que conto aos doentes, tenho outras para o Achille!... 900... 1000 páginas!... ou para o Gertrut! igualmente extorsionários, tanto um quanto outro!... adoraria vê-los aqui na minha frente se estraçalhando até ficarem em carne viva! se enfiando punhais a torto e a direito! virando um fricassê!... eita-pau! ia ser do barulho!... mas capangas cagões não se estripam!... o Loukoum menos que qualquer um! baba-ovo de bosta!... por todo este mundo afora e pelo outro, você não vai encontrar um cardume de esqualos mais exigente!... com dentaduras postiças... nadadeiras de náilon!... e cada limusine daqui, ó!... todos eles empanzinados com o sangue dos escrevinhadores! os litros que bombearam de mim! eu digo!... eu sei!

Não sei mais!... saco!...

Essa história da vizinha me contrariou!... pior que o *La Publique*!... a ambulância!... acabei perdendo você... você e o fio!... vejamos! vejamos!... estávamos em Siegmaringen... no meio de uma recordação totalmente diferente... pronto!... está surgindo mais uma!... outra recordação!... do Havre, essa aí!... do Havre!... sim, agora me achei!... estava substituindo um colega, o Malouvier, na estrada Nacional... ah, mas, taí!... ah, agora me lembrei!... um doente em Montivilliers... ainda o estou vendo, esse doente... e seu câncer no reto... eu ainda era ativo pra chuchu, empolgado, dedicado na época!... vivia indo de um lugar a outro, uma lufa-lufa!... todas as chamadas!... ele, esse canceroso, duas, três vezes ao dia!... morfina e curativo... eu fazia tudo tão bem, eu sozinho, quanto um serviço hospitalar inteiro... mas o levaram para outro lugar... não porque eu não cuidasse bem dele!... não!... porque estava enlouquecendo!... a família não conseguia mais segurá-lo, se jogava contra tudo o que via pela frente!... o armário... contra a janela! quebrava tudo!... que eu o impedia de ir para o trabalho!... ele me acusava! sua consciência é que o torturava!... sua consciência é que tinha começado a bater pino! que ele não voltaria à fábrica! que os guardas iriam buscá-lo, que já estavam lá! que pela janela os via chegando! que iam levá-lo preso por vadiagem! vadiagem! que havia sessenta anos nunca tinha parado! nunca! nunca tinha faltado um dia nas "docas de flutuação" de Honfleur! nunca! "socorro! socorro!" minhas palavras, e meus "dez cm^3" de morfina não adiantavam nada... nunca ele tinha faltado!... foi preciso tirá-lo de lá... o câncer não é tudo! a consciência do trabalho é que é tudo! bem, quer dizer, não para os do tipo Brottin... Gertrut... que só esperam!... esperam... que o trabalho fique pronto!... a prova... é que também estou aqui... igual ao Paraz...* doente trabalhador!... e que eles esperam que o meu trabalho fique pronto!... febre! febre coisa nenhuma!... "A quantas você anda, palhaço?... quantas páginas?"

Ele estava sempre lá por volta das cinco horas, o von Raumnitz... praticamente certo... de cinco às sete... depois ia para o Castelo... ou outro lugar... não tinha um só domicílio... recebia em vários lugares... todas as horas do dia e da noite... uns dez domicílios... no *Löwen* era de 5 às 7... quarto 26, bem em cima do nosso... o truque de todos os policiais, ter escritórios em todo canto, salas para receber em todo canto... os políticos também! e as Embaixadas!... daí a sensação sempre estranha que se tem em qualquer capital, em certas ruas... Mayfair, Monceau, Riverside... residências e criaturas esquisitas por todo lado... e nada de quartinhos mobiliados de pensão, não!... alojamento de boêmios, não!... apartamentos suntuosos, ultraluxuosos... mesmo ali em Siegmaringen as instalações secretas do Raumnitz, faça-me o favor! não tinham nada a ver com o nosso pardieiro! eu conhecia a sua "ala" no Castelo, dois andares! inteiramente floridas!... azaléias, hortênsias, narcisos!... e cada rosa!... aposto que no Kremlin eles têm pencas de rosas em pleno mês de janeiro... lá no Castelo, toda uma ala dele, dois andares, o Raumnitz com seus batalhões de lacaios, camareiras, cozinheiras e lavadeiras, talvez estivesse mais bem instalado que o Pétain!... mais luxuoso que ele!... tinha outros aposentos na cidade... não só para ele... para a mulher, a filha e os dogues... impossível achar algo melhor no East End ou em Long Beach... você, que vive querendo cenas mágicas, peça para dar uma espiada na polícia... se ela responder: não!... estará mentindo, pois tem cada coisa!... se amanhã Paris for reduzido a pó pela bomba Gigi... Z... Y... ainda continuarão existindo esses refúgios luxuosos, esses pequenos boudoirs a cem metros abaixo do solo, com todo o conforto, bidê, azaléias, adegas com licores, charutos do tamanho de um bonde, sofás "cem por cento espuma", tudo da polícia!... das polícias!... das que lá estiverem mandando no momento!... quanto ao abastecimento, o Raumnitz, se você visse as pilhas de "cadernetas" entre os vasos de flores!... suficientes para alimentar toda Siegmaringen!... portanto, já dá para ver, o Raumnitz, a Senhora e a filha tinham muito de tudo... e mesmo assim nunca nos ofereceram a menor fatia de pão! torrada! tíquete!... era como se fosse questão de honra... para nós, nada!

Ele não desprezava a minha medicina, eu cuidava de sua aortite grave... mas honorários? picas!... sua questão de honra! ali, na hora, voltando da sala do Brinon, era para que ele me mandasse subir alguns de seus meganhas, tirar o doido e a enfermeira... para começar!

Disse à Lili: venha!... primeiro a travessia do patamar!... mais gente ainda do que ainda agorinha!... os clientes do *Bären*, mais baguneiros ainda... jovens, o pavor do Frucht! via-os destruírem o seu hotel, demolirem a cervejaria todinha, seus cagatórios... bem mais raivosos do que nós, do *Löwen*... primeiro o *Stam* embaixo, mais a cerveja... e pimba, sobem para mijar, e a caganeira! arrebentar a porta e os trincos, enfiar-se nos sanitários!... seis... sete juntos... quebrar a tampa!... a corrente da descarga!... levar o troféu, o assento da privada!... vitória! vitória! a qualquer preço!... e dá-lhe de mijar e remijar e comijar em todo o vestíbulo, na escada!... para que tudo transborde! mas... ah, imagine só! no mesmo instante, em posição de sentido! em plena mijada! duas alemãs se xumbregando!... naquela posição!... assanhadas! arfando! arregaçadas assim, ó! ali... oba! e toda a moçada em volta! exultando, gargalhando loucamente! tudo batendo palmas!... dando força!... e mijando junto! não se agüentando mais!... duas lindas moças ali agarradas na bolinagem... refugiadas de Dresden... a "cidade dos artistas"... de Dresden que vinham todas as artistas... a cidade-abrigo!... refúgio das artes!... as duas ali, beijoqueiras terríveis, cantoras, de Ópera, parece!... e na frente dos cagatórios e na frente do Frucht, e na frente de todo mundo!... todo o mundaréu do andar... hurra! eles urravam!... "hurra Fräulein!" uma morena e uma ruiva... para uma suruba, não era propriamente o lugar ideal... e mais não posso lhe dizer... agarradas no roça-roça, no sarro, bem no meio daquele lago de tudo!... eu já estava vendo, só empurrar minha porta já ia ser uma parada indigesta... a nossa, do 11... agora estão não sei quantos lá dentro em volta da minha cama... em volta do aloprado e do operado embaixo... uma porção de malucos também, em volta... torcendo!... "anda! vai! corta a orelha dele!"... esses aí queriam mesmo é sangue! "anda! vai!"...

Eu, minha presença de espírito, sempre! nem uma nem duas!... "venha, Lili!... venha!"

Sobretudo não esqueça que no Céu, lá no alto nas nuvens, e mais baixo rente aos telhados, continuava a ronda!... era o estrondo permanente, cada fortaleza voadora passando! raios me partam!... Londres... Augsburgo... Munique... as pontas das asas roçando nossas janelas... era cada furacão de motores!... de deixar surdo!... de não ouvir nada!... nem os berros do nosso andar!...

É... estava tudo amontoado, o *Bären* em peso berrando para as moças se bolinarem... e no nosso quarto, os berros para que o outro lhe cortasse a orelha!...

A Lili e eu, chegarmos ao andar de cima, pois sim! eu acho é graça! atravessar aquela multidão de ensandecidos! que sufoco! vamos nós, com licença, até que enfim! empurramos todos eles! estamos indo!... chegamos!... a escada!... o 28! bato! ah, é a Aïcha! Frau Aïcha von Raumnitz... quem abre... são casados, casados de verdade... mais tarde eu lhe explico... ela abre... a Aïcha Raumnitz fala tanto alemão quanto a Lili... três palavras!... foi criada em Beirute... nasceu por aquelas bandas, mais adiante eu lhe explico... por ora quero ver o marido dela... uma sorte encontrá-lo!... está deitado, de robe de chambre...

"Então, doutor? então?

— Foi o Brinon que me recomendou que eu viesse lhe pedir...

— Eu sei... eu sei... me corta a palavra... tem um louco no seu quarto... e mais um monte de loucos no corredor... eu sei!... Aïcha!... Aïcha!... por favor!"

Meio curto o tempo de reflexão...

Entrega-lhe um molho de chaves...

"Pegue os cachorros!..."

Os dois dogues... ele faz sinal para os dogues... num pulo, estão aos pés da mulher... ou melhor, às botas!... ela usa botas... botas de couro vermelho... faz o gênero amazonas oriental, sempre batendo nas botas... e com um grossíssimo chicote amarelo...

"Vamos, doutor!..."

Só me resta segui-la... com ela sei que tudo se resolve... os dogues também sabem... começam a rosnar e mostram as presas... umas presas desse tamanhão!... não param de rosnar... não mordem!... seguem a senhora, grudados nos seus calcanhares!... prontinhos para estraçalhar quem ela apontar... mais nada!... ah, animais amestrados, admirável!... e fortões! uns búfalos!... focinhos, peitos, jarretes! que só com o impulso do corpo já nos deixam estirados no chão!... sem um ai!... para não falar das presas!...

uma dentada, babau, você e as suas carótidas!... o maior respeito!... a Aïcha, com seus dogues, todos se afastam!... ninguém pergunta isso... aquilo... a Aïcha também não fala nada... vai andando muito lânguida... requebrando os quadris... devagar... todos os calhordas abotoam as calças... os arruaceiros mijões... tudo recuando para a rua... a morena e a ruiva também, se ajeitam... e pimba!... pulam fora!... estupro ou não-estupro!... as impetuosas faunianas param de se esfregar!... param de berrar!... ninguém urra mais nada... nem com o suplício da vontade de fazer cocô!... no meu quarto... no meu quarto, minha porta, a 11, mal avistaram a Aïcha, pânico! alvoroço! nos empurram, querem dar o fora o quanto antes! embolam-se, um em cima do outro, quem que sairá primeiro!... ah, o cirurgião e a enfermeira e o garagista e a orelha!... só vendo como tudo isso pula da cama! toma coragem, corre! salve-se quem puder!... agora é o cirurgião que berra! foi contagiado!... quem estava debaixo dele não berra mais, o refugiado de Estrasburgo... a enfermeira leva os pacotes de algodão... todos querem sair ao mesmo tempo... juntos! ah, mas desculpe, não dá mais!... a Aïcha está de olho!... é lânguida mas precisa... "stop! stop!" diz... aos três!... nem mais um passo! fiquem ali!... parados! o doido, a enfermeira e o aparvalhado! todos ali! quietos!... e de nariz para a parede!... mostra-lhes como é!... bem de pé! bem na parede!... os dogues rosnam alto nas bundas deles... as presas, eu já lhe disse!... que ninguém mais se mexa!... não se mexem mais... todo o andar é desocupado e o grande corredor, meu quarto, vivalma!... vazio!... ah, os mijões que não se agüentavam mais! e as duas artistas!... todos esses desvairados! vapt-vupt! num passe de mágica! mas tem mais!... a Aïcha tinha uma idéia... *Komm!*, de chofre, fala com eles em alemão... com os três, nariz na parede... que a acompanhem!... também a acompanho! também quero ver... no outro extremo do vestíbulo, uma pequena passagem e em seguida dois degraus... o 36!... a porta do 36!... *cracc!... cracc!...* ela abre!... faz um sinal para o louco, que ele passe primeiro, depois sua enfermeira, depois o homem de Estrasburgo... hesitam... ah, a Aïcha detesta hesitação... "vamos... entrem!..." os três arregalam cada olhão!... o garagista sobretudo!... sondam-se, para saber se devem entrar... olham os dogues... sobem os dois degraus... Quarto 36... conheço esse quarto... bem, um pouco... duas vezes já tinha estado ali, para o Raumnitz, dois fugitivos trazidos sei lá de onde... dois velhos... era o único quarto sólido de todo o *Löwen*... parecia até fortificado, as paredes de concreto, porta de ferro, janelas de grades... não umas gradinhas, não! umas "super-prisão", eu conheço... todos os outros quartos do *Löwen* pareciam flutuantes, ondulantes, jogos de tijolos e rachaduras... tudo batia em retirada! as caliças, o teto, as camas, tudo! nem uma cama que tivesse os quatro pés!... três, no máximo! muitas, só um! imagine a tremedeira com os aviões! não dava para consertar mais nada! Herr Frucht não fazia mais manutenção nenhuma! e ainda por cima os hóspedes davam uma mãozinha, para arrancar, descolar... vingavam-se como podiam, dos boches, do Frucht, dos aviões no ar, de estarem ali, eles!... de tudo! sentavam-se dois, três, quatro em cada cadeira!... que ela quebrasse inteirinha!... dez, quinze na cama!... caralho!... merda!... sobretudo os soldados de passagem, os reforços para a linha do Reno... esse aí então, *Landsturm*, valha-me Deus!... saqueadores totais! mas não havia mais nada a saquear!... tudo estraçalhado! desaparecido! igual à minha casa na rua Girardon! o que é excitante nas visitas é que a gente pode roubar!... mas não tinha mais nada de roubável... todo o *Löwen* balançava cambaleava sob as "Armadas" de Londres, Munique... com aqueles roncos, mil motores, que as telhas rodopiavam longe nos ares!... cacos na calçada, na rua!... os tetos, então, nem se fala!... ah, mas não os do Quarto 36! o único do *Löwen* à prova de tudo!... eu havia observado, conforme lhe disse... a cela perfeita e impecável!... eu não ia fazer perguntas, que fim tinham levado os dois velhos... nem o que iam fazer com os outros... o louco a enfermeira e o garagista... também eram "fugitivos"... nós também, de certo modo... o fato é que no quarto 36 a Aïcha é que era encarregada de recepcionar, abrir, fechar... o que acontecia?... eu não podia perguntar ao Raumnitz... parece que de noite, boatos, havia uns embarques... dizem... que um caminhão passava certas noites... nunca vi esse caminhão!... e olhe que eu saía à beça, a qualquer hora da noite... só uma certeza: semanas inteiras o 36 ficava vazio... e depois de repente cheio de gente!... a lenda, o boato, era que esse caminhão nunca devia ser visto por ninguém... que eram levados acorrentados, todos os supostos fugitivos, que os levavam muito longe para o Leste... supostamente mais longe do que Posen... supostamente um campo?... eu não ia perguntar ao Raumnitz o que ele mandava os outros fazerem em Posen!... nem à Aïcha!... de qualquer maneira, o fato é que em dois tempos ela acabou com o fuzuê do nosso quarto!... o pânico!... uma autoridade, a Aïcha! seus dogues também, pois é!... seu chicote!...

O fato é que agora eu não tinha mais loucos em cima da minha cama! ah, os doentes voltariam!... deram no pé, mas voltariam!... eu teria, óbvio, de limpar!... se houvesse com quê!...

Quero que a sra. Raumnitz olhe!... veja bem direitinho!

"Olhe, senhora Raumnitz!

— Guerra é guerra, doutor! é a guerra!"

Batemos um papinho rápido... ela gosta de conversar conosco... moravam na França, em Vincennes... falamos de Vincennes... do Lago Daumesnil... Saint-Fargeau... do metrô...

Ledo engano!... na verdade os doentes não voltam!... nem os aflitos dos WC... tudo isso aí deve ter se encafurnado nas adegas, nas grutas... seus porões preferidos... ou debaixo do Castelo?... bloqueados pelo cagaço... pior que as passagens da RAF, a Aïcha e o quarto 36! tenho certeza... a Lili e a Aïcha estão ali, no patamar... conversando, puxa daqui puxa dali, de tudo... bem!... tenho de ir à casa do Luther... o consultório de Kurt Luther, médico fritz convocado... está na hora!... e depois do Luther, a Milícia... tenho três quatro acamados lá também... gripes... o Darnand está em Ulm, não o verei... verei seu filho e o Bout de l'An... tudo isso é perto, mesmo assim uma boa meia hora, de porta-cocheira em porta-cocheira... pulando de uma para a outra!... eu lhe disse... não tem só a *Armada*!... essa aí é alta!... mas tem os *marauders*, vôos rasantes!... você viu, eu lhe contei o passeio, de que jeito pareciam nos incrustar de balas ao longo de todo o Danúbio... da casa do Luther até a Milícia também era pela beira do Danúbio... a Milícia ficava em uns barracões, dos grandes, tipo Adrian, com colchões de palha uns em cima dos outros... o estilo militar desde 18... mas onde eu ia dar consultas, na vila Luther, tudo muito mimoso, barroco Guilherme II...

Já que volto a lhe falar do passeio, a pensar nele, se não tinham atingido o Pétain, nem sua fila indiana de ministros, saltava aos olhos, é porque não queriam! seria uma brincadeira!... e nem um único avião fritz no ar!... nunca!... e nem uma metralhadora no solo! em suma, nenhuma defesa "passiva"! imagine só que moleza para os Corsários do ar! qualquer matuto, cachorro, gato, vaca, a 400 por hora! visto! visado! fogo! era uma vez!... automaticamente! um *mosquito*! um *marauder*! eles não paravam, o tempo todo, permanentemente, em cima de nós... looping!... looping!... não paravam... revezavam-se... rajadas!... rajadas!... ricochetes!... *taratatá!*... ninguém devia circular nas ruas!... a prova, o Doriot, bastava ver o carro dele, ficou exposto mais de oito dias defronte do *Prinzenbau* (a nossa prefeitura), enquanto durou a investigação... como que cortado de uma ponta à outra, crivado miudinho, uma renda!... eles o apanharam na estrada, colheram, digamos, ele, seus guarda-costas, e datilógrafas e fotógrafos... *pum, pum!* que iam de Constança até mais para lá do Pzimpflingen, uma reunião dos "Partidos"... ah, reunião secretíssima!... tão secreta que o pegaram!... estraçalharam!... se não liquidavam com o passeio, com o Pétain e sua patota, é porque as "ordens" eram outras! o Doriot era uma "ordem": alvejá-lo!... sem sombra de dúvida!... para mim, não deviam ter ordens, nada de especial... eu estava na rubrica "Instruções de Rotina"... *Estradas desimpedidas!*... a mesma, dos boches ou dos ingleses! "Nada nas estradas!" nem gatos, nem cães, nem camponeses! nem carrinhos de mão... tudo o que se mexer: rigodão! *bingo!*... em suma, não deveríamos escapar! que fossem os *schupos* embaixo ou os *marauders* da RAF... fogo! nós pro beleléu! nem por isso a Lili, apesar dos schupos que lhe apitavam berravam: *Komm! Komm!* e dos ricochetes do céu, deixou de ir algum dia ao meu encontro... mas ela, admito, era muito gosto pelo risco... ah, eu não achava a menor graça!... na hora que saía do *Löwen* bem que eu lhe dizia "fique aqui, Lili! não saia! diga aos doentes que já volto!... fique com a sra. Raumnitz!... não fique sozinha!"

Eu tão pouco galante, me derretendo em rapapés...

"Senhora Raumnitz, não quer se sentar?... um momentinho com a Lili? vou até a Milícia!"

Ela também andava preocupada, a sra. Raumnitz...

"Sim, doutor! fico, sim! mas se encontrar a Hilda, faça o favor de lhe dizer que volte!... e volte depressa!... que estou à sua espera desde ontem à noite!...

— Pois não, sra. Raumnitz! com certeza! conte comigo!"

Eu desconfiava onde ela devia estar, a Hilda von Raumnitz... e duas... três amigas... as raparigas em flor de Siegmaringen... quer dizer, as muito bem tratadas, muito bem alimentadas, de muito boas famílias militares e diplomáticas... a quem nunca faltou nada!... era inevitável, a idade, o ar muito saudável, e com esse frio tão cortante, o grelo deixava-as agoniadas!... a idade braba... 14... 17... e não só essas bonequinhas de luxo, poupadas, mimadas... as miseráveis também!... outras desculpas, a distância de casa, o perigo permanente, as insônias, os homens caçando por aí!... miseráveis também! maltrapilhos também! e casadouros! em todos os bosques! todas as encruzilhadas! a idade braba! e tão fogosa! 14... 17... sobretudo as garotas!... não só aquelas, num lugar tão especial... a distância de casa, o perigo permanente, os homens caçando em todas as calçadas... mesma coisa na rua Bergère ou na Place Blanche!... em troca de um cigarro... de uma prosinha... a tristeza, a ociosidade, o cio se juntam!... e não só mocinhas!... mulheres feitas, e avós! evidentemente, as piores e mais fogosas, xoxotas em brasa, nesses momentos em que a página é virada, em que a História reúne todos os doidos varridos, abre seus Dancings de Epopéia! toucas e chapéus no furacão! calcinhas mandadas às favas! que os fifis comandem o Matadouro! e o Corpechot, Mestre do Danúbio! eu ali, a Hilda e a sua turma, aposto, ia encontrá-las na estação!... dito e feito! espiãs, soldados, ministras, guarda-barreiras, uma barafunda!... nas salas de espera! a atração por carne fresca e os trens de tropas, mais o piano e as cantinas "ambulantes", dá para imaginar essas cenas de orgias! um tesão bem diferente daquelas pobres punhetinhas verborrágicas dos Dix-Sept Magots e de Neuilly!... só mesmo com fome e bombas de fósforo é que o cio e o esperma explodem sem freios! sétimo céu, total! penúria de alimentos, cânceres, blenorragias não existem mais!... a eternidade em plena estação!... os aviões cruzando bem ali em cima!... repletos de raios! e toda a sala e o bufê se passando entre-passando piolhos, sarna, sífilis e amores! garotinhas, chupetinhas, grávidas, mães solteiras, avós, pés-de-poeira! todas as armas, todos os exércitos, dos cinqüenta trens à espera... todo o bufê entoa em coro! *Marlene! lá! lá! sol sustenido!* a três... quatro vozes! apaixonadamente! e enlaçados!... de pernas para o ar em cima das poltronas!... um trio sentado no colo do pianista! três de minhas grávidas!... e é claro, ainda por cima, óbvio, pão à vontade! pão-bola! e tigelas! e sem tíquetes de racionamento! você pode imaginar que ali ninguém liga para isso! quatro "ambulantes" cheias de panelas de um trem para outro... do bufê para as plataformas! o "entroncamento" Siegmar, estou falando dos trens de munições, era realmente o lugar mais explosivo de todo o Sul-Würtemberg... de Friburgo à Itália... três ramais e todos os trens, com gasolina, cartuchos, bombas... o suficiente para explodir tudo até Ulm!... pros ares! amassar os aviões nas nuvens!... e estamos conversados!... você pode imaginar que ia ser meio dureza lutar pela virtude da Hilda, que ela não ficasse esmagada debaixo de um trem!... "*o amor é filho da boêmia!...*" E bênção tchau! ali, pois é!... você deve estar com pena de mim!... o fato é que o dever em primeiro lugar!... tenho de passar na casa do Luther!... três... quatro consultas... boches e franceses!... e depois, logo em seguida, na Milícia!... ao lado... e lá vejo outros dois, três doentes... acamados... duas "receitas" e as urinas... exames... o farmacêutico *Hofapotek* Hans Richter, esse aí não é de hoje que o conheço!... se não for pessoalmente buscar as poções e os resultados da urina, posso ficar esperando sentado!... ele me sabota!... será que é anti-Hitler?... aposto que é antifrancês!... e eu sou "correto"... como sempre!... só prescrevo remédios absolutamente impecáveis, com pelo menos cinqüenta anos de Farmacopéia... aqui, é de acordo com o receituário do *Reichsgesundheitsamt*... 32 receitas... ah, ótima escolha, mais que suficiente! *Reichsprecept!*... digo, sem medo, que devíamos nos inspirar nele, nós, na nossa França esbanjadora! pretensiosa imbecil!... esse ministro da Saúde autor desse Reichsprecept, o Conti, foi indiciado em Nüremberg, genocídio comprovado... uma espécie de Trumann... donde, enforcado!... (o Trumann não)... mas tanto faz, o seu Reichsprecept merece perfeitamente lhe sobreviver... com ele vejo-nos (ó, França eterna) economizar por baixo, e mais exatamente, trezentos bilhões por ano... e os doentes muito melhores! menos abobados, arrogantes, envenenados!... sei o que estou afirmando... dizendo...

Tudo isso é muito bonito!... mas e a Milícia?... seus alojamentos ficam depois do "dique" do Danúbio... o aterro enorme de pedras, tijolos, árvores que protegem a estrada... vou lhe mostrar a Milícia, três grandes barracões Adrian... um outro casebre, o corpo da guarda!... mais imponente que tudo, a enorme bandeira tricolor no alto do mastro!... a Milícia cobriu-se de glória, na retirada para Siegmaringen, graças a cinco ou seis *maquis*... não houve apenas a retirada Berg-op-Zoom-Biarritz!... muito superestimada! a França conheceu todas as retiradas! e em todos os gêneros!... e em menos de vinte anos!

Bem!... pois é!... minhas receitas, será que é tudo em vão?... nem sequer as drogas do *Reichsprecept*? provavelmente! na

Apotek Richter estava tudo em falta! sem falar da hostilidade dele... sem a menor dúvida achava que nós todos, milicianos, manda-chuvas do Castelo, generais engalanados, collabôs esfarrapados, empregadinhas espiãs, altivas ministras, moribundos nos catres do "Fidelis", todos deviam ir para o lixo!... choldra abjeta! e as grávidas e o Pétain! queimar! afogar! a opinião do Hans Richter, qual é a dúvida!... opinião idêntica à dos bravos de Londres, de Brazzaville, ou de Montmartre! "enforcar tudo"!... quando eu fazia questão absoluta que ele me aviasse uma receita, ia pessoalmente ajudá-lo a desencavar o produto... e anunciava, sem esquentar a cabeça!... "*für den Sturmführer von Raumnitz*"!... na bucha! ele encontrava!... eu levava... acreditava em mim... ou não acreditava... mas não queria correr risco!... toda vez o mesmo truque! *für den Sturmführer!* assim, na maior cara-de-pau!... infelizmente, cara-de-pau ou não, picas de morfina! nem óleo canforado! minhas principais armas, porém!... de fato, ele não tinha mais porcaria nenhuma!... não mentia, eu sabia pelas velhas senhoritas do seu laboratório... tudo o que as solteironas querem é trair... todas as solteironas... em troca de um pouco de amabilidade... o galanteio à Marivaux, vá por mim, é de fato nossa amável e derradeira praça-forte!... América, Ásia, Europa Central nunca tiveram seus Marivaux... repare como os deles são pesados, elefantinos! grosseiros maneirosos!... portanto, eu sabia por essas solteironas e por Marivaux que o Richter não tinha mesmo morfina... mas de um jeito ou de outro eu precisava ter! responsável dedicado como sou! coração de ouro! o mundo muito me agradeceu! morfina!... morfina!... arriscando minha cabeça! os piores estratagemas! para o exercício de minha arte e como o grande recurso dos agonizantes! morfina!... morfina! ah, era fogo na roupa, garanto-lhe!... por "contrabandistas"!... contrabandistas quer dizer vigaristas, pior, piratas!... entre a polícia fritz e os helvéticos! vou lhe contar... e às minhas custas... muito simples, arruinei-me na Alemanha, só com os meus remédios vindos da Suíça... desnecessário dizer que nada posso esperar do de Gaulle, nenhuma indenização ou diploma, nem do sr. Mollet... eles pensam igualzinho ao Herr Richter, que seria um santo remédio se os boches me enforcassem... o Achille pensa a mesma coisa!... o Achille, esse aí é por causa das minhas belas obras... o *boom* que haverá! os outros editores também! que eu deveria pelo menos!... no mínimo!... terminar meus dias numa colônia penal! ainda hoje fazem o que podem para que eu me mate abrindo o gás... me vêem definhando... "quanto tempo você acha que ele ainda dura?... seis meses?... dois anos?"... inquietam-se... "ah, está querendo publicidade... ele que a faça, porra! covarde! pilantra!" eu morto, vêem todos os meus livros jorrarem de seus porões!... a Hachette vai fazer a festa!

Ei! peraí, amoreco! minha égua está fugindo!... também, mando você galopar por cada estrada! assim o distraio... estava saindo da casa do Luther, e em seguida dos barracões da Milícia... isso mesmo!... agora chega de frioleira, agora é levar a Hilda para perto da mãe! aposto que ela está nas "salas de espera" com as amigas... quantas vezes as botei para fora! de lá e do bufê!... putinhas desgraçadas!... passei-lhes inúmeros carões de que não era lugar para elas! nem perto das cantinas ambulantes! tampouco era lugar para as grávidas!... mais assanhadas que todas as outras!... a bóia, as panelas, os pães-bola! "Mande-a voltar!... dê-lhe umas palmadas! faça qualquer coisa mas que ela venha para casa!..." para lhe dizer que eu estava habituado! "Xô, fora daqui, caralho!" elas se divertiam ao me ver xingar e praguejar, enquanto zarpavam, piruetavam, galopavam!... e eu voltava a encontrá-las na maior farra, "*Lili Marlene*", cheio de homens em volta, no bufê ou nas portas dos trens de artilharia... escapavam de novo!... eu era o Bicho-papão!... para mim, diacho, tanto fazia!... mas e o pai? talvez ele preferisse que eu fosse meio cúmplice... aí se acabariam as amabilidades... bem, quase amabilidades... ah, estou mais que acostumado com essas situações, piores e torpes... esses icebergs iminentes, prestes a se soltar!... Deus sabe como os alemães são torpes, os *von* então nem se fala!... melosos, amáveis e atrozes!... a estação se incluía entre as minhas funções, a situação sanitária, posto de saúde, refugiados... daí que, obviamente, salas de espera e prostituição! eu tinha de ir ver!... ver tudo!... com que meios?... nenhum!... faltava tudo!... a pomada de enxofre para a sarna... o novar para a sífilis... nada!... camisinhas?... neca!... portanto, o melhor era que eu também caísse fora!... além da Hilda!... com minha cara de tacho!... estou lhe falando das tropas de passagem, de todos esses trens que vão e vêm por esta ou aquela razão... e não há razões!... é a tradição!... tudo quanto é país em guerra é igualzinho, trens de tropas de passagem que vão para algum lugar... e voltam de algum lugar para outro... farândola de ramificações! poesia!... que os corpos se mexam! não é só no céu que o vaivém não pára... nos trilhos é a mesma coisa, um trem atrás do outro... comboios infinitos... carangos e mais carangos, de todas as armas e todos os povos... e os prisioneiros junto!... descalços também, com os pés para fora balançando... sentados nas portinholas... fome também! sempre fome!... tesão também!... cantando *Lili Marlene* também!... montenegrinos, checoslovenos, Exército Vlasoff, balto-finlandeses, soldados macedônios da Europa!... dos vinte e sete exércitos!... nada disso pára quieto! tudo isso canta! balança! circula! e trens blindados, canhões imensos! eretos, gigantes!... uns dinossauros de canhões, puxados por duas e três locomotivas cada um!... e cada vez mais trens em fila indiana!... engenharia, artilharia... e mais outros comboios atrás de comboios... soldados! carradas! patas para fora, descalços e peludos... berrando que lhes mandem as moças!... cantando que não agüentam mais, de tanto tesão!... só vendo! um engarrafamento desgraçado, tanto das Armadas: Londres Munique Viena... quanto dos trens de tropas e furgões, toda a muamba, gado humano, armado,

Frankfurt, Saxônia, e Itália pelo Brenner... para eles teria sido moleza largar uma bomba, explodir a estação!... mingau!... tudo estraçalhado!... não!... aquilo devia continuar! o pior é que todos esses trens de que lhe falo ficavam na estação, para manobrar... na própria estação! e horas a fio!... e noites inteiras!... e debaixo dos galpões... partiam... voltavam! a via férrea interrompida!... as agulhas dos trilhos em migalhas!... começar tudo de novo! soldados ao piano!... minhas mães solteiras em outros colos!... a festa prosseguia! a mesma balbúrdia do *Löwen*, do nosso andar, para os cagatórios, mas ali tudo fardado e descalço... não dava tempo de se calçar, a pressa de se despencarem dos vagões, beijarem minhas beldades "barrigudas" e cantarem em coro! e para matar a fome coisa muito melhor do que os nossos rábanos!... minhas bonecas, exultantes! tigelas cheias de salsichas e batatas!... gordura de verdade, manteiga de verdade, bucho cheio de verdade!... e essas cantinas ambulantes, nem se fala! de lamber os beiços!

Mesma coisa em todas as estações do mundo quando os trens de tropas ficam parados... a vida na terra deve ter começado numa estação, durante uma parada dos trens... e as danadas voltam desabaladas... óbvio... ela, a Hilda, a minha putinha desgraçada, era só puberdade febril, não precisava da bóia!... meninas robustas!... sex-appeal das salas de espera! a perversidade de ver tantos machos chegando de repente, todos suando, peludos, fedendo... vagões cheios!... e tudo de pau duro e gritando *lieb*! *lieb*!... milagre mesmo, é preciso dizer as coisas, é que não tenham sido agarradas, despidas e pior ainda pelos guardas SA!... a Hilda e sua turma, serviços instantâneos! tesudas traquinas!... a Polícia na estação, encarregada das plataformas, só pensava em coronhadas e cacetadas! cada gorila daqueles! moíam de pancada duas vezes por dia tudo o que encontrassem perambulando... quando a coisa desandava, desordem nas ambulantes, no piano, tanta gente pelos trilhos que os trens não conseguiam partir, eram eles que sossegavam a moçada! no cassetete!... e se alguém peitava? *plaft!* apelar para o Mauser!... essa espécie de revólver-canhão, avesso a reflexões! e não se fala mais nisso! quando a Hilda e as amigas viam os SA... pernas, pra que te quero!... sumiço das corças!... mas reapareciam, pela outra passagem subterrânea!... pode-se dizer uma coisa em favor da Hilda, fosse em outros tempos estaria casada... tinha só dezesseis anos, é verdade... mas me desculpe! possível era! falo como médico... dou minhas notas de "sucesso", a pontuação vai de 1 a 10... mesmo procurando bastante, não se encontra uma moça bem-feita em mil! estou dizendo!... vitalidade, músculos, pulmões, nervos, encanto... joelhos, tornozelos, coxas, graça!... sou um requintado, ai de mim, reconheço... gostos de Grão-duque, de Emir, de criador de puro-sangue!... muito bem!... cada um com as suas fraquezas!... nem sempre fui o que sou, pobre perseguido maltrapilho troncho arruinado... mas é um fato!... é um fato!... que os homens passam na cara umas franzinas escalafobéticas, todas raquíticas celulóticas, sem idades, sem almas! ah, meu bem!... e com os sexos em brasa, minha querida!... aposto que esses objetos de seus amores seriam de levar os gibões mais priápicos a cortar os colhões, de tão enojados e neurastênicos!... tenho dito!... ah, mas no fundo é para a Hilda Raumnitz que estou dando uma nota!... julgada assim, de cara, ela tirava "nota 8" no "Concurso Animal de Moças"... concordo plenamente com o Poincaré: "todo fenômeno da natureza que não se pode medir não existe", o que se aplica às mulheres e aos seus encantos, mas o diabo é que elas mal-e-mal chegam a conseguir um 2!... no máximo!... com os "Concurso de beleza" e tudo!... a média estética é rara!... nota 5! aqueles joelhos, tornozelos, peitos!... tudo umas dobras de banha e carne flácida, jogadas no último minuto em cima de uns ossinhos!... cambaios!... a Hilda, putinha, surpresa da Natureza, não tinha nenhuma tara!... safadinha bem-feita, o diabo no corpo!... bem-feita?... quer dizer, nota 8!... falo de tudo isso como veterinário, como uma espécie de racista... a terminologia mais ou menos mundana, de salão, proustiana, faria de mim, na maciota, um assassino... a nota!... só a nota!... classifique!... e mais nada!... "levante a roupa! vejamos! quanto?"... horticultores, se você preferir!... não quero ofendê-lo de jeito nenhum: a flor!... apreciemos a flor!... pétala! haste! e demos a nota! não desmereçamos o Poincaré!... a Hilda para a putaria (caráter feminino secundário) também era dotada pra chuchu!... cabelos louro-acinzentado... não um acinzentado "de mentirinha", de verdade!... e até os calcanhares!... realmente, o belo animal boche... e joelhos finos, tornozelos finos... muito raro... coxas fortes, nádegas apertadas musculosas... o rosto não muito simpático, nem meigo... espírito Dürer, diremos, como o papaizinho... ou seja, nada da "criadinha esfogueada", "leiteira no sétimo céu"... tristezas bastardas tão brochantes!... o pai, Comandante, deve ter sido um tipão!... a mãe, carnuda e odalisca!... mas esse inegável encanto da Aïcha!... eu que sou extremamente racista desconfio, e o futuro me dará razão, das extravagâncias dos cruzamentos... se bem que aquele ali, a Hilda, devo reconhecer, tinha sido um sucesso!... quem não era o menor sucesso era eu, a trabalheira que tinha para a danada dessa menina voltar ao *Löwen*!... e eu bem que sentia que aquilo era coisa séria, ela e suas amigas levadas da breca!... pilantrinhas buliçosas por toda a Estação!... poderia pedir reforços, à Polícia!... o recurso não me agradava... pensava nas minhas grávidas em volta do piano e aboletadas nos sofás... se empanturrando e mandando o resto pro quinto dos infernos!... mulheres de seis meses!... oito meses!... apetites duplos e triplos!... salsichas, *bier*, *gulash*! eu não podia lhes dar essas coisas!... os Policiais desciam o pau nelas! que vinham de todos os cantos da França, de todas as províncias!... por que tinham fugido?... Siegmaringen?... informantes, espiãs de aldeia?... piranhas de vilarejo? ou simples operárias de fábricas, viajando?... ou seus homens na LVF?... ou noivas de boches?... talvez funcionárias da Posta-restante?... quase todas com certo sotaque... Norte, Maciço Central, Sudoeste... fazer-lhes perguntas, para quê! mentiam a respeito de tudo!... salvo uma verdade: o apetite... não seriam o pequeno suplemento de macarrão que eu conseguisse para elas, e a água suja de rábanos, duas vezes por semana, que iriam saciá-las! portanto aqueles pães e as "ambulantes" à vontade eram obra da Providência!... eu não ia mandar prendê-las!... afinal de contas... afinal de contas... havia outras calamidades!... sarna, chatos, pulgas, gonorréias, piolhos... e tudo passando de uma para a outra! na maior alegria! parecia que a estação era feita para isso!... eu já estava vendo a hora de surgir, para terminar, mais uma porcaria, um novo micróbio, uma praga, um treponema engraçadinho que crescesse no meio dos desinfetantes! a certa altura nada é impossível!... eu já conhecia as minhas grávidas!... contagiavam-se com tudo o que podiam, trinta, quarenta no dormitório, duas por colchão... a rua delas ficava no alto do burgo: *Schlachtgasse*, na ex-escola de Agricultura... também era minha função, também recebera instruções de ir lá ver... o estado geral dessas senhoras... e como se coçavam, as diabas!... eu, ali, sem pomada de enxofre, sem mercúrio, sem marmitas, ficava com cara de bobo!... sem marmitas, sobretudo! só palavras!... adoraria te ver, ó, Hamlet, filosofando para as grávidas! *not to be* marmitas!... mas para falar a verdade não costumava encontrá-las, praticamente nunca!... de certo modo dava graças aos céus que tivessem um tamanho tropismo pela estação!... a atração pela sopa da tropa!... a atração também pelo piano, e felizes! e coristas sentadas em todos os colos... e *Lili Marlene*! e nessas posições pouco castas, três quatro grávidas por marmanjo!... que aprendessem o bom alemão... graças a *Lili Marlene*!... todas essas tropas tinham as vozes cheias... nada de falsetes!... e a três!... quatro vozes!... todo o bufê, e as plataformas, e as "ambulantes"... para o "parto sem dor", já percebi, é não lhes dar nada para comer, exceto uma marmita na hora de parir! as minhas teriam ficado na estação até parir!... eu não tinha nada a oferecer exceto o macarrão, na Escola de Agricultura lá delas!... o Brinon também não tinha! o Raumnitz também não!... nem o Pétain!... você nunca verá a tropa, seja fritz, eslovaca, franzose, russa, japonesa, fang, negar a marmita a alguém!... é esse o lado grandioso dos Exércitos!... quando ainda havia quartéis podia-se viver dos Corpos de guarda... assim que tocava a "alvorada" você tinha diante da sua porta todo o necessário... a fila dos homens necessitados, dos "maltrapilhos-da-marmita"... isso foi substituído por nada... esses verdadeiros bons costumes... tudo se perde, substituído por nada... à miséria, agora hipócrita, mandam que coma papel, formulários e carimbos... e ainda mais depressa! mais urgente! os tanques!... marmitas *Nacht-Nebel*...

As minhas coristas, mães solteiras, de barriga, e os soldados de todas as armas, bem carinhosamente abraçados, me davam cada concerto de choque! era cada "conjunto", infantaria, vovozinhas, sapadores, *comitadjis*, que não se encontrará em lugar nenhum!... se você visse aquele bufê, harmonia perfeita, mais o piano!... nem uma nota desafinada! o *Maxim* e o *Folies-Bergère* não passam de arremedos, exibicionices de fachada, em comparação! cinco francos o michê! Vênus centenárias! Romeus de peruca, Carusos de voz pastosa, tísicos... bailecos de chorar!... nada que chegue aos pés do que acontecia no meu bufê, vinte trinta trens por dia!... toda a Europa de farda, e túrgida... e os prisioneiros!... do Leste, do Oeste, do Norte... fronteira suíça... Baviera... Bálcãs...

Na verdade, um continente sem guerra se aborrece... mal tocam os clarins, é a festa!... férias longas, totais! e servidas ao molho de sangue!... dessas viagens que não acabam nunca!... os exércitos não param de se movimentar!... entrechocar, marchar novamente! até que explodem... comboios, locomotivas, trens *panzers*!... furgões blindados com mais "munições másculas" e cada vez mais! dá para imaginar que a Hilda, as amigas, tinham razão de estar meio assanhadas!... entre uma chegada de "descalços" e outra!... a carne!... ia esquecendo de lhe falar da horda das pobres "trabalhadoras"... 200 000 francesas na Alemanha... que se desabalavam de Berlim, de todo canto, de todas as fábricas, para Siegmaringen!... para que o Pétain as salvasse!... para filar a bóia também, qual é a dúvida?... já na estação!... pulavam dos vagões pelas janelas!... dava para calcular o número de famintos só pelas "ambulantes"! a afluência ao redor! pior que o nosso vestíbulo no *Löwen*, pior que os sanitários!... ali se fazia xixi no chão, em cima dos bancos... e cantando, encostado no pianista!... "quando a necessidade aperta!" nunca vi um instrumento que pingasse tanto como aquele piano da estação!... e saiba que acompanhei os pianos de Londres, trepados no alto de burros-sem-rabo, que também eram uns jogos de urinas que só vendo!...

Ah, mais uma história!... já ia me esquecendo de você!... e olhe que foi um desembarque diabólico!... três trens lotados de datilógrafas, chefes de escritório e generais à paisana... três trens da missão Margotton, que não paravam de partir, voltar! para Constança!... até o entroncamento! opa!... apito! vão! voltam!... outra bifurcação!... proibido descer!... dão no pé, desembestados! descalços também!... estão por todo lado!... patas cheias de rachaduras!... dois meses que faziam ziguezagues pela Alemanha! bombas nas vias férreas dos aquedutos desabados!... ninguém mais queria saber deles, em lugar nenhum! ainda mais esfarrapados que nós! os olhos ainda mais arregalados, do que tinham visto e passado! dez vezes o trem deles tinha pegado fogo!... não sabiam mais em que ziguezague! dentro de que túnel?... que província? recolocaram todos os cacarecos numa viatura, eles mesmos! reempedraram o balastro, eles mesmos! ajuda de ninguém!... ouviram Siegmaringen, pensaram em Lourdes!... Pétain, a

Meca! Terminal-Milagre! os olhos mais esbugalhados ainda! e em cada portinhola!... vinte!... trinta fuças!... já viam o Pétain em pessoa aparecendo! servindo-os em pessoa, e os cardápios, então, nem se fala!... que compensassem muito bem os sofrimentos!... faisões, champanhes, sorvetes, marasquino!... charutos desse tamanho, ó!... mas quando não viam o Pétain nem os talheres postos na mesa, as coisas tal como eram, nenhum Papai Noel, também se jogavam em cima dos pães-bola!... da ambulante e das tigelas!... iam à forra, esganados!... ah, mas não queriam mesmo era voltar para o trem, recomeçar! logo, logo se organizou o Concurso, as plataformas e o bufê lotados, quem é que vai traçar mais tigelas!... e das maiores!... e todos em coro!... e quem é que vai mijar mais longe... mais espalhado! brincalhões! brincalhonas! diretores, datilógrafas, e generais!... comidos, arrotando, cantando!... *Lili Marlene!*... a canção que de fato fez furor em todos os ciclones e nas piores destruições de nações... todos os exércitos de um lado, de outro... há de se convir! você me dirá: quinze! vinte canções foram mais empolgantes e obscenas! é!... mas de um lado, e do outro? tenha a paciência!... Buchenwald, Key-West, Saint-Malo!... duvide-o-dó! o estribilho mundial!... a propósito, uma observação, é raro que aqueles homens da Europa Central não tenham boas vozes... eslovenos, búlgaros-checos, polacos... e músicas para três! cinco vozes!... a mesma coisa para o piano, que no entanto era um mictório perfeito!... é raro que não haja ali em volta três quatro pianistas preparados... e não uns batucadores de araque!... sei do que estou falando!... e rapazes extremamente simples... com toda certeza lavradores, operários, trabalhadores braçais... nós aqui na França, quanto a sermos artistas, somos do verbo, da lábia, das alfinetadas... o coração está ausente!... o artista cantor fica meio encabulado, descontente quando é obrigado a cantar...

Eu e minhas considerações, pai do céu!... vou amolá-lo de

novo!... estou esquecendo de lhe falar das minhas grávidas e das minhas trabalhadoras dos trens, e dos SA mantenedores da ordem!... e da missão Margotton!... bem franceses esses aí! com a corda toda! papagaio!... e tome de se queixar que o Marechal não tinha dado as caras! nem ao menos enviado um representante! iam escrever-lhe! e era pra já! primeiro e para começar! às ambulantes! *primum! primum!*... se a França for para as cucuias não será por causa dos átomos Z... Q... H...! será de *primum* comilança! junte os Conquistadores na praça de la Concorde, tantas cantinas ambulantes quantos metros quadrados, e zurrapa para matar a sede até cair, e vai todo mundo aderir! se submeter! empolgados! você não vai mais saber onde metê-los...! enamorados!

Os viajantes margottons, porém, o trem deles apitava chamando-os, que subissem! que o maria-fumaça ia re-repartir!... mas qual! necas!... eles se aboletavam em cima dos trilhos! debaixo dos vagões! que o trem os esmagasse!... sabotavam!... parte?... não parte?... os SA berravam: *los! los!*... que o maria-fumaça parta assim mesmo! os maquinistas titubeavam... as vovós zanzando pelos trilhos!... não lhe falei dessas velhas, outra seita... as "assistidas" da nossa prefeitura... é! é!... da nossa! a francesa! uma função do serviço de beneficência, mandá-las encher a barriga em outra freguesia! qualquer uma! Alemanha afora... qualquer trem! livrar-se! "ao léu", isso mesmo!... eu via o prefeito, seu grande mapa na parede, toda a Alemanha, escolher para elas um destino, qualquer um!... "aqui está a sua requisição!" eram velhas com filhos em algum lugar... LVF, Polônia, Silésia, *Kriegsmarine*... eram postas para fora, e como! uma bomba aqui, uma bifurcação ali, e voltavam... lá estavam de novo na estação... vestidas de soldados boches, com os trapos dos cadáveres... o que tivessem encontrado!... já tinham fugido da França, refugiadas da Drôme, Lozère, Guyenne... outros haviam queimado suas casas, saqueado tudo!... sei por experiência própria... voltavam, não tinha erro, por causa do Pétain!... para as senhoras de certa idade, o Pétain era a França, e mais nada... minha mãe também morreu assim, o Pétain, a França... sempre voltavam a pé, descalças, de um *dorf* qualquer, lugarejo do Brandeburgo, da Saxônia, Hannover, vestidas de soldadas!... ah, não queriam mais saber da nossa Prefeitura!... nunca mais ouvir falar! "depressa! pegue o primeiro trem, vovó! aqui está a sua passagem!" tinham-lhe vindo com esse papo quatro vezes!... dez vezes!...

Se tivessem morrido na estrada, esmagadas, ninguém saberia... onde já se viu! quantas desapareceram?... as que voltavam, avós experientes, ainda iam querer passagens? essa não!... ficar na estação e mais nada! fiéis ao Pétain, zanzando pelos trilhos!... com as senhoras da Missão!... chegara a hora de resistirem a todas as ameaças, cassetetes, falação... as "ambulantes" davam boas risadas ao vê-las se impor!... o lugar delas ninguém tascava! uma tigela!... mais uma!... assim que me viam de longe, eu tinha de ir lá, examiná-las, a língua, o fígado, a pressão... era como se estivesse de novo em Clichy... as azias também!... mandava que se deitassem, para examiná-las bem... apalpar o estômago, o local exato! cada azia, puxa!... que na terra delas em Voulzanon (no Lot) o doutor Chamouin (que eu devia conhecer) lhes receitara um certo pó... o nome elas não lembravam mais... mas que era de fato milagroso!... (e que eu devia conhecer também).

"Ah, sim! sim! com certeza, minha senhora! vou lhe trazer! fique aqui! fique aqui!"

Eu dava bem umas vinte consultas, de banco em banco... de balastro em balastro... e no bufê!... mais árduo ali, muita cantoria!... não só as pessoas de idade, os civis e os militares... o piano não parava nunca... nem a *Lili Marlene*!... nem os trens lá fora... nem, no ar, a zoeira do carrossel "Fortaleza"... Londres... Munique... Dresden... frescuras francesas, pavor de que o céu desabasse em cima de suas cabeças!... mas chega um momento em que todo mundo está pouco ligando!... Deusa marmita! o céu que vá à merda! as vovós militares!... as minhas grávidas também! vaidosas!... davam cada jeitinho nas botas, com rolos de jornal, fundos de chapéus velhos, e barbantes e palhas, que podiam agüentar horas a fio na rua!... e debaixo de chuva! os prisioneiros, o forte deles eram as polainas! com pneus furados... eu já tinha visto em Camarões populações inteiras calçadas de "pneus"... no fundo, é a experiência que conta... mundo afora, aqui e acolá vi gente dispensar perfeitamente bem os sapatos... depois da bomba H... V... Z... você vai ver só do que são capazes esses gênios!... essas engenhosidades conjuntas Manhattan-Moscou!... a bomba é só um instante de raiva, ao passo que a questão das botas é de verdade o problema permanente! mas o fundamental ainda era levar embora a menina Raumnitz... que eu não me metesse a besta com o pai dela!... tudo era muito perigoso! o céu, como lhe disse, já era hábito!... aquelas esquadrilhas rasantes sobre a estação e o Castelo, e que com um gesto, um só dedo mindinho, poderiam nos transformar em tochas, nós, os aquedutos e todos os trens de tropas!... uma bomba!... todas as munições explodiam!... tínhamos visto em Ulm!... em Ulm levaram apenas quinze minutos!... eu, naquele instante, não era a grande estratégia, era que a Hilda voltasse para a casa do pai! chamara-a vinte vezes! Hilda! não adiantou nada! o melhor, a solução: os SA!... todo mundo na estrada! desocupar as plataformas, o bufê, os trilhos! depois, veríamos! ah mas na mesma hora foi a revolta! a gritaria! "SA, façam todos saírem!" eu lhe falei dos SA... desses baitas armários de músculos, e facínoras obstinados, rostos de gorilas e uns Mausers que eram foda, desse tamanhão! modelo "canhão de bolso"!

"Franzose? franzose?"

Perguntam-me.

"*Nein!... nein!* Obersturmführer von Raumnitz."

Não quero que vacilem, ah, não vacilam! o bufê primeiro! "Raus! raus!"as grávidas sentadas nos colos de seus bolinadores!

"Raus! raus!"... e os sofás repletos, uns emaranhados de ternuras que só vendo!... tudo isso é extirpado, mas xinga e ameaça!... em húngaro... búlgaro... *platdeutch!*... todas as armas... infantaria, sapadores, e a *Todt*... e os prisioneiros iugoslavos... nada satisfeitos! e nada satisfeitas! sobretudo as senhoritas refugiadas... de pernas para o ar!... lituanas, louríssimas, brancura quase cor de prata!... lembro-me bem delas... também já sabiam todos os coros das tropas e das estações... a três, quatro vozes!... *lá! lá! sol sustenido!* ah, mas aquilo ali não desemaranhava! e refugiadas de Estrasburgo! e *Lili Marlene*! e dá-lhe! o piano, os coros infundem confiança! e o xixi! e a *bier*! e os joelhos! e aquelas peitarias!... *lá! lá! sol sustenido!* e para completar a missão Margotton, sisudos diretores e datilógrafas que tinham perdido a compostura, de porta em porta a se roubarem os pães-bola e as salsichas! travessuras! e os lorgnons! eu via que a coisa ia acabar mal!... as avós deitadas em cima dos trilhos fingindo não entender nada... era de fato uma balbúrdia gigantesca, e por menos que eu quisesse, era eu a causa! eu que tinha alertado os SA! não devia ter dito nada! agora, uma esculhambação, uma zona! porradas! quem que ia sair dos bufês?... os SA? as moças? os militares? tabefes e socos! e o piano, então?... e as ambulantes? quem que ditaria a lei?... eu estava vendo o embate iminente, ia vir pancadaria e muito sangue!... inevitável!... com ou sem Marlene!... eu era só uma coisa, que a Hilda fosse para casa! seu pai, minha preocupação!... se sua filha fosse maltratada eu levaria uns bons catiripapos, e cada espinafração!... culpa minha? de quê?... não seriam o Brinon nem o Pétain que diriam uma palavra em meu favor!... nem o Bucard, o Sabiani nem o resto!... tenho cara de ser sempre o responsável, presto-me a isso! o responsável por tudo!... e todo mundo se aproveita às pampas de ser eu o babaca, de ser eu a pagar o pato e de todos os horrores caírem em cima de mim! beleza, e enquanto isso eles escapam!... um negócio-da-China, eu, o Ferdine! o

Raumnitz von Oberführer, esse aí era o típico alemão de quem se deve desconfiar! e que eu vigiava de perto! ia vê-lo duas, três vezes ao dia...

Seja como for, ali, bufês e plataformas, os SA forçam a limpeza da área! ao som de Marlene e de outras canções!... o piano não toca mais!... burocratas... avós e soldados de braços dados, já que os outros não param de atazaná-los! tchauzinho! formam um cordão! e vamos para a cidade!... e as donas de casa fritz também! do burgo! que tinham, essas aí, vindo ver, curiosas!... de braços dados!... eu me consolava: vai dar tudo certo! não me desgrudava da Hilda e de suas amigas!... os SA estavam fazendo um bom trabalho, se não tivesse havido o incidente! mas de repente *pum*! penso cá comigo: atiraram! pronto!... eram os SA, os doze, que separavam as mulheres dos homens!... cindiam o cordão deles! você nem imagina! empurravam os homens para a estação, as mulheres para o burgo!... aí, dito e feito!... paft!... vlaft!... voam marmitas! penso cá comigo: Ferdinand, você está frito!... eu não havia participado!... mais dois tiros!... e silêncio total! quem que atirou?... ah, não era longe! ah, estou vendo... um fritz no chão!... vou lá!... todos já ao redor... foi um SA que disparou... o morto não tinha do que reclamar, serviço caprichado!... pelo orifício da bala um jato de sangue nas costas... pulsando... e pela boca, gluglus de sangue... um fritz de um trem blindado da estação... camuflados como estavam, uniformes camaleões... sua camaleonice encharcada de vermelho... esvaía-se em sangue, por toda a calçada... não teve tempo de dizer ai!... baleado nas costas!... me aproximo, pego seu pulso, ausculto... acabou-se!... nada! bem! só me resta voltar... ah, mas aí eles recomeçam a falar! a cacarejar ali em volta, todos!... e bem alto! julgam!... e que os SA são os piores brutamontes! e que é o fim da picada! piores antropófagos do que os senegaleses de Estrasburgo! e que é uma bênção dos céus que cheguem os antropófagos de Estrasburgo e os fifis do Vercors! que serão recebidos aos beijos!... conhecem os fifis, tiveram contato com eles! atravessaram seus maquis! podem comparar! Vivam os fifis! os gritos que a multidão solta! Vivam os russos! eu ali, vejo mesmo é que as donas de casa, as grávidas, os soldados, loucos de raiva, vão se jogar contra os SA! atacar! só que dessa vez vai ser um fricassê! não vai ser um só morto!... e posso dizer, mais um dado histórico, que foi o Laval que salvou tudo! se não tivesse aparecido, justamente nessa hora, seria uma rajada e estamos conversados!... mas, sorte nossa, justamente ele estava passeando!... passeando com sua mulher!... nunca saía na mesma hora que o Pétain!... o Danúbio, igual a ele, mas na outra margem... portanto, estava descendo rumo à estação... felizmente! sem o Laval ninguém escapava! aproxima-se... ainda o estou vendo... me vê, fala comigo, entende tudo...

"Doutor, terminou?

— Ah, sim, Senhor Presidente..."

Ele conhecia os atentados, tinha sofrido um igual em Versalhes, não um de brincadeira, mas de verdade, radiografias... ainda penava por causa da bala... era muito valente... odiava as violências, não por achar, como eu, que é desestimulante, ignóbil... eu que o chamei de tudo, e de judeu, e ele sabia, e tinha um rancor desgraçado de mim por tê-lo chamado de judeu, proclamado aos quatro ventos, posso falar objetivamente... o Laval era o conciliante-nato... o Conciliador!... e patriota! e pacifista!... eu que por todo lado só enxergo carniceiros... ele não! não!... não!... fui vê-lo nos seus aposentos, no seu andar, meses a fio, contou-me umas coisas bem legais sobre o Roosevelt e o Churchill, e o Intelligence Service... o Laval, o que ele queria, tinha horror ao Hitler, eram cem anos de paz... vinha a calhar para a paz aquele fritz de barriga para cima!... avisei a ele...

"Presidente, só mesmo o senhor! ninguém mais segura os SA! vão matar todo mundo!"

Era um fato!... postados, os doze!... Mausers apontados para nós! o Laval quer primeiro se inteirar pessoalmente, vai até o cadáver, sob a mira dos SA, debruça-se, tira o chapéu, saúda... os outros em volta também saúdam... feito ele... o povão em volta... as mulheres fazem o sinal-da-cruz, os SA em posição de sentido.

"Terminou, doutor?

— Sim, sim, Senhor Presidente!"

Então ele se dirige ao povaréu.

"Vamos! agora voltem para casa! todos! sigam o doutor!"

Dirige-se a mim.

"O senhor, doutor, regressa ao *Löwen*?...

— Ah, sim, Senhor Presidente!... e as senhoras ao seu dormitório, na escola de Agricultura!...

— O senhor as acompanha?

— Sim! sim! Senhor Presidente!... e a jovem Hilda, ali, à casa do pai!...

— O pai, quem?

— O Comandante von Raumnitz...

— Von Raumnitz... muito bem! muito bem!..."

Ver o Laval e sua mulher falando atenciosamente, nem um pingo orgulhosos, com todas e todos, serenou de vez a revolta!... nem olhavam mais para os assassinos!... nem para o morto! o Laval e sua mulher é que interessavam... aproveitaram... para interrogá-lo!... se breve estaria tudo terminado?... se os alemães venceriam? perderiam?... ele devia saber!... ele! devia saber tudo!... mas não lhe davam tempo de responder!... respondiam por ele! antes dele!... era o Fórum em torno dele, Laval... a Bolsa! em torno do Laval e da Senhora!... esgoelamento geral! cada um tinha as suas razões! que ele não tinha percebido isso! aquilo! que devia admitir! que não admitia! o Laval também era um teimoso! o homem da última palavra!... na Câmara dos Deputados! no Fórum! diante do pelotão de fuzilamento!... o eleitor não lhe metia medo!... o que eu percebia, o que para mim vinha a calhar é que tudo isso, rabugentos, mães solteiras e Laval e Senhora retornavam ao *Löwen*!... que ninguém voltava para os trens, nem para o bufê!... já era alguma coisa!... interpelavam sem parar o Laval, quase se penduravam nas lapelas do seu paletó!... que admitisse que tinha se enganado! que eles é que sabiam tudo! o *nec plus ultra*!... e olhe que o Laval era advogado! e Presidente do Conselho... e que sempre teve razão! ali parecia encontrar os seus mestres, obrigado a escutar os que o puxavam pelas mangas, esmagavam, em grupos de dez, os seus pés! e que ele não ficasse ali com cara de quem está pouco ligando!... que prestasse bem atenção! nada a ver com Aubervilliers ou com a Tribuna!

Tudo o que eu via é que estavam subindo pelo burgo!

O Laval tinha encontrado, ele que se julgava o famoso causídico, não uma!... mas cem mães solteiras! donas de casa, operárias, e refugiadas de Estrasburgo... da Lozère... e de Deux-Sèvres, que sabiam um pouco mais que ele!... e só lhe restava aprender!... se tivesse sido na Câmara, não teria conseguido a votação! posso dizer que o vi, a ele, Laval, sair da estação debaixo de conselhos, respondendo apenas uns "sei... sei... sei...", da estação ao *Löwen*... submerso!... falação total!... meeting total!... nenhuma violência!... nenhuma pancadaria!... só veemência política e explicações substanciosas! tomara que continuem a subir pelo burgo! era o que eu queria!... que não resolvam dar meia-volta! não refluam para a estação!... ah, mas o Laval, ali, gênio!... manobrava com uns "Sei... sei... sei..."... levava aqueles polemiqueiros... fulos de raiva e temendo não ser mais escutados! realmente ele salvou a pátria!... não só para mim, mas para todos da estação, e sempre subindo!... foi por um triz que os SA em posição de sentido não abriram fogo! não atiraram! não deixaram todos esticados no chão! foi por causa do Laval que não dispararam! porque ele se deixou interpelar, ser agarrado pela gola! fez cara de vencido pelos argumentos, e foram parar diante do *Löwen*, diante do *Stam*, da *bier* e dos sanitários... ah, como saíram desabalados para as mesas! outros stams! outras tigelas! todos e todas! o Herr Frucht que barrava a porta não queria que as grávidas entrassem, que tinham é que ir encher o bucho onde moravam! na *Schlachtgasse!* lá no alto! mais uma revolta!... negociação para que aceitassem cair fora, saíssem da porta, cada uma com um quilo de mel sintético!... a gravidez são os doces!... afinal o ajuntamento se desfez... deixaram o Laval no canto dele... o Laval, a mulher... só deu tempo de me dizer:

"Doutor! o senhor virá me ver, está bem?"

Voltavam para casa, no Castelo... eu, a Hilda e as amigas, e a Lili, na mesma hora para os aposentos do Raumnitz!... a Aïcha nos aguardava...

"O Comandante saiu... com os cachorros... está na estação..."

Não diz nada por eu ter lhe trazido a filha... não fala com ela... recepção nem um pouco simpática, acho eu... mas o von Raumnitz na estação... com certeza era para o inquérito... sabia o que tinha acontecido!... era sua profissão saber imediatamente... tudo! mais ainda depois da história do bosque de Vincennes, o motim... vou lhe contar...

Em dado momento, no final dos finais, esse carrossel perpétuo roncando fulminando, essa peidorrada de "fortalezas" rente aos telhados... toda essa bobajada essa resmungalhada trovejante nos entristece... e só!... o resultado... é a melancolia que isso causa... a prostração... as pessoas ficam neurastênicas porque não têm distrações suficientes?... sob os carrosséis RAF, nem um minuto para pensar!... sirene!... apitos!... e mais rajadas!... outra vaga de *mosquitos*!... todo esse tráfego vindo desde lá mais alto que as nuvens... looping!... looping!... até embaixo... até a rua... e viravoltices!... e recomeços!... e sem parar!... dá uma vontade danada de voltar para casa!... mas você não tem mais "casa"!... ah, *not to be! be!* está preso pelo destino!... apertado em tenazes!... ainda vai rir muito!... debater-se e recriminar-se! não querer nem saber!... *not to be* bosta!... porque você está fodido!... bem, de certo modo!... riso forçado... riso amarelo... vou lhe contar o que se seguiu... se possível!... eu mesmo, desnecessário dizer, com a idade, o crime dos homens, e tudo, me sinto bem mais inclinado a me fazer esquecer, terminar no meu canto, do que a me empenhar em lhe apresentar pessoas, bobalhões, mulheres, coisas, mais ou menos inacreditáveis!... basta a história do *La Publique*!... creio! não vou eu de novo, para você, me meter em certas paragens aqui!... ali!... mais, menos, quase inconfessáveis... não!... mas quem está preso nas tenazes... agarrado pelo destino... acaba se desvencilhando, mal ou bem!...

No fundo, e sem pretensão, o melhor é que eu lhe conte tal e qual!... é evidente que a maledicência pública tudo saberá avacalhar! sacrilegiar!... tudo rechear de mentiras horrorosas!... a tal ponto que eu mesmo, no final, vou ficar me achando um sujeito para lá de esquisito!... espécie de futriqueiro ectoplásmico... assombração que já não sabe... isso!... aquilo!... a atitude!... as palavras que deve dizer?... quando o destino nos pegou não há mais nada a fazer senão confessar... de vez em quando vejo outros, vêm me ver, que estão no meu caso, que já não sabem para que lado ir... e tão atarantados, e tão desastrados! e que fanfarronam!... juro!... passados para trás, envergonhados!... quando você está preso nas tenazes, que o descascaram até o osso, até a medula, só tem mesmo é que confessar!... e sem delongas! suas horas estão irremediavelmente contadas!... "construir numa idade dessas!..." e contar histórias, então!... caralho! os jovens são todos débeis idiotas blablatosos espinhosos, tudo palerma... paciência!... "Encarnadores da Juventude"! óbvio! pela simples razão de que ainda não estão "no ponto"... os velhos? tudo seboso mexeriqueiro, inimagináveis de ódio e horror por tudo o que acontece! e que acontecerá!... pela simples razão de que passaram, e muito, "do ponto"!... camemberts verdes e vermes, escorrendo, fedendo, depressa depressa pôr na geladeira!... na despensa! na cova! no buraco!... portanto você, com as suas pobres ladainhas, não tem muitas oportunidades de se meter no meio destes! ou daqueles!... dos pamonhas?... dos espinhentos?... fel... camomila... veneno... caramelos... nada lhe pedem! ninguém! em lugar nenhum!... você sabe como é que eu me comporto!... as circunstâncias... a situação em que me encontro... os bichos e a Lili...

O Achille?... o Gertrut?... só rindo!... os dois juntos na mesma corda!... e que esperneiem pra valer!... e suas cambadas junto!... mas primeiro!... para início de conversa!... que eu receba!... de um?... de outro?... tanto faz como tanto fez!... ah, mas que não desapareçam sem me pagar!... depois?... Deus que os condene!... mais alto!... mais apertado!... irei olhar as línguas deles!... qual dos dois terá a mais grossa! a mais pendurada!... sem-vergonhas vagabundos mentirosos!... mas que não expirem sem passar minha grana para cá!... nunca ninguém que rendeu a alma, nunca houve almas salafrárias feito essas, dívidas penduradas...

Minhas imprecações não favorecem muito a minha bela obra! minhas choradeiras e desgraças! você também luta por ela! é? ou não é?... portanto retornemos ao *Löwen*... deixei-o no patamar... a sra. Aïcha von Raumnitz... eu levava a sua filha de volta, a jovem e bela Hilda... talvez você se admire?... mas estou lhe falando como clínico, embriologista e racista... que aquele casamento de um fidalgote tão típico, tão Dürer, de estatura e natureza, com a criatura Aïcha, ela, tão Trebizonda!... Beirute!... ondulante, tão morena, lasciva, bovina, nadinha Dürer... tenha dado uma cria tão bela?... ah, os cruzamentos são cheios de perigos... de percalços... a pequena Hilda tinha um quê de exotismo e putaria... Beirute... Trebizonda... e uma cabeleira que só vendo! louro-acinzentada!... olhos azul-claros, fadas do Norte... ele, o Comandante Barão von Raumnitz, fora obrigado a esposar essa Aïcha!... dizem!... pelo visto, a desonrara... por ali... em Beirute... Trebizonda... estava em missão por lá... as "Escalas do Levante" são terríveis para os Capitães "em missão"... a Aïcha tinha sucumbido... dizem!... dizem!... se não tivesse se casado, levado-a consigo para a Alemanha, ela sofreria o destino costumeiro!... não escapava!... os Grandes Ciumentos do Oriente

Médio têm cada eunuco nas Funções de Carrasco, que você nem imagina!... os haréns ainda não votavam... a Aïcha escapou por um triz!... seu caso não era tão raro assim, o dessas seduzidas do Oriente Médio, casadas com fidalgotes, na véspera de serem enforcadas... olhe, nós em Baden-Baden e mais tarde atravessando a Alemanha descobrimos várias outras senhoras do gênero Aïcha médio-orientais, sino-armênias, mongolo-Smirnas, transformadas em *Landgravines*... Condessas... os adidos militares não são apenas terríveis mediadores!... excitam-se com as dificuldades!... viram pelo avesso Alcorão, Haréns, Castas, Claustros, são o Maligno de farda!... e levam tudo!

A prova, as uniões que nascem daí, é que na casa da minha mãe, na rua Marsollier, vi como foram me importunar e me propor quantias enormes, verdadeiras fortunas, se eu quisesse compreender um pouquinho melhor os desígnios, os bastidores, as vantagens, as profundezas da Europa Nova!... esses tentadores que iam à casa da minha mãe também eram uns híbridos da espécie da Aïcha, resultantes de uniões prusso-armênias... negócios do Diabo!... tal como na nossa terra são negócios do Diabo, híbridos dispostos a tudo, o Laval, o Mendès... o primo deles: o Nasser!... Eu os questionava, aproveitava que esses mensageiros estavam lá... ah, não eram uns bastardos quaisquer! nada disso! nem nocivos aos olhos! falo como embriologista... homens de fato muito bem-feitos, moral e fisicamente... Coronéis, e muito bem preparados! nada de coronéis de operetas!... cabelos pretos asiáticos... a madeixa de ébano, que nem o Laval... pele bistre que nem o Laval... híbridos alertas, inteligentes, irrequietos também... tinham razão de estar irrequietos esses híbridos coronéis alertas... seus olhares eram que nem os do Laval mas em mais jovem... poderiam muito bem ter sido deputados!... em Vitry ou Trebizonda... em qualquer lugar!... substituir o Laval em Aubervilliers... substituir o Nasser no Cairo... muito bem! se os híbridos me amedrontam, tenho minhas razões!... substituir o Trotsky em Moscou!... disponíveis e "fura-vidas" esses híbridos irrequietos!... substituir o Perón ou o Franco!... o futuro que têm! por exemplo, igual ao Spears em Londres!... ao Mendès-France, aqui!... é o que eles querem! o Disraeli... o Latzareff... o Reynaud... o Hitler, semitudo, mago do Brandeburgo, bastardo de César, hemipintor, hemi-saltimbanco, crédulo idiota esperto, semiveado, e rei das mancadas!... ainda assim teve o gênio de agarrar os híbridos, pôr um monte deles ao seu redor, catapultá-los a torto e a direito: coronéis aqui! coronéis ali!... generais, ministros, conselheiros íntimos! daí que se vissem tantas peles bistres onde menos se esperava...

Ah, você não me pede tantos detalhes!... é verdade!... chega de papo, volto à vaca-fria!... para você compreender afinal por que o Raumnitz von não era tão racista assim! a prova: seu casamento!... mas deu o que falar!... e como lhe deram a entender! que ele estava malcasado, com a turquinha!... depois das agruras de Paris, em que virou o infame execrável, a resipiscência!... arquiboche total!... que dele podia se esperar qualquer coisa!... pois é!... deu o que falar!...

Bolas!... minha cachola!... o escândalo não foi em Paris! mas em Vincennes!... ocupavam a Senhora e ele uma casa muito grande e muito luxuosa de um judeu muito rico, que saíra de viagem... uma residência suntuosa e na orla do Bosque, abarrotada de móveis de laca e bibelôs da China... Palácio-museu-depósito... admirável como tinham se instalado, os Raumnitz!... bem que a Ocupação podia durar um século!... mas catatraz!... a "noite Wehrmacht"!... o Raumnitz estava cochilando, e a Senhora... você ouviu falar?... quando os soldados amotinados surgiram e escalaram o Palácio, arrancaram o Raumnitz do seu ronco, e lhe deram umas boas palmadas ali mesmo!... *plaft! plaft!*... amarrado! por dez praças!... o rabo todo vermelho!... só lhe conto o que é conhecido, o complô do Stupnagel...* a operação "palmadas na sacada"... para completar, o mais gozado é que o Hermann von Raumnitz era, justamente ele, o grande bambambã *Oberbefehlsupertira* dos subúrbios Norte, Leste, e Joinville!... e de todo o Bosque!... e de Saint-Mandé! e do Marne!... ali, o golpe de irem tirá-lo da cama, e com a mulher junto, e lhe darem uma sova! a bunda escarlate!... imagine só como pegou mal!... não era um desses ultrajes que um dia ele perdoaria! tanto mais que lhe deram um chega-pra-lá na sua patente! rebaixaram o comandante!... viu só como nós caímos no lugar ideal?... nós!... sob seu poder absoluto! o humor afável!... nós, os 1142!... viu só como ele nos aguardava? nós, os engraçadinhos! o que é que a gente estava tramando?

Eu lhe mostrei na estação toda aquela algazarra e aquelas músicas, e os modos de toda aquela gente que não conseguia mais se controlar!... em lugar nenhum! nem na cozinha!... lá embaixo!... mijar nos *Stam*... tinha acontecido!... e depois? e depois?... dessa vez não vamos encontrá-lo cochilando, o Obersturmführer! não! ai, como era furioso aquele olhar! atento a tudo!... em qualquer canto!... e a todos! o Raumnitz!... a Aïcha, igual!... de botas, e com seu chicote grosso!... nem de longe seriam flagrados dormindo!... sempre alerta, os dois!...

Seja como for, o fato é que eu tinha voltado ao *Löwen* com a filha deles em bom estado... poderiam me agradecer, achava eu! parecia-me... podia tirar o cavalo da chuva!... nada a esperar daqueles ultrajados sonsos surrados despeitados execráveis!... o fato é que não iam arranhar a glote se tivessem uma palavrinha amável... "Foi de fato graças ao senhor, Doutor!..." sei sei sei!... sempre se julgavam os vencedores! nenhuma razão para usar luvas de pelica!... assim é que são as calhordices boches!... os ingleses, igual!... com aquela tão terrível índole inata!... vencedores desdenhosos! para todo e sempre! com ou sem palmadas na bunda!... e ali, que remédio! eu tinha mesmo é que calar o bico!... só estavam esperando que eu dissesse uma palavra!... e a palavra estava coçando na minha língua!... tanto para o Raumnitz das palmadas como para a sua gorda e requebrante patroa!... a sua huri de botas e chicote!... os seus dogues!... e o seu quarto 36!... seu quarto?... ah, como eu me compreendo!... por isso, torno a descer para o nosso andar!... já meio reinvadido!... todo o patamar!... o Raumnitz deve ter autorizado! seus meganhas deixaram subir... ele tinha mandado reabrir os cagatórios... mas não havia mais latrinas! as pessoas faziam direto no buraco!... bem!... era menos sujo... os sanitários transbordavam menos, alagavam menos... todo o patamar!... alvíssaras! o Frucht teria de enxugar menos! mal cheguei defronte da nossa porta, a 11, uma barulheira vindo lá de baixo!... e ordens!... "Deixem passar! deixem passar!" como se alguma coisa pesada estivesse subindo... a turma dos cagatórios vai lá ver... obstrui a passagem!... *los! los!* ah, mas é um homem, o pacote!... baita pacote... os tiras o sobem, içam!... pronto, chegou! amarrado!... aliás, está até acorrentado! e que correntes!... do pescoço aos tornozelos! não vai fugir!... ai, cruz-credo! entendi!... é o Comissário Papillon! sua fuça! está tão tumefato! num estado!... que quase não o reconhecia!... inchado, o dobro! o triplo! igual aos pés dos soldados na estação! desceram o cacete, puxa! capricharam, esses fritz!... não lhe contei, mas eu conhecia esse Papillon!... Comissário especial da Guarda de Honra do Castelo... "especial" ligado ao Pétain... que aventura!... eu via, compreendia... sou bastante lerdo para compreender... quero compreender tudo tintim por tintim... sou da escola Ribot... "Só vemos o que olhamos e só olhamos o que já temos no espírito"... o Comissário especial Papillon estava permanentemente no meu espírito!... e há vários meses!... desde o momento em que me dissera: "Sabe, doutor! está decidido!" e justiça me seja feita, eu tinha até lhe respondido de supetão! sem rodeios!... "Comissário, o senhor vai perder tudo! é uma arapuca!... vão trazê-lo de volta esmigalhado! fique no Castelo!" pombas!... ele fez o que lhe deu na telha!... estava uma gracinha a sua telha!... não era o único com essa idéia de fugir para a Suíça!... antes fosse!... os 1142 também!... todo Siegmaringen só pedia para fugir para a Basiléia por Schaffhouse!... mas aí é que está!... aí é que está!... a fronteira? bastava ver como o Comissário especial Papillon tinha sido pego!... e despachado de volta!... mancomunado com um suposto "traficante"!... um "traficante", na situação em que estávamos, nada mais normal, natural, para os cigarros! a morfina, as lanternas de bolso!... mas para si mesmo, em pessoa, era se meter claro evidente em todas as armadilhas dos tiras!... fritz, franzose e suíços!... o Papillon teve o seu dia!... viu!... bem que eu tinha avisado! logo um "Policial do Estado!" nenhum donzelo!... não!... ali, foram os fritz que ganharam! devolveram-no, enrolado acorrentado, largaram-no bem no patamar... *tibum!*... defronte dos cagatórios!... que todos se mirassem naquele exemplo, aprendessem o que era uma fuga para a Suíça!... os detalhes eram dispensáveis!... já tinha acontecido com uns cem! pegos!... fronteira corta-goela!... 20 quilômetros do lado de cá!... do lado de lá!... o dispositivo há séculos!... *no man's land puzzle!* você era metralhado pelos guardas franceses, suíços ou fritz... todos de pleno acordo!... fulano à vista! fogo!... fifis, SA, ou Guilhermes Tells!... caça aberta!... qualquer um que se arriscasse... à socapa... ou às claras!... *pum!*... na mosca!... assunto encerrado... de dia e de noite!... rigodão!... um holofote no escuro! "Apresente-se!... nem mais um passo, turista!" morto, amarrado, despachado! em dois tempos! o cenário era clássico... ou deixado ali mesmo, no frio... dependia das ordens de Berlim e de Berna... ou devolvido à Fritzlândia, como o comissário Papillon, jacente, exposto, acorrentado... que todos possam ver direitinho, se dar conta...

Se os suíços ganhassem?... cara ou coroa!... o sujeito ia então para a Basiléia!... por etapas! e aí depois, não se sabe para onde!... entregue sobretudo aos fifis! à Chaux de Fond-Fresnes!... não vá acreditar, tanto quanto os jornais, que existem guerras totais!... belas armadilhas para os trouxas!... atômicas ou não!... elas nunca ultrapassam as polícias!... nunca vão tão a fundo! os "no man's land" são feitos de propósito para não causarem rupturas nas delicadas fibras... que os tiras fiquem bem ombro a ombro, amáveis e profissionais... sob os piores ciclones de fanatismos!... "peço-lhe encarecidamente! dê um jeito nesse peraltinha!..." e que mantenham uma certa ordem... aí, nem vale a pena insistir!... uma certa paz já foi feita!... as guerras são apenas incidentes, mesmo as "totais"! o Comissário Papillon tinha sido uma brincadeira de criança!... vistoriá-lo, empacotá-lo, devolvê-lo ao ponto de partida!... poderia ter sido empalhado, da mesma maneira! sonâmbulo! nem chegou a fazer ufa!... passeava em absoluta inconsciência... se pelo menos tivesse olhado um pouquinho o seu "traficante"! e todos os "traficantes", para início de conversa! as pintas deles! você se sentia assassinado só de examiná-los... suas olhadelas, seus perfis oblíquos... vi, posso dizer, muitas prisões e tudo quanto é tarado degenerado, esses "condenados natos", "Lombrosos típicos", verdadeiras peças de museu! mas ali naquele "no man's land" bocho-helvético você topava com uns indivíduos que Deus me livre, gênero homens das cavernas, uns "Cro-Magnons" que eram verdadeiros objetos de estudo de sessões de "clínica" extremamente instrutivos, em certo sentido... "quaternários"... se tivessem comido seres humanos ninguém se surpreenderia... todos eles informantes da polícia, é evidente!... de todas as polícias e guardas!... contrabandos, tudo o que você quisesse!... o caso de todos os degenerados, "tipo recessivo", tudo alcagüete e traficante, sempre... seja em Camarões, entre os pigmeus, os fangs e mabilas... seja no bulevar Barbès, os homenzinhos, entre as menores de idade e as drogas, tráfico "Delegacia de Costumes"... seja em Bloomsbury, Londres, o ópio e o aborto, Whitehall 1212...[57]

Como eu ia lhe dizendo, o Comissário Papillon ainda ali, incrível como o prenderam, amarraram, primeiro o derrubaram, nocaute!... estava tranqüilíssimo! naquelas correntes! você me dirá, me repetirá, um Comissário e, mais ainda, um "especial"... não é propriamente um bobo!... cair numa cilada dessas? mesmo preparada com tanta astúcia? rá! rá! ele deve estar por dentro de tudo isso! é sua profissão! bastava olhar um pouco o jeitão daqueles "passa-fronteiras"! aqueles rostos!... em matéria de manha, traição, taras, estigmas, pareciam até maquiados! mascarados "de carnaval"!... a natureza se dá ao trabalho de fabricar criaturas que usam máscaras! a gente não aproveita!... paciência!... faroleiros, provocadores, gabolas, e depois de repente, todos humildes, rasteiros... camaleões, víboras, cobras... eram tudo isso!... você os encarava e eles se transformavam na sua frente, ali, só de olhá-los!... ah, é claro, em "Casas de Detenção" e na Instrução Pública você encontrará bateladas de tipos assim! bem, quase... todos esses contrabandistas helvético-boches deviam estar ali gozando de uma licença qualquer... de prisões fronteiriças... suíças... saboianas... bávaras... e também de "comandos desfeitos", desertores... tínhamos em Siegmaringen dez... doze contrabandistas regulares... desapareciam... reapareciam... de licença, supostamente... a licença era Constança, oito dias de Constança!... a única cidade calma em toda a Alemanha, a única cidade jamais bombardeada, e a única sempre iluminada, como que em paz, e todas as lojas abertas, e as cervejarias... grande movimento na Bolsa, todas as moedas, ações!... Suíça, França, Lausanne, e os maquis... mais os comestíveis! grande sortimento do Leste e do Oeste! geléias, chocolates, conservas, caviar!... legítimo caviar de

57. Na época, número de telefone da Scotland Yard. (N. P.)

Rostoff!... não invento nada!... jogado de pára-quedas, veja você, por uma esquadrilha da RAF! ao mesmo tempo que todos os despachos *Reuters* e "Informations" da semana toda... Nova York, Moscou, Londres... em suma, a suntuosíssima varanda "Café de la Paix", à beira do lago... você me dirá que uma coisa dessas valia a pena, cidade realmente feérica, tentadora... o Comissário Papillon sabia... para lá é que ele ia!... e não sozinho!... acompanhado!... pela meiga Clotilde!... fatal Clotilde!... uma doce criança muito, muito boazinha... criança?... bem, senhorita! e senhorita da Radio-Paris... locutora! a senhorita da "Rose des vents"!... em matéria de crimes, nem lhe conto, uma porrada! tinha lido cada texto!... cantado ao microfone cada horror!... um muito em especial! o horror absoluto!... "de Gaulle, o rei da felonia! pum! pum! pum!", compreende-se que ela tenha dado o pira, que não tenha ficado para esperar o troco! tanto mais que tinha um amor! é, ela também!... dera o seu amor ao Grande Mata-mouros de Cartago!... enfrentando mil e cem perigos, sendo maltratada! e o descobre! faz a viagem Porte Maillot—Constança, para encontrar seu grande Mata-mouros! milagre do amor! mas já não era hora, nem de longe, de ir azucrinar o Hérold! ah, não era mesmo!... tudo o que ele queria era ficar só, completamente só, o Hérold Cartago! e ela, que tinha atravessado maquis, fifis, exército senegalês, Estrasburgo! tudo!... e ele que só queria ficar só! completamente só! vontade de não fazer nada! que estava com Cartago atravessado na garganta! mandou a sua Clotilde ir se foder!... chorosa Clotilde!... que ele enfiou num trem!... iria encontrá-la um dia!... um dia!... despachou-a... despachou-a para nós... só com uma palavrinha para o Sabiani!... o bazar do Sabiani, o lugar mais deprimente do burgo, o escritório do PPF, a maior montoeira de agonizantes... o grande bazar onde eles davam plantão, os fundos da loja, as duas vitrines!... há testemunhas que lhe dirão... pior que o *Fidelis*! as duas vitrines, pés-na-cova de todas as idades, bebês, avós... e debaixo de uns cartazes tão sérios! nem um pouco atraentes! os únicos cartazes políticos que vi até hoje escritos a sério!... que provavelmente nunca reveremos! nem nas colônias penais chinesas!... "Nunca esqueça! lembre-se bem, que o Partido não lhe deve nada e você deve tudo ao Partido!" isso aí é que os agonizantes tinham de entender! os adoradores do Doriot! com todas as letras! meio fora de moda! mas nada de puxa-saquismo eleitoral!... é um momento excepcional quando os Partidos sentam-se à mesa, dizem as coisas, param de dourar a Pílula... não fabricam um Caliban! os pés-na-cova do PPF amontoados na sede do partido vomitando suas tripas e seus pulmões eram ali uns plantonistas de repugnar qualquer um!... mas já não se tratava de recrutar! cada coisa a seu tempo!... tratava-se de afugentar o mundo... a Clotilde é que sabia como!... mandaram-na ir se foder!... e de que jeito!... enxotada até mesmo da vitrine dos pés-na-cova!... "para a estação, bruaca!... puta descarada!... que topete!..." só porque pedia a eles notícias do seu Hérold! que ele tinha lhe dito que estaria lá! jurado de pés juntos! a estação? a estação?... estava vindo de lá!... posta para fora do bazar "agonizarium", desceu de novo a avenida!... você já sabe onde fica... a avenida do motim!... foi parar na plataforma, ali sentada num banco, coitadinha sozinha bonitinha, perdida... junto com centenas iguais a ela!... desamparadas, em todos os bancos... operárias despedidas das fábricas... avós... as avós, essas aí, eu lhe disse, era mais para fazer escândalo, trepar nas locomotivas e atacá-las, deitar em cima dos trilhos... nenhum pudor! as moças ainda conservavam uma certa faceirice... a Clotilde chorava aos prantos, mas baixinho, patética ao extremo... o Comissário Papillon passava por ali, justamente por ali, "serviço na estação"!... ao olhar para a Clotilde, simpatia à primeira vista!... e saiba que uma porção de outras moças, tão em desespero quanto a Clotilde, lá estavam, por ali, sentadas nos bancos... mas a Clotilde, na mesma hora! na mesma hora! só tinha olhos para a Clotilde!... o coração: pan! pan! querendo ou não, ela teve de comer na marmita do Comissário!... nem disse três palavras!... quatro palavras!... e ele já lhe jurava amor eterno!... sua vida por ela!... e o Papillon não tinha nada desses garanhõezinhos, prometedores de mundos e fundos! não!... não!... nem disseram quatro palavras e já se trocavam juras de *ja... ja...* jamais acreditar em nada a não ser na força do seu amor, e na ternura e nas suas almas sublimes!... para lhe dizer, e digo-lhe tudo, que nem tudo naquelas plataformas e dentro daqueles túneis eram abraços vis, chafurdices de corpos, amálgamas ímpios... a prova, o Papillon e a Clotilde... um sentimento que muito lisonjearia Heloísa, Laura, Beatriz... e em que condições, em que pesadelo!... bombas suspensas no ar!... sirenes, apitos, uma dessas estridências que arrancavam as suas orelhas junto!... colisões entre os vinte e cinco trens de tropas!... gritarias nas ambulantes... soldados em volta, e as avós, e as operárias, e os bebês... e mais, é claro, *Lili Marlene* e o piano aos brados na sala de espera... o papel do Papillon, sua função, era que as avós deixassem os trens partir... evitar que os SA se metessem! mandá-las se levantar dali do meio dos trilhos!... não tinha nada de preguiçoso, o Papillon! pode-se dizer que foi graças a ele que os trens sempre partiram... mais ou menos... apesar de cada vez mais avós!... até debaixo das locomotivas!... desde o instante em que viu a Clotilde, conto-lhe como as coisas aconteceram, só pensou nela, só teve olhos para ela!... fazer sua felicidade, e imediatamente!... não daqui a vinte anos!... consolá-la de todas as suas tristezas... reconstruir sua vida!... não daqui a vinte anos!... imediatamente!... imediatamente!... a Suíça, uma vida de verdade! Constança!... uma Vida feérica! nós, ali, estávamos todos na Morte!... Constança, a Vida! Basiléia!... Berna!... foi assim mesmo que se decidiram! partiram! com o primeiro traficante que apareceu! pimba!... imediatamente!... imediatamente! e que foram recebidos lá longe!... um pouco!... tremendamente esperados!... sonâmbulos de amor!... previstos!... aguardados!... em plena felicidade, pois é!... rumo à felicidade!... andando sempre em frente sem prestar atenção!... num sonho!... até mesmo quando encostados num grande choupo!... o sétimo choupo: a Suíça!... mas no sexto choupo, sinto muito! vinte meganhas boches! os cães e as correntes!... num abrir e fechar de olhos!... agarrados, amarrados, embarcados, levados de volta!... ele, ali, eu o via deitado!... uma lingüiça de correntes!... acorrentado do pescoço aos calcanhares... e se retorcia, meio em convulsão... não muito... o soalho estava seco, o corredor já não era a cloaca... tinham-no largado ali, bem defronte dos sanitários, para que os outros pudessem olhar bem e aprender... isso me fazia lembrar o Houdini... o Houdini no Olympia... continuo a ter recordações de infância... como conseguia arrebentar as suas correntes!... e em matéria de correntes, cadeados e elos, nem se compara! e muito mais entrelaçados!... o Papillon ali, jacente, tinha umas convulsões fracas demais para conseguir estourar o que quer que fosse! adeus! deitado, exposto de propósito para que o vissem... todo ao comprido na frente dos sanitários... as pessoas subiam, vinham da rua... ah, mas nem uma só que falasse com ele!... cochichavam, recochichavam... todas a mesma coisa: "deixaram ele num estado!..." cada rodelona na cara, nossa mãe! azuis, pretas, verdes, vermelhas!... e olhe que o Comissário Xavier Papillon era pra lá de conhecido!... e desde Vichy!... o Comissário especial do Pétain!... a Clotilde também era conhecida!... da Rádio-Paris e da estação... "onde foi que aconteceu?... nos choupos!" tudo o que a Clotilde lembrava: "nos choupos" era o que ela repetia entre soluços, "choupos! choupos!..." ele, o amarrado, acorrentado, sangrava, o nariz contra o linóleo, roncava!... sim, roncava! seria preciso afrouxar as correntes de suas mãos... estava com os pulsos atados nas costas, pelas correntes e mais um cadeado... eu conheço, fizeram comigo!... eu, mais tarde, também tive os pulsos acorrentados igualzinho, nas costas... inclusive fiz turismo assim mesmo, num ônibus todo gradeado... Copenhague todinha, da Prisão *Venstre* até a *Politiigaard*, para me perguntarem se era verdade que eu tinha cometido esse crime?... aquele crime?... ali, olhando o Papillon na frente dos sanitários, ainda não estava a par... vejo o Achille, o Mauriac, o Loukoum, o Montherlant, o Morand, o Aragon, a Madeleine, o Duhamel, e outros borbulhantes políticos, também não estão informados! aquilo ali lhes faria um bem danado!... nunca mais dariam coquetéis!... quietinhos no meio da merda, acorrentados!... comportados! e informados!... o valor das palavras e das coisas! ah, isso poderia acontecer comigo também!... estamos prevenidos contra tudo se tomarmos um certo cuidado... ali no patamar, como ele estava, o nariz contra o linóleo, ninguém podia fazer nada a não ser mirar-se um pouquinho naquele exemplo! cadeado?... sem dúvida, havia o cadeado!... mas era preciso a chave!... ninguém tinha a chave!... comentava-se, mas em voz baixa... o que se poderia fazer, e o que não se poderia fazer!... nada de comentários violentos, como na estação!... mais no gênero "fiéis na Sacristia"... pena mesmo tinham da Clotilde... "pobrezinha!... pobrezinha!..." não tanto dele!... ele, que a envolvera!... sem sombra de dúvida!... o desmiolado, o impulsivo, ele!... opinião das senhoras!... ela é que dava pena, ele nem tanto!... sem ele ela teria ficado ali... ele, o idiota!... o cretino perigoso!... um tira, ainda por cima!... e tentar a fronteira suíça?... essa não!... devia ter certas informações!... afinal de contas! puxa vida! só mesmo sendo um tira e tão trouxa para ir se enfiar num vespeiro daqueles!... a prova!... a prova!... era só olhar a fuça dele!... o temerário-otário-arrisca-tudo!... claro que se deixou apanhar!... palerma!... a mocinha! tadinha dela!... só tinham pena dela!... "nos choupos! nos choupos!" que ela não parava de gemer, a moça, tadinha!... delicada e frágil vítima... a pancadaria nos choupos para mim não era surpresa... para o Marion também não!... ele tinha estado pessoalmente, naquele lugar mesmo!... reconhecer os choupos, o riacho que era a fronteira... reconhecimento muito arriscado, verdade!... tinha estado lá num domingo... no domingo, polícias, SA, helvéticos, maquis, todos comem até rebentar, enchem a cara, e roncam... você tem uma chance de passar despercebido... se bem quê?... se bem quê?... e os cachorros?... ele tinha estado lá, e com o mapa!... mapa a lápis, "traçado" feito à mão... exatamente onde passava o famoso riacho-fronteira... entre a sexta e a sétima árvore... não tinha encontrado ninguém!... uma sorte!... a sorte!... "Se eu quisesse teria atravessado!"... o que não teria adiantado nada, era figura manjada na Suíça!... ainda assim tinha visto o lugar! justamente o lugar exato para onde o traficante os levara, o Papillon e a Clotilde! mas estes, com um pé nas costas! desculpe! esperados! entre a sexta e a sétima árvore...

Você imagina como tínhamos mapas dessa fronteira Baden—Helvécia... na biblioteca do Castelo havia malas cheias! montes! montículos de Álbuns, que a gente podia passar semanas a fio olhando o tal riachinho de século em século... os meandros por onde havia passado... barragens, futricas, contestações... debates que ainda duravam!... inventários de heranças que não acabavam nunca!... que fim levara aquele terreninho lavrado?... fronteira?... não-fronteira?... entre a quinta e a sexta árvore?... desde o primeiríssimo mosteiro... desde as primeiríssimas usurpações dos Hohenzollern e Cia., até a última guerra, ali... era cada coleção de "traçados", de "lugarejos", fronteiras, atoleiros!... Wurtemberg, Baden, Suíça!... e acréscimos!... açambarcamentos, dolos... de uma fazenda, de um lote, de um estábulo, de um vau... que se seguiam aos cem mil raptos, rapinas, assassinatos, divórcios, Dietas, Concílios... séculos e séculos de "façanhas dos Príncipes", casamentos de razão, deslocamentos de povos, viagens de reinos, cruzadas, mais raptos!... e depois, mais dolos!...

golpes como os que me deram na rua Girardon? milhões! milhões de vezes piores! para lhe dizer que essa biblioteca tinha uma tal riqueza de documentos, mapas, traçados que era de deixar todo mundo zonzo!... você se perdia, de bússola na mão!... só mesmo sendo guarda de fronteiras para saber vagamente onde passava esse riacho desgraçado! onde você estava! irreconhecível, de tal forma o haviam destorcido, prolongado, jogado para cá!... para lá!... empurrado, e puxado de novo! que nem a cara do Papillon!... entre um marco e outro, mais nada a ver!... sem falar, ia me esquecendo, dos seis séculos de bandidagens religiosas!... conventos contra conventos!... reluteranices! recatoliquices! "olha que eu vou secar o teu moinhozinho!... e olha que eu vou pôr abaixo o teu choupo! árvore de Satanás!..." isso resultava num bruta quebra-cabeça, riacho, meandros, desvios, onde ninguém encontrava mais patavina! para os policiais, era uma barbada, já imaginou? os daqui!... os de lá!... os de mais para lá!... treze séculos de falsas moitas, falsas sebes, falsos espantalhos!... no domingo, como lhe disse, você tinha uma pequena chance de não ser visto... de se esgueirar para ver como era... mas durante a semana, batata, era pego! antes até do segundo plátano!... amarrado!... sarado!... pelos fritz, helvéticos ou maquis!... não ficava perguntando!... cadê o riacho, não riacho!... sonâmbulo, é isso, sonâmbulo em campo mágico... se divertindo, ideal!... colhendo!... ramos de azaléias, mirtilos, ervas-de-são-joão, flores-de-diana!... e ciclamens!... o Marion tinha ido colher!... aqui!... ali!... e fazer a missão de reconhecimento!... e tinha voltado!... maravilha!... era um domingo... e ileso! bem, fiquei com a impressão de que ele havia sido localizado, e fotografado! por mais que fosse um domingo e que as alfândegas e os tiras estivessem comendo... mesmo assim!... mesmo assim!... até no domingo tem espia... sei lá onde!... no alto de um plátano?... atrás de uma moita de feno?... uma célula "fotoelétrica"... era um sem-fim de macetes, minas e contatos, em cada montinho! qual é a dúvida!... *tic-tac! vrrraac!*... todas as imediações de Wichflingen, o lago... eu não entendia muito bem o Marion não ter sido visto em lugar nenhum... ah, ele também não!... não tinha a menor certeza!... dizia-me: "bem, eu voltei! mas para lá não retorno!..." todo dia recebíamos propostas para cruzarmos a fronteira com a Suíça... e propostas baratas... dois mil marcos!... tentadoras!... e de quebra a promessa de pés juntos de que os fifis estariam nos esperando para nos oferecer umas guloseimas que nem te conto!... e uns rega-bofes! e uns "Diplomas de Resistentes"... com carteiras! e tudo!... a Suíça mais "Cruz Vermelha" do que nunca! a Gestapo compreensiva, de pleno acordo!... em Schaffhouse, o Payot, o Gentizon nos levariam ao Petitpierre, e todos os nossos passaportes federais... em ordem! só tínhamos de nos deixar conduzir! apresentarmo-nos! confiança!... confiança! eram belas propostas! eu via ali em cima do linóleo o Papillon todo estirado... o modo como foi empacotado!... a Lili e a Clotilde o limpavam, enfaixavam sua cabeça, o faziam beber... ele tinha sede, pedia... bom sinal que tivesse sede... mas as pessoas em torno não se atreviam a chegar muito perto... tinham subido para vê-lo, lá de baixo, da cervejaria, da rua, e tornavam a descer...

De repente ouço: "*nun! nun!*" o Raumnitz!... era ele, sua voz: "*nun! nun!*" lá está ele!... olha o Papillon deitado... olha as pessoas, o círculo em volta... elas não dizem mais nada... *nun! nun!*... tudo o que diz... apalpa as correntes! *nun! nun!*... e vai embora!... sobe para os seus aposentos, no andar de cima, com seus cachorros... deve estar voltando da estação... seu corredor, em cima do nosso quarto... pára, debruça-se no corrimão... "Doutor! Doutor!" ele me chama...

"Por favor!... daqui a pouco?... se tiver uma folga!...

— Com certeza, Comandante!... Com certeza!"

O Laval, também tenho de ir vê-lo... também tenho de passar no *Landrat*... santo Deus, também no *Fidelis*!... trinta... quarenta acamados graves no *Fidelis*!... mais a sra. Bonnard, 96 anos... e ainda três!... quatro!... cinco!... seis visitas no outro extremo do burgo!... irei!... não irei... o *Landrat* é também para o Bébert! os ossos das aves para o Bébert... fico mendigando pra valer na casa do *Landrat*, me dou bem com o pessoal da cozinha... mostro o Bébert à cozinheira, ela fica radiante... adora-o, retiro-o de sua sacola... na cozinha, ele manda e desmanda!... vamos embora cheios de ossos!... e não apenas ossos!... a carne que vem agarrada!... a Lili e eu aproveitamos um pouco... ele tem de tudo, o *Landrat*, garanto a você... nada de regime para emagrecer!... conheço a mesa dele, vejo sua cozinha... todo dia trazem-lhe duas, três, quatro peças de caça!... e coisa séria!... eu vejo... cabrito montês, galinhas gordas, galinholas... a Floresta Negra é rica em caça... os guardas-florestais são dele!... *Landrat* e Couteiro!... é tão bem alimentado como o Pétain... como o de Gaulle em Londres... como a *Kommandantur* em Paris... como a *Kommandantura*, amanhã!... como o Roosevelt no seu iate!... como o Franco em Madri!... e como o "Tito-Bufê-do-sorriso!..." Portanto, em primeiro lugar e antes de mais nada!... o Bébert dentro da sua sacola! retorno ao hotel!... e vamos nós! ah, antes um beija-mão na senhora!...

"Até logo, sra. Bonnard! até qualquer dia!"

E me vou!... quando voltar subirei para ver o Raumnitz... na certa ele quer me falar da estação... talvez também do Papillon... com certeza, sem a menor dúvida...

Eu já desconfiava!... aquela gente foi embora que nada!... nosso patamar estava apinhado de tropas *landsturm* e de civis dos trens, da estação, supostos refugiados de Estrasburgo... as altercações!... xingavam-se aos brados!... por causa do que tinham e não tinham visto!... ah, o exército Leclerc!... ah, os senegaleses corta-goela!... quantos detalhes!... nós não fazíamos a mínima idéia, nós os encafurnados em Siegmaringen!... ah, a mais mínima!... não tinha papo, só eles é que sabiam das coisas, esses sobreviventes dos piores massacres!... ocupavam a escada e o patamar e controlavam a porta dos cagatórios... em suma, outra invasão... subiam em grupinhos de três para mijar... de quatro... de dez!... paravam no Papillon... olhavam... o acorrentado Papillon deitado, a cabeça tumefacta, inchada, um afogado!... faziam uma rodinha em volta... até que gostariam de falar com ele, perguntar o que estava fazendo ali?... ela, a Clotilde, ajoelhada ao lado, contava tudo!... aos bocadinhos e aos soluços, do jeito que conseguia! a armadilha abominável! o choupo!... décimo segundo?... décimo terceiro?... perdia-se no meio das lágrimas!... e o riachinho!... ah, os refugiados de Estrasburgo, nem uma nem duas, mandaram-na amolar o boi!... não estavam com paciência para ficar ouvindo essas lamúrias! essas baboseiras? para eles, tudo estúpido! infantil! inepto!... eles, sim, é que tinham visto coisas de que Deus duvida!... eles, sim, é que estavam saindo dos horrores! dos de verdade!... eles, sim, é que tinham competência para falar! não iam admitir que alguém contasse outros horrores!... para início de conversa, esse Papillon, quem que era ele?... hein? um tira!... um samango! um dedo-duro?... e aquela moça ali? aquela choramingona?... que confusão era essa?... quanto mais a Clotilde contava, quanto mais meiga, mais digna de pena, mais debulhada em lágrimas... o choupo!... sétimo?... décimo segundo? já não sabia!... mais eles ficavam com os nervos à flor da pele!... mais à beira de uma crise de histeria!... não tinham escapado de Estrasburgo, e só Deus sabe por que milagre!... eles!... e dos senegaleses "corta-goela"! para escutar as choraminguices daquela moça ajoelhada em cima do seu gigolô!... não!... eles, sim, é que podiam berrar!... com o que tinham visto! e sofrido!... torrentes de sangue, eles!... não uns córregos! não uns pinguinhos!... decapitações em massa! enforcamentos! em alamedas cheinhas de árvores! alamedas inteiras!... guirlandas farândolas de enforcados! ela não tinha visto nada, essa bezerra desmamada! nós também não!... nós os vadios, enfurnados, encagaçados!... nem os senegaleses de Estrasburgo, nem os fifis que arrancavam olhos! não vimos nada!... ficavam arrancando os cabelos com os nossos ares de sabichões!... inclusive começavam a falar cada vez mais alto, a se esgoelar, sobre as chacinas do Estrasburgo deles!... e se indignavam com aquela moça ali, a Clotilde, que cara-de-pau!... a chorona!... não tinha a menor idéia!... nós também não, cambada de patetas!... ociosos, tão frageizinhos! que ela tinha mais é que ir lá ver! em Estrasburgo! tagarela!... que ia sentir saudades da sua fronteira suíça!... metida a sebo! que ia mostrar para os fifis, a sua décima segunda! décima terceira árvore!... ali, ó! ali!... a melhor! o galho para enforcá-la! e que parasse de aporrinhá-los! é!... com suas lorotas! escutar tudo isso!... espere só o exército Leclerc chegar!... não ia ser uma emboscadinha fuleira, não!... eles iam fazê-la botar as tripas pela boca, chorona babaca! os negros corta-goela!... ela ia ver só!... não ia ficar mais aí chorando à toa, não! que dava nojo escutá-la!... insuportável! "buá, buá! fecha essa boca! fica quieta!" que os pretos iam cortar a sua língua! peritos corta-línguas!... o seu gigolô, o seu tira junto!... que ela ia parar de suspirar! não tinha visto nada!... marombeira, fricoteira, cagüeteira!... rameira de meganha!... o patamar em peso aprovava, que ela era uma atrevida, dedo-duro, piranha dos tiras! e mais nada!... que já era hora de os negros chegarem e a escalpelarem! cortarem o grelo dela!... que depois disso ela pára de falar!... e que depois... depois é que ia ser ainda mais legal! é, é, nós também!... a trolha todinha dentro da boca!... que mais ninguém ia abrir o bico!... e o outro ali, no chão, o acorrentado!... Comissário especial?... papo-furado!... ele mesmo é que tinha se amarrado! ele mesmo se acorrentado!... quem mandou!... "buá! buá!", manobra de samango! não eram eles que iam cair nessa esparrela! sobreviventes de Estrasburgo! reais e verdadeiros horrores!... vai daí que ela tinha mesmo é que levar uma coça! estrangulá-la, ali, na bucha! ali mesmo!... e o tira junto!... aquela histérica, com as suas histórias de fronteiras, ciladas, e o escambau!... sua puta! se estivessem em Estrasburgo, ela e o tira, já teriam parado de se queixar, ah, bruaca dolorosa!

Só para lhe dizer como é que eles encaravam as coisas, os recém-chegados ao patamar!... muito mal!... nem um pouco afáveis, simpáticos!... eu via a indignação subir, a temperatura!... que iam lhe dar um castigo ali mesmo, eles mesmos! agora mesmo!... sobretudo as mulheres, que estavam no limite!... também tinham muito do que se queixar! "poças de sangue, assim, desse tamanho!..." hein, Hector?... não é, Léon?... e cabeças de crianças, cortadas!... querubins!... já não se sabia quantas cabeças!... uns "corta-goelas" desse tamanhão!... elas nos mostravam o comprimento, cruzes!... dos corta-goelas! a largura! a prova? igualzinho aos machados!... "não é, Hector?... não é, Léon?..." aquela sirigaita! eles iam ver só como ia ser danado de gostoso!... ela e o meganha junto!... que aí ela teria motivo para chorar! a Clotilde queria ser esbofeteada, agora mesmo! oferecia-lhes o rosto todinho, a bochecha, não tinha medo! mas elas, as refugiadas de Estrasburgo, sobreviventes dos piores massacres, e sabe-se lá por que milagre, não tinham chegado à Floresta Negra, Siegmaringen e Petáin, para se depararem com cenas desse tipo!... isso é que não! ah, muito engraçadinho esse Pétain!... aliás!... toda a corriola dele!... a prova?... essa bagunça dos diabos, é!... "hein, Hector!..." tinham umas coisinhas para dizer, elas, mulheres casadas, honestas e tudo, e cheias de filhos!... que haviam perdido tudo em Estrasburgo!... e agüentavam firme!... sobreviventes das piores carnificinas!... os outros bem que poderiam ouvi-las!... um pouquinho! e não ficar ouvindo aquela xexelenta dadeira de policial! que ainda por cima atravancava a porta! a porta dos sanitários!... e subia cada vez mais gente!... da cervejaria e da rua... na hora em que ali, eu estava vendo, a coisa ia desandar, ficar bem azeda... eis que aparece um bispo!... é, um bispo... não estou inventando!... pela escada... um bispo, batina violeta, chapéu larguíssimo, cruz peitoral... e abençoando, enquanto subia... todo mundo!... vira-se para abençoar melhor o pessoal da rua... e reabençoar!... e o patamar inteiro!... meio moço demais para ser bispo... meio grisalho... barbichudo... também não é gordo, mais do gênero ascético, epíploo discreto... ah, vejamos, o olhar dissimulado... espiando tudo muito bem!... direita, esquerda, à frente... atrás... ao mesmo tempo que os sinais-da-cruz e os sussurrados "em nome do Pai!..." mas uma presença muito forte! imediata!... uma impressão! eu já os estava vendo arrancando as roupas da Clotilde, deixando-a nua em pêlo, para começar! de tão fulos estavam! irados! queixumes e suspiros! e aí, todos se calam, de chofre! param de xingá-la de tudo!... "enxerida! nojenta! mentirosa!..." o bispo abençoando, e eles indagando... afinal essa espécie de bispo... de onde foi que ele saiu?... aonde é que ele vai? aos cagatórios?... e que não pára de benzer!... penso cá comigo, imagino, não estou nada perplexo, penso com meus botões: será que veio por minha causa?... talvez seja um mascarado? talvez um doente?... não! não! aproxima-se, faz sinal de que quer falar comigo... de onde me conhece?

"Doutor, sou o bispo de Albi!"

E depois, ao ouvido, acrescenta...

"Bispo oculto!"

Cochichando! olha em volta para que ninguém ouça.

"Bispo cátaro!"

Ah, agora entendi!... não quero parecer surpreso... bem natural...

"Oh, com certeza!"

Quer me dar mais informações.

"Perseguido desde 1209!"

Não o convido para entrar no nosso quarto, que fique no patamar, ali está bem... enquanto fala comigo ele abençoa, em pé... ainda e sempre!

"Estou no *Fidelis*, doutor! as freiras são ótimas!... o senhor as conhece!... sinto-me muito bem no *Fidelis*!, é verdade! mas se sentir bem não basta! não é mesmo, doutor?

— Ah, não, com certeza, monsenhor!

— Preciso de um 'laisser-passer' para o nosso Sínodo de Fulda!... ouviu falar?

— Ah, ouvi, monsenhor!

— Seremos três!... eu, da França!... dois outros bispos da Albânia!... ai, ainda vamos ter muito que sofrer! Doutor!

— É o que eu acho, monsenhor!

— O senhor também, meu filho!"

Pega a minha cabeça, muito amável, beija a minha testa... e depois me abençoa!...

"Todos nós somos uns perseguidos, meu filho!... meus filhos!..."

Dirige-se àquela gente ali em volta!

"Lembrem-se todos!... os albigenses! os mártires de Deus! de joelhos!... de joelhos!"

As mulheres obedecem... os homens continuam de pé...

"Ah, mas ia me esquecendo, doutor!... o escritório do sr. de Raumnitz?

— No andar de cima, Monsenhor!"

Seja ele quem for, o fato é que impediu o massacre!... as mulheres ali, que estavam qual fúrias, que eu já via retalharem a Clotilde, olham-na com ternura, de repente... e se persignam! contrapersignam! choram de emoção e bondade! no ombro da Clotilde e no da Lili e no do tira... e no meu!... todos se beijam... a comunhão!...

Nun! nun!

A voz do Raumnitz! sua voz pára tudo! ele se debruça no corrimão... está de saco cheio!... todo aquele fuzuê no corredor! que recomeça!

"Aïcha!"

Descem a Aïcha e os dogues... todos com o cu na mão... todos se afastam... e calados!... ela faz sinal para os homens: levantar o Papillon, levá-lo! carregá-lo! e por ali!... apontando com o chicote!... por ali!... para o fundo! andem!... que o levantem! junto com as correntes!... todo o embrulho!... pimba! e que içem! todo o embrulho!... levem embora!... o bispo olha... continua benzendo... pergunta-me de novo: "O senhor não é cátaro?" aproveita o zumzum, que ninguém pode nos escutar... como é que ele se chama?...

sei lá... não me disse... Monsenhor o quê?... "não! não! cátaro não!" berro-lhe!... que todos escutem! ora bolas! apesar da barulheira! o patamar todinho! ah! tenho o reflexo da autodefesa! na mesma hora! adquiri a autodefesa! uma graça de Deus! o faro animal! sou odiado demais por todo mundo, alvo de tantas calúnias! mais esta, ainda por cima! perseguido de meia-tigela! que se foda o cátaro!... já basta o artigo 75!... cátaro?... cátaro?... vai lamber sabão! deve ser famoso esse vigarista! provocador, tarado! o campeão!... e ali à espreita!... a mim não tapeia!... berro mais uma vez! que o Raumnitz, a Aïcha me ouçam bem! "cátaro não! cátaro não!..."

Defendo-me!

Tão cedo não vão me meter noutra enrascada! cátaro, albigense, arcebispo, assim, total surpresa! na maior desfaçatez!... valha-me santo Onofre! porra!... ainda bem que o pessoal está indo embora! o bispo, arcebispo e suas benzeções!... todo o povo do patamar e a Aïcha e os dogues! o comissário empacotado com as correntes junto! e a Clotilde aos prantos!... tudo isso se enfia num corredorzinho, lá para o fundo, mas aí então, um incidente!... anoto! assinalo-o para você! a Clotilde dá um grito! faz meia-volta! e se joga, ela a tão frágil chorosa Clotilde, contra os bestas-feras de Estrasburgo! que a atiram na parede! espatifada! com uma violência que pelo amor de Deus!... fica meio achatada! ah, mas se revolta! de novo! sai para a briga! reataca!... ela, a tão frágil Clotilde aos prantos! agarra o seu Papillon pela ponta da corrente e não o larga mais! crispa-se junto dele! pega-o pela cabeça... e o beija! beija! o povão arrasta tudo, empurra tudo lá para o fundo, a porta do fundo!...

A Aïcha já está lá... à espera... ela e os seus dogues... defronte da porta, Quarto 36... eu sei... eu sei!... meu falso médico já está lá... e sua enfermeira... bem, creio... e o doente também... aquele da minha cama, que ele justamente ia operar, o garagista gordo de Estrasburgo... e vários outros que nunca mais revi... creio... creio...

não tenho absoluta certeza... e se aproveitasse para ir lá ver?... Quarto 36?... fico na maior dúvida... deve estar abarrotado... eu poderia ir lá, poderia entrar... o Papillon, a Clotilde, o bispo... e gente às pampas, os carregadores e suas mulheres, se enfiam no 36!... a Aïcha permite... eu poderia me deixar levar... junto... a Aïcha fica na porta com os seus dogues... de olho em mim para ver se eu vou passar... até que deixaria... "não! não, ô, coroa! nada disso!" estou curiosíssimo, mas não a esse ponto!... chega, porra! de truques e manigâncias que me engazoparam!... não me presto mais a isso! sua Aïcha de rabo grande! sua bunda rebola-bola, sua bailarina de serpentes!... sai pra lá!... vê se te enxerga, sua piranha!... que eu sou horroroso! ossos e ódio!... e vou te empalar todinha! está ouvindo! azeitona! tâmara! perua! 1900, estou bem te vendo, ali na porta!... bailarina de serpentes, gordona!... botas de crocodilo vermelhas, e jóias imensas! e o chicote! tchauzinho, Aïcha! senão eu vou te empalar! não, não vou entrar no 36! no seu 36! largo tudo ali mesmo! e vou dar no pé! que eu tenho mais o que fazer! o meu dever! no 11, os doentes me esperam!... em primeiro lugar! é!... mas e a estação?... o Castelo? a estação primeiro!... outros trens devem ter chegado!... tenho de descer de novo a Avenida... de porta-cocheira em porta-cocheira... de calçada em calçada... o perigo, não são só as pequenas rajadas... aqui... ali... também os tagarelas que o agarram e não o largam mais!... toda vez que saio do *Löwen* para ir ver fulano... beltrano... não escapo!... dou de cara com o energúmeno que me faz parar!... a cada porta-cocheira... cada esquina... que eu diga a ele o que estou achando dos acontecimentos! e nada de resumir!... e nada de deixar para mais tarde! agora! e muito francamente! abertamente! o tapa no ombro! de deixar a gente todo luxado, destroncado! o aperto de mão, com um vigor que você bambeia, balança, fica zonzo!... "ah, olhe quem está aí! nosso querido doutor!", que boa surpresa!... que alegria!... ah, mas você, então, cuidado! todo cuidado! olho vivo, pé atrás! hora de responder bem espontâneo! dinâmico! otimista! terrivelmente convencido! o homem que pede a sua opinião não é um alcagüetezinho qualquer! não bobeie! não embrome! vá em frente!... "que a vitória alemã está no papo... que a Europa nova está aí prontinha!... que o exército secreto destruiu Londres inteira!... rasante! que o von Paulus está em Moscou mas só divulgarão depois do inverno! o Rommel está no Cairo!... que tudo isso será proclamado ao mesmo tempo!... que os americanos estão pedindo a paz... e que nós, ali na calçada, por assim dizer, é como se já estivéssemos em casa! desfilando nos Champs-Elysées!... que é apenas uma questão de trens, transportes!... não há trens suficientes!... questão de semanas! o regresso por Rethondes e Saint-Denis!"

Como você parece informado! ele se coça ao mesmo tempo em que lhe diz isso... o homem está cheio de sarna!... ai, não fale de sarna, por favor... de sarna, não, por favor!... só do regresso pelo Arco do Triunfo!... a nossa Apoteose! reacender a chama!... e o de Gaulle de Londres e sua patota, e o Roosevelt, o Stálin, liqüidados!... amestrados para sempre! com argolas nos focinhos, todos!... e presos no Zoológico de Vincennes! de uma vez por todas! para o resto da vida! acima de tudo não deixe transparecer a mais remota e ínfima dúvida! basta que diga "o Rommel não está tão certo de manter o controle do Canal... Suez pode muito bem resistir!" e ai de você, está ferrado!... nunca mais ninguém o verá!... quantos desapareceram assim, por terem se revelado meio céticos com os "homens das portas-cocheiras"?... carradas!... que nunca mais ninguém viu!...

Tudo bem, era muito mais seguro ficar em casa!... mas não tão fácil! não tão fácil!...

Meu Deus, como seria agradável guardar tudo isso para si!... nem mais uma palavra, nada mais escrever, que nos deixem em paz... iríamos terminar em algum canto à beira-mar... não na Côte d'Azur!... o mar de verdade, o Oceano... não falaríamos com mais ninguém, a tranqüilidade em forma de gente, esquecidos... mas e a gororoba, Mimile?... cornetas e tambor!... vá para a cama elástica, velho palhaço! e dá-lhe de pular! mais alto!... mais alto! você está sendo aguardado! o público só lhe pede uma coisa: que você se arrebente, quebre a cara!

O Achille andou me cutucando ontem, por que eu estava demorando tanto?... velho peixe frito libidinoso, esse aí nunca escreveu um livro, ora bolas!... a cabeça nunca o fez sofrer, ora bolas!... saco! o Loukoum, moleque de recados dele, veio me ver, por que eu era tão grosseiro?... e tão vagabundo? que o seu querido e venerado Achille tinha torrado quantias fabulosas em propaganda de todos os tipos, coquetéis, ônibus embandeirados, strip-teases de críticos, anúncios enormes na primeira página dos jornais mais execráveis, dos mais ferrenhos "antieu" para anunciar que, pronto!, eu tinha terminado o meu livro filho-da-puta! e depois, neca!... ah, o Loukoum, está de queixo caído!... que eu pareço ainda mais tratante mais vagabundo que no ano passado! que ele não se atreverá a contar para o Achille!... esse golpe para o pobre velhote!... as atenções que um tem com o outro!... e até mesmo com o Gertrut, concorrente deles, monóculo azul-celeste!... eu, ali, sou o desmancha-prazeres, a praga a má-fé cínico sabotador, desbocado desastroso bufão...

Se eu me desse ao trabalho de pensar que o Achille tem de ir a Dax... e voltar por Aix e Enghien! e que já não é um menino! que fará cem anos em julho!... e que não queria partir sem deixar esse negócio acertado, todos os meus manuscritos no seu porão! que por minha causa já desistiu de Marienbad... de Évian!... que vai no máximo só até o jardim de Luxemburgo... até os Champs-Elysées... que nem o Teatro de Marionetes o diverte mais!... nem o trenzinho do Bois... de tal forma está fulo de raiva com as quantias que investiu, aplicou na minha glória!... e que eu não estou dando a mínima bola!... não tenho a menor consciência!... na lata de lixo, o meu calhamaço!

"Loukoum! Loukoum! um táxi! depressa!"

Ele se surpreende mas se levanta... acompanha-me... o jardim... a calçada...

"Motorista! motorista!... O cavalheiro vai para Lourdes! para Lourdes, motorista! depressa! depressa!"

Ah, ele vinha sacudir a minha apatia! pois vou curá-lo! Lourdes! ou não-Lourdes! que os três partam para lá! os quatro! para Lourdes! que não se chateiem! pois eu tenho mais o que fazer, um pouquinho! estava lhe falando de lá, do patamar...

Eu estava crente que depois do Papillon e da Clotilde e do bispo cátaro e do falso médico e do operado e da espécie de carnificina na estação, não precisaria mais nada... por algum tempinho... que merecíamos um pouco de sossego... quer dizer, não mais tantos estrasburgueses, aquela corja de escandalosos de tudo que é tipo, energúmenos, arruaceiros, comadres, mascarados, falsos-isso... falsos-aquilo... mas que nada!... continuavam a subir outros, e cada vez mais!... da rua... da cervejaria... de todo lado!... uns em cima dos outros! obstruíam a escada, engarrafavam... tentar forçar a passagem era ser surrado, esmagado!... é que para completar estavam furibundos, queriam tudo, e pra já! comer, dormir, beber, mijar!... e o exigiam aos gritos! enfadonhos, possessos! mijar, beber, comer!... ali onde morávamos!... arrisco-me... "me deixem passar!... não! não! não! vem cá, ei, seu veado! chega pra lá, ei, seu merda!... chega aqui, seu sanguinário!" A impressão que causo neles, a sensação... o meu prestígio... desde então não aumentou muito, o meu prestígio!... mas ali era urgente!... tinha de ir ao Castelo... paciência! mais tarde! e o Raumnitz?... no andar de cima!... portanto, subo em vez de descer... quarto 28, *toc! toc! toc!... herein!...* está deitado... fumando...

"Eu o proibi de fumar, Comandante!"

Ataco!... acha graça quando lhe proíbo isto... aquilo... mas não há outro jeito... com essa prostração, eles se permitem tudo...

"Dispa-se, Comandante! a sua injeção!"

Praticamente todo dia injeto-lhe os seus 2 cm^3... ah, ele precisa!... não é luxo!... falta de ar... passo trôpego... à beira do acidente feio... ali, deitado na cama, nu, ele é o que é, ex-atleta exausto... tornozelos inchados... ausculto-o... o coração... o coração não mente jamais... diz o que é para quem o escuta...

"E então, doutor?

— Ah, já lhe disse!... cinco gotas num quarto de copo d'água, cinco dias seguidos... e depois o óleo canforado, a sua injeção... e também repouso!... nada de se cansar!... e parar de fumar!... sobretudo parar de fumar!"

Não posso dizer que seja um homem antipático, o von Raumnitz... é o boche a se aceitar tal qual ele é... de onde ele é!... estive na terra desses boches, o norte da Prússia... Brandeburgo... estive lá bem pequeno, 9 anos... e mais tarde, hospitalizado... não gosto do lugar, mas, bem... é uma planície de terra pobre e areia, no meio de cada floresta que só vendo!... terras de batatas, porcos, e mercenários... e planícies de temporais! nossa mãe! dos quais aqui não se faz nem idéia!... e daquelas florestas de sequóias das quais também não temos nem idéia!... a altura desses gigantes! cento e trinta metros!... você vai retrucar: e na África?... ah, nada a ver!... nada de sequóias! entendo um pouco disso!... conheço lugares demais!... lugares imensos... lugares minúsculos... conheço a Prússia dos von Raumnitz... nada de paisagens para turistas!... laguinhos lúgubres, florestas ainda mais fúnebres... assim é o Raumnitz... assim é de onde ele vem... fidalgote prusso-trapaceiro cruel sinistro e porco... e também, apesar dos pesares, um lado bom... o lado Graal, Ordem Teutônica... imagine só aquela história de Vincennes, a palmada na bunda em Vincennes, que definitivamente o deixou com um ódio daqueles e com um mau humor que eu, que no entanto sei fazer rir, tinha de me esforçar às pampas para que ele não perdesse de vez as estribeiras e me despachasse para o outro mundo!... eu já estava vendo a hora!... ali mesmo!... mais ainda porque minha área de ação era... aquela bunda ridícula... a prova, sempre lhe perguntava se ainda sentia dor aqui?... e ali?... não devem ter lhe dado só palmadas, com toda certeza houve coronhadas!... eu via as marcas, as equimoses... dava a injeção bem ao lado... queria que ele se deitasse... ah, não o pouparam!... isso me fazia lembrar os certificados... "eu abaixo-assinado etc... ter observado etc... equimoses, sufusões sanguíneas, marcas de pancadas... agressão de que a sra. Pellefroid nos diz ter sido vítima... tanto... de tanto... de não sei quanto..." Sartrouville... Clichy... Bezons... propus um a ele também! "agressão da qual nos diz ter sido vítima... etc."... brincadeira ousada!...

"Mas ele se suicidou, doutor! esse porco! esse covarde! eu o conheci, sabe, o Stupnagel!... vinte vezes poderia tê-lo mandado para a forca! está me ouvindo?... acredita?... o Stupnagel! vinte vezes!... toda a turma do Castelo também! aqui!... vinte vezes! e todos os de Siegmaringen! também! vinte vezes!... traidores?... todos traidores! conheço todos! e o Pétain! acredita, doutor?

— Acredito, Comandante! com certeza!... o senhor deve ser dos mais bem informados... mas fale baixo... Comandante! mais baixo!... pense no seu coração!..."

Eu pensava mesmo é que se ele caísse fulminado, ali, durinho, num acesso de raiva, ao meu lado, eu ia entrar pelo cano!...

"E na estação?... o senhor viu na estação?"

Queria que ele mudasse de assunto...

"Vi, sim, aquela estação... não acredito, sabe, Doutor, naquelas espécies de motinzinhos... tudo aquilo: fabricado!... fabricado!... balas que se perdem aqui!... ali!... o senhor mesmo, Doutor, tome muito cuidado! não fique zanzando tanto pelas ruas...

— Agradeço, Comandante!"

Não fazia questão que ele me contasse mais coisas... que fosse o Brinon, ele ou o Diabo que o carregue!... a gente sempre se arrepende das confidências... mais ainda nos momentos perigosos... confidências são para os salões, para belas épocas conversativas, bem digestivas, sonolescentes... mas ali, exaltados para todo lado, e as Armadas enchendo os ares, era cutucar o raio com vara curta... não era hora de análises! nem por sombra!... o menor palitinho de fósforo... e sabíamos o que nos aconteceria!

O Raumnitz, como lhe disse, tinha sido um atleta vaidoso... não o fidalgote empoado e poltrão! não! o atleta olímpico!... campeão pela Alemanha, nado olímpico!... ali, pelado na cama, eu via o que sobrava do Olímpico... músculos moles, flácidos... esqueleto ainda apresentável... muito apresentável... cabeça também... feições Dürer... traços gravados à Dürer... rosto duro, nada antipático... pois é... aposto que tinha sido bonito... os olhos, o olhar boche... o olhar dos dogues... olhos nada feios... mas fixos... altivos, diremos... são raras as cabeças que têm um algo mais, que não são "cara-de-povão".

"Vai ao *Fidelis*, Doutor?

— Ah, vou, Comandante!... ah, com certeza!"

O *Fidelis* não me entusiasmava, por motivos... vou lhe explicar...

"Vou lhe dar uma carta para ler!

— Mais tarde!... mais tarde, por obséquio, Comandante!... vou descer! quando subir!

— Vai voltar?

— Ah, com certeza!... vou!... bem, espero...

— Tome cuidado com o Brinon! não acredite no Laval!... não acredite no Pétain! não acredite no Rochas!...[58] não acredite no Marion!

— Não tenho que acreditar neles, Comandante! são o que são!... o senhor também... eu também...

— Ainda assim, leia-me esta carta!"

Insiste!... olho primeiro a assinatura... *Boisnières*... conheço esse Boisnières, tem sob sua guarda as "lactantes" do *Fidelis*... o berçário do *Fidelis*... é ele que impede que aconteçam coisas, que a situação fique preta entre as mães das crianças e os "homens da ordem" do *Fidelis*... são pelo menos trezentos tiras divididos em quatro dormitórios, dois andares do *Fidelis*, tiras de todas as províncias da França, evacuados de todas as Prefeituras, ali coçando o saco... o Boisnières vulgo Neuneuil está de "guarda no berçário"... policial de confiança!... "aqui ninguém entra!" Neuneuil e suas fichas!... tem um fichário: três mil nomes! é a sua menina-dos-olhos!... os fifis lhe vazaram um olho, combate no maquis! para você ver como ele é de confiança!... não quero ler a carta, não tenho tempo!... conheço um pouco o Boisnières-Neuneuil! sem a menor dúvida está denunciando mais alguma coisa... alguém! a mim, talvez?... eu o conheço! um chato!... zarolho, sarnento com furúnculos, e tipo "uma mão lava a outra"...

"Está denunciando mais alguém?

— Está, doutor! está! a mim!

— A quem?

— Ao Chanceler Adolf Hitler!

— Taí! é uma idéia!...

— Que me viu sair de automóvel! é! é! sair para ir pescar truta em vez de vigiar os franceses... não nego nada, doutor! repa-

58. V. Charles Rochat.

re! é um fato! sou culpado! o Neuneuil tem razão! mas não quer ler a carta?

— O senhor já me disse tudo, Comandante!... o essencial!

— Não! o essencial, não!... o seu compatriota Neuneuil encontrou coisa ainda bem mais grave!... é idéia dele!... idéia dele! que eu saboto a 'Luftwaffe'!... que torro vinte litros de 'benzin' para ir pescar minha truta!... e é verdade! absolutamente certo! não digo nada! tem toda a razão, o seu compatriota Neuneuil!

— Ah, ele exagera, Comandante!

— Tem razão de exagerar!"

Não era hora de contradizê-lo!... dialética? no cu! todos no mesmo saco! todos! e a desgraçada Luftwaffe deles! para o que ela servia! mas não ia lhe dizer isso!

"Espere, doutor!... espere! mandei chamá-lo!"

Sua insistência para que eu lesse a carta... ficasse ali... o Neuneuil é que ele queria me mostrar!...

"Doutor, por obséquio!... desculpe!... sente-se!..."

Puxa a cueca... calça as botas... fecha o dólmã...

Vai até a porta, abre-a... vai até o corrimão, debruça-se... e num vozeirão...

"*Hier!*... Senhor Boisnières! O senhor Boisnières não está aí?

— Estou! Estou, Comandante! aqui!... subindo!..."

De fato, ele chega!... está ali...

"Entre!... o senhor é mesmo Boisnières vulgo Neuneuil?

— Sou, Comandante!

— Então me olhe de frente! bem de frente!... escreveu mesmo esta carta?

— Sim, Comandante!

— Reconhece?

— Sim, Comandante!

— A quem a enviou?

— O senhor tem o endereço, Comandante!"

Ah, nadinha intimidado!...

"Apenas cumpri o meu dever, Comandante!

— Pois é, eu, senhor Boisnières, também vou cumprir o meu!... vulgo Neuneuil!... olhe-me bem de frente! aqui! bem de frente!"

Plaft!... Plaft!... e aí então duas bofetadas monumentais que o Neuneuil ficou como que levitando!... voa a pala do quepe!... arrancada!

"Pronto, está aí o que eu penso!... Senhor Boisnières vulgo Neuneuil!... além disso, e acrescento, poderia lhe dar um castigo muito maior!... e o senhor sabe!... e não o faço!... castigá-lo de uma vez por todas! miserável canalha!... ah, eu desperdiço gasolina?... ah, eu saboto a Luftwaffe?... não desperdiçarei nem uma pequena bala para fazê-lo calar, senhor Neuneuil! nem um nó de corda!... o senhor não vale um nó de corda! nada! saia! saia! suma da minha frente! e que eu não torne a vê-lo! nunca mais! se algum dia o encontrar aqui, mando afogá-lo! mando ir ver as trutas! vá! vá! e a galope! imediatamente! para Berlim!... pegue a sua carta!... Neuneuil!... não a esqueça! Neuneuil!... faça o Führer lê-la pessoalmente! em Berlim! a galope! Senhor Neuneuil! *los! los!* e que nunca mais eu o encontre aqui! nunca!... *los! los!...*"

Isto, sim, era raiva...

O Neuneuil ajeitava a pala...

"Se um dia o encontrar aqui, será fuzilado! e afogado!... fique sabendo! motivos não faltam!"

O Neuneuil, aquelas duas bolachas brutais!... o deixaram afinal de contas bastante abalado... cambaleava... tentava ajeitar a pala, mas estava difícil...

"Bem, Comandante! o senhor está me dando uma ordem!"

E vai embora, e fecha a porta...

"Doutor, viu esse homem?... pertence aos nossos serviços há vinte e dois anos!... não parou de trair durante vinte e dois anos!... e trai a nós!... e trai a vocês!... e denuncia Deus e o Diabo! traiu a Inglaterra! a Holanda! a Suíça! a Rússia!... é pior que o pope Gapone! pior que o Laval, pior que o Pétain!! denuncia! denuncia tudo! salvei a vida dele vinte vezes, doutor! fui encarregado de matá-lo vinte vezes! eu!... o Neuneuil! poderia mandar fuzilá-lo aqui mesmo!... escreveu aos ingleses... queria mandar seqüestrar o Laval... é... e eu sei por quem!... pelos ministros do Castelo! é!... é essa gente que o senhor escuta! Doutor! todos traidores, judeus, complôs no Castelo!... está informado?

— Eu escuto, Comandante! Eu o escuto!... ah, decerto, o senhor tem toda razão!"

Eu, hein! se ele me afirmasse que sou mongol eu iria contradizê-lo?

"Pois bem, doutor, saiba de uma coisa!... só entre nós!..."

Vai me dizer a coisa... cala-se... recomeça... ah, desembucha...

"O senhor sabe ou não sabe... mandei prender o Ménétrel!... não posso mandar prender todos eles!... não!... todo o Castelo!... e olhe! e olhe que seria necessário!... eles merecem!... todos, Doutor! e o senhor junto!... e o Luchaire* e esse judeu de vocês, o Brinon! e todos os outros judeus do Castelo: um gueto, este Castelo!... está informado?

— Claro que estou, Comandante!

— Dá a impressão de não estar dando a menor pelota! mas dos judeus não vai escapar!

— Nem o senhor... deles também não escapará, Comandante!"

Estávamos quase rindo... Desse futuro divertido pra caramba!

"Então, por obséquio!... poderia fazer a gentileza de me dar outra injeção? Esse homem encantador me cansou!

— Percebi, Comandante! percebi!...

— Não vá me assassinar, hein, doutor!... ainda não!"

Ah, como estamos rindo!... gargalhando!

"Comandante, observo-lhe que não assassino ninguém!... eu!... nem aqui nem em outro lugar! que nunca deixei um só doente morrer! eu! mas peço-lhe encarecidamente! as circunstâncias! as condições!... aproveito a ocasião para observar, Comandante, já que estamos falando disso... que esses 2 cm^3 de óleo canforado que vou lhe aplicar, e do qual o senhor tanto precisa, consigo não com o seu *Hof* Richter *Apotek*!... não!... o Richter sempre me respondeu que não tinha!... o senhor, que sabe tudo, sabe que esse óleo canforado me vem da Suíça! e que o compro a preço de ouro!... de um 'contrabandista'! com ouro, o meu! veja bem! não com o do Adolf Hitler! nem do Reich!... aliás meu quarto está entupido de ouro! o senhor que sabe tudo! que só pensa em confiscá-lo! igual aos senegaleses do Leclerc! mas que jamais confiscará! que sabe muito bem que nunca mais teria óleo canforado!...

— Devo, pois, ser-lhe muito grato, doutor, se estou entendendo bem?

— Com certeza, deve sim, Comandante!

— Bem! toda a minha gratidão, doutor! *stimmt!* mas então, eu também, uma coisa! faço questão! o senhor que gosta dos atestados... quero que seja testemunha do comportamento desse Boisnières!... que o senhor testemunhou, que eu devia matá-lo! que não matei! que ele, positivamente, me desafiou! não?...

— Sim! sim, Comandante! é um fato!... mas deite-se! e dispa-se de novo, Comandante! a cueca!... só a cueca!"

Dou-lhe mais uma injeção... na bunda... e recolho meu materialzinho... ampolas... algodão... seringa... escutamos um bate-boca lá fora... mais embaixo... de novo no nosso andar!... eles recomeçam...

"Mas onde está a minha mulher?

— Por favor, não se mexa! Comandante! a sua injeção!... permaneça deitado! pelo menos cinco minutos... assim mesmo!... vou lá ver!"

Abro a porta... o Neuneuil está lá!... arengando!... do corrimão!... nem desceu!... todo o andar, o nosso andar, caçoa dele!... estocadas!... caíram na pele dele!... lá de baixo ouviram tudo! as bolachas!... e como o Raumnitz o tratou! ah, o Neuneuil!... ah, o espertinho! a fuça dele!... a pala do quepe dele!... aquela pala tinha voado, hein!...

"Volta lá! vai! ei, seu banana! mulherzinha!... vai lá!... bate na bunda dele!... dá umas palmadas nele!... ele está acostumado!... baixa a calça dele!... capão!..."

Incitamentos para dar e vender!... mas, ah, ele não queria voltar! queria que o patamar em peso o escutasse!... primeiro! primeiro!... mas nem eles lá embaixo, nem ele lá em cima queriam escutar! nada! ninguém!... então o Neuneuil começa a descer... um degrau... dois degraus... chega perto deles... "me deixem passar... vou ver o doutor!" A Lili está lá, no nosso quarto, o 11... deixa-o entrar... entrega-lhe a sua caixa, que ele guardara no nosso quarto, a sua caixa... a sua caixa com as fichas... toda Siegmaringen em fichas! e recomeça a assuada! o patamar inteiro!... é xingado de veado e de eunuco porque não sobe para ir dar uma coça no Raumnitz! o brutamontes! o Obertiraführer! mas é o fichário que lhe interessa! está cagando para o resto! "atenção, pessoal! escutem bem, vocês todos!... bando de otários!... prestem muita atenção, todos! saio engrandecido dessas provações! e voltarei de Berlim mais temível do que nunca!

— Hu!... hu! samango!... ei, vai tomar no cu!... em Berlim! seu calhorda!... pústula!..."

Foi assim que todo o andar reagiu!... mas o deixam passar... ele e seu fichário... seu fichário bem apertado debaixo do braço... e que ele mostra! e bate na tampa da caixa!... "é o meu fichário, sim! cambada de imbecis!... e Siegmaringen inteirinha está aqui dentro! escrotos!... vocês vão se distrair, comigo lá em Berlim!... eu, o Neuneuil! pescador de trutas, aqui, ó!..."

Nisso ele se vira para o alto, para a balaustrada... dá uma banana para o Raumnitz!... aí, é provocação!... o punho apontado para o Obertirafürher!... os outros que o aconselhavam a ir lhe dar umas palmadas... de repente!... num ai!... mudam de idéia!... não caçoam mais!... deixam o Neuneuil ir embora... bravateiro histérico, idiota!... dá que o Raumnitz fica emputecido! um sujeito desses é uma praga!... ele desce calmamente toda a escada até a rua... deixam-no passar numa boa!... pior que o cólera! pode ir embora junto com as suas fichas!... ah, não o seguram!... ninguém!... aliás parece que todo o patamar derreteu!... mais nenhum esporro!... e vai tudo saindo, descendo para o *Stam*... os estrasburgueses, os Volksturm, as donas de casa... todo aquele mundaréu defronte da nossa porta, para os cagatórios e para a consulta comigo... mais ninguém! ele disse cada frase o Neuneuil que o pessoal tratou de descer para a cervejaria, não quer mais ser visto no patamar... junto com ele!... o Neuneuil virou um escândalo, de repente! não convém nem olhá-lo!... só fiquei eu no patamar... me chamam lá de baixo, para ir lá! o Neuneuil! quer falar comigo!... desço...

"Hein, doutor! o senhor viu! esses merdas! todos com caganeira!... e o outro lá em cima! o senhor também viu, doutor!... aquela besta! casca-grossa tapado! pescador de trutas! ele me arrasou!... bem! me despachou! ainda vai me ver de novo!... ah, está achando que se livrou de mim! o senhor também ainda vai me ver, Doutor! aperto-lhe a mão! dou-lhe um abraço!"

Chorava... na verdade, vai andando... não na direção da estação!... nem para o outro lado... lado *Fidelis*... não!... a estrada que sobe... a de Berlim!... saindo do hotel, à direita, e depois, a *Herzoggasse*, e logo à esquerda!... a ruela... faço sinal ao schupo da porta... que o deixe... que está tudo bem!... que o deixe partir... o schupo já queria que ele subisse de novo!...*nein! nein!*... é a mando do Raumnitz! que ele parte para Berlim!... vai a pé!... altamente secreto! *psit! psit!* faço-lhe o sinal!... que faça sinal ao outro!... ao outro schupo ali em frente... na outra calçada... altamente secreto!... e falo com o schupo... "*Raumnitz befehl!... gut! gut!...*" tudo bem! o Neuneuil pode passar... parte, devo reconhecer, galhardamente, num bom passo, o fichário debaixo do braço... "Boa sorte, doutor!"... está sozinho na estrada... desaparece ali, não muito longe, nas árvores... nas árvores, logo depois do *Prinzenbau*... a estrada que sobe...

Ai, que eu não tinha vontade de sair... mas não houve jeito... não no próprio dia mas no seguinte... buscar as sobras para o Bébert... e já que era na casa do *Landrat*, ir ver a sra. Bonnard... eu lhe contei, a paciente mais velha, 96 anos, paciente bem delicada e frágil... que gentileza!... que distinção! que memória! o Legouvé de cor, toda a sua poesia... todo o Musset... todo o Marivaux... era uma delícia ir ao seu quarto, ficava para escutá-la, fazer-lhe companhia, maravilhado... eu a admirava... não admirei muitas mulheres, admito, numa vida no entanto cercada de saias... mas ali reconheço que era sensível... não sei se mais tarde a Arletty me causará a mesma impressão... talvez... o famoso mistério feminino não vem das coxas... as clínicas Baudeloque, Tarnier, todas as maternidades do mundo estão repletas de mistérios femininos... que estão parindo, sangrando, confessando, berrando! mistérios? qual o quê! é uma outra onda muito mais sutil do que "piroca, amor e o teu coração"... mistério feminino... é uma espécie de música de fundo... ah, impossível captá-lo assim!... ou assado!... a sra. Bonnard, a única paciente que perdi, tinha essa finura, esse rendilhado de ondas... como recitava bem Du Bellay... Charles d'Orléans... Louise Labé... com ela quase compreendi certas ondas... meus romances seriam totalmente diferentes... ela se foi...

Voltemos ao nosso *Löwen*!... depois da partida do Neuneuil por pouco não tivemos uma semana de sossego... apenas três alertas... e duas "urgências" no *Fidelis*... nada mau!... mas começava a fazer frio, outubro de 44... e aí então tiveram, no Castelo, uma idéia genial... previdente!... os "Comandos de lenha"... isso consistia em mandar voluntários apanharem gravetos, madeira seca, cepos, e trazer tudo em enormes feixes, amarrados com cordas, barbantes, todos os voluntários presos nas cordas!... rebocar tudo isso! valentemente! oba! todo mundo atrelado, no batente!... homens, mulheres, moços, velhos! e cantando!... voluntários? É modo de dizer... boas vontades! as "más", igualzinho! atreladas também! "Comandos de lenha": levantar o ânimo... dos hesitantes... "A Força pela alegria"!...[59] o 4º grande Reich morreu, todas as pessoas e as casas junto, e Beethoven também! cantores da "Força pela alegria!" Sinfônicos! santo Deus, que zoeira! O francês não é dos mais sinfônicos, esses comandos "todos na madeira seca", nas cantorias e na alegria, acabava deixando o pessoal mais desconfiado, e querendo ficar em casa debaixo do colchão... tanto mais que eram levados para o meio da Floresta Negra, bem pertinho do campo que justamente recebia as nossas crianças de peito, Cissen... de onde não voltavam... ao redor do Campo, era o lugar escolhido para o trabalho voluntário dos lenhadores de choque... pioneiros-graveteiros-apanhadeiros...

A profissão de cada um pouco importava!... a boa vontade é que contava! trazer toda a lenha, toda a floresta, tudo o que estava

59. "A Força pela alegria" (*Kraft durch Freude*), movimento criado nos anos 1930 pelo dirigente nazista Robert Ley, para organizar atividades de lazer. (N. P.)

seco, para o inverno! Não teríamos mais nada! as prefeituras... a boche, a francesa bem que tinham avisado! nada de distribuições... nada a esperar!...

Quer dizer, então, que a guerra! não tinha acabado? não era hora de fazer considerações, onde já se viu!... o caminhão-gasogênio esperava os voluntários na frente da prefeitura (*Prinzenbau*)... cedinho, às seis e quinze... levava-os, não os trazia... por seus próprios meios, a volta!... autônomos esportivos!... atrelados aos troncos de árvore... o Volga nada inventou, Buchenwald tampouco, a Muralha da China tampouco, nem o Nasser, nem as Pirâmides... nem os sólidos pontapés na bunda!... é preciso que a coisa ande, e mais nada!... e na cadência! e todos... *eia! sus!* nos barcos do Volga, nas pirâmides! *eia! sus!* deviam se considerar "voluntários"!... seis e quinze, defronte da nossa Prefeitura (*Prinzenbau*)...

“Ah, Céline!... Céline!... querido Céline!... estava mesmo à sua procura!...”

Até que enfim eu ia poder sair... mais ninguém no patamar... todos na cervejaria...

“Ah, Céline!... Céline!”

Penso cá comigo: olhe o zureta aí!... e não está só... com uma senhora... uma jovem senhora... sobem para me ver... faço-os entrar...

“Céline!... Céline!... preciso de você!... acabo de ver o Brinon!... ele está de acordo!... o roteiro fica por sua conta! você é que o escreverá!... eu, os diálogos, é claro!... é claro!... acabo de ver o Laval, ele está de acordo! sou o produtor, diretor! não é? concorda?... a câmera vem de Leipzig!... os russos estão de acordo, ah, a autorização dos russos, você nem faz idéia, Céline! acabei conseguindo!”

Bate no peito... à altura do bolso... no bolso onde está a sua carteira, a autorização...

“Farei tudo!... a decupagem!... os diálogos!... tudo!... as dificuldades que tivemos!... Leipzig, imagine só!... Leipzig! mas você nos entrega rápido o seu roteiro! bem rápido, Céline! devo rever o Laval amanhã! que esteja pronto! ele está de acordo!..."

A senhora ali... sua mulher provavelmente... não disse uma palavra... deixa-o falar... e como fala!... uma veemência, uma metralhadora! não consegue ficar quieto!... de um pé para outro... pula!... pulinhos e meias-voltas!... e cheio de gestos! uma força da natureza!... como se quisesse vender alguma coisa... ah, de repente pára... cai em si...

"Ai, desculpe!... desculpe, Céline!... estava me esquecendo da minha mulher!... a nossa estrela!... é ela, não é?... deixe que eu a apresente!... Odette Clarisse!

— Bom dia, senhora!"

Eu não tinha olhado muito para ela... mas o seu chapéu!... um chapeuzinho bem bacana... um panamá com flores... e veuzinho!... já imaginou?... veuzinho?... nessa altura dos acontecimentos?... na Alemanha, naquele momento, um veuzinho!

"A Odette será a estrela do filme!... está combinado!... o Brinon concorda!

— Ah, ótimo! ótimo!

— Odette, dê bom-dia à sra. Céline!"

Não é feiosa essa pequena... olho-a melhor... está vestida como estrela... estrela da época, meio Marlene, meio Arletty... saia muito justa... sorriso também... estrela! atenção!... sorriso não para rir!... meio matreiro, meio "vou-me-suicidar"... ali, a propósito, viria bem a calhar, hora de pôr fim em tudo... mas ainda assim permanecia o enigma, encontrar um chapéu de flores, e um veuzinho, sapatos de crocodilo, bolsa idem, meias finas de seda, na Alemanha em brasas?... devia ter sido uma proeza!... vestir aquela bonequinha!... que em toda a Alemanha, naquele momento, não se achava nem um grampo de cabelo!... onde ele havia encontrado tudo aquilo?... para trazer a sua estrela de Dresden?...

e não só ela!... nos trinques os dois!... ele veludo cotelê, culotes de montaria, suéter de gola rulê, polainas, uns pisantes de sola tripla! um enigma, digo a você!... e engraxados, escovados!... impecáveis... ele!... ela!... prontos para filmar... ele eu conhecia, do *Fidelis*, tinha tratado de sua sinusite... agora ali, completamente curado! força da natureza!... magnífico! Raoul... seu nome... Raoul Orphize... tinha ido para Dresden... ponto de encontro dos artistas, queimado nesse meio tempo, 200 000 mortos... saíram de Dresden para Munique... e depois para Leipzig... e depois voltaram a Dresden... Dresden em cinzas! filmar em Siegmaringen... ah, ele já tinha bolado todo o seu filme!... seqüências, ritmo!... eu só precisava seguir as suas idéias, a sua construção filmo-técnica... "cenas da vida cotidiana em Siegmaringen" o Brinon trabalhando!... a gráfica e a redação do jornal *La France*, os redatores no batente... "Radio-Siegmar" em plena transmissão! a cabine, os operadores... e a Milícia nos exercícios!... e eu, nas minhas consultas!... o Pétain, no seu passeio... as crianças, nos jogos!... e os pais, as mães, jogando também, bocha! todos na alegria! o belíssimo humor! *Kraft durch Freude!* sempre! sempre! a alegria!

"Dizem-me que você anda muito abatido, Céline?... é verdade?

— Ah, que nada! que nada, bobagem! nada abatido! sangue-frio, só isso!... minha profissão!... coisa séria!... talvez um pouquinho estafado!... mas é só!... é só, Orphize!"

Não quero que ele saia por aí batendo a língua nos dentes!... acho que leva todo o jeito de policial, o Orphize, se ele quer saber!... não lhe direi!... todas as pessoas de moral alto me dão um medo pânico! em primeiro lugar!... e em segundo lugar, vestido daquela maneira?... de onde é que tirou?... tudo aquilo? e novo!... aquele casaco? culotes, polainas, sapatos com sola tripla? no *Fidelis*, como todos nós, era um maltrapilho... "força da natureza"? e ela, aquele "conjunto"?... "Chiffon"... "petite Gyp" sainha escocesa, blusão bordado... de onde vinha aquilo?... eu pensava, recordações... o mercado de Chatou em 1900... as mocinhas com suas mães...

"De onde vem essa elegância toda, Orphize?"

Não consigo me impedir de perguntar...

"Lançamentos de pára-quedas, Céline!"

Vivaldino!... não insisto...

"Você, Céline, posso contar com você, não posso? está combinado com o Brinon!... amanhã de manhã o roteiro!... vou ver o Le Vigan!... vou ver o Luchaire... distribuir os papéis... a sua mulher também terá um papel!... ah, lindo papel!... ao seu lado!... enfermeira!... ah, e também como bailarina! viu só, hein?... aceita?... está combinado!...

— Sim! sim!... com certeza! mas onde vão filmar?

— Na rua, ora!... na rua!"

Eu não ia lhe dizer que a rua não era um lugar seguro... ao contrário, um lugar muito perigoso, a rua!... salvas de tiros por todo lado! exaltado como ele estava, não ia lhe dizer isso...

"Ah, mas o essencial! espere!... preciso de um visto!... um visto do von Raumnitz!... e não conheço esse von Raumnitz!... onde é que ele se esconde esse von Raumnitz?... uma formalidade!... um carimbo!...

— Bem em cima de nós! caro amigo! bem em cima!... o andar de cima! quarto 28! você bate! é lá!... e pronto!

— Esse Raumnitz é de boa paz?

— Mais ou menos! talvez você o ache meio de crista baixa...

— Positivamente! vocês todos aqui estão caindo pelas tabelas! esse Raumnitz também vai entrar no meu filme!... o Raumnitz de vocês! e como!... e o ânimo, hein? o moral? ah, você também está com uma cara, Céline! francamente! Céline! preciso de você!... não me faça essa cara de Quarta-Feira de Cinzas!... esse filme será exibido na França! pense bem! passará na França!... mais de cem cinemas na França!... a sua mãe, a sua filha, os seus amigos o verão!... pense bem, como esse filme vai atrair público! e os seus amigos!... você tem amigos na França, Céline!... muito mais do que imagina! não sabe? e que o admiram!... o amam!... não se deixe abater, Céline!... reaja! nem tudo na França é judeu, ora essa! os gaulistas na França são detestados! não sabia? só você vendo!... e como adoram o Pétain!... você nem faz idéia!... mais que o Clemenceau!... você me fará um artigo para o *La France*?... hein?

— Com certeza! com certeza, Orphize!"

Não consigo fazê-lo parar.

"Tinham me dito!... 'O Céline perdeu de vez o ânimo!...' você não vai se renegar, não é?... só faltava essa!... francamente!... vou lá em cima e desço logo! você me espera?... diz que é o 28?

— É! é! está escrito na porta: Raumnitz!...

— Suba comigo, Odette!"

Ele não espera... sai em disparada!... agarra a Odette pelo braço... "*toc! toc! herein!*" lá estão eles!...

Admito que não me espanto facilmente, mas ali... Orphize, Odette... o veuzinho, a bolsa de crocodilo, as solas triplas!... e vindo de Leipzig!... de Dresden!... tanto mais que eu sabia alguma coisa sobre Dresden... oito dias antes eu tinha visto o Cônsul de Dresden... o último cônsul em Vichy... ele havia me contado tudo! a tática do esmigalhamento e da fritura total com bombas de fósforo... produção americana!... perfeita!... o último "new look" antes da bomba A... primeiro as imediações, a periferia... com enxofre líquido e saraivadas de torpedos... e depois o churrasco geral! todo o Centro de Dresden! segundo ato!... as igrejas, os parques, os museus... que ninguém escape!...

Vivem nos falando de incêndios em minas... ilustrações e entrevistas... eles choramingam, ficam ali se masturbando infinitamente em cima dos pobres mineiros, as traições das chamas e dos grisus!... merda!... e sobre essa pobre Budapeste, a ferocidade dos tanques russos... não falam nunca, e é um erro, de como foram tratados os irmãos deles, assados, na Alemanha, sob as grandes asas democráticas... há o pudor, e não se fala disso... quem mandou estarem lá!... e mais nada!... ali, o último cônsul de Vichy tinha passado por entre as chamas, e devia a vida a um quilo de café... era tudo o que restava do Consulado... carregava o seu quilo debaixo do braço... ele, não eram as fichas!... nesse exato momento os bombeiros saíam do Centro, bem em frente à casa dele... iam arriscar tudo por tudo!... desde o centro de Dresden no meio de bombas, enxofre, tornados de fogo, até onde não houvesse mais bombardeios!... fora da cidade, nas colinas!... isto, sim, é que foi um sprint!... as mangueiras, os bombeiros, ele, o café!... não se tratava de apagar mais nada, tratava-se de não ser assado! eles, os bombeiros de Dresden, o aceitaram por causa do seu café! e o içaram amarrado bem no alto da escada, no carro de bombeiro!... e opa! e vamos nós!... ele, o café, pelas ruas rios de fogo!

Por isso, o Orphize e sua mulher, ali, chegando de Dresden, alinhados, maquiados, elegantes estrelas... e veuzinho!... não sei não... eu pensava um pouco... pensava... e queria até que eu trabalhasse no filme!... eu!... e o La Vigue! e o Luchaire!... e a filha Corinne... e a Lili!... e o Bébert!... para que os nossos amigos da França nos vissem bem, não nos esquecessem! antes de tudo, primeiro, ele ia passar o filme na Suíça!... e segundo, lá em Montmartre... o lindo filme! "a vida cotidiana em Siegmaringen"... a Corinne Luchaire não estava lá, mas em Saint-Blasien, no sanatório... ah, mas não tinha problema! viria! nenhuma dificuldade! e tudo combinado com o pai dela! e com o Laval! e o Brinon! e o Pétain!... para gáudio dos fãs!...

Eram coisas que davam o que pensar... eu refletia... ele estava lá em cima com o Raumnitz...

Eis que alguém desce... penso: são eles!... de fato!... não apenas ele e sua mulher... a Aïcha também, e os dogues... me chama ao descer... "Céline! Céline!... estou indo com a sra. Raumnitz! vamos ver a aparelhagem deles! ah, não vou demorar! um minuto! já volto!... você me espera?

— Espero!... sim!... sim!... com certeza!"

Prometo...

Os três passam defronte da nossa porta... ele sempre muito pimpão! expedito!... ela não parece tão intrépida... não!... dá-lhe o braço... anda a passo miúdo... olhos cabisbaixos... eu ia esquecendo de lhe contar! os olhos maquiados... longos cílios postiços, à Musidora... e até os minúsculos paetês!... tudo!... qualquer um diria: *Sunset Boulevard!* estive no *Sunset Boulevard*!... ah, anos atrás! falando em bulevar, ali, via-os indo para mais longe, os três! bem mais para lá do corredor!... a Aïcha indicava o caminho... só tinham de seguir... segui-la!... que não se enganassem!... por ali!... por ali! a Aïcha, o seu chicote, os seus dogues!... por ali!... não era eu que ia dizer uma palavra!... falo para a Lili: "não olhe! entre!" e entro junto... entramos no nosso quarto... não é hora de saber isso!... aquilo!... nenhum comentário no Castelo... nem na Milícia... nem no *Fidelis*!... se o Raumnitz falar comigo direi que não vi nada...

Dois... três minutos, nenhum ruído... nada... e depois, passos... a Aïcha... ouvimo-la voltando... *toc! toc!*... bate à porta...

"Está tudo bem?"

Pergunta-nos...

"Ah, muito muito bem, Senhora Raumnitz! meus respeitos, Frau Comandante!"

Faço uma voz mais para alegre, jovial! contente em vê-la!... são gentilezas!... tem gente que sabe viver... volta e meia ela bate assim à nossa porta para saber de nós... como vamos?... sempre lhe respondo que bem!... eu, hein! muito bem!...

Todas essas histórias... aporrinhações... tinham me impedido de sair, de ir aonde devia... você reparou?... dois dias... durante dois dias... não só para ver os doentes no *Fidelis*... também no outro extremo do burgo, e também na Milícia... e ainda voltar à casa do Luther, para as consultas... ali, sem a menor dúvida, alguém consultava no meu lugar e no meu consultório!... um outro falso médico impostor... na certa!... ponto de encontro dos falsos médicos, o meu consultório no Luther... vinham de toda a Alemanha e iam parar no Luther, e nas "minhas horas"! minhas próprias horas! e com as enfermeiras deles!... eu era que nem um ímã!... ímã dos estrambóticos... se além disso vinham "operar" a coisa podia terminar muito mal!... ah, só "receitavam"... como na *Hof* Richter faltava tudo, o estrago não era muito grande! mas os gaiatos tinham a mania de operar! qualquer coisa, de qualquer jeito, hérnia, otite, verrugas, quistos!... passar a faca é o que eles queriam, todos!... cirurgiões!... é curioso observar, mesmo no dia-a-dia, que os doidos, iluminados, curandeiros, quiropráticos, faquires, não ficam nada satisfeitos em dar apenas uns conselhinhos, pílulas, frascos, amuletos, caramelos... não!... obcecados pelas Grandes Jogadas!... pela Grande Carnificina!... sangue a rodo!... convulsões!... ah, sem pretender, nem de longe, imitar o Daudet,* salta aos olhos que a cirurgia corrente, essa bem impecável, bem oficial, tem muito mais a ver, do que se pensa, com o Circo Romano!... sacrifícios humanos bem tartufos!... e como as vítimas pedem bis! autopunitivas que só elas! que lhes cortem tudo!... nariz, gargantas, ovários... um prato cheio para os cirurgiões! carniceiros de alta precisão, relojoeiros... você tem um filho que se destina a essa carreira?... será que se sente um autêntico assassino?... nato?... o velho fundo antropopiteco? descerebrador, trepanador, Cro-Magnon?... muito bem! ótimo! excelente!... das Cavernas? que ele se lance! proclame! pois tem o dom!... Cirurgia é com ele mesmo! tem o estofo do "Grande Medalhão"!... as mulheres, palermas e sádicas que Deus me livre, ficam extasiadas, só de ver as mãos dele... "ai que mãos!... que mãos!"... e gozam como loucas!... suplicam, gemem, que lhes tire tudo! e depressa! toda a sua grana! o seu dote! o seu útero! a sua alma e os seus peitinhos! que as desventre bem!... vire pelo avesso o peritônio, esvazie-as! coelhas! todas as suas tripas escorrendo! toda a tralha! vários quilos, enchendo a bandeja!... fantástico assassino querido!... "imolador do meu coração" Landru, Petiot da Academia!

Ídolos astecas? sangues coagulados, caretas?... quem dera!... grandes devoradores fangs privados de missionários?... boa piada!... Sade, o divino marquês?... criancices! a menor sala de cirurgia, ali é que você vê a verdadeira Grande Arte!... "Imoladores podres de rico!" e os viviseccionados, radiantes! nas nuvens!... os animais em La Villette ou em Chicago têm medo! têm o faro do que vai acontecer... os queridos pacientes do Grande Medalhão vão cheios de amor ser retalhados...

Ali, os meus malucos, os meus abusivos colegas do Luther, com certeza não iam sair cobertos de ouro!... isso não!... talvez 10 marcos... 20 marcos, o "passe"... mas o que eu temia, justamente, é que não ficassem nessa condição de inofensivos, mas passassem às incisões!... e todos estavam doidos para isso!... todos!... e sem a menor dúvida seria eu o culpado! de tudo!... que tinha permitido isso... aquilo!... e olhe que bem que avisei ao Brinon! mas que se fodam os avisos!... e por isso concordo plenamente com o Luís XVI! "o bem sofre de gota, o mal tem asas"... não adiantava nada eu me dedicar tanto! seria eu o acusado, pura e simplesmente!... dos piores e maiores banhos de sangue dos doidos!... "com os livros que escreveu!"... não estou lhe contando nenhuma novidade, meus livros me fizeram um mal imenso!... decisivo!... em Clichy... Bezons... na Dinamarca... aqui!... você escreve?... está perdido!... o Tropmann, o seu "jamais confesse!" é apenas uma pequenina precaução!... "jamais escreva!" é o que lhe recomendo! houvesse o Landru "escrito" e não teria tido tempo de dizer ufa, nem de acabar de pôr para salgar uma fatia de matrona!... Gambais inteirinha já teria caído de pau em cima dele!... ele é que iria para dentro da panela!... "com os livros que escreveu!"...

Para você ver como eu já andava sentindo o que vinha pela frente em Siegmaringen!... "o mal tem asas"!... eu estava liquidado!... de um jeito ou de outro!... o "Bagatelles",[60] eu tinha mais é que morrer!... era tão ponto pacífico em Londres quanto em Roma ou em Dacar... e ainda dez vezes mais entre nós, ali! em Siegmaringen-sobre-o-Danúbio! o refúgio dos 1142!... então, se eu ainda não tinha abotoado o paletó? era porque realmente jogava o jogo duplo! seria eu um fifi?... agente dos judeus?... de qualquer maneira, não tinha escapatória! "com os livros que escreveu!"... tanto mais que os 1142 contavam muito com sua sortezinha... que eu pagaria por todos!... que tudo se passaria muito civilizadamente, graças a mim! todos já sonhavam com

60. V. Robert Denoël.

pantufas, de novo no meio de seus móveis... graças a mim!... para mim os suplícios caprichados! "com os livros que escreveu"! eles não! eles não!... eles, imunes, sossegados, e dá-lhe de amuletos! eu é que tinha de expiar por todos!... "com os livros que escreveu!"... eu que saciaria o Moloch! opinião geral!... não escaparia! desde o último panaca inválido moribundo cagado do *Fidelis* até o insigne Laval do Castelo, não dava outra... "ah, você, Céline, não gosta de judeu!", a frase que os tranqüilizava!... que era eu que iam enforcar! batata!... pule de dez!... mas eles não! eles não!... ah, queridos eles!... "os livros que você escreveu!" como suavizei agonias, agonias e cagaços com o "Bagatelles"! na medida exata, só o que me pediam!... o livro do bode expiatório! aquele que é degolado, esquartejado! mas eles não! eles de jeito nenhum! eles tão sensíveis! não! nunca!... nem mais um único antijudeu entre os 1142!... nem unzinho!... como aliás os Morand, Montherlant, Maurois, Latzareff, Laval ou Brinon!... o único que sobrava era o papai aqui!... bode expiatório providencial!... salvava todo mundo com o *Bagatelles*! os 1142 mandados de prisão!... assim como salvei, do outro lado, os Morand, Achille, Montherlant, Tartre... o herói providencial babaca!... eu!... eu!... eu!... não só a França, o mundo inteiro, inimigos, aliados, exigem que eu seja exterminado!... bem sangrento!... encenaram um novo mito!... desventra-se o animal?... sim? não? os sacerdotes estão aí!

Estou epilogando... e o deixando ao deus-dará... até que enfim, eu ia poder sair... "até logo, Lili!" pego o Bébert, seu saco... uma espécie de algibeira com buracos, sabe, para que ele respire... cá estamos no fim da escada... os fregueses me viram, aposto!... a turma do rango do *Stam*, toda a cervejaria, e o schupo lá de fora também, na porta, de plantão... explico-lhe que vou ao Castelo... ai! alguém, logo agora!... que pula em cima de mim!... o sr. e a sra. Delaunys!... efusões!... afeições! não os reconheci... "ah, doutor!... doutor!..." de tão magros estavam! saíam do *Stam*...

eu tinha tratado dos dois... de onde é que vinham?... pele e osso, puxa vida!... "de onde estão vindo?..." "de Cissen, doutor!... do Campo!... estávamos no bosque!" ah, logo vi!... para a colheita de gravetos!... "o inverno na alegria!..." pelo visto eles não brincaram em serviço! lenhadores de choque!... ah, decerto, de muito boa vontade!... mas bóia escassa! duas marmitas por dia!... rábanos e cenouras! soneca dentro da barraca, em cima da palha... uma barraca para doze a quinze casais... o contrário de um regime para engordar, estava na cara... até a cervejaria Frucht era melhor... ah, eram os mesmos *Stam*, claro... mas na Frucht não davam porrada... ao passo que em Cissen, faça-me o favor!... era de moer os ossos!... os chefes de cada equipe de colheita se aqueciam ao surrá-los!... nada de afagos! nada de mentirinha!... era *schlag* pra valer!... eu estava vendo: equimoses, galos, bolhas... aqueceram-se à beça na colheita de madeira seca!... de suas roupas nem se fala!... estavam cobertos de trapos... farrapos emendados uns nos outros, amarrados... transformados em botas, em túnica, em vestido... retalhos que tinham afanado por todo lado, catado por todo lado, entre os trapos dos outros casais ali perto... das outras equipes nos matagais... não tinha nada a ver com a profissão deles, nem um nem outro eram "lenhadores de choque"... e também já não tinham mais idade!... gente anterior à outra "grande guerra"... bem visíveis as marcas da idade, mesmo com a peruquinha, e ele de bigodes "Nubian" e tudo!... pareciam aquelas cabeças com chinós das vitrines dos antigos cabeleireiros... ela dava aulas de canto, na rua Tiquetonne... ele, violonista... um casal de fato muito unido... nada a ver com esses amancebadozinhos por aí! trinta e cinco anos de casados!... e quanto à boa vontade, exemplares!... davam-se aos seus alunos... deram-se à Europa Nova!... com a mesma honestidade!... nenhum cálculo! foram de imediato a favor da Europa!... de imediato! e sem pensar em ganhar nada... não!... de imediato!... ele tinha tocado violino (segundo violino) na grande orquestra do Grand Palais... a exposição da Europa Nova, mercado comum etc.... ela havia cantado para a sra. Abetz, na Embaixada... que soirées, aquelas, que convidados! para lhe dizer como estavam comprometidos!... e como tinham recebido aquelas "participações" e aqueles caixõezinhos!... e o sólido artigo 75!... aquele que o Morand nunca recebeu! nem o Montherlant! nem o Maurois... eram gente séria, firme... e foi por um triz!... pois saquearam o domicílio deles, deixaram tudo revirado! foi tudo surrupiado, levaram os móveis, *queima de estoque*!... igual a mim, na rua Norvins... para falar a verdade, éramos vizinhos... bem, não muito longe... mas eu não achava a menor graça nisso.. ao passo que eles, sim! bem, quase... nem amargos, nem azedos... entristecidos, só isso!... e mais ainda que tinham sido surrados por não catarem lenha suficiente... que não mereciam ser espancados!... e para completar, chamados de vagabundos!... era "velhos vagabundos" que não engoliam! "nós, vagabundos, doutor?... velhos! velhos! é claro!... mas vagabundos? o senhor nos conhece, doutor!... toda a nossa vida de trabalho!... e de consciência!... nem um só minuto de preguiça! o senhor nos conhece, doutor!"

Seus olhos se enchiam de lágrimas... o último dos insultos... eles, preguiçosos!... "1º prêmio do Conservatório! tanto ele como eu!..." soluços... "o senhor sabe, eu lhe contei, nos conhecemos no Touche... preguiçosos nos Concertos Touche!... conheceu o sr. Touche, doutor? então sabe que homem, que artista ele era!... e quanto trabalho!... um programa novo por semana! e nada de lá-rá-rá! o senhor sabe! era repertório de categoria, 'Pavillon bleu'!... conheceu o sr. Touche?"... "ah, sem dúvida, senhora Delaunys"!... que tivessem sido espancados, e sem delicadeza, eu via pelas marcas, mas sovados por serem vagabundos, mesmo como lenhadores, de fato ela não entendia!... era demais!... eles?... eles?... ele, o marido, na cabeça!... e em cheio! "olhe só, Doutor!... olhe!" era verdade... em dois pontos!... dois grandes ferimentos, sem o couro cabeludo! arrancado!... de fato, apanhou feio!... ah, mas ele, nem de longe arrasado por causa disso!... qual o quê! nada de ficar prostrado!... isso é que não! o futuro, pelo contrário! o futuro era tudo! o episódio de Cissen levara-o como que a se declarar! ousar! "é, doutor!..." projetos!... e um projeto, sabe, em que eu talvez pudesse ajudá-lo? se quisesse, é óbvio!... ajudá-lo junto ao de Brinon?... "primeiro violino"!... uma palavrinha do Brinon bastaria! "primeiro violino" onde? eu não estava entendendo!... se eu quisesse, é óbvio!... mas claro!... mas claro!... sem a menor dúvida a história de Cissen tinha sido penosa demais, aquelas porradas, aquelas humilhações, mas ali se apresentava a ocasião para uma espécie de belíssima vingança!... primeiro violino!... em toda a sua vida, com o Touche, e em outros lugares, por pouco não tinha sido promovido a "primeiro violino"... o que não aconteceu... por esta razão.... por aquela razão... sem querer ser vaidoso nem petulante, mas ele tinha mesmo todas as credenciais!... "Vá por mim, doutor, tem de ser aqui e agora em Siegmaringen!..." e me apontava alguém na cervejaria, ali!...

"Está vendo o sr. Langouvé?"

Estava... ele lá...

"Ele concorda plenamente!"

O sr. Langouvé sentado diante de uma mesinha... no *Stam*... o sr. Langouvé, regente da orquestra de Siegmaringen...

"O sr. Langouvé me observou atentamente como 'segundo violino'... 'o primeiro violino deve lhe ser atribuído!...' opinião dele!... sabe, doutor, cá entre nós!... intrigar não é meu forte!... o senhor sabe! conchavo! arrivismo! não! não!... mas aqui, nessas circunstâncias, trata-se da anuência do Castelo, e o senhor pode fazer muito... quem sabe?... não é, doutor?... ou não pode? nesse caso, assunto encerrado!... o senhor sempre foi tão atencioso, tão bom para nós! tão encorajador! está me vendo meio ousado... agora me permito tudo!..."

O sr. Langouvé, o maestro, eu o via na mesinha, no *Stam*, a cortesia em pessoa! pior que o Delaunys!... delicado, afetado, expressava-se como um violino... tudo em carícias de ondas! o tom Debussy, das "Nuages"...

Sem a menor dúvida eu queria ajudar aos dois, ao Delaunys, à mulher dele, mas como apresentá-los ao Brinon?...

"Breve eles vão dar uma festa!

— Onde mesmo, senhor Delaunys?

— Mas no Castelo! me disseram!... o sr. Langouvé já está ensaiando os corais!... festas para a reconquista das Ardennes!

— Não me diga!... quem diria!

— É!... é!... todas as embaixadas!... uma festança!

— Ahn... ahn!

— O sr. Langouvé..."

Ele está embalado numa espécie de sonho... devaneia... vê... sua mulher não vê...

"Hector!... é verdade?"

Ela intervém... não tinha entendido direito... olho para ele... olho-o bem... está com os olhos meio parados, não há a menor dúvida... será que ficou meio pancada ao ser estimulado como "lenhador de choque"? chacoalharam um pouco demais sua cabeça?... possível!... eu ficava pensando... pergunto à mulher...

"Ah, nos bateram tanto!... e nos trataram, doutor! trataram!

Ela, era a injúria "vagabundo" que lhe ficou atravessada!... não parava de chorar... mas e ele? eu ficava pensando...

"Com força na cabeça?

— Ora, se!"

E recomeçavam o choro, os soluços... a preocupação dele era a Festa!... para ele, a Festa vinha a calhar!... e "primeiro violino"... a "Festa da Reconquista das Ardennes".

"Primeiro violino, não é, doutor? Está combinado! espero que o sr. de Brinon..."

— Ah, senhor Delaunys, veremos, mas está combinado!... já se considere primeiro violino!..."

Faço sinal à sua mulher de que está tudo certo!... que ela pare de se lamentar!... o jeitão dele era mais engraçado, a cachola despenada, o olhar fixo, mas mesmo assim apesar de tudo ainda uma certa pose... com trapos remendados, amarrados... o que não combinava era o bigode desbotado, passando do "Nubian" a um pálido fiapo descolorido... e a peruca, um chinó rasgado, não foi só no couro cabeludo que lhe desceram o cacete! a pancadaria foi no conjunto...

"Ah, uma orquestra de câmera muito reduzida!... não é, doutor?... mas que obras!... o senhor ouvirá! Mozart!... Debussy!... Fauré!... ah, conheci bastante o Fauré!... não participamos, eu diria, de suas primeiríssimas execuções... mas quase!... quase!... não é, minha querida?

— Ah, é!... é sim!

— Florent Schmidt também, aliás!... não é para nos gabarmos, mas tocamos toda a jovem música no bulevar de Strasbourg!... conheceu o sr. Hass, Doutor? o nosso pianista? Primeiro prêmio também...

— Com certeza, senhor Delaunys!

— O sr. Touche, a bondade em pessoa! o senhor sabe, Doutor!... queria me ver como "primeiro violino"!... já na época!... já!... em 1900!... eu me retraía, como o senhor pode imaginar!... me retraía!... era jovem demais!... ao sr. Touche recusei, ao sr. Langouvé: sim! aceito! estou decidido!... não quero mais esperar!... a ocasião se apresenta? muito bem! não que eu não tenha sempre desejado!... é verdade! confesso!... mas me precipitar? eu? nunca! por cálculo? não, onde já se viu! estou lhe dizendo!... a maturidade, doutor... na época não estava maduro, agora, sim! o senhor me ouvirá! ah, doutor, a sra. Céline no programa também! dançará, certamente! aceitará?... nós nos permitimos!...

uma dança antiga... uma chacona... e duas outras danças... românticas!... nós a acompanharemos!... aceitam?"

Sua mulher me olhava, o que é que eu achava?... eu lhe fazia um sinal: calar-se!... que era a cabeça dele!... a cabeça!... na verdade achava seu olhar meio parado, mas ele não fazia afirmações de um louco... talvez meio surpreendentes... a Festa no Castelo...

Bem, o fato é que se subisse para encontrar o Raumnitz, para lhe explicar as Ardennes e o concerto das festas, seria despachado pela Aïcha!... iria se juntar aos outros... não escaparia!... não era um mau sujeito... o melhor talvez já que eu ia lá era levar os dois, tentar alojá-los no Castelo... que o Brinon desse um jeito neles... bem, ia ver... tentar com a sra. Mitre?... talvez no Castelo, músicos?... porque ali, no *Löwen*, nem uma nem duas! iam parar no quarto 36... fácil, fácil!... mal subissem, tornariam a descer...

A sra. Mitre compreendia as coisas... bem melhor que o Brinon...

A reconquista das Ardennes... Festa do Triunfo de Rundstedt... de onde ele desencavara tudo isso?... o sr. Langouvé talvez?... o maestro?... Langouvé era meio biruta, mas não tanto, a esse ponto... ou era em Cissen?... os outros "lenhadores de choque"? não se limitaram a dar uma paulada em sua cachola mas puseram a "festa" lá dentro... que estávamos na Apoteose...

Faço sinal à sua mulher para que venha, me acompanhem... faço sinal à Lili também... anuncio-lhe...

"Você vai ensaiar, Lili!..."

Com as pessoas meio malucas, tudo se resume a jamais contrariá-las! em nada!... fazer tudo em tom de "nem se discute"!... jamais contrariar!... os bichos também não!... surpresas, jamais!... sempre "nem se discute"!... natural!... combinado!... incisões, injeções, bisturi... igual!... "nem se discute"!... ah, mas preste muita atenção!... um milímetro a mais!... a menos!... e você se mete numa enrascada dos diabos! as matilhas desembestadas!... as emoções bulindo, ebulindo, levando tudo! o seu operado dá no pé aos berros, ventre todo aberto, arrastando suas tripas... arrastando tudo! bisturis, máscara, balão, compressas!... vísceras ao vento!... tudo por culpa sua!... tal e qual na sua intimidade: vira e mexe você vê a sua senhorita extasiada de amor transformar-se em colérica assassina! "Sátiro, estuprador, monstro!" você cai de quatro! a arrogância da mocinha tão submissa!... um dedinho a mais em algum momento!... bem!...

Você é rei, digamos!... seu povo é cordato, beberrão, comilão, deixa-o em paz... de súbito: explosões para todo lado!... joga abaixo a Bastilha!... leva de roldão o seu regime! a Pont-Neuf, e a Grande Armée! é que você disse a palavrinha a mais! saiu do grande feitiço do "nem se discute"!...

Ali, posso dizer sem me gabar, fico de pé atrás, não posso dar mancadas! levo-os com a maior naturalidade, o Delaunys e sua mulher e a Lili... saímos do *Löwen* nas barbas do schupo... *Raumnitz befehl!* psiu!... ele bate continência!... tudo bem!... direto para o Castelo! subimos, elevador!... primeiro a sra. Mitre!... no fundo é ela que decide!... é ela!... exponho-lhe o caso... os dois ali na porta, me esperam... a sra. Mitre compreende tudo, na mesma hora... "Sabe, Doutor, neste momento o Embaixador"!...

Sempre por uma razão ou por outra "neste momento o Embaixador!", que se há de fazer! Cheguei na hora errada, a mulher dele, Ulmann de solteira, acaba de lhe telefonar, de Constança, que ele deveria fazer isso!... deveria fazer aquilo!... ah, muitíssimo influente, a senhora Ulmann de solteira! pelo visto não aprovava a política do marido... puro chiquê, dizia o Pellepoix,* que os conhecia perfeitamente, tinham essas rusgas só da boca para fora, mas ambos faziam parte da "Altíssima-Conjuração"... pode ser!... mas o certo é que, no final, ele é que foi crivado de chumbo, não ela...

Eu já disse, comigo o Brinon sempre foi muito correto... não cordial, não!... mas correto... poderia ter pinimba comigo porque eu não tinha o "moral altíssimo", não escrevia no *La France*, não enxergava os boches como vencedores... não tinha papas na língua... não jogava o jogo!... ele, que jogo jogava? nunca soube!... o fato é que nunca me pediu nada!... poderia!... médico, e mais nada!... praticar, lá isso eu praticava!... ai, como conheci todas as ruelas, os becos, mansardas, desse burgo Hohenzollern! levar minha boa palavra aqui!... acolá!... o Brinon me deixava bem quieto no meu canto quando se tratava de política... é raro!... geralmente a "alta cúpula" do "jogo duplo" não sossega até você virar um marionete, um gesticulador bem comprometido... vez que outra trocamos umas palavrinhas a propósito das cartas de Berlim, da Chancelaria... cartas em que se falava de medicina... e de minhas afirmações aqui... e acolá...

"O que acha, sr. de Brinon?

— Nada!... leio as cartas de Berlim... só isso..."

Como dizia o Bonnard: Brinon, animal das cavernas!... tenebroso terrível!... não se conseguia extrair nada dele... mesmo assim seis meses antes do final eu ainda ia vê-lo para falar de pomada de enxofre... e de mercúrio... "ah, doutor, francamente! daqui a seis meses estará tudo terminado!"... não lhe perguntava em que sentido... e nunca ele me disse nada a respeito de nada...

Ali, com o meu Delaunys aos trapos, eu chegava na hora certa!...

"O que deseja do Embaixador, doutor?

— Que eles possam ficar no Castelo porque se voltarem ao *Löwen*, conhece o von Raumnitz?..."

Claro que conhecia... e seus metodozinhos... eu não tocava nisso, ela tampouco... sabia muito bem...

Pressiono!... raios!... ouso!

"Subo com eles para a sala de música!... vão se comportar direitinho!... respondo por eles!... ensaiarão... vou alojá-los... não sairão de lá!... dormirão lá em cima... a Lili levará os *Stam* para eles... a Lili dança lá em cima... falarei com os empregados, avisarei ao Bridoux, avisarei a todos que é para o grande festival!... está bem?...”

A sra. Mitre não tinha idéia...

“Que grande festival?

— Ah, ele! é uma idéia dele!... o banquete para a ‘Reconquista das Ardennes’!”

A sra. Mitre não está entendendo nada... olha-me... será que também estou meio tantã?

“Não, sra. Mitre! não! é o pretexto!... não estou de miolo mole, não, mas ele acredita na Festa! tem absoluta certeza!... e que passará a “primeiro violino”! nessa noite, justamente! seu sonho!... promessa do sr. Langouvé!... entende?”

Entende mais ou menos...

“Mas, escute aqui, sra. Mitre... se eu levá-los para o *Löwen*...”

Ah, isso ela entende...

“Sabe como foram recebidos em Cissen? debaixo de paulada!... ele, obviamente, já não está entendendo muito bem... o traumatismo!... na idade dele!... pode olhar sua cabeça!...

— Ora, doutor! Acredito, doutor!... então direi ao sr. de Brinon que tem uma orquestra ensaiando... para uma festa beneficente...

— Ótimo! isso mesmo!... obrigado, senhora Mitre!... não passa quase ninguém lá em cima... ninguém, a não ser o Bridoux... e os criados... faz frio lá em cima... se alguém perguntar direi: é a ‘reconquista das Ardennes’... a grande festa!... até logo, senhora Mitre!”

Assim, subo com toda a minha turma para o “sexto”, Delaunys, sua mulher, a Lili... Delaunys e esposa se coçam mais ainda que nós... voltaram com a sarna reforçada... vi muitas sarnas, mas lá do Campo e do meio do mato trouxeram uns insetos que não são de brincadeira!... lavradores, positivamente!... sarnas "terraplenadoras"!... além das bolhas, equimoses, eram só sulcos inteiros de sarnas, ziguezagues, quadriculados.

"Não tem pomada, doutor?

— Ah, mas breve teremos, minha senhora!"

Tranqüilizo-a!... não quero que parem para se coçar, que fiquem imóveis ali refletindo... quero que cheguem! que subam!... pronto!... chegamos! eis-nos! na espaçosíssima sala de música... dita de Netuno...

"Ah, muito bonita!... oh, esplêndida!"

Exclamam maravilhados... ele está radiante...

"E acústica muito boa, espero?

— Admirável, senhor Delaunys!"

De fato, os Príncipes Hohenzollern não olharam para as despesas... uma sala, bem duzentos metros de comprimento, toda forrada de brocados rosa e cinza... e no fundo lá no palco a estátua de pórfiro de Netuno... brandindo o tridente!... não de qualquer jeito!... postado numa concha fantástica, alabastro e granito!...

Ah, já sei!... estalo imediato!

"Veja, Delaunys, sabe!... o sr. de Brinon autoriza!... vocês não precisam mais sair!... dormirão dentro da concha!... lá!... os dois!... está vendo?... sair, para quê?... seriam levados de volta para Cissen!... seriam pegos para Cissen!... vou trazer cobertores!... ninguém os verá!... estarão bem melhor aqui do que no *Fidelis*!..."

Tudo o que queriam era ser convencidos...

"Com certeza, doutor! Com certeza!

— Vai nos trazer a pomada?

— Ah, vou, sim!... já amanhã de manhã!"

Conto a você exatamente como foi.

Bem nesse momento passa o Bridoux!... o general Bridoux, botas, esporas!... frajola... atravessava toda essa sala de ponta a ponta, na hora do almoço, a mesa dos ministros... *um! dois! um!*

dois! todo santo dia! ao meio-dia em ponto! e todo santo dia, ao meio-dia em ponto, fazia a mesma observação... "fora! fora!" não suportava ver a Lili dançar naquela sala! trancada ali dentro!... não brutal mas autoritário!... havia as varandas, ora essa! e que varandas!... a vista, o ar do vale inteiro!... Ministro da Guerra e general de cavalaria!... "fora!... fora!"

Tinha dado o pira de Berlim!... "fora! fora!" diante dos russos... mais tarde deu o pira do hospital Val-de-Grâce bem nas barbas dos fifis... "fora!... fora!"... e terminou em Madri... "fora! fora!" sua vida inteira foi "fora! fora!"...

Mas pelo menos isso, eu tinha alojado os Delaunys... ficaram talvez um mês na concha de Netuno... alimentados com o *Stam* trazido pela Lili... dormindo com cobertores que levamos do *Löwen*... o Bridoux e eles se davam bem... para agradá-lo, iam para a varanda... depois aconteceram umas coisas... muitas coisas... que lhe contarei...

Deixo a Lili trabalhando, ensaiando suas danças com o casal Delaunys, os números para a Festa... agora não dá mais para brincar... é "nem se discute" a fundo!... chaconas, passe-pieds, rigodões!... a certa altura só existe coisa séria... nem pensar em entornar o caldeirão!... que aí a gente só vai ver diabos para todo lado! a "Reconquista das Ardennes"?... sem a menor dúvida! todos os Embaixadores lá estarão!... claro!... o triunfo do Exército Rundstedt? viva! Triunfo é pouco!

Em matéria de embaixada, uma só... a do Japão... e um só consulado, o da Itália... talvez ainda o de Vichy?... o sobrevivente de Dresden?... o embaixador da Alemanha, também? Hoffmann?... o credenciado junto ao Brinon... o Otto Abetz não era mais nada... despedido... o despedido Abetz ainda organizava, mesmo assim, ora aqui ora ali, algo parecido com pequenas "suprise-partys"!... ah, tudo muito insignificante, inocente... a Chancelaria do Grande Reich tinha encontrado para os franceses de Siegmaringen um certo modo de viver, nem totalmente fictício, nem totalmente real, que sem comprometer o futuro levava em conta o passado... estatuto fictício, "meio Quarentena meio opereta" para o qual o sr. Sixte, nosso grande diretor do contencioso junto às Relações Exteriores, Berlim, se inspirara em todos os modelos de todos os precedentes possíveis: a Revogação dos Éditos, o Palatinado, os Huguenotes, a guerra de Sucessão da Espanha... quer dizer, éramos reconhecidos a título precário-excepcional como "refugiados em enclave francês"! a prova: nossos selos (efígies de Pétain), a sua Milícia, de uniforme, e a nossa bandeira tremulando lá no alto! e o nosso "alvorada" com toque com clarim!... mas o nosso "enclave excepcional" era por sua vez enclave em território prusso-badenense... e preste atenção! esse território, ele mesmo, por sua vez, também era um enclave perfeito: "Sul-Wurtemberg"! ponho-o a par dessas tolices... porque a unidade total da Alemanha só data de Hitler e nem é tão unificada assim! a prova: certos trens, para passarem da Alemanha à Suíça, atravessavam dez vezes a fronteira, a mesma, em menos de quinze minutos... *landers*, curvas, lugarejos, leitos de rios... eta!... estou me repetindo!...

O fato é que para a Festa estávamos desfalcados em embaixadas!... só o Japão?... podíamos convidar o Abetz, é verdade!... embaixador de quem?... de quê? ele só se deslocava "a gasogênio", o Abetz... viam-no por todo lado!... trezentos metros: enguiço!... mais trezentos metros: outro enguiço!... com sua cabeçorra toda bossuda rachada, toda fervilhante de idéias, todas falsas... o "tout Paris" conhecia Abetz, eu na verdade o conhecia muito pouco... não íamos um com a cara do outro... provavelmente nada para nos dizermos... só o viam cercado de "clientes"... cortesãos... clientes-cortesãos de todas as Cortes!... os mesmos ou seus irmãos... você pode ir ver o Mendès... o Churchill, o Nasser, ou o Kruchev... encontrará os mesmos ou seus irmãos! em Versalhes, no Kremlin, no Vel'd'Hiv, na Sala de Leilões... com o Laval! com o de Gaulle!... pois é!... eminências pardas, chantagistas, vigaristas, Academistas ou Terceiro Estado, plurissexuados, rigoristas ou proxenetistas, papa-migalhas ou papa-hóstias, você sempre os verá agindo como sibilas, sempre renascidos, de século em século!... continuidade dos Poderes!... você anda à cata de um certo veneninho?... de tal documento?... daquele imponente candelabro?... ou desse pequeno boudoir? daquele mensageiro rechonchudo?... é seu! num piscar de olhos! aí o temos!... tudo e mais alguma coisa!... o Agobart, bispo de Lyon (632), já se queixava, voltando de Clichy (Corte do Dagoberto) que essa Corte era uma verdadeira baiúca! chusma de ladrões e rameiras!... que o Agobart de Lyon reapareça em 3060!... ladrões e rameiras! encontrará os mesmos! caralho!... Eminências-Mensageiros e putas de Cortes!

Estou afastando-o de Siegmaringen... que puzzle a minha cabeça!... eu lhe falava da rua em Siegmaringen... dos schupos... mas não só schupos!... militares de todas as armas e de todas as patentes... expulsos da estação... feridos graves de regimentos desfeitos... unidades das divisões suevas, magiares, saxônicas, trituradas na Rússia... funcionários sabe-se lá de onde!... oficiais de exércitos dos Bálcãs à procura de seus generais... abandonados... tudo o que você viu aqui mesmo, durante o grande "rallye-sova" do Escalda a Baiona... os coronéis ao deus-dará!... Soubises sem lanternas... eram vistos defronte das vitrines como quem estava procurando alguém lá dentro... fazendo de conta... o Abetz com o seu gasogênio enguiçado a cada trezentos metros não podia deixar de ter percebido que o exército Dudule estava passando por maus momentos.... comigo, o Abetz nunca falava... eu o via passar, ele não me via... se estava enguiçado, olhava para o outro lado... bem!... ainda assim numa bela manhã me parou...

"Doutor, por favor!... poderia vir ao Castelo amanhã à noite?... jantar? com o Hoffmann? informal!... só nós!...

— Com prazer, senhor Abetz!"

Eu não devia tergiversar... no horário combinado, 20 horas,

estava no Castelo... na sala de jantar do Abetz... mas eles não estavam lá!... um maître-d'hôtel me leva para outro lugar, a outra ala, o outro extremo do Castelo!... corredores... corredores... "nunca no local indicado!..." outra salinha de jantar!... o perigo da bomba debaixo da mesa! mais ainda desde o atentado contra Hitler!... precauções! pronto!... chegamos!... a outra salinha de jantar... graciosa... bibelôs de porcelana por todo lado... de Dresden... estatuetas... vasos... mas o menu, esse aí, nada gracioso!... já vi tudo!... feito para mim!... "especial espartano"! não há do que reclamar!... minha língua ferina, meu espírito maledicente eram conhecidos! não tocariam nos pratos, eles, o Hoffmann, o Abetz, esperariam que eu fosse embora! sabiam o que se cochichava entre os vilões, que ao abrigo das fantásticas muralhas eles se empanturravam pra valer, os Ministros, Botschafters e Generais! rega-bofes e pança cheia! manhã! tarde! noite! pernas de carneiros! presuntos! caviar!... e adegas repletas de champanhe!... eles iam me mostrar, eu já estava vendo, o menu espartano, impecável!... e aliás nem valia a pena que eu abrisse a boca!... o Abetz tinha o seu monólogo pronto... toda a sua história de "resistente"... como foi que levou embora a bandeira "cruz gamada" do mastro de sua Embaixada na rua de Lille... eta, que péssima rua para eles, a rua de Lille!... eu pensava, escutava, não dizia nada... rua de Lille, a mesma rua do René!...[61] René-o-Racista! René, esse aí ficou na rua de Lille!... os outros foram demitidos, expulsos! botas no traseiro!... o René, eu conhecia um pouquinho!... me rasgou oito "improcedentes"...

Ali, na mesa, eu olhava o Abetz, brincando com seu guardanapo... um homem bem alimentado, bem escanhoado... só comeria quando eu tivesse ido embora!... ah, não o que nos ser-

61. V. René Mayer.

viam ali, tão escasso! rabanetes sem manteiga, porridge sem leite!... perorava para que eu o escutasse, e repetisse depois... para isso tinha me convidado!... servem-nos uma rodela de salsichão, uma rodela cada um... já que é assim, meu Deus, que a gente se divirta!... decido-me!

"O que fará, senhor Abetz, quando o Exército Leclerc chegar aqui? A Siegmaringen? aqui mesmo!... ao Castelo?"

Minha pergunta não o perturba... nem ao Hoffmann nem a ele, já tinham pensado...

"Mas temos na Floresta Negra homens de absoluta lealdade! Senhor Céline!... o nosso maquis direitista!... os fifis de vocês não me pegaram na rua de Lille!... por motivos dez vezes maiores, não me pegarão aqui!... será apenas um mau momento a passar! mas poderá vir conosco, Céline!

— Ah, com certeza, senhor Abetz!"

Conviria abrir o jogo, já que estávamos ali como diplomatas! e esse jogo estava entalado na minha goela! pior ainda que os rabanetes!

"Pensando bem! pensando bem, senhor Abetz!... há uma pequena diferença!... não finja ignorá-la!... o senhor Abetz, mesmo arquiderrotado, subjugado, ocupado de cem lados, por cem vencedores, será apesar de tudo, Deus, Diabo, os Apóstolos, o consciencioso alemão leal, honra e pátria! o derrotado absolutamente legítimo! ao passo que eu, energúmeno, serei sempre o maldito e imundo relapso, a ser enforcado!... vergonha de meus irmãos e dos fifis!... no primeiro galho!... admite a diferença, senhor Abetz?

— Ah, não exagere, Céline! como sempre exagerando! em tudo!... sempre! a vitória?... mas temos ao alcance da mão!... Céline! o exército secreto?... ouviu falar?... não?... digamos Céline que eu concorde com o seu ponto de vista, adote o seu exagero!... derrotista!... e que admita que seremos derrotados! aqui! já que insiste!... sempre sobrará alguma coisa do Nacional-Socialismo! nossas idéias recuperarão sua força!... toda a sua força!... nós semeamos, Céline! semeamos! derramamos o sangue!... as idéias!... o amor!"

Extasiava-se ao se ouvir falar...

"Nada disso, Abetz! nada mesmo!... vocês hão de perceber!... são os vencedores que escrevem a História!... e vai ser uma belezinha a história de vocês!"

O garçom me serve mais rabanetes... e outra rodela de salsichão...

"No entanto... no entanto, senhor Céline... ouça!... eu conheço a França... o senhor sabe, todo mundo sabe!... professei a arte do desenho na França... e não só em Paris... no Norte... no Leste!... e na Provença!... fiz milhares de retratos... homens!... mulheres!... franceses!... francesas! e vi, compreenda, Céline!... vi muito bem!... nos rostos desses franceses... do povo!... e da aristocracia... a expressão muito honesta, muito bonita, de uma amizade muito sincera!... profunda! não só por mim... pela Alemanha!... de uma afeição verdadeira e autêntica!... Céline!... pela Europa!... isso é que deve compreender!... Céline!..."

Nada como o conforto para dizer besteira, era essa a impressão que ele me dava... eu via os dois exultantes... o Hoffman também, defronte... nada de libações! só havia água em cima da mesa... palavras!... palavras!... realmente eu não tinha o que responder... agora era o *Stam*... *Stam* também... mas *Stam* "especial" com cenouras de verdade, nabos de verdade, e acho que manteiga de verdade...

"Muito bem, senhor Embaixador!"

Não era do gênero bárbaro, o Abetz... não!... não metia medo, como o Raumnitz!... não tinha apanhado na bunda!... ainda não!... mas mesmo assim... mesmo assim... era melhor não insistir... eu não disse mais nada... bem, quanto à afeição dos franceses! "dá-lhe, Dudule!"... sou da mesma opinião...

"Ah, tem razão, Abetz!"

Pronto! dei-lhe corda de novo! não tomo jeito!... a Europa Nova! e o projeto que ele tanto preza, sua obra magna, assim que voltarmos a Paris, a estátua mais colossal, Carlos Magno em bronze, no alto da avenida de La Défense!...

"Está vendo, Céline?... o eixo Aachen-La Défense!

— E como, senhor Abetz! nasci na Rampe du Pont!

— Então está vendo!"

Eu via o Carlos Magno e seus bravos... o Goebbels representando o Roland...

"Ah, está coberto de razão!

— Não é?... não é? dois mil anos de História!...

— Fantástico, magnífico!"

O Hoffmann também era da mesma opinião! também achava essa idéia do Abetz o máximo da empolgação! a grande simbologia esperada por toda a Europa! Carlos Magno, todos os seus bravos ao redor, na praça de La Défense!

Vendo o Abetz, seu entusiasmo ao nos contar como seria aquilo... aquele fantástico conjunto estatuário!... suas bochechas vermelhíssimas... não de álcool!... só havia água mineral, já disse... de puro entusiasmo!... levantando-se para melhor contar, para nos imitar a pose de Carlos Magno, seus bravos!... seus bravos: Rundstedt... Roland... Darnand... eu pensava com meus botões: tudo bem!... vai se cansar... sairei de mansinho!... chega!... nesse momento um garçom lhe cochicha... o que é?... alguém!... o sr. de Chateaubriant* está ali!... o Alphonse!... deseja falar com o senhor Embaixador!

"Mande-o entrar!... mande-o entrar!..."

Alphonse de Chateaubriant!... precedido pelo garçom... ei-lo! mancando!... entra... no nosso último encontro, em Baden-

Baden, mancava menos, acho... no Hotel Brenner... tinha o mesmo cachorro, um belíssimo cocker spaniel, de fato... estava vestido da mesma forma... como personagem de seu romance... desde o seu filme *Monsieur des Lourdines*... não muda mais de traje... o personagem... ampla capa marrom, sapatos de caça... ah, mas! ah, sim!... o chapéu tirolês é novo!... a peninha! numa das mãos o cocker na coleira, na outra, uma picareta de alpinista!... aonde é que ele vai assim, o Alphonse?... ele logo nos diz... ah, já ia me esquecendo de lhe contar: sua barbaça!... desde Baden-Baden, como sua barba tinha crescido!... uma barba de druida!... lá não passava de barba mundana, agora cerrada, grisalha, hirsuta... invasora!... não se via mais o rosto... só os olhos...

"Meu caro Abetz! meu caro Céline!"

A mesma voz que em Baden-Baden... muito calorosa!... a premência do afeto!

"Desculpem! ter chegado assim!... fiz tudo para preveni-lo, meu caro Abetz! infelizmente!

— Mas ora, Chateaubriant! mas você está em casa!

— Muita bondade sua, caro Abetz! estávamos em casa!"

Nisso, um suspiro daqueles!

"É, posso contar?... o nosso chalé foi ocupado!

— Ahn?... ahn?

— É! tive de fugir!... eles estão aqui!

— Eles, quem?"

Pergunto... para gracejar!...

"Ora, Céline, que idéia! o exército Leclerc! Ah, mas nem de longe derrotado, Céline! eu vi!... vi os negros!... pois é!... os negros nos provocam? guerra total? tudo bem! não é mesmo, Abetz?

— Com certeza! com certeza, Alphonse!"

Tudo o que o Alphonse pede é para ser aplaudido! ei-lo, embalado!

"Compreenda! compreenda, Céline! tal como escrevi: a

vitória caberá à alma de mais elevada têmpera!... à espiritualidade de aço!... nós temos essa qualidade de alma, não temos, Abetz?

— Ah, com certeza, Chateaubriant!"

O Abetz não vai contradizê-lo!

"A alma!... a alma, a nossa arma... a bomba... eu tenho! terei!"

Bolas! quero que me conte tudo!...

"Que bomba, Alphonse?

— Compreenda, meu caro Céline! com alguns companheiros 'de choque' escolhemos o nosso lugar!... ah, passei por outras provações!"

Recolhe-se... três imensos e profundos suspiros!... e recomeça...

"Um lugar, um vale totalmente inacessível, muito estreito, um circo, diríamos, entre três cumes... no fundo do Tirol!... e lá! lá, Céline!... nos isolamos!... está me entendendo?... nos concentramos!... fabricamos a nossa bomba!"

O Hoffmann não está entendendo muito bem...

"Com que, a bomba de vocês?

— Ah, caro Hoffmann!... não uma bomba de aço! nem dinamite!... mil vezes não!... uma bomba de concentração! de fé! Hoffmann!

— Como é isso?

— Uma mensagem!... uma terrível bomba moral!... não é, Abetz?... a religião cristã teria triunfado de outra forma?... uma terrível bomba moral!... não é, Céline?... não é isso mesmo?...

— Ah, com certeza! com certeza!"

Nós todos éramos da mesma opinião...

Para isso aquela picareta, o chapeuzinho e o seu Comando "no Tirol".

Sem comentários!

Para o Abetz, a vitória, com bomba ou sem bomba, era uma questão de "nem se discute"!... contanto que o seu monumento não desmoronasse! o seu fantástico Carlos Magno! o eixo Aachen-Courbevoie! a mania dele!

"Está vendo, Chateaubriant, não está?... está vendo onde estou pensando?

— Ah, muito bem!

— Não imagina que ele possa ficar em outro lugar?

— Ah, não, caro Abetz, de jeito nenhum! perfeito!

— Então, não é mesmo, posso contar com você! para uma Ode! você será o Aedo de Honra! a Ode à Europa!"

Pelo visto, entendiam-se às mil maravilhas... de acordo a respeito de tudo!... a comemoração da Vitória na praça de La Défense, todas as delegações da Europa em torno da estátua fantástica, dez vezes maior, mais larga, mais alta do que a "Liberdade" de Nova York! isto, sim! o Aedo de Honra e sua barba!

Nesse momento, sei lá por quê, começaram a não se entender mais... o Chateaubriant refletia... o Abetz também... o Hoffmann também... eu não dizia nada... o Chateaubriant rompe o silêncio... tem uma idéia!...

"Não acha, meu caro Abetz, que para um acontecimento desses? A Ópera de Berlim? a Ópera de Paris? as duas orquestras?

— Com certeza! com certeza, meu caro!

— A Cavalgada das Valquírias! só a ária! ah, só a ária! aquela!"

Também estávamos de acordo! totalmente! a Cavalgada!

Mas eis que ele nos assobia! a Valquíria!... e desafina! a Cavalgada!... cantarola... ainda mais desafinado!... com a sua picareta imita o clarim! indo de sua boca em direção ao lustre! como se soprasse!... do fundo dos pulmões!... o Abetz permite-se um aparte...

"Chateaubriant! Chateaubriant! por favor! permita-me!... o clarim só no dó!... final! final!... não no sol! os trombones é que são no sol! não os clarins!... não o clarim, Chateaubriant!

— Como assim, o clarim não?"

Ali, vejo um homem que se desconcerta!... de supetão! a picareta cai de suas mãos... num segundo o seu semblante muda por completo... essa observação!... fica meio abestalhado!... foi demais!... estava em plena empolgação... olha o Abetz... olha a mesa... agarra um pires... e *vapt*! arremessa! e mais um!... e um prato!... e uma travessa!... é o parque de diversões! em cheio na cabeça! está com toda a corda! tudo isso vai se espatifar contra as prateleiras das louças! cacos, migalhas e *paft*!... *puft*!... para todo lado! e de novo! é a barraca do tiro ao alvo!... é a apoplexia do Alphonse! que aquele bunda-suja do Abetz se permita dizer que a sua *Walquíria* está desafinada! a arrogância daquele mequetrefe! comemoração da Vitória, uma ova! vai plantar batata!... *paft! vlang!* balística e cabeças dos otários!... atira neles!... uma fúria, pirou! e dá-lhe do Abetz e do Hoffmann esconderem o rosto! na outra cabeceira! debaixo da mesa! debaixo da toalha! *poing! boing!* a louça espatifa em cima deles, para todo lado! a baixela sofre uma baixa!... ele está irreconhecível com essa apoplexia! está eriçado, juro! os cabelos da barbaça eriçados de raiva! que tenham achado o seu clarim desafinado!... está na cara que já existia alguma picuinha entre eles, está na cara!... eu tinha ouvido falar que se desentenderam por causa do aluguel do Chalé na Floresta Negra... que o Abetz não queria mais pagar... ou melhor, sua mulher, a Suzanne... clarim, Valquírias, Carlos Magno, não eram a verdadeira razão desse faniquito estapafúrdio... era outra coisa, mais séria, bem, de certa forma... o fato é que eu via ali o Alphonse, sempre tão bem-educado, tão café-soçaite, transformado ele mesmo em Valquíria!... nada escapou! a sala toda! todos os bibelôs!... um arroubo emotivo! a loucura! sua cadela Myrta, essa aí, de repente ficou com tanto medo e latiu tão alto! com tanta fúria! Myrta, a cocker do Alphonse!... *uau! uau!* que deu no pé! o

Alphonse chama!... ela já está longe!... ele dispara... desce a escada desabalado... *Myrta! Myrta!* o Abetz, o Hoffmann gritam atrás dele! "Chateaubriant! Chateaubriant!"... aproveito para dar o fora, cruz-credo! correndo! não pego o elevador!... defronte do Castelo está um breu... é o alerta!... sempre o alerta! papagaio!... encontro o Alphonse ali, na calçada, a sua Myrta não foi muito longe! como está feliz por ter ido para a rua! faz festa no seu bom dono... não enxergo o bom dono, está escuro demais, breu total... mas ele fala comigo, e sua voz continua embargada!... a emoção ainda, a ira!... o bombardeio de pratos!... o que quebrou de travessas, puxa vida!... ele sempre tão pomposo, cerimonioso, um poço de boas maneiras, de súbito o vi! um bárbaro total!

"Pois é, Chateaubriant! e agora?

— Ah, caro Céline!... meu caro Céline!"

Voltou a ser caloroso.

Pega minhas mãos, aperta-as... precisa de afeto.

"A menor importância, ora essa! nenhuma importância!

— Acha mesmo, Céline? É realmente a sua opinião?

— Ora, francamente! uma brincadeira!

— Acha mesmo, Céline?

— Mas tenho certeza! não pense mais nisso!

— Ainda assim quantos pratos, a seu ver?"

Não quebrou apenas pratos! todo o aparelho, mais as sopeiras! carregou a mão! não se viu em plena ação: o verdadeiro maëlstrom! *trong! vrang!* contra as outras prateleiras do outro lado, as outras porcelanas! o pior é que eram maravilhas, "serviço completo", Dresden de época!... eles tinham pegado tudo aquilo nos aposentos de Gabold, no terceiro andar, tudo em genuíno estilo Dresden... marchetarias e finas porcelanas... tudo exclusivamente Saxe...

"Sabe, Céline, pernoitarei no *Bären*, não voltarei ao Castelo!... me reservaram um quarto lá! mas que o guardem! dormirei no *Bären*!... temos de partir de madrugada!... todos os meus homens estão no *Bären*, todo o meu 'comando'...

— Ah, com certeza, Chateaubriant!"

Seus homens eram os moralistas, aqueles que deviam fabricar a bomba... bem, achava eu...

"Mas Céline, pode ter a bondade? pode me fazer a gentileza?... sozinho jamais encontrarei!... o *Bären*!... pode fazer o obséquio de me acompanhar?..."

Claro que eu podia fazer o obséquio!... orientava-me às cegas em qualquer lugar de Siegmaringen... nunca me perdia... qualquer ruela!

"Por aqui meu caro! por aqui!"

Ah, mas ainda havia o seu *rucksak*! sua mochila! material!... cacarecos! e o peso!... como levava coisa!... tinha de passá-la por cima de sua grande capa! ou por baixo!... tentamos... ele não conseguia... pesada demais, grande demais!... resolvemos que a transportaríamos cada um por uma alça, mas indo devagarinho, eu não podia andar depressa... ele tampouco! a picareta, na verdade, lhe servia de bengala... assim conseguimos... já lhe disse que ele mancava bastante... na Colaboração havia três que mancavam igual... com um certo "mancar distinto"... o Lesdain, o Bernard Faye e ele... nenhum por ferimentos de guerra, reformados nº 2... tinham até um apelido: os Irmãos Manquitó!... para lhe mostrar a maledicência! ele e eu cada um com uma alça, vamos nós pelo caminho... tudo bem devagar... repousamos, recomeçamos a cada dez... vinte passos... como ele carrega bugigangas!... rimos! até ele!... cambaleamos... quanto material! vai subir com tudo isso para o Tirol? *opa! halt!*... alguém na nossa frente!... não vejo esse alguém... esse alguém nos manda uma dessas luzes no olho!... um facho de lanterna! ele, sim, nos vê!... aposto que é um boche!... é um guarda boche!... "aonde vão?" não deveríamos estar na rua...

deve me conhecer... respondo "ao *Bären*! ao *Bären*! ele está doente!... *krank*!

— *Nur gut! Nur gut! gehe!*"

Tudo corria bem!... mas eis que o Alphonse reclama! ninguém estava lhe perguntando nada! irrita-se na frente do tira, sua barbaça imensa no facho da lanterna!... "*Kraft ist nicht alles!*", grita alto assim, bem no nariz do guarda! "a força não é tudo", pressinto que vai parar no camburão! não!... o tira não se zanga... quer apenas que a gente vá andando... percebe com quem está lidando... até pega as nossas duas alças, a famosa *rucksak*, uma pluma para ele!... e sai com ela!... acompanha-nos! bem, Chateaubriant, vamos segui-lo!... chegamos depressa ao *Bären*... escutamos o Danúbio... o Danúbio que rebenta nos arcos!... ah, o furioso ruidoso riozinho!... pronto! chegamos!... é lá!... o guarda bate à porta... três batidas!... mais três batidas!... alguém abre... pronto!... "*gute Nacht*"! deixo o Chateaubriant na entrada... com sua cadela... o guarda põe a mochila no chão...

"Adeus, caro Céline!"

Nunca mais revi o caríssimo Alphonse!... levei o schupo até o *Löwen*... que ele também mande abrir a porta para mim... o patife do Frucht seria bem capaz de me deixar do lado de fora de propósito!... ter sempre a polícia ao nosso lado!... o que a gente aprende nos dédalos da vida...

Eu devia ir ver o Laval e levei você ao Abetz... a esse jantar... desculpe!... Mais uma pequena digressão... sou cheio de digressões... conseqüência da idade?... ou excesso de recordações?... estou na dúvida, saberei mais tarde... os outros saberão!... por si só, é muito difícil se dar conta! bem, pego-o ali onde estávamos... saíamos da sala de música... eu devia ir ver o Laval... três dias que já devia ter ido!... desde o fuzuê da estação!... foi de fato graças a ele que aquilo não acabou em massacre geral!... que só tivemos um só morto!... precisava felicitá-lo, e muito!... imensamente!... com os políticos nada de usar meias medidas... tudo maciço! pesado, grosso... como as moçoilas gostam!... os políticos são moçoilas a vida inteira... agradar!... agradar!... votos!... não vá dizer a uma senhorita: "Como você é simpática!" não! fale com ela igual ao Mariano:[62] "Meu Deus, ai caramba que tu és l'úúnica no mooon'do"! é o mínimo que a moça admite!... o político é a mesma

62. O cantor Luis Mariano, de origem espanhola, que nos anos 50 estava no auge da fama. (N. P.)

coisa!... tanto mais que eu tinha um objetivo: que ele não torcesse o nariz para os Delaunys!... no Castelo não havia só o Brinon! mas eu já tinha preparado a minha conversinha fiada... ia sair em campo, até que enfim!... da sala de música até o Laval, um andar!... só um... conforme lhe expliquei... já lhe contei como era... a decoração do seu escritório, do seu apartamento, do seu andar... tudo Primeiro Império, perfeito!... em Malmaison você não vai achar nada melhor!... diria até: nem tão bom!... são conhecidas as terríveis imperfeições do "Primeiro Império", esse estilo atroz para os "traseiros"... avesso a quem quer se sentar!... poltronas, cadeiras, sofás!... "caroços de pêssego", sem tirar nem pôr! assentos para coronéis, marechais!... só o tempo de ouvir as ordens, e se levantar, num pulo!... voar de vitória em vitória!... nem um pingo "delícias de Cápua"! mas eu estava tão cansado, tantas insônias atrasadas, que assim mesmo me sentava muito bem em cima dos caroços de pêssego... e descansava como um anjo!... claro que antes soltava as minhas mais sinceras congratulações!... que ele tinha sido fantástico, o Laval da Auvergne e do Magreb e de Alfortville! incomparável!... o atenuador-conciliador que Londres, Nova York, Moscou nos invejavam!... depois de representar meu pequeno papel só me restava me balançar, embalar devagarinho... calado, quietinho!... era muito agradável a sala do Laval!... ah, ele desembuchava sozinho!... não me pedia nada... além de ser seu ouvinte, só isso!... ele que falava!... e com que veemência!... fazia a defesa!... primeiro disto... daquilo... e depois de sua própria causa!... sua famosa Causa!... só me cabia menear a cabeça, ele "encarnava" demais a França para ter tempo de ouvir alguém... com ou sem congratulações! e lembre-se de que eu tinha ido lá para lhe dizer que foi graças a ele que se evitou o massacre!... que sem ele seria a hecatombe!... rigorosamente exato, aliás!... mas ele estava pouco ligando! queria mesmo é que eu o escutasse! mais nada!... tolerava-me como ouvinte!... comentarista, não!... portanto, fico remoendo as minhas congratulações... sento-me, minha pasta no colo, meus instrumentos, o Bébert também no meu colo, dentro de sua algibeira... eu conhecia a defesa dele... dez... vinte vezes tinha me servido o mesmo prato!... "que nas condições do mundo, a fraqueza européia, só havia um jeito de endireitar tudo isso: a sua política franco-alemã!... a sua! que sem a sua 'colaboração' não valia mais a pena insistir! não haveria mais História! mais Europa! que ele não gostava da Alemanha, mas que... mas que... que também não gostava de Hitler... mas que, mas que... que conhecia a Rússia... etc.... etc...." eu podia relaxar, me balançar... tinha aí coisa para uma hora... no mínimo!... conhecia todas as variantes, falsas objeções, apelos patéticos... "que já se sentia enterrado!... o túmulo de sua família!... Chateldon!"... ah, mas que primeiro!... primeiro!... ia deixar todo mundo embasbacado! todo mundo!... não iam agarrá-lo assim, sem mais essa nem aquela!... primeiro os esmagaria!... primeiro!... todos!... todos esses invejosos! ciumentos! desertores! opositores denegridores grotescos! é! que ele, Laval, não se devia confundir! tinha a França no sangue!... que isso teriam de admitir, aqueles gnomos infames!... e que quanto à América!... façam-me o favor!... também já estava no papo! a América! nenhuma dúvida quanto à América!... do jeito que ele quisesse!... a imensa América! graças ao seu genro em primeiro lugar!... e à sua filha, americana... e ao senador Taft, o Grande Eleitor de Roosevelt!...

"Ah, a Suprema Corte!... doutor! veja só!"

E fazia a Suprema Corte rastejar! isso mesmo!... eu tentava interrompê-lo um pouco... para que tomasse fôlego... não adiantava nada!... do jeito que estava embalado eu não conseguia falar dos Delaunys...

Seria melhor deixá-lo falar... e sair de fininho... que eu ainda tinha o que fazer! passar pelo *Landrat*, para as sobras do Bébert... depois na Milícia, ver os doentes... e ainda depois no hospital... e depois no Letrou... e depois no *Fidelis*!... mesmo assim tentava interrompê-lo... falar um pouco da minha medicina, das minhas pequenas chateações... quem sabe ele me dava um conselhinho?... sabia bem mais coisas do que eu!... evidentemente!... sabia bem mais do que todo mundo... tudo!... e a respeito de tudo!... com aquela cara de árabe, o topete de ébano, só lhe faltava o fez seboso... era o verdadeiro árabe de "III[a]" que fala com todos os passageiros, sabe melhor que todos os presentes o que deveriam fazer, o que fazem, o que seria preciso... sabe melhor que o lavrador plantar sua colza, seu trevo, melhor que o notário as pequenas falcatruas das heranças, melhor que o fotógrafo a técnica dos retratos de "Primeira Comunhão", melhor que o funcionário da Coletoria o modo de fraudar os selos fiscais, melhor que o cabeleireiro os permanentes, melhor que os cabos eleitorais os métodos de descolar um cartaz, melhor que o guarda como passar as algemas, melhor que a matrona como limpar a bunda do menino...

Você repousava ao escutá-lo, contanto que não ficasse emburrado! ele o espiava!... se não desse a impressão de estar convencido?... ia para cima de você!... deixava-o sentado, mas em nocaute!

Ah, não quiseram lhe dar ouvidos, os Mornet* e cia.?... preferiram fuzilá-lo!... estavam errados!... ele tinha o que dizer... eu sei... escutei-o dez vezes... vinte vezes...

"Estou lhe dizendo!... tive escolhas!... ofereceram-me tudo, doutor, é!... tudo!... o de Gaulle foi buscá-los!... eu os deixava esperando!... os russos também!"

Nem sempre eu podia ficar me balançando...

"Que ofertas, Senhor Presidente?"

Fazer cara de quem está prestando atenção.

"Ah, mas tudo o que quisesse! toda a Imprensa!

— Ah! ah! ah!"

Só isso, mais nada!... conheço o meu papel de ouvinte... está felicíssimo comigo... escuto direitinho... e além do mais, acima de tudo, não sou fumante!... como não fumo, nunca terá de me oferecer... pode me mostrar todos os seus maços, duas grandes gavetas lotadas de "Lucky Strike"... quem tascasse um cigarro dele, nunca mais voltaria a vê-lo!... nunca!... ou mesmo se só pedisse fogo!... um fósforo que fosse!

"Os ingleses lhe ofereceram tudo, Senhor Presidente?

— Suplicaram-me!... rigorosamente tudo, doutor!

— Ah!... ah!"

Estou pasmo...

"Ih, posso até lhe dar um nome!... um nome que não lhe dirá nada!... um nome da Embaixada... Mendle! comprava vinte e cinco jornais para falarem bem de mim! outros tantos na província!

— Com certeza, Senhor Presidente!... acredito!... acredito!...

— Vou me divertir, doutor!... está me ouvindo? muito bem! ótimo! matem-me, direi a eles! ataquem! atirem pra valer!... não falhem, como em Versalhes!... não tremam! andem!... estão avisados!... eu avisei!... vocês estão assassinando a França!

— Muito bem, Senhor Presidente!"

Era o mínimo, que eu demonstrasse um pinguinho de entusiasmo...

"Ah, está de acordo?

— Totalmente, Senhor Presidente!"

Ele queria me pegar na curva... e me tascou o pontapé!

"Está de acordo com um judeu?"

Pronto!... a palavra! a palavra judeu!... era inevitável que se referisse a isso! filho-da-puta, só estava esperando a hora!

Toma a ofensiva...

"O senhor me chamou de judeu, não foi, doutor? é, eu sei!... não só o senhor! o *Je suis partout* também!

— Eles, não exatamente, Senhor Presidente!... não exatamente! eu, exatamente, Senhor Presidente!

— Ah, me dá um grande prazer! que diga na minha cara!"

Cai na gargalhada... não é mau sujeito... mas me flagrou como um traidor, eu sabia o que devia acontecer comigo... dito e feito!...

"Mas o senhor mesmo escreveu!...

— Ah, era para os meus eleitores!... para Aubervilliers!...

— Eu sei! eu sei, Senhor Presidente!"

Mais uma coisa o azucrina...

"E o senhor aqui, doutor, por que está aqui?... por que em Siegmaringen?... dizem-me que se queixa tanto..."

Estava a fim de gozar com a minha cara!

"Estou aqui, Senhor Presidente, exclusivamente por sua culpa! o senhor que se recusou taxativamente a me arrumar outro local! poderia fazê-lo! é óbvio!"

Pisaram nos meus calos! merda! aqueles ares "não sei de nada"! sei do que estou falando!... ele ficaria felicíssimo, o árabe torvo, se de toda aquela corja eu fosse o único a me foder! a pagar o pato por toda a cambada! crápulas, coniventes, jogos triplos! a conta, para cima de mim, a minha cabeça! e já que estamos nos dizendo certas verdades... já que está fazendo brincadeirinhas no seu processo... é minha vez de lhe dar a bordoada!... não estou mais cochilando!...

"O senhor arrumou um lugar para o Morand! arrumou um lugar para o Maurois!... um lugar para o Fontenoy!...* arrumou um lugar para o Fontenoy!... arrumou um lugar para a sua própria filha!

— Está bem! está bem! está bem, Céline!"

Interrompe-me... eu ainda tinha uma boa dúzia!... uma centena!

"Arrumou um lugar para o Brisson!... o Robert! instalou o Morand! eu estava lá!... na casa dele!"

Insisto... pingos nos is!... tenho a feliz memória de elefante... acham sempre que vão me foder, com minha cara apatetada...

Ele faz questão de ter a última palavra...

"Sabe o que dizem a seu respeito, então?

— Eu?... eu não sou interessante!... mas a grande novidade? quer saber, Senhor Presidente? a novidade muito interessante?...

— Onde foi que a ouviu?

— Na rua!... uma coruja! e que pode lhe ser muito útil...

— Diga! diga! logo!

— Pois bem!... que os russos vão lutar contra os americanos! é isso, Senhor Presidente!...

— Foi o que eles descobriram, em Siegmaringen?

— Isso mesmo!"

Ele reflete...

"Os russos contra os americanos? uma estupidez total, uma inépcia, doutor: já parou para pensar?

— Não!... mas é o que dizem!

— Mas seria a desordem, Doutor!... a desordem! sabe o que é a desordem?

— Vagamente, Senhor Presidente...

— Nunca fez política?

— Ah, fiz, pouco!... e de fato, tão mal!

— Então não pode entender nada! não tem idéia do que é a desordem! Doutor!

— Uma vaga idéia...

— Não!... não sabe! aprenda! a desordem, doutor, é um Júlio César em cada aldeia!... e vinte Brutus em cada cantão!

— Acredito, Senhor Presidente!"

Ele não terá a última palavra!

"Mas eu, que não sou César, o senhor poderia muito bem me arrumar um lugar!... igual ao Morand, ao Jardin e a tantos outros!... eu não lhe pedia muita coisa... não lhe pedia uma Embaixada!... o senhor não fez nada!... e eu não tinha nada de um Brutus!... o senhor teria me entregado aos fifis se eu não tivesse vindo para a Alemanha!"

Não desisto!... tenho certeza do que estou falando! honestamente, estou coberto de razão!... sou o homem que mais tem razão na Europa! e também o mais gratuito! estão me devendo cinqüenta Nobel!...

"Pois é, eu não estaria aqui, Senhor Presidente!"

Não deixo passar!

Ele agarra o telefone.

"Vou ligar para o Bichelonne, para que ele o escute!... quero uma testemunha! todo mundo tem curiosidade de saber o que é que você pensa! todo mundo vai saber!... não só eu!... que o atraí para cá! para uma armadilha, em suma! uma arapuca?...

— Sem tirar nem pôr, Senhor Presidente!"

Bichelonne está ao telefone.

"Sabe o que o Céline está me dizendo?... que eu sou um crápula, capaz de tudo, um traidor, e um judeu!

— Não exatamente isso! está exagerando, Senhor Presidente!

— É! é! Céline!... você pensa isso! é seu direito!... bem!"

Continua ao telefone... fala... não mais de mim... conversa disso e daquilo... olho-o enquanto fala... vejo-o de banda, de perfil... ah, cada vez tenho mais razão!... para compará-lo com alguém... vejo-o de novo... alguém de atual... entre o Nasser e o Mendès... perfil, sorriso, tez, cabelo asiático... seja como for, uma certeza eu tenho! mesmo levando na gozação, esse sujeito não vai com a minha cara... está perfeitamente afinado com a França atual, dura e pura, e pró-"puxa-saquismo"... fizeram uma grande besteira em fuzilá-lo, ele valia, estou dizendo, dez Mendès!

"Venha!... venha!"

Ele pede... o outro não está com vontade... faz-se de rogado...

"Virá!"

Na verdade, já chegou... ah, esse aí, nada de tipo afro-asiático!... nem em sonho!... tipo "cabeçona loura", o Bichelonne!... uma carantonha, inclusive! o espermatozóide monstro... só cabeça!... o Bonnard é igual... tipo espermatozóide monstro... uns girinos monstros... um milímetro a mais, e não escapavam!... expostos num frasco de formol!... é ele mesmo, o Bichelonne, é ele mesmo!... mas havia alguma coisa, quase não o reconheci, de tal forma estava alquebrado, pálido, num estado!... trêmulo... por isso é que queria vir!... o Laval não lhe dá tempo de se recompor... ataca!... que escute tudo! o outro está muito abalado, não escuta nada...

"Por que está tremendo, Bichelonne?"

Tem de quê! tem de quê!... ele conta... ga... gueja! quebraram uma vidraça!... uma vidraça de seu quarto! do Laval já quebraram dez! vidraças de seu quarto!... ele conta... debocha do Bichelonne... não é motivo para tremer!... mas o Bichelonne não está para brincadeiras!... quer saber: quem?... como?... por quê?... uma pedra?... uma bala?... um avião, o sopro de uma hélice?... uma turbulência? está enfezado pois não sabe, o Bichelonne... quem?... como?... por quê?... não é que seja um frouxo, nada disso, o Bichelonne, mas ali de repente o pânico total, por não entender o porquê? como?... está perdido!... os aviões passam tão perto da sua janela!... roçam!... mas quem sabe uma bala da rua?... ou uma pedra?... quem sabe? não descobriu!... procurou a noite inteira... minuciosamente!... o teto, as paredes... nada!... não foi mole! está pouco interessado no que o Presidente quer que ele saiba! que eu o chamei disso! daquilo! não o escuta! ele, é sua vidraça!... só a sua vidraça!... como?... quem?... o Laval fala para as paredes... o Bichelonne anda para lá e para cá pela imensa sala Primeiro Império!... as mãos juntas às costas... refletindo!... refletindo!... ah, não desgruda do seu problema!... e o Laval recomeça tudo de novo: que o acuso disso... daquilo!... e acrescenta mais coisas! que o acho ignóbil por ter salvado o Morand, o Maurois, o Jardin, o Guérard! e cem outros! mil outros! que me sacrificou, a mim, de propósito!... rancor racial pessoal! para que os negros do exército Leclerc me encontrem ali! me cortem, picadinho!... tudo premeditado!

Não sou eu que vou interrompê-lo! está no auge do embalo!

"Bravo, Senhor Presidente!"

Faz a acusação... eu bato palmas! faz a acusação contra si mesmo!... perante mais uma Suprema Corte!... a Suprema Corte imaginária!... que nem o outro, com o Museu!...[63]

"Bravo, Senhor Presidente!"

Fui transformado em Suprema-Alta-Corte!... o Bichelonne, nem te ligo, nem escuta, anda para lá e para cá, engrolando... de repente pergunta ao Laval!

"O que acha disso?"

Está se lixando para o que eu disse... não disse... o problema dele! é a vidraça! e só! e não pára de zanzar... mancando... não o "mancar distinto", esse aí... claudicação de verdade!... uma fratura mal consolidada... inclusive quer endireitá-la, operar, antes do nosso regresso triunfal à França!... e operar-se na Alemanha mesmo!... e com o Gebhardt!... conheço um pouquinho o Gebhardt... esse aí, outro fenômeno! no início cheguei a dizer: um farsante!... ledo engano!... duas funções... seis meses general na frente russa, comandante de um grupo de "panzers", e seis meses cirurgião-chefe do imenso hospital SS Hohenlynchen, na Prússia Oriental... charlatão, também poderia se dizer, um palhaço!... eu estava redondamente enganado... mandei um amigo meu muito antiboche ir vê-lo operar... esse Gebhardt cirurgião SS era de fato habilíssimo!... se era louco varrido?... nenhuma

63. Referência aos três volumes do *Museu imaginário da escultura mundial*, de André Malraux.

dúvida! em Hohenlynchen, o seu super-hospital, seis mil operados, uma cidade, quatro vezes o *Bichat*!... ele organizava partidas de futebol entre pernetas... mutilados de guerra pernetas... era meio biruta como os super-homens do Renascimento... excelente em três, quatro campos... a guerra dos tanques, a cirurgia... ah, e também! as modinhas!... cheguei a ouvi-lo ao piano... muito engraçado!... improvisava... aí eu podia julgar... os boches por pouco não tiveram durante esse período hitlerista uma certa raça de homens "Renascentes"... esse Gebhardt era um deles!... o Bichelonne também, mas do outro lado... ele, era a Escola Politécnica!... nunca tinham visto, conhecido um gênio parecido desde o Arago... pude apreciar, em matéria de memória!... de fato, um monstro!... enquanto esteve em Vichy sua sina foi cuidar dos trens... que chegassem, apesar de toda a desgraça!... contra tudo e todos! trabalho de Hércules!... todas as redes, os entroncamentos, horários, desvios, na cabeça!... no minuto! no segundo!... com o que explodia toda noite, aquedutos, balastro, estações, imagine só o divertimento! e peraí que eu vou te pôr novinho em folha!... e conserta daqui!... e desvia dali! e pode ir embora!... e tome novas explosões, na mesma hora! e mais uma, em outro lugar! os fifis não o deixavam dormir! a Europa jamais se recuperará dessa louca doença "ansiedade e puf!" tudo para os ares!... pegou o hábito! só mesmo com a bomba atômica para que ela volte a ser normal e habitável... ali, o Bichelonne, a história da sua vidraça... pedra? tiro de fuzil? hélice? ele não agüentava mais... não dava mais! seus nervos já estavam à flor da pele desde Vichy... a vidraça, ali, agora, foi a gota d'água! de onde tinham alvejado?... da rua?... do ar?... a vidraça?... eu entendia o Bichelonne, à beira de um ataque de nervos...

Não tinham esfrangalhado só os nervos! a perna também!... pegaram-no quando ia num automóvel!... uma pequena bomba! *pum!* boa viagem, Ministro!... ele ia ver só o que era a "Informação"... três fraturas mal consolidadas, seria preciso quebrar de novo sua perna para consertá-la... e ele queria fazer isso imediatamente, na Alemanha mesmo! não voltar assim para Paris! conhecia vagamente o Gebhardt, queria subir até lá em cima, até o Hohenlynchen... o Gebhardt tinha lhe oferecido... eu não era dos mais entusiastas... não acreditava muito no Gebhardt... para ele, era uma idéia fixa... bem!... tinha confiança... bem! mas quanta perplexidade, nossa mãe!... não parava de murmurar em vez de escutar o Laval... perambulava pela imensa sala Primeiro Império... balbuciava os prós!... os contras!... se era uma bala?... um pedaço de hélice?... não largava a sua reflexão... era muito engraçado com o seu crânio enorme... mas o Laval não o achava tão divertido!... e até estava começando a ficar de saco cheio!... mandara-o chamar não para que andasse de um lado a outro, não para que resmungasse por causa da sua vidraça, mas para que o escutasse!

"Está vendo?... está vendo, doutor!... ele não escuta nada!... sua vidraça!... tudo pela sua vidraça!"

O Laval me pega para testemunha...

Ah, mas isso aí não ia durar muito! o Laval conhecia o jeito... o único jeito de tirá-lo de suas reflexões: fazer-lhe uma pergunta de algibeira! qualquer pergunta de algibeira!... para que a sua cachola mudasse de idéia fixa!

"Diga, Bichelonne! seria uma grande gentileza sua!... eu já soube! mas esqueci!... preciso disso para um trabalhinho... qual é a capital de Honduras?"

O Bichelonne pára de chofre, dessa vez escuta... já não resmunga... vai responder...

"Tegucigalpa, Senhor Presidente!"

— Não! não! desculpe Bichelonne! Honduras britânica?

— Belize, Senhor Presidente!

— Superfície, Bichelonne?

— 21 quilômetros quadrados...

— O que fabricam?

— Mogno... resina...

— Ótimo! obrigado, Bichelonne!"

O Bichelonne volta para a sua vidraça... lá vai ele de novo, manquejando... mas, ainda assim, menos aflito... esse Belize lhe fez bem...

"Diga, Bichelonne! já que está aqui!... faça-me mais essa gentileza!... eu já soube tudo isso!... não sei mais!... esqueci!... o tungstênio?... Bichelonne? o Rochat vive nos falando disso!... trouxe com ele um pouco de tungstênio!

— Peso atômico: 183,9... densidade: 19,3..."

Dito isso, o Bichelonne se senta... cansou-se do vaivém... massageia a perna... na mesma hora o Laval se aproveita... vai para a frente do espelho, ajeita o topete... arruma a gravata... vai fazer mais uma sessão de Suprema Corte!... ah, com licença!... com licença!... também tenho umas coisinhas para dizer! sempre, sempre ouvir os outros! ali, de repente, invade-me um assomo de orgulho!... um ímpeto idiota! vou botar tudo isso aí de bico calado! ah, pra quê! como me arrependi! ainda me arrependo! é raro que me deixe levar... mas já estava cheio de ouvi-los!...

"Olhem aqui, vejam!"

Coloco o meu cianureto em cima da mesa... a escrivaninha do Laval... o meu frasco... do meu bolso!... já que estavam falando de metais raros!... carrego sempre comigo o meu cianureto!... desde Sartrouville... ali, podem vê-lo!... e a etiqueta vermelha!... olham, os dois...

A torto e a direito me pedem cianureto... sempre respondo que não tenho... ah, esses dois aí, não demora muito!... já estão quase no cara ou coroa!... que se danem!... ainda tenho três frascos!... lacrados igualzinho! cianureto também!... o chato é que eles vão bater com a língua nos dentes!... aposto!... e eu não tinha dito a ninguém!...

"Dá para mim? dá para mim?"

Os dois pedem... ah, não querem mais brincar!

"Dividam!"

Eles que se arranjem!... pensando bem...

"Não!... não briguem!... darei um para cada um!... cuidado! uma vez aberto! umedecido! babau! sabiam?

— Mas quando?... mas quando?..."

Ah, começam a me levar a sério! até que enfim! tiro outro frasco de outro bolso!... mais outro do forro da minha roupa! não conto tudo, mas tenho uma porção de saquinhos nas minhas bainhas... não quero ser apanhado sem isso!... pois é!... vejo que me observam... não falam mais nada... mas estão contentes... falarão... sacanas!

"Doutor, o que posso fazer pelo senhor?

— Presidente, se tiver a bondade de me ouvir... primeiro, não abrir o frasco!... em seguida, não dizer nada a ninguém!...

— Está bem!... combinado! mas, e o senhor?... afinal de contas, deve ter um desejozinho?"

Taí outra idéia que me invade! e olhe que posso dizer que recusei tudo! tudo!... mas no ponto em que estamos... nada mais tem importância!...

"Talvez o Senhor Presidente pudesse me nomear Governador das Ilhas Saint-Pierre e Miquelon?"

Não tenho por que me acanhar!

"Prometido!... concedido! combinado! anote, Bichelonne, está bem?

— Com certeza, Senhor Presidente!"

O Laval, mesmo assim... o Laval tem uma perguntinha...

"Mas de onde tirou essa idéia, doutor?

— Assim, sem mais nem menos, Senhor Presidente! As belezas de Saint-Pierre e Miquelon!..."

Conto a ele... não falo de "ouvir dizer"... estive lá!... na época levavam-se vinte e cinco dias de Bordeaux a Saint-Pierre... no fragilíssimo *Celtique*... ainda se pescava em Saint-Pierre... conheço bem Langlade e Miquelon... conheço bem a estrada... a única estrada de uma ponta à outra da ilha... a estrada e o marco do "Souvenir", a estrada escavada em plena rocha pelos marinheiros do *Iphigénie*... não invento nada... souvenir de verdade, estrada de verdade!... não foram só os marinheiros do *Iphigénie*!... os forçados também!... existiu uma colônia penal em Saint-Pierre... que também deixou um marco!

"Se visse aquilo, Presidente! em pleno oceano Atlântico!"

O principal: eu estava nomeado Governador... e sou até hoje!...

Nem por isso as coisas melhoraram... que ele me nomeasse governador, arcebispo ou peão... tudo indo de mal a pior!... a realidade eram os apavorados de Estrasburgo, os arqui-reservistas *Landsturm*, os desertores do exército Vlasoff, os rechaçados bombificados de Berlim, os horripilados da Lituânia, os defenestrados de Koenigsberg, os "trabalhadores livres" de todo lado, levas e levas chegando, as senhoras tártaras de vestido de baile, artistas de Dresden... tudo isso vinha acampar nos buracos, nos fossos do Castelo... e também nas margens do Danúbio... mais todos os espavoridos da França, Toulouse, Carcassonne, Bois-Colombes, perseguidos pelos maquis... mais as famílias dos milicianos, e os recém-recrutados NSKK,[64] que deviam ir à Dinamarca à procura de manteiga... mais os fascinados pelo Corpechot, que esperavam ser "embarcados" na flotilha do Danúbio... mais uns suíços esquisitos, supostos "partisans" alemães... tudo isso dividido em tribos,

64. *Nationalsozialistisches Kraftfahrenkorps*, Corpo Motorizado do Partido Nazista. (N. P.)

com crianças de todas as idades, tralhas enormes, baterias de cozinha, louça, partes de fornos, e nada para comer... espécie de "porto dos destroços da Europa", Siegmaringen... quero dizer, o burgo inteiro, as sarjetas, as ruas, e a estação... tudo quanto eram coloridices, camuflagens, farrapos, procedências, charabiadas... as calçadas, os cais, e as lojas tudo lotado... uma loja que era pitoresca, a do Sabiani do PPF... o PPF, o autoproclamado maior partido dos "partidos do futuro"... já lhe contei: o Doriot em pessoa nunca foi a Siegmaringen... o Hérold tampouco! seu arauto!... nem o Sicard...* era o Sabiani que mandava e desmandava naquela filial do Partido... a loja tinha duas vitrines... e em cada vitrine uns doentes nas últimas... de fome, de velhice e de tuberculose, e de frio... e de câncer também... e tudo isso se coçando pra diabo!... claro!... numa vitrine eram os "banquinhos", na outra "espreguiçadeiras transatlânticas"... vi durante bem dois meses um avô PPF morrer com seu neto sentado no colo... assim sem se mexer numa espreguiçadeira transatlântica, escarrando os pulmões... a própria loja também estava lotada de pés-na-cova, igualzinho... nos bancos... bancos apinhados... encostados nas paredes... ou direto no chão, deitados, ou amontoados... o Sabiani ficava nos fundos da loja... cuidava das "adesões", entregava as carteiras, assinava, carimbava... tinha "plenos poderes"... foi por um triz que a França não virou PPF.... um Hitler menos cretino! o Sabiani tinha uma clientela que só vendo... todo mundo "aderia", tudo quanto era gente que olhava as vitrines... era um jeito de ficar ali bestando, entrar e se sentar... sem sombra de dúvida o PPF era o partido que mais recrutava, conseqüência das vitrines e dos bancos... se ainda por cima distribuísse comida, a menor marmita que fosse, aí sim, teria recrutado o vilarejo todinho, inclusive os boches... civis e soldadesca!... a certa altura da vida e dos acontecimentos só resta uma coisinha: sentar-se e poder comer... ah, sim, e depois também havia os selos postais! ia esquecendo! catar selos, colecionar!... todas as agências de correios que vi Alemanha afora, não só em Siegmaringen, nas maiores cidades, nos menores povoados, estavam sempre superlotadas de fregueses, e nos guichês das "coleções"... filas e mais filas, colecionar selos de Hitler, de todos os valores!... de um pfennig até 50 marcos... se eu fosse o Nasser, eu, por exemplo, ou o Franco ou o Salazar, e quisesse saber o que é que andam dizendo por aí, quisesse estar bem informado, o que é que pensam de mim... não perguntaria aos meus policiais!... onde já se viu!... iria eu mesmo ao Correio, às filas dos guichês para comprar meus selos... o seu povo coleciona?... ah, então é moleza, você tira de letra!... o que deve haver de coleções "Adolf Hitler" na Alemanha! eles tinham se metido nisso, digamos assim, com anos de antecedência! desde as primeiras idiotices, Dunquerque, colecionavam! adivinhos, mágicos? estão por fora!... o selo é que é sério, explica tudo! a verdade com dez anos de antecedência!... eles colecionam? sabem o que fazem! nós, em matéria de Correio, além do Hitler a gente tinha o Pétain... os selos dele!... coleção dupla! se você visse aquela agência do Correio! praticamente tanta gente quanto no Sabiani! colecionadores franceses e boches... mas, reconheço, pior que os selos, pior que o álcool, pior que a manteiga, pior que a sopa: os cigarros!... o cigarro ganha de tudo!... em tudo quanto é lugar!... nas condições realmente implacáveis: o cigarro!... vi tanto na frente de batalha como na ambulância da prisão, a última e suprema angústia humana: fumar!... o que prova e você não me dirá o contrário que o homem é primeiro, antes de tudo, um sonhador!... sonhador nato! poeta! *primum vivere?* mentira!... *primum devaneare!* é isso!... o sonho a qualquer preço!... antes da bóia, da birita, da trepada! nem se discute!... o homem bate as botas por carradas de motivos mas sem cigarro não agüenta!... olhe-o na forca ou na guilhotina... jamais conseguiria!... tem que fumar primeiro!... eu também era da turma do sonho, funcionário do sonho, na loja

PPF... passava para dar sonho, àqueles que sofriam demais... 2 cm^3.!... fazia-os sonhar... ah, era extremamente pão-duro com as minhas ampolas 2 *cm^3!*... imagine a demanda que eu tinha!... o Sabiani, no entanto, justiça seja feita, bem que avisava à sua patota, não tapeava ninguém... estava escrito em tabuletas grandes, em letras vermelhas garrafais... "membro do Partido, lembre-se, você deve tudo ao Partido, o Partido não lhe deve nada"! não dourava a pílula!... e isso não enxotava ninguém!... vinha até cada vez mais gente, aderir, sentar-se, e esticar as canelas bem debaixo dos cartazes... e diante das vitrines, cada vez mais gente, vendo os vovozinhos se apagarem... "olha ali! olha! ele está cagando nas calças!" as pessoas falam das massas asiáticas, brâmanes, bocudos...[65] eu acho é graça! transformo para você a Europa todinha em asiática, o papai aqui! do dia para a noite! e em aderente! e em apaixonada por política... cinco, seis cadáveres por lata de lixo! epidemias de fome e reprodução!... o futuro pertence aos amarelos!... às suas boas práticas![66]

Falando no bazar Sabiani, nesse momento aconteceu comigo uma historinha bem esquisita... uma puta sacanagem do Castelo!... a cabala para demitir o Luchaire... e para isso achavam que eu era um médico excelente!... uma conspiração dos ministros... eu devia considerá-lo tuberculoso, contagioso, perigoso... a ser evacuado, e já, já!... ah, recusei!... nunca topei me meter nessas histórias suspeitas... tanto mais que não sabia, nem de longe, se, conversa vai conversa vem, não estariam tentando mesmo era me pegar!... me evacuar, para começar!... igual ao Ménétrel!... ah, a certa altura só pensam nisso mesmo! dar sumi-

65. Palavra cujo significado, esclarece Henri Godard à tradutora, até hoje não se conseguiu elucidar.
66. Nos últimos anos de vida, um misto de racismo e delírio de perseguição fez Céline fixar-se nos chineses, um entre vários inimigos imaginários que poderiam ameaçar a Europa, prova da decadência da raça branca.

ço em você!... é uma epidemia!... porque você fez isso!... aquilo!... e plim!

Ah, mais uma! no Castelo!... mais uma encrenca!... a filha de um ministro ficou de barriga! tratava-se de casar a moça! e pra já! o rapaz estava lá... um *zazou*...[67] até que ele topava... mas aí é que eram elas! o prefeito boche de Siegmaringen exigia o consentimento dos pais!... consentimento escrito!... os pais do bonitão na França, em Bagnoles-les-Bains!... como obter o documento?... não se podia pedir aos senegaleses de Estrasburgo! nem aos FTP[68] de Annemasse!... o Burgmeister, um teimoso, queria porque queria esse papel!... Eis que começa o cerca-lourenço com a Lili... e eu bem vendo o cerca-lourenço se achegar... a mãe aos prantos... a fuça toda lambuzada de batom... sobe ao *Löwen* para suplicar... suplicar a Lili... que não sobreviverá ao escândalo!... que será a "afogada do Danúbio"!... mãe amargurada! que eu faça alguma coisa!... que a Lili me faça fazer alguma coisa! em suma, claramente, que eu faça um aborto na moça!... imagine!... pressinto mais uma gracinha: Céline, o aborteiro!... de início muito gentil, depois muito firme, mando-a se foder!... mais ódio caindo em cima de mim! eu estava liquidado, em todos os sentidos!... um ódio, creio, que me persegue ainda vinte anos depois!... continuam a me fazer as piores sacanagens por causa desse aborto recusado... reconheço-o por certos rumores... aqui... ali... um detalhe engraçado e de somenos durante as grandes convulsões da História, êxodos, pânicos generalizados, são certos profissionais que a gente já não encontra!... massagistas, pedicures, fazedores de anjos... adultérios e as "declarações de amor", isso se acha em qualquer canto!... a dar com o pau! mas o "quiroprático" costu-

67. Termo dos anos 40-50, que designava os jovens apaixonados por jazz e vestidos na última moda.
68. V. Resistência.

meiro... aí, é o desespero absoluto! a dama perdida!... os homens fornicam em qualquer situação, mas e o "quiroprático"? o fazedor de anjo? todo o cuidado é pouco! espere um minutinho!... declarações de amor, quantas você quiser, mas e a sonda? no zoológico é difícil fazer a bicharada se reproduzir, mas os piores condenados à morte, mesmo encurralados pelo exército Leclerc, mesmo com todos os fifis infestando os bosques, e toda a RAF em cima da cabeça, trovejando, dia e noite, não perdem a vontade de foder!... ah, não mesmo!... eu não ia para completar perder meu tempo com os pequenos corrimentos, umas sifilizinhas, uns cancróides! eu não!... tudo isso podia muito bem esperar! o retorno à França, de um jeito ou de outro! aliás, eu trataria deles com quê?... não tinha nada!... aconselhá-los a esquecer o coito?... nunca se deve aconselhar nada! eles que fiquem aí se coçando, fodendo, escalavrando, matutando, apodrecendo!... e vamos em frente! as pessoas nos odeiam mortalmente por qualquer conselhinho!... veja só a França, a certa altura me fartei de dizer aos quatro ventos com que cara ela ficaria! e olhe como me tratou!... em que estado me deixou! a mim! justamente o único que enxergava com clareza!... e os piores dos mais desastrosos imbecis, agora cantando de galo! cocoricando no alto da titica, do pavoroso escombro! em Siegmaringen, devo admitir, começava a baixar um pouco a crista: trinta e cinco anos que eu era vítima, ia tendo uma vaga desconfiança! *ai de mim! ai de mim!* a sorte estava lançada! tudo acertado!... o que querem mesmo é me enrabar!... comandos do Darnand ou fifis, capangas do Restif ou pretos do Leclerc!... minhas opiniões não interessam a ninguém, exceto aos sempiternos altercadores... "quem o comprou? quanto recebeu?... vendido a este?... àquele?..." gagá, sem sombra de dúvida! velho imundo borocoxô!... ah eu sabia! e bem sabido!... portanto agora só cuidava das urgências... mas aí então todos viravam "urgentes"!... ranzinzas e provocadores e informantes, e ao mesmo tempo seriamente doentes!... ó, doces clientes!...

Chega! os pitecantropos mudam de mito! vai ser um tal de sangue esguichar! um tal de afiar facões! pombas!... pitombas!... mil e duzentos bilhões de álcool, entornados de um só gole, pombas! fazem você passar por cima de muitas coisas!

Mas olhe aí mais um banzé!... no "terceiro", em cima dos Raumnitz, no *91* eu cuidava de um tal senhor Miller, oriundo de Marseille, tuberculoso acamado, grandes hemoptises... ainda bem que eu tinha, apesar da situação, um pouco de "retropituína"... que não havia caído do céu!... mas estava escondida no meu bolso, e desde Bezons!... eu fazia o que podia... de dia e de noite... esse senhor Miller de Marseille ocupava por lá, dizem, um alto posto... no Serviço de Informações da Polícia... bem!... eu não fazia a menor questão de saber mais que isso... o fato é que Herr Frucht reclamava sem parar, que ele ocupava um leito no *Löwen*, que poderia infectar o hotel com seus escarros e sua tosse!... logo ele, cujos cagatórios transbordavam a rodo, desciam em cachoeira por toda a escada!... o meu doente é que era o perigoso! pendenga de alemão!... que o quarto dele ficaria inabitável!... que eu devia mandá-lo de volta para a França!... mas esse senhor Miller, de Marseille, não representava o menor perigo!... mais uma aporrinhação!... nisso aí eu pressentia mais uma cabala, igual à do Luchaire... por mim, o senhor Miller de Marseille podia ir embora... mas tuberculoso, alojá-lo onde? vou encontrar a doutora, uma boche, "führerina" para tudo o que fosse "tuberculose"... a dra. Kleindienst, essa aí antifrancesa no duro!... manda eu ir me foder!... e eu lá ia me espantar! sempre tinha me recusado tudo!... cem vezes fui vê-la para as minhas operárias com "pneumotórax"... e não eram poucas!... trabalhadoras francesas em fábricas... para lhe pedir duzentos gramas de manteiga!... uma libra de açúcar!... *não!... não!...* e eu sabia perfeitamente bem que ela alojava a seu bel-prazer gente muito menos tuberculosa, famílias inteiras do Castelo, no grande Sanatório Saint-Blasien, na Floresta Negra... "que ele volte para a França..." tudo o que me aconselhava!... o Sanatório SS Saint-Blasien não era para os meus doentes!... logo, logo seria a cabala, eu já pressentia, petições em todo o hotel e na cervejaria, que aquele Miller voltasse para casa! em Marseille! que fosse despachado!... e eu junto!... que nos pusessem os dois no olho da rua! nós três, eu a Lili mais o Bébert! ou num campo!... eu já estava vendo... Cissen!... ah, nisso pensavam, aposto! os quatro! o Le Vigan junto!... dou a impressão de estar exagerando um pouco... você é que pensa! quem dera!... não tinha confiança no Brinon... e nenhuma confiança nos Raumnitz... e apesar do cianureto, rigorosamente nenhuma no Laval... nem no Bichelonne...

Ainda assim os dias passam... e as noites... começa a fazer frio pra valer... o Marion vem nos visitar... conta-me que o Bichelonne partiu... assim de súbito, sem dizer nada... sem me dizer nada... partiu para ser operado, lá no alto, na Prússia... muito bem! falo com ele sobre o caso Miller, sobre minhas amolações com a Kleindienst, que isso aí é cabala... ele também acredita, é da mesma opinião... não anda nada otimista, o Marion... ministro da Informação... vê que vai tudo acabar na maior merda...

Falei-lhe muito do Herr Frucht e de seus dissabores com os toaletes... mas também havia uma senhora Frucht... a Frau Frucht, no mesmo andar que nós, Quarto 15... era mais do que um quarto, o 15!... um verdadeiro apartamento, com banheiro, sala de jantar, saleta para fumantes... ainda não lhe contei... nem falei da Frau Frucht... cuidava dela... bem, dava-lhe umas injeções... menopausa... obtinha-as por "contrabandistas"... da Basiléia... é, mesmo assim ela não gostava de nós!... a Frau Frucht!... nadinha, Deus meu!... igual ao seu Julius!... que infectávamos o hotel deles etc.... *Franzosen* asquerosos!... que deveríamos estar no inferno!... mas você nem imagina como ela tirava a barriga da miséria com os guarda-costas do Castelo!... bem franceses, esses aí!... três ou quatro guarda-costas por ministro... para ela, era uma porção de gente, e rapazes com apetite, almoço, jantar... *franzosen*, atletas, e tão salientes!... e que não se privavam de nada, meu amor! era cada festim!... e aquilo tudo terminava com umas coisas que nem lhe conto!... verdadeiras orgias *vrrainzesas*! assim, pois, tinham eles mesa posta, os guarda-costas, a mesa dos donos do

Löwen... vinhos do Reno à vontade, schnaps... absinto até!... melhor que com o Pétain!... a Frau tinha a menopausa fogosa, rebolante, ondas de calor e fogo no rabo... acho que o marido estava por dentro, batia suas punhetinhas de voyeur entre uma sessão e outra nos cagatórios... entre dois acessos de raiva nas latrinas... o rematado boche!... por aí você pode ver que em qualquer lugar tem gente que não sabe o que é tédio, amanhã você verá a terra virar cinzas e detritos, cosmo de prótons, e ainda assim encontrará num buraco de montanha uma batelada de maníacos se enrabando, se chupando, se empanturrando, esgazeados, engordando, perfeitos debochemann... dilúvio e suruba!... tudo isso acontecia no *Löwen*... reconheço! e não longe do nosso quarto, reconheço mais ainda... mesmo andar que nós... eu sabia... não comentava com ninguém... nem sequer com a Lili... ah, e o quarto 36 tampouco!... tudo isso, coisas que a gente tem de guardar para si... a Frau Frucht nunca saía pelo nosso corredor... descia para a sua cervejaria por uma escada particular, "em caracol", do leito à cozinha... ninguém entrava no seu quarto, a não ser os guarda-costas, uns fortões íntimos... seus massagistas... todos os guarda-costas são massagistas, e era um tal de massagear a madame!... eu via as marcas das massagens, as palmas, os dedos!... ficava toda jaspeada com as massagens, parecia mármore!... ela, era com as suas empregadas!... e tome de massageá-las! à sua moda!... à moda *Schlag*! garçonetes e cozinheiras!... as quais deviam subir um momentinho ao 15 para receber suas carraspanas! *plaf! plof!*... velhas e moças!... ninguém escapava! punição pela escada nunca muito bem limpa!... pelo restaurante, pelos pratos quebrados!... *paft!*... *vlap!*... na bunda! nas costas!... abriam o berreiro?... buá, buá? *repaft!* e *revlap!*... "levante as saias!... mais alto!... mais alto!" a velhota ou a mocinha!... e assentava a mão, a Frau Frucht!... com chicote!... feito a Frau Raumnitz!... como vi mais tarde, na prisão... é muito natural, o chicote, em cima das empregadinhas, das moças de vida fácil, dos prisioneiros... tudo isso era gente que divagava, não havia jeito!... para pôr essa gente na linha, acabar com os complexos, só um remédio! eu via quando saíam daquele quarto 15, em que estado, lágrimas e soluços! tinham entrado na linha... e você vai se meter nisso? não sabe afinal de contas o que é o vício e como são ansiadas essas sessões de "mãe megera"?... e se aquelas flageladas estivessem querendo?... seja como for, com absoluta certeza, era vício!... eu sabia... não comentava... o apartamento Frucht, já que estamos falando dele, era tão musselinoso, almofadas, pufes, peles, poltronas gordas de veludo, quanto o nosso barraco era sórdido... sem falar dos incensos e perfumes!... a Frau Frucht não parava de borrifar sua cama, e os cortinados e as poltronas... um frasco de alfazema!... um outro! heliotrópio!... jasmim! parecia até o "Chabanais"! provavelmente você não conheceu... mas um Chabanais, Paillard[69] ao mesmo tempo!... bundas e bocas, tudo junto, até dizer chega!... comezainas incríveis!... tudo no mesmo saco!... porque as fragrâncias "jasmim" estavam tão misturadas impregnadas naqueles cheiros de gororoba pesada, pernas de carneiro, galinhas, faisões ao vinho, que era de deixar qualquer um trocando as pernas... no nosso andar, na outra porta, em frente, ao lado dos cagatórios... a própria Frau Frucht combinava às mil maravilhas com o seu boudoir, babados, frufrus e todos os luxos... poderia muito bem ser uma "dona de puteiro"... o físico, os olhos, os peitos, tudo!... e aqueles penhoares, rendas, flores de fitas, tenha a santa paciência! e os quimonos verdes e rosa, pálidos!... e armários abarrotados!... meias de seda e ligas!... menopausa ou não-menopausa, a Frau Frucht não entregava os pontos!... as surras nas empregadas, mais as minhas injeções de hormônios, mais os guarda-costas, manti-

69. O Chabanais era um prostíbulo na rua do mesmo nome, famoso pelo luxo e pela decoração. Paillard era um restaurante. (N. P.)

nham-na num assanhamento!... ardores!... eu, de propósito, fazia cara de otário... palerma... não via nada... ela nos fazia um mimo, a Lili, a mim e ao Bébert... um pratinho de massa de vez em quando... eu estava cagando para o resto!... ah, de generosa não tinha nada! Messalina, talvez, mas taberneira implacável!... desculpa para descer o chicote nas empregadas, que elas roubavam o seu *Stamgericht* e levavam mantimentos para as mães e os maridos... ou pior!... iam para a estação!... tudo bem, não passava de um pretexto!... qualquer pretexto é bom para as chicotadas!... e tome de berrar!... *strip-tease?* rá, rá, nada como as sessões de chicote! a Ópera ficará superlotada, bem mais que com o Fausto ou os Mestres-cantores!... para o vício qualquer desculpa serve! mas ela, por si só, valia por mil, para quem a conhecesse... não era apenas o seu apartamento-boudoir, a marafona, você que me perdoe!... aquela fuça!... parecia a Place Blanche todinha e de quebra as piores rameiras do Bois... estou lhe falando de tempos idos, quando ainda havia essas batalhadoras, criaturas dotadas, ardentes de verdade, ancas esfogueadas... foi antes do automóvel... sim, pelo físico, e tenho a pretensão de ser bom observador, essa galinha ainda dava bom caldo... mal entrava em seu quarto ela se deitava para a sua injeção, tirava tudo, quimono, meia de seda, para que eu a apalpasse bem, examinasse bem... *intus et exit*... tinha uma pele bem boa para a sua idade... músculos firmes, nenhuma celulite, nenhuma atrofia muscular... devia ter sido camponesa, e camponesa de pegar pesado no batente, pá, terra lavrada... seios ainda muito empinados... mas quanto à cara, sinto muito!... bem Rochechouart e "corredor de Metrô"... a boca pulposa-gulosa, talvez ainda pior que a do Loukoum!... boca de engolir a calçada, o quiosque do mictório e todos os clientes, e suas partes pudendas e as migalhas... os olhos?... duas brasas!... o calor profundo dos vulcões não extintos... terríveis, perigosos!... eu lhe dava a injeção... ai, mas santo Deus, como ficava à espreita!... tinha certeza de que o coroa dela estava espiando... de onde? não sabia... havia drapeados demais e badulaques! mas tinha certeza!... para completar, eu precisava ser amável!... ela não me paquerava, isso não, não posso afirmar... era tão mas tão "tesuda" já naturalmente, que de fato não conseguiria ir mais longe... dada a injeção, guardava a minha seringa... duas, três palavras para ser bem-educado, afinal de contas... eis que ela agarra minha mão, prende-a!... do jeito que está, nua em pêlo... ah, não é o seu nu!... são os seus olhos, as suas brasas... não por serem ou não libidinosos!... mas pelo perigo, fito seus olhos... não vai me estuprar?... não!... não!... que alívio!... quer mesmo é falar comigo mais perto! mais perto!... para que eu escute!

"*Ihre Frau!... tanzerin!... Hein?... schön!...* linda! linda! *barizerinne! ya?... ya? hein? schöne beine?* pernas bonitas?

— Ah, sim!... ah, sim!"

Estou de pleno acordo!... aceito!

"*Sie! sie!* você? me emprestar?... *hier!... hier!... schlafen mit!...* dorme comigo! *willst du?* você quer? quer?"

Não é mais um vulcão, mas puro fogo!... a bicha está queimando!... quer foder!... quer a Lili!...

"*Gross ravioli willst du haben!... schön!... schön!...*"

Mostra-me o ravióli que ganharei!... o colossal prato de raviólis! o prato monstruoso!

"Sim! sim! Frau Frucht!... falarei com ela!"

E aí, de repente, minha presença de espírito, meto-lhe a mão na bunda e beijo-a! *chupt!* bem no rabo!... e na outra nádega! *chmac!* somos íntimos! estamos de acordo!

Não quero melindrá-la... que ela imagine que eu não queira trazer-lhe a Lili... pois aí não escaparíamos: Cissen!... tiro e queda!... de um jeito ou de outro... mas ali, penso, e repenso! que poderia também ser uma armadilha! isso mesmo!... uma tramóia junto com o seu coroa para nos pôr no olho da rua, nós dois! a manobra! os bons costumes!... que ela me expulsava por eu ser gigolô!... a Lili, aventureira que topa qualquer parada... em matéria de instintos para mim só contam os olhares... e ali o olhar era o supra-sumo... volúpias fanchonerias chuparias?... eu hein, boi!... ela era do vício, a Frucht, ponto pacífico! eu tinha visto outras assim! milhares!... rabos em brasa a dar com o pau! e daí? mas essa com toda certeza ainda era bem mais chegada ao ódio do que a cometer loucuras por uma periquita!... talvez tocasse uma siririca, fizesse um sabãozinho com a Lili... talvez... e aí depois, pé na bunda!... Cissen!... o "casal monstruoso"... a desonra do *Löwen*... sou meio caduco mas penso ligeiro!... ainda mais ligeiro!... felizmente, caralho!... ainda bem!... presto atenção para não sair do quarto às pressas!... não demonstrar a menor afobação! beijo de novo a bunda, a coxa, as costas, a xoxota... *schmaff!... schmac!* faço um "serviço completo"! um de verdade!... tudo!... que ela me veja como o cúmplice perfeito, doido por aqueles troços! que vou lhe trazer a Lili *zu schlafen mit!*... ah, se vou, hein!... saio bem de mansinho... não falo mais... não falo... não falo com a Lili... com ninguém!... não digo nada... mesmo assim posso imaginar levemente que se a Frucht se permite ir tão longe... é que tem ordens... ordens do Castelo? dos Raumnitz?... ou sabe que tudo se resume a uma questão de horas, que vamos ser esmagados como em Ulm?... alguém a avisou?... Berlim talvez? ou pela Suíça? que vai terminar aquele circo, aquele carrossel nas nuvens, a fantasia RAF, tempestades que não metem medo a mais ninguém... veremos! como Dresden, flambados, grelhados, ceifados, pela raiz!... que a nossa meia hora chegou?... será que sabe de tudo isso, a Frucht em brasas? que é numa hora dessas que ela pode enrabar o que cair na rede?... *tanzerin... bariserine...* será?

"Tem uma porção de soldados na cozinha e na cervejaria!

— Quem?... franceses?... fritz?"

Faço a pergunta...

"Uns fritz com um oficial!

— Quem?... quem?...

— Estão subindo!"

De fato, abro a porta e vejo... põem ordem... a ordem é que mandam evacuar o patamar... e o nosso quarto... e os toaletes... e que tudo isso saia dali! e depressa!... em disparada! mais ninguém no nosso andar!... foi para me prender que vieram?... penso na mesma hora... gostaria de ver esse oficial!... ah, lá está ele!... conheço-o!... conheço bem!... é o *Oberarzt* Franz Traub... o médico-chefe do hospital deles... conheço-o, posso afirmar! numa elegância, que faça-me o favor!... nos trinques!... a adaga na lateral! cinturão, jaqueta, Cruz de ferro!... calça cinza, vinco impecável... luvas creme... veio me visitar de uniforme de gala... só para me ver? humm!... não há mais ninguém no andar... desimpedido!... só a sua escolta... bem, dois ou três pelotões armados...

bem!... espero que me dirija a palavra... cumprimenta a Lili, tira o quepe, inclina-se... a mim, estende a mão... peço-lhe que entre no quarto, peço-lhe que se sente numa cadeira... a outra é do Bébert... só temos duas cadeiras... é a grande farra do Bébert, pular de uma cadeira para outra!... o Bébert olha de cara feia para o ocupante... que atrevimento o dele, é o que deve estar achando! olho os dois, o Oberarzt Traub e o Bébert... quem é que vai falar primeiro?... já que sou o anfitrião, ataco... peço que me desculpe... por recebê-lo tão sumariamente!... nossas instalações!... etc.... etc.... ele logo me responde e em francês... "guerra é guerra!" e me faz o gesto de que isso não tem a menor importância!... detalhes!... varre tudo isso com o seu gesto... bem!... preâmbulos!... vá lá! mas uma idéia minha ele não varre... vem me prender?... é o que fico matutando!... essa exibição de guardas diante da nossa porta?... quando prenderam o Ménétrel agiram do mesmo jeito... com um médico e uma escolta... também era médico, o Ménétrel... este, o Traub, é um alemão do tipo frio... detesta os franceses, é claro!... como todos os boches... não mais que os outros! nós, como franceses, é que somos "detestáveis especiais", é que merecemos ser especialmente detestados por todos os boches do vilarejo!... porque estávamos ali! porque não deveríamos estar ali! porque os comprometemos!... todos escutam a Bibici... toda Siegmaringen! *dong! dong! dong!* a Bibici conta tudo o que devem pensar!... de nós e do Pétain!... nossos nomes, estado civil, crimes! quatro... cinco vezes por dia!... que nós todos deveríamos ser enforcados!... o Pétain primeiro! assim que as tropas francesas chegarem!... andem! venham! eram avisados bem umas três ou quatro vezes ao dia! os verdadeiros franceses! os que eram esperados! as mais puras legiões do Maquis! os Brisson, Malraux, Robert Kemp, coronéis do exército Leclerc!... que nós os pulhas representávamos exatamente o que a França inteira vomitava! que eles, os bravos alemães, deveriam nos assassinar, e era para já! que abusávamos de seus bons corações!... que os traíamos assim como tínhamos traído a França! que não merecíamos um pingo de piedade!... exatamente o que pensavam os meus piratas da rua Norvins!... que estavam se deliciando justo nesse momento, os meus piratas da rua Norvins, me deixando a zero!... é o órgão do Fualdès,* a Bibici!... toca enquanto outros assassinam!... e como isso ia impregnando os boches!... quatro cinco programas por dia!... como aguardavam o exército Leclerc! ah, nós sebentos sarnentos vagabundos comilões de *Stam*! o *Stam* deles! nós íamos ver só como é que os senegaleses nos fariam vomitar o *Stam* deles! e nossas tripas junto!... nossas carnes junto!... transbordando os riachos!... vingada a honra siegmaringuenense!... é óbvio que o Oberarzt Franz Traub escutava a Bibici!... nossas relações profissionais sempre tinham sido corretas, sem mais... posso apostar que se entenderia melhor com os serviços dos *fifis*... a mim sempre recusou tudo, sempre... igual à Kleindienst... pasta de enxofre, pomada de mercúrio, morfina... nunca!... *Leider!... leider!*... era um homem da minha idade! na faixa dos cinqüenta anos... mas para que aceitasse um doente meu, era uma parada indigesta! livrava-se de todos os meus casos jogando-os no *Fidelis*... eu os encontrava todos lá, mais os dele!... tinha recebido a Corinne Luchaire depois de muito vai-não-vai, e com a condição de que fosse só o tempo de fazer uma radiografia!... não queria tampouco que os "liberadores" o criticassem por ter tido a menor condescendência...

Mas então por que aquela visita todo perequetê?... calça vincada e adaga!... e a suástica? e toda aquela escolta? lotando o patamar... eu não entendia... afinal, desembucha... decide-se...

"Colega, vim lhe pedir uma coisa..."

Fala francês sem muito sotaque... é explícito, breve... expõe-me que tem um doente, ou melhor, um ferido, um operado, um soldado alemão... que ficaria feliz se eu fosse vê-lo... trata-se das seqüelas de um ferimento, um estilhaço de obus, que lhe arrancou o pênis... que esse ferido, soldado alemão, homem casado, queria ter um pênis "postiço"... que esses pênis, pênis de prótese, estão no comércio, mas só na França!... um único fabricante na Europa... que ele Traub poderia se dirigir a Genebra, à Cruz Vermelha... mas seria muito melhor se eu escrevesse diretamente eu mesmo a Genebra como se fosse para um prisioneiro ferido... digamos assim!... digamos assim!... que a Cruz Vermelha era gaullista... os prisioneiros franceses também gaullistas!... eu também, gaullista!... e então?

"Com certeza! com certeza!"

Com certeza! de rolar de rir!... divertidíssimo!... se eu podia fazer a gentileza?... eu podia fazer a gentileza de tudo!...

Ah, agora, outra coisa!... outro motivo de sua visita!... aí, é mais constrangedor... ele titubeia...

"É o seguinte! é o seguinte! comuniquei ao sr. de Brinon que fui obrigado a proibir aos milicianos... a entrada no hospital..."

Por quê?... defecavam em plenas banheiras!... e escreviam em todas as paredes! com a merda! "*tudo pelo Adolf*"!... ele, Traub, compreendia, não é mesmo! "guerra é guerra!" mas e os funcionários?... as enfermeiras?...

"Impossível, não é, colega? impossível!... foi o que fiz saber ao sr. de Brinon..."

Ah, com certeza!... agira muitíssimo bem!

"Concorda comigo, colega?"

Mais uma coisa!... será que agora ele vai me prender? se decidir?... os boches são tão velhacos que seriam capazes de lhe apresentar a guilhotina... "corte aqui a pontinha do seu charuto!... *lieber Herr!... bitte sehr!*... ande!... o fósforo está do outro lado!" não!... ainda não é o cadafalso!... é sobre o de Brinon que quer me falar!... sobre a sua próstata... "O sr. de Brinon veio me ver... urina mal... sente dores... com toda certeza é possível operá-lo!... mas aqui?... aqui?..." o Brinon também tinha me pedido um conselhinho... a mesma resposta que o Traub... "na volta"! como é prático agradável ter uma palavra que resolve tudo!... *na volta!*... para nós "a volta" era exatamente como se fosse a Lua!... o que é que a gente tinha para encontrar? para voltar?...

Nesse momento o Traub muda de fisionomia, de cara... ali, na minha frente!... de súbito, ali!... fala comigo de outro jeito... falava como que em tom leviano tanto do Brinon como da banheira... agora fala muito a sério... novamente de próstata! mas da sua!... da dele!... "serei eu um especialista?"... ah, não!... mas conheço um pouco... anda com problemas... urina com muita freqüência, assim como o Brinon... "quantas vezes de noite?... e de dia?" pergunto... "cinco... seis vezes..."

"Quer me examinar?

— Pois não!... tire a calça, por favor!..."

Levanta-se, vai à porta, diz três palavras às sentinelas... vejo que se acanha com a Lili... Lili também vai até a porta... "vigie para que ninguém entre!..." agora pode tirar as calças... agora só estamos nós dois... e o Bébert... é um outro sujeito, assim a sós... ele se descontrai, parece se sentir confiante... abre o jogo! me confessa! e como tem coisa!... graúda! graúda!... que seu hospital é um inferno!... uma luta, um arranca-rabo entre os serviços! médicos, cirurgiões, freiras!... que é um tal dessa gente se acusar, se denunciar, se odiar!... pior que entre nós!... apostas para se saber quem vai ser preso primeiro!... por qualquer motivo!... conspirações!... veadagens! mercado negro! contava-me em absoluta confiança, desabafava... não me surpreendia muito... vá destampar um pouco o Kremlin!... a Câmara dos Lordes... o *Le Figaro*... ou o *L'Humanité*... vá destampar todas as panelas! salões... Partidos... Castelos... populachos... corredores... mosteiros... hospitais... e acabará cansado de ver como tudo isso aí se denuncia, manda prender, garrotear, enfiar alfinetes debaixo das unhas...

"Você me jura, não é, Colega? segredo absoluto?

— Profissional! profissional!"

Vinham-lhe lágrimas aos olhos... os malvados! do hospital!... ele soluçava... mais maledicentes que os do Castelo!

"Não comente com ninguém!"

Juro!... juro!... nem uma palavra!... não ia pedir conselho no hospital!... ah, isso não! nunca! pode ter confiança em mim?... *ya! ya! ya!*... conta-me tudo, de repente, que esteve em Tübingen para consultar um especialista, un *Professor*... a grande faculdade deles, Tübingen!... e que tinha achado a sua próstata perfeitamente operável... bastante dilatada... mas que ele Traub, ali, não se achava nem um pouco operável!... não era nem um pouco a sua opinião!... que tinha inclusive um cagaço desgraçado de ser operado!... e me confessava! e me berrava!... medo, com todas as letras!... mais ainda naquelas circunstâncias! então eu? eu?... o que é que eu pensava?

"A próstata, não é mesmo, caro colega, você sabe tão bem quanto eu, congestiona-se facilmente... pode-se esperar... que tudo volte ao normal... os cirurgiões evidentemente sempre têm vontade de operar... oitenta por cento dos homens acima dos cinqüenta anos são prostáticos... ninguém opera todos eles! só faltava essa! nem de longe!... mijam um pouco nos tornozelos... e daí? e daí?... não tem nada demais! morrem perfeitamente de sua bela morte morrida!... apenas cheiram um pouco a urina... grande coisa! você Traub que se cuide, mais nada! vigie-se... nada de álcool... nada de cerveja... nada de temperos... nada de coitos... e daqui a dez anos volte a ver o seu especialista!... o que ele terá a lhe dizer? e se ele mesmo foi operado?"

Ah, minhas palavras reconfortantes fizeram-lhe um bem imediato!... ele com aquela cara de feições grosseiras, bem boche, duro, me olhava como que com afeto... era evidente!... o néctar das minhas palavras!...

"Quer me examinar, caro Colega?

— Mas é claro!...”

Enfio a dedeira... a vaselina... ele tira as calças... sua bonita calça cinza vincada... ajoelha-se sobre o meu colchão... não tira a túnica, nem o cinturão, nem a adaga... faço-lhe o toque... é!... exato!... sua próstata está muito dilatada... até me parece meio endurecida...

“Ah, tudo isso pode muito bem esperar!... com um regime muito severo!... a sua próstata vai entrar nos eixos!

— Muito bem!... muito bem meu caro colega!... mas quanto à alimentação?

— Massas!... apenas massas!... só isso!”

Ele concorda! ajeita as calças... o cinturão, o revólver...

“Tudo bem, Colega! tudo bem!

— Daqui a um mês venha me ver!... veremos se melhorou!...”

Agora sou eu que decido!... assim, sem tapeá-lo nem um pouco, muito honestamente, de mês a mês, eu ficaria mais tranqüilo... podia temer... por que todos aqueles homens no patamar? aquela escolta? e armada?... estava prestes a lhe perguntar... nunca soube... seria cascata, tudo o que tinha me dito?... mesmo assim a próstata, eu tinha certeza... bem, é isso, levanta-se, vai embora... ah, mais uma palavra!...

“O Colega passará amanhã no hospital?

— Claro que sim! com certeza!...

— Para o pênis!... está bem?...”

Fala-me ao ouvido... cochicha-me...

“A pomada de enxofre... um pote!... um pote!... quer?

— Ah, claro!... ah, muitíssimo obrigado!

— E também um pouco de café... quer?”

Se quero!... ele me mostra... um saquinho...

“Ah, mas com certeza!”

Está nos paparicando...

"Segredo?... segredo, não é?

— Um túmulo!... um túmulo, Colega!"

Abre a porta... uma palavrinha ao suboficial... e todos os homens "sentido!" formar! descer... o colega fritz Traub fecha o cortejo! vai tudo embora!... por que vieram?... nunca soube direito... para me prender?... talvez não... em todo caso, uma coisa, o Traub veio me ver de novo... mantive-o durante sete meses a massas e água... estava melhor... e depois não voltou mais... nunca mais soube notícias dele!... uma razão no fundo de tudo isso, decerto... nunca soube!... encontrei uma razão para mim... rapidinho! um dia é um dia!... um dia é enorme, em determinados momentos... apesar de tudo tivemos café... ah, não muito!... e também a pomada de enxofre... também não muito.

Dois.... ainda três dias... ah, nada calmos!... cada vez mais gente nas ruas... pelas estradas e nos trens... como chega! de Estrasburgo e do Norte... do Leste e dos Países Bálticos... não só por causa do Pétain!... para passarem para a Suíça... mas no final das contas ficam ali mesmo, acampados como podem... apinham-se nos vãos das portas e lotam os corredores... há de tudo!... hirsutos e matronas, e crianças... mais soldados em debandada, de todas as armas... você nem imagina como o Coperchot anda recrutando!... de calçada em calçada!... não pára de recrutar! promete-lhes tudo, manda-os assinar, enfia-lhes uma braçadeira!... e pronto, taí mais um marujo!... para qual navio? qual flotilha? depois veremos! mas o céu anda bem animado!... *Mosquitoes*, *Maraudeurs* atacam! em vôo picado! fogem!... poderiam nos triturar, fácil!... uma bombinha!... não! parece que estão apenas tirando fotografias... "deixe-se filmar de frente, perfil, costas, pela RAF!" não há por que se acanharem!... nem um único avião fritz no ar... nem no solo... nunca!... nunca nada!... nem a mais pálida "defesa passiva"... bulhufas, a Defesa deles! papo-furado desse

Goering! que só servem mesmo é para infernizar a nossa vida! todos e mais alguns!... como estou lhe dizendo, dois... ainda três dias... e três noites... desgraçadas sobressaltadas trepidadas noites! nada mais que torvelinhos de hélices! como passam! e repassam!... esquadrilhas inteiras de "Fortalezas"... reduzindo tudo a pó até Ulm... vêm raspando... fazem um telhado rodopiar... dois telhados... e mais nada! as telhas! não devemos valer nem uma bomba...

Chegou uma visita... *toc! toc!*... o Marion!... veio nos ver... faço-lhe a observação sobre o estado do céu... ele pensa em nós, traz seus pãezinhos, e umas sobras para o Bébert... achamos graça desse estado de coisas, como tudo está virando uma imbecilidade completa! como somos cem por cento idiotas de ficarmos ali esperando! o que é que estamos esperando?... e no Castelo quais são as besteiras que andam fazendo? pergunto a ele... conta as novidades... o Brinon não quer ver mais ninguém... o Gabold também não... o Rochas* idem... agora estão se fazendo de rogados... há um ano atrás não se faziam... lá como em qualquer lugar, sempre tarde demais esse cu-doce! assim como as "visões de futuro"... sempre tarde demais!... *we are all dam' wise after the event!* (desencavo o meu Berlitz já que se trata da Inglaterra!) falamos da mesa dos Ministros... o Bridoux papa todas as porções, dizem, os outros não comem mais, ou praticamente, a não ser o Nero,[70] que ainda come bem... muito bem!... o Nero, um gênero Juanovici, não larga o Laval... dizem que trata dos "seus negócios"... fofocas... mas uma coisa o Marion me informa!... eu já desconfiava!... não!... não desconfiava... o Bichelonne morreu... morreu lá no alto, no hospital do Gebhardt, o Hohenlynchen... e durante a operação... bom!... sem comentários!... quis ir lá longe... podia

70. V. Paul Neyraud.

muito bem ter esperado "a volta"!... muito bem!... ele também! ainda não anunciaram a sua morte!... dirão mais tarde... é a recomendação... "não humilhar os alemães"... bom!...

"Meu velho, você tem cianureto, dizem?"

O Laval contou para ele... está na cara!... o Bichelonne também antes de partir, quem sabe?... não era um crime... mas ia ser um tal de todos eles me pedirem! todos!... e só me restavam dois frascos... merda!

Agora propõe não ficarmos ali no quarto, descermos até a confeitaria, quer me apresentar a alguém... bom!... não gosto muito da confeitaria mas não posso negar nada ao Marion... descemos, eu, a Lili e o Bébert... é preciso dizer as coisas como elas são, nenhuma histeria, mas imaginamos que a qualquer momento tudo vai explodir! pegar fogo! com bombas de fósforo ou obuses shrapnels!... que não vai sobrar nada!... inevitável!... a confeitaria Kleindienst, ali bem ao lado, embaixo... a confeitaria, da irmã da doutora, aquela que me recusa tudo... essa aí não recusa, a irmã confeiteira, mas também, o que tem para oferecer!... uns *ersatz* horrorosos!... petits-fours de quebrar os dentes... cocos e mandiocas assadas... guloseimas para crocodilos! para beber, só ersatz de café, tremoços moídos... se ainda fosse chicória! eu sei... eu sei... não vamos lá pela confeitaria, vamos para nos sentar... não muito bem... mas mesmo assim... e tem gente!... depois que todo o povão foi ver e rever, e de novo, os agonizantes do PPF, as duas vitrines, o Castelo... ver, rever hastear a bandeira! o mastro, a Milícia!... só lhe resta a Kleindienst... desabar em grupos de dez, quinze ao redor das mesinhas amarelas... desmoronados, abraçados, formam umas guirlandas em torno dos bufês... por que o Marion nos traz aqui?... na nossa espelunca estamos tão bem quanto aqui... não tenho a menor simpatia pela Kleindienst!... já vejo gente demais!... o Marion não é um excêntrico, deve ter uma boa razão... na escada me diz o motivo... queria que eu encontrasse o Restif[71]... Horace Restif... o Restif se chama Palmalade... bem, acho... a não ser que seja outro nome de guerra... todos eles têm codinomes... não conheço o Restif... nem seus homens... o Marion convive com eles, a quem dá aulas de História e de Filosofia... vivem à parte, o Restif e seus homens, foram reunidos numa fazenda... num "comando"... ninguém vai vê-los... vivem entre si... parece que na hora Z devem proceder às "execuções"... imediatamente, assim que voltarmos para a França... "depurar"!... o acerto de contas geral!... o "Triunfo dos puros", cantão por cantão!... todos os vendidos à Inglaterra, à América, à Rússia!... imagine as listas!... os "inimigos da Europa!..." não vai chegar para as encomendas! não vão ter mãos a medir! cento e cinqüenta mil traidores eles calculavam! em três meses devia estar tudo liquidado!... difamadores de Londres... depois os de Brazzaville... depois de Moscou... teríamos uma Europa nova! tudo novo em folha! continente feliz!... pouco a pouco, então, pois é, o Restif tinha dado provas de sua competência! era isso que contava! podia dar lições... "especiais"... tinha sido "membro de choque" de diversos partidos... e de diversas polícias... a ele atribuíam o Navachine no Bois de Boulogne... os irmãos Rosselli no metrô... e vários outros!... uma técnica particular... a sua técnica!... muito pessoal... as carótidas!... um safanão... e o sujeito cai no chão! e pumba! por trás! nem um ai!... com uma navalha afiada! tssst! as duas carótidas!... dois esguichos de sangue! pronto!... mas o gesto fulminante! e profundo! um só gesto! impecável! isso é que ele ensinava! tssst!... as duas carótidas! versão moderna do golpe do Pai Francisco, que matava dois coelhos de uma cajadada!...

Todo o seu "comando" era autônomo!... viviam à parte, freqüentavam pouco... quando se encontravam na cidade, dois de

71. V. Cagoule.

seu Comando, cumprimentavam-se! e posição de sentido!... um interpelava: *Ideal!* o outro respondia, na bucha! *Servir!*... era só isso! na fazenda não paravam de se exercitar... nos porcos, nos carneiros... se não perambulavam muito pela cidade é porque não gostavam de ser vistos... só gostavam de uma coisa: das conferências!... e não sobre temas picantes, sacanagens de vampes... não! História de verdade! Filosofia de verdade! o Marion tinha a empolgação, possuía o dom, a vasta cultura... portanto era muito estimado na fazenda Restif... nunca se falava da "técnica"! da famosa... nunca!... nunca uma palavra...

Só Filosofias e Místicas e leituras de "trechos selecionados"... ah, auditórios atentíssimos, nem um pio! bagunça se faz é no Collège de France, no Liceu Louis-le-Grand... coisa de donzelos, as badernas!... donzelos jovens e velhos... especialistas de carótidas não têm nada de energúmenos... muito menos os homens do Restif... o próprio Restif nada tagarela, bem caladão! escutava sentado no primeiro banco... admirava muito o Marion... cochichava em seu ouvido... ele, pessoalmente, não fazia questão de ser admirado... nem um pouco!... achava aquele seu método um negocinho prático, expeditivo!... e só!... assim como acho o meu estilo, prático, expeditivo sem dúvida! e só!... e dele não abro mão! santo Deus! porque é o mais simples, expeditivo... ah, mas é só!... nem por isso vejo-o como um bicho-de-sete-cabeças! tivesse eu do que viver, não fosse eu obrigado, o guardaria para mim!... saco!... não faço questão de ser admirado, ora essa!... não tenho temperamento de vedete, ora essa! nem de starlet! o sistema Restif, "cajadada na nuca, e só", é bem superior a todos os outros!... mas disso ele não sentia nenhum orgulho... superior à guilhotina, e só!... se você lhe falasse dos Rosselli, ou do Navachine, ele corava, ia embora... era você que ele queria escutar!... as suas histórias! as suas próprias histórias! confiava no Marion...

Estávamos, pois, onde lhe contei, na Kleindienst... eu, a Lili, o Bébert, o Marion... o ersatz de confeitaria... na outra mesinha, de costas para nós, estavam as "esperanças" dos Partidos, as fervorosas elites PPF, RNP,[72] o Bucard... esses aí, cruzes! como falavam alto! que toda a confeitaria ouvisse! os ouvisse! a reforma total da Europa!... na volta!... na volta!... era o que iam fazer!... eles! a Depuração!... a França ia ver só! Mensagem da França!... reformas fantásticas! revolução? isto é que é!... o Pétain? ora, o Pétain, onde já se viu! caquético paranóico! desastroso! às favas!... às favas!... é claro!... talvez pegassem o Bucard, "herói da infantaria"? quem sabe?... o Darnand, outro "herói da infantaria"? quem sabe?... mas só como "reserva" do Déat!... não mais que isso! Déat era o homem deles!... que tinha isso!... que tinha aquilo! realmente o único ídolo que prestava! o gigante do pensamento político! o Doriot? demagogo e cripto-comuna!... riscado, o Doriot! voltaria a ser comuna!... nenhuma dúvida!... o Laval, evidente, estava fodido, tinha feito cagada em cima de cagada! voltaria para o seu Chateldon!... o Brinon? Brinon?... riscado, também!... um jóquei!... jóquei e judeu!... fora de discussão!... e do outro lado quem é que eles pegariam? o de Gaulle?... era só o que faltava! esse aí sonhava com Napoleão! um sonho da Escola Militar!... policial provocador patife?... nunca chegaria aos pés do Clemenceau! com aquela pinta de vaidoso e de se achar um maioral! e o Maginot? maior que ele! riscado o de Gaulle!... o de Gaulle que se chamava van de Walle!... um estrangeiro, esse de Gaulle van de Walle! eles sabiam tudo, ali nas mesinhas! e com uma paixão, um ardor, que nunca mais vi em ninguém... que não vejo mais... um estilo, um fervor nacional... um certo estado de espírito, desaparecido... a Derrota, só fomos percebê-la a partir da Depuração... o Rebaixamento total... o novo mito... o Rei-Baboseira... os agentes secretos também não, com aquela barba estilo ateniense-*zazou*...

72. V. Marcel Déat.

petulante juventude política... deputados ainda verdes... imbecilizante juventude, é verdade... mas o que é que vemos aqui, ao redor?... hordas de indígenas, sentindo vergonha de si mesmos... certamente ainda mais repugnantes... "sub-sub-peles-brancas"... euro-asiáticos, euro-árabes, "euro" qualquer coisa, que os aceitamos como lacaios de alguém!... e que bebam! e que sejam arrebanhados como gado! aviltados, liquidados, corrompidos... que desapareçam sob uma pele qualquer!... não a deles! ah, a deles não! isso é que não, a deles não!... daí receberem tantos pontapés na bunda! e mais pontapés na bunda!

Já não vejo em lugar nenhum os *zazous*... assim como não se tornará a ver o Luís XVI na praça de la Concorde!... os chineses não valerá a pena vê-los se por acaso forem parar no local da guilhotina...

Voltemos à minha confeitaria... como eu lhe dizia, então, o Restif estava lá, conosco, atento, discreto... nele nada havia de especial... conheci inúmeros assassinos, que vi de perto, bem perto... ali onde toda a empáfia vem abaixo, na cela... nada de assassinos de araque, ou faroleiros... mas autênticos, reincidentes... tinham alguma coisa, olhando-os atentamente, dia e noite... estou lhe falando de "cela de segurança", tinham algo esquisito... mas ele, Restif, rigorosamente nada!... nem o menor tique!... e só Deus sabe!... só Deus sabe!... mais tarde... a crise em que o vi... vou lhe contar mais adiante... o chilique... num estado de fera! total! mas ali, falando conosco na confeitaria Kleindienst, tudo o que havia de mais correto, normal... os outros ao lado, os "esperanças", a outra mesa, esses aí é que não eram nada corretos, tremendamente petulantes! escandalosos! o choque dos "programas"! a Europa em nova embalagem!... o que seria, o que não seria preciso fazer! sectários terríveis! uns neo-Bucard!... neo-PPF!... neocomunas! neotudo! os homens novos, as superforças, eles que toda a França aguardava!... a elite de Siegmaringen!

o primeiro dever deles: a "4ª" pura! inflexível! que o mundo inteiro ficasse sabendo! a "4ª Intransigente"!... e todos já se nomeiam ministros! ali, na hora! já estavam em Versalhes! proclamação em Versalhes! Hitler é enforcado, nem precisa dizer! o seu Goering junto, esse enorme porco traidor, que tinha vendido o céu aos ingleses!... bastava olhar para o céu! o Goebbels? empalado! óbvio! esse Quasímodo criminoso! não mentiria mais! os verdadeiros fanáticos ali estavam, os descontentes não "da boca para fora", mas com verdadeiras e cruéis razões, fanáticos prontos para ser recrutados, agentes secretos, vocabulários de choque, que não estavam ali se queixando "de mentirinha"!... todos com o art. 75 no cu!... só é possível se fazer algo sério com gente que está morrendo de fome... você vai ver só os chineses!... três semanas na Touraine, e depois os devolvo! estarão caindo pelas tabelas... todos maduros para os "complexos"... terríveis chineses! "vou enrabar o Gide de pé?... e a avó dele, deitada?" o Marion fizera muito bem de nos levar à Kleindienst... o Restif não tinha nada que ficar zanzando pelo *Löwen*... eu já tinha "destrambelhados" demais que iam me ver... pretensamente para se consultarem... e o quarto 36?... e os Raumnitz, logo ali em cima? é, assim era bem melhor... falamos um pouco, conversa vai conversa vem... e aí, de repente: o cianureto! inevitável!... aposto, o Laval tinha dado com a língua nos dentes!... o Bichelonne também, sem dúvida... que eu tinha etc.... agora todo mundo devia estar sabendo, Siegmaringen inteira... que eu estava entupido... todo mundo viria me pedir! ah, e também uma outra notícia!... também do Castelo!... que o Laval havia me nomeado Governador! não sabiam muito bem de onde... mas de algum lugar!... a propósito! eu não tinha como provar nada... com o Bichelonne morto, perdi minha testemunha... o Laval poderia negar... não se acanharia nem um pouco! rimos de tudo isso!... até o Restif, que não é muito de galhofas, me acha engraçado, como Governador!... explico-lhe: Governador das Ilhas!...

Pergunto amavelmente ao Marion o que foi que viemos fazer na Kleindienst? "vamos ver o trem!... não é, Restif?" e me explicam... a jogada... do que se trata!... o trem que vai levá-los a Hohenlynchen, para o enterro do Bichelonne... a delegação oficial, seis ministros, mais o Restif, e mais dois delegados, não se sabe quais!... provavelmente o Marion e o Gabold... mas veja lá, hein! o trem está isolado, estacionado longe, no meio da floresta, do outro lado do Danúbio... ninguém deve saber! nem vê-lo! está debaixo dos galhos, debaixo de um emaranhado de árvores! sepultado! não é visível dos aviões... a locomotiva deve vir de Berlim buscá-los... um trem "muito especial", dois vagões... devem ser avisados quando a locomotiva chegar... a qualquer momento!... Hohenlynchen não é tão perto assim, 1200 quilômetros... toda a Alemanha, do Sul ao Nordeste!... já lhe contei, o Hospital Gebhardt, SS, 6000 leitos... mas como o Bichelonne morreu?... ninguém sabe... lá longe, saberão!... saberão?... saberão?... o Marion não acredita... dirão a eles o que bem entenderem!... eu reflito, penso um pouco também... foi o Gebhardt que o operou... não gosto do Gebhardt... agora, ali, esperam o trem... quer dizer, a locomotiva... vamos ver "esse trem especial"! só o Restif é que sabe onde ele está... em que lugar, debaixo de quais árvores... passada a grande ponte... totalmente camuflado, dizem... mas o Restif não acredita em nada disso, nem nas camuflagens, nem nos galhos... será localizado de um jeito ou de outro, esclarece-nos... já que as locomotivas só funcionam com carvão de coque!... todas as locomotivas deles agora só esquentam com coque! é um prazer localizá-las! da Rússia já se consegue enxergá-las! com seus fantásticos penachos de fagulhas!... daí aquele eterno circo de aviões, acima dos túneis, das entradas, das saídas... *bum!*... e era uma vez!... basta esperá-las! à saída dos montes Eiffel, são pelo menos uns trinta, num carrossel!... permanentes!... os trens, por assim dizer, vêm se oferecer!... alvos! o que, por assim dizer, era feito de propósito!... mais tarde se soube! o Restif sabia... sabia coisa pra chuchu... não era hora de lhe fazer perguntas, indagar por quê? como?... ele nos guiava, e só! Lili, Marion, eu, Bébert... íamos ver esse trem especial... supostamente escondido... por pequenos atalhos... eis-nos na grande ponte de "cinco arcos"... via tripla... atravessamos... entramos na floresta... ali, é preciso confessar, ali por onde nos leva, atalhos em ziguezague, teríamos nos perdido, de tal forma estava escuro... era como se tivessem abatido os pinheiros mais altos... andávamos sob uma abóbada... e ali debaixo um emaranhado de galhos que vou lhe contar! e como se não bastasse! galhos cortados, entrelaçados... seguíamos o balastro... os trilhos também... e aquela montoeira de árvores em cima dos trilhos!... aqueles pinheiros de Papai Noel derrubados!... e outro amontoado imenso de galhos!... um lugar... e um enxame de gente em volta... o Restif sabia! era lá!... e era o trem, ali embaixo! o trem sepultado... sob as ramagens!... camuflagem total!... mas o mundaréu em volta, tenha a santa paciência!... como é que haviam encontrado o trem secreto! gente do *Löwen*, moradores do burgo, civis e militares, um povão! e como cacarejavam! e em todas as línguas!... pior que na Kleindienst!... soldados camuflados e não camuflados... refugiados franceses e boches... de tudo!... até uns pés-na-cova do *Fidelis*, que eu imaginava estarem de cama... ali estavam, e na maior farra!... famílias *d'Ost*... trabalhadores deportados da Ucrânia... com dez, doze pirralhos!... toda essa criançada pendurando-se nos galhos... rodopiando, piando, se balançando para lá e para cá! ah, o trem mistério!... e os schupos! e os SA!... e o Almirante Corpechot, em pessoa!... e dá-lhe de comentários a torto e a direito! era um tal de gente sabendo!... tudo! e que trem era aquele! o "especial" de Hitler?... não!... para o Pétain?... para o Almirante Corpechot?...

para o Stálin?... para o de Gaulle de Londres?... sobem lá dentro para espiar... remexer tudo! cadeiras, almofadas, poltronas! ai, que luxo!... os pais, as crianças, e os tiras... eu sabia que todo esse pessoal aí catava um esconderijo para passar a noite, mas nunca imaginei que fosse tanta gente!... picavam a mula e iam para as florestas, medo de serem queimados em suas mansardas, as bombas, mas uma multidão daquelas! o cagaço ao imaginar que breve seria a nossa vez! transformados em tocha, igual a Ulm! breve! pois é, estava mais que anunciado!... até os agonizantes das vitrines!... havia uns ali! e os pianistas do bufê da estação...

Não paravam de subir, sair e descer dos vagões... dos dois vagões... e todos com uma vela na mão e acesa! para melhor atear fogo! até os pirralhos! pencas de pirralhos! suficiente para pôr toda a floresta em chamas! tudo, queriam ver tudo! o vagão-cozinha, e os toaletes! os toaletes de "mosaico"!... todos queriam entrar e tocar com a mão! a Festa Noturna na Floresta!... procissões de velas!... tinham que tocar em tudo! "era para o Hitler tudo aquilo? ou para o Leclerc? ou para os senegaleses?" tudo era motivo para risadas, como você pode imaginar! rolar de rir! escangalhar de rir! valia a pena ter ido lá!

O Restif estava mais bem informado... tratava-se de um trem especial, "muito especial", que Guilherme II havia encomendado, mas nunca tinha servido... encomendado para o Xá da Pérsia, especialmente... o Xá em visita oficial no mês de agosto de 14... o trem abandonado...

Imagine o luxo! toda a elegância wilhelminiana, persa e turca misturadas!... imagine aqueles brocados, panôs, tapeçarias, passamanarias! pior que nos aposentos do Laval!... divãs, sofás, pufes de couro lavrado! e cada tapete!... o que tinham encontrado de mais espesso! super-Bukaras!... super-Índias!... cortinas de uma tonelada, e brise-bises!... ah, não olharam para as despesas! era cada aplique-candelabro, estilo "Lalique Metrô", que eram verdadeiros monumentos "barisienses", ocupando metade do vagão... o Xá ia ser tratado a pão-de-ló!... impossível acrescentar mais alguma coisa!... disse ao Marion, ainda me lembro... "não sei se vocês vão chegar ao destino, mas terão todo o conforto!"

O Restif é prático, lindos o tapete e os brise-bise! mas e a cozinha?... quer que a gente vá até lá... ver de perto... o outro vagão... está equipada, a cozinha!... todo o necessário!... fornos e panelas!... mas carvão, cadê?... neca de carvão! não funciona com coque, essa cozinha!

"Senhor Marion, não se preocupe!... vou arranjar 24 galinhas, mandar cozinhá-las no *Löwen*, e vamos levá-las 'à la gelée'!..."

Isso mesmo, o mais simples e prático... e conseguirá suas galinhas!... não está se gabando! o Marion fica sossegado... não lhe recusam nada nas fazendas... e de graça!... a ele... a nós recusam tudo... até ao Pétain recusam tudo... até para os Raumnitz... eles não têm nada!... para o Restif, têm!... esse aí tem borogodó...

Evidentemente, a locomotiva de Berlim não chegou... acidentada, dizem, entre Erfurt... Eisenach... todo o balastro destruído!... pelos ares!... e de novo em outro lugar... a própria máquina, na altura de Cassel... ia atrasar muito!... a Delegação podia ficar esperando sentada! já sem nenhuma empolgação... a coisa estava ficando feia!... de lorota em lorota admitiu-se afinal que não haveria máquina de Berlim, que os dois vagões seriam rebocados por uma locomotiva avulsa, "pé nos trilhos", do depósito local, daqui mesmo... só que seria muito vagarosa, a viagem ia ser longa!... ainda houve uma boa sessão de bate-bocas, conversações, saber quem iria?... não iria? foi uma discussão azeda entre a turma do Castelo, o Raumnitz, o Brinon, quem seria o delegado nas exéquias? as antipatias?... quem estaria doente, gripado, isento?... entrevado... sensível demais ao frio?... afinal encontraram sete, mais ou menos válidos... que foram mais ou menos impostos... ministros "ativos" e ministros "sonolentos"... não vou dizer seus nomes aqui... poderia prejudicá-los, sim!... sim!... mesmo agora vinte anos depois!... os ódios sectários são "alimentícios"!... nunca esqueça! durante a purificação conquistaram-se "Situações", mandaram-se *collabos* para a vala comum... pessoas que não passavam de umas titicas tornaram-se "terríveis senhores"... "vingativos"... com enormes privilégios!... pois sim! esses aí "resistirão" até o último suspiro!... até que a última neta tenha se casado como manda o figurino! a pior desgraça dos *collabos* foi terem sido uma bênção dos céus para a pior corja de vagabundos... me diga, a Vermesh,* a Triolette, a Madeleine Jacob, o que é que isso vale diante de uma fresadora? de uma folha de papel? de uma vassoura?... não me encham o saco, hienas! catástrofes, hein! foram uns verdadeiros manás, desses que não acontecem nem uma vez por século! festinhas-estupro das babacas-depiladas! e nem tão cedo é que vão renunciar a ser as Altíssimas-Poderosas-Paladinas da mais formidável caganeira de 39!... não sou eu que vou lhes dar motivos! não! esperarei que estejam na cova os Altíssimos-Poderosos-Senescais da mais sensacional coça de 39!... não sou eu que vou lhes dar motivos! não! esperarei que mais nenhum deles esteja "em causa"!... falta pouco!... horas tantas, a curva das idades... tudo acelera! tudo precipita! eu que coleciono as "participações"... eu sei!... a "Grande Convocação"! carrascos e vítimas!... seja como for, o Marion estava nessa delegação das exéquias, já lhe contei... o Marion e o Restif... Horace Restif devia representar os "Comandos"... também seria a "Intendência", provedor da cozinha... e de frangos! os frangos tinham sido assados, como ele afirmara, no *Löwen*... mas de tanto tergiversar, esperar a locomotiva, foram comidos!... é!... asa após asa... tanto assim que não sobrava mais nada no dia do embarque... começava mal!... e o pior é que do Castelo, em matéria de provisões, tinham recebido apenas dois embrulhinhos por ministro! embrulhinhos de sanduíches! as ciumeiras! e dos hotéis?... bulhufas!... aquilo devia durar três dias três noites, de Siegmaringen até lá no alto, na Prússia... quanto às roupas, devo lhe observar, estavam vestidos tal como haviam saído de Vichy, capotes leves, sapatos de camurça... nada apropriado para os "abaixo de zero"... ainda em Siegmaringen, em novembro, vá lá, mas à medida que fossem subindo a coisa ia ficar preta!... foi o que se viu!... tudo indo de mal a pior! mais ainda para dormir! pois haviam terminado seus sanduíches, não tinham mais nada, e ficavam pulando o tempo todo de um pé para outro, para esquentar!... e a viagem estava longe de terminar e eles subiam cada vez mais!... e o termômetro baixava cada vez mais... e a neve, primeiro uns flocos, começou a cair pra valer!... ventanias e nevascas!... após Nuremberg, então!... grossa! um algodão!... não se via mais nada!... nem os trilhos, nem os balastros, nem as estações... o horizonte, o céu, puro algodão!... passamos por Magdeburgo sem nem reconhecer... nosso trem tinha de ir subindo devagar, evitar Berlim, contornar pelos subúrbios... uma sorte dos diabos que nunca uma patrulha no ar, um desses *marauders* nos atingisse!... localizados nós fomos!... não tinha erro! batata! a velha locomotiva que nos puxava, espirrava, tossia... soltava penachos! faíscas em brasa!... mais ainda nas subidas!... era impossível não nos acertarem... deviam nos ver até da Lua! havia motivos para que não vissem nada... sem dúvida!... as explicações vêm depois, quando já não interessam a ninguém... quando não significam mais nada... portanto naquele vagão tão refrigerado, mais nenhum vidro, ventanias para todo lado, e que ventanias! ninguém conseguia dormir... frio demais e solavancos demais!... pior ainda para quem vinha do Castelo! foi um festival de bronquites, na mesma hora!... todos tossiam!... mesmo se houvesse aquecimento, ninguém conseguiria dormir, não devia haver mais uma só mola!... suspensão "caroço de pêssego"... de tanto andar pra lá e pra cá, de tanto bater pé para se esquentar, todos os ministros davam encontrões uns nos outros! foram os solavancos, desculpe!... safanões!... galos! até as exéquias, teriam tempo de se acostumar! dois dias, duas noites, não agüentavam mais!... e olhe que isso era só a ida!... a volta é que foi uma gracinha! desde a viagem de ida já dava para perceber... o Restif sempre engenhoso, prático... tascando a faca nos panôs!... *crac!... rang!...* e como havia!... bateladas de sedas, veludos e algodões!... tudo dependurado, verdadeiras cascatas em todos os cantos!... ah, realmente o vagão de superluxo! e todos os ministros foram atrás! *crrac! vrang!* igual ao Restif!... ramagens, tapetes, passamanarias!... o negócio era não sentir mais frio!... e eta, como depenaram o vagão!... uma batalha!... cada um confeccionou uma capa!... e coisa séria!... supercapotes! grossos, quatro camadas de panos! gênero mantô de cavalaria!... mas bem bacanas!... sei do que estou falando... os nossos de 14, a bem da verdade, não passavam de uns falsificados, horríveis!... à menor chuva ficavam todo empapados, nos esmagavam com seu peso! aqueles que os ministros cortavam, talhados a faca, quatro camadas, mais os tapetes Bukara, e bufantes, talvez fossem ridículos, mas me desculpe!... da maior categoria! mais ainda para dormir, nas pequenas estações em torno de Berlim... ficamos ali ao deus-dará, horas a fio... aqui... acolá... a locomotiva bufando... ninguém veio ver o que estávamos fazendo... ninguém nos ofereceu nada... nem um só *Stam*... nem um salsichão... talvez eles mesmos não tivessem?... com os boches, nunca se sabe!... teríamos tido tempo para perguntar... mas abrir a boca, de novo?... agora de fato estava ficando um gelo!... o vento do Norte bem em cheio... fazia frio em Siegmaringen, mas nada comparável!... e estávamos só no início de novembro!... lá fomos nós de novo, seguir viagem, aos trancos e barrancos... aquilo estava ficando muito, mas muito feio mesmo... os flocos, então, vou lhe contar, eram puro algodão, não se via nem mais a planície, nem o céu... o trem ia andando devagarinho... tão devagarinho que devia estar fora dos trilhos!... podia ter derrapado... o trem deslizado, descarrilado?... ah, uma estação, ainda bem!... ali ninguém tampouco vem nos ver... vamos andando como numa miragem... uma única certeza, íamos para o norte... cada vez mais norte!... o Marion tinha uma bússola... Hohenlynchen ficava a nordeste... o Marion também tinha um mapa... depois de Berlim fomos ainda mais para leste... não éramos nós que iríamos reclamar!... o maquinista não falava conosco... tentamos... também devia ter ordens... bom!... que cumpra as suas ordens!... nós, *vrrac*! *cracs*!... mais uma capa de estofado! e mais uma!... cada um rasgava mais que o outro!... pois fazia cada vez mais frio! um buraco *vrrrac*!... no alto do pano do estofado... e olhe aí você com uma pelerina quádrupla! e além disso rasgar aquece pra caramba... *crrac*!... e de novo! os brise-bise!... e como tinha! ah, o Xá!... ornamentices wilhelminianas!... ah, turquices! bazar árabe!... mais um Bukara! a revanche, porra! já que ninguém quer falar conosco! "seus boches sacanas! carrascos!... vampiros!... mãos-de-vaca! salafrários!" é isso que se grita, que se berra! toda a Delegação das exéquias, absoluta unanimidade! já que não querem nos dar nenhuma explicação!... vamos foder com os Guilherme deles! I! III! IV! para início de conversa aonde é que estão nos levando? ao Pólo Norte?... à Rússia? a Hohenlynchen é que não é! esses filhos-da-puta são capazes de tudo!... traidores até a medula!... vamos rasgando tudo deles, e berrando! "boches! saxões! cagões!" arrancando tudo, vestimos tudo! nos cobrimos que foi uma maravilha! ah, os estofos! que venham os estofos! já que não nos dão nada para comer, já que fazem de propósito! os solavancos também, de propósito!... então, pelo menos que todo o vagão vá pro quinto dos infernos! todos os penduricalhos!

Eis senão quando o Restif descobre um tesouro!... um filão!... um esconderijo!... ele xereta tudo!... vasculha! debaixo do sofá grande, tira dali um! dois! vinte cortes de musselina violeta!... violeta-parma! na certa devia ser para pendurar os enfeites de quimeras!... guirlandas!... por todo o vagão... todos os balangandãs!... penso de repente, reflito... aquele violeta-parma?... me diz alguma coisa!... um cheirinho de "recidiva!"... ah, lembrei!... pronto!... entendo um pouco de Alemanha!... infelizmente!... mais do que gostaria!... aquela musseline parma... santo Deus!... Diepholz, Hannover... Diepholz, a *Volkschule*!... 1906! me puseram para aprender o boche!... que isso me seria útil no comércio!... Cruz-credo! Diepholz, Hannover!... cada recordação!... malvados que eles eram, raivosos, já!... talvez piores que em 44!... os tabefes que me deram em Diepholz, Hannover! 1906!... *Sedantag! Kaisertag!* os mesmos selvagens de 14!... os mesmos que enfrentei em Poelkappelle, na Flandres! a propósito, a Madeleine não estava lá! em Kappelle, Flandres! nem a Vermersh! nem o próprio de Gaulle! para enfrentar os boches de verdade é preciso homens de verdade! nem o Malraux, ídolo das juventudes! e eles não deixam muita gente de pé, não! a prova: eu mesmo!

Volto àquela musselina!... foi foda o que pendurei de musselina em todas as vitrines, candelabros, sacadas de Diepholz, Hannover! não surpreende que eu me lembrasse dela! com os garotos das outras escolas, em todas as ruas, de uma calçada a outra! a mesma musselina, violeta-parma... a festa da *Kaiserine*... sua cor, o violeta-parma... eu era o único *franzose* em Diepholz, Hannover... imagine só como me maltratavam!... como me mandavam pendurar musselinas! eu me lembrava direitinho!... a Kaiserina Augusta!...

Aquele tesouro que ele descobrira! aqueles quilômetros de musselina, pois não é que todos os ministros querem um pedaço? Secretários de Estado, Excelências se atiram em cima dos cortes violeta-parma... desenrolam tudo, se enrolam, fazem turbantes! acham que ficam mais apresentáveis! mais apropriados... um luto aliviado... mas não tem musselina que dê para todos!... menos ainda em cinco camadas da cabeça aos pés! só os Ministros!... estão contentes com o "modelo", o corte bufante e apertado na cintura... amarram-se com os cordões... que é o que não falta no vagão... todas as tapeçarias *rrrac*! *vracc*!... será que vão desembarcar assim, violeta-parma e cintura de pilão?... se é que vão chegar!... a certa altura, a nossa "ronceira" diminui ainda mais a marcha... *tchutt! tchutt!* de um sacolejo a outro... penso com meus botões: alguma coisa vai acontecer... vemos o balastro, vemos os trilhos... devemos estar nos aproximando de algum lugar... estamos na Rússia?... faço a pergunta... meio de brincadeira! bem que poderia ser!... na Rússia ou no Exército Vermelho! será que estão nos entregando? com os boches tudo é possível, quem os conhece é que sabe! todo o vagão berra, pronto para encontrar os russos! *tovaritch! tovaritch!* "não serão piores que os alemães!", opinião unânime!... a aliança franco-russa?... e daí? ora bolas! por que não?... é pra já! tanto mais que estão bem apertados no violeta-parma!... os russos vão ficar bestas!... com eles, será que vai dar para filar uma bóia?... russo come!... russo inclusive come pra caramba!... no vagão tem gente bem informada!... *bortch*, repolho-roxo etc.! toucinho de fumeiro! sabem com o que vamos encher a barriga! eu, por mim, quero crer!... e nisso, de repente, também dou o meu recado, para a Delegação, que sou o autor do primeiro romance comunista que se escreveu... que nunca mais eles escreverão outros! nunca!... que não têm peito!... que é preciso que isso fique bem claro para os russos!... e as provas: o Aragon e a mulher dele, tradutores! e que eles não desembarquem assim feito uns otários!... que lhes digam direitinho quem são!... e com quem estão!... que não basta falar de *bortch*! talvez executar para eles uma dança triste? aos prantos?... um pequeno "improviso prostrado"?... vão estar tão bonitinhos de violeta-parma! tenho boas idéias mas eles não acham graça... eu e as minhas artimanhas!... querem é encher o bucho!... marmitas, é isso!... mais nada! chinesas, turcas, russas!... contanto que seja gororoba! e se a gente topar com a LVF?... possível!... se nos levarem até a LVF?

possível... fazemos uma avaliação... nesse caso teremos a "cantina ambulante"! pato com nabos!... *nham! nham! nham!*... e bateladas de pão-bola! faça-me o favor! o que mais você quer? possível! possível! ah que vai ser engraçado, lá isso vai!... mas *brrrt*! o trem ronca, freia... é!... pára de vez!... e *tarárá! tchim! bum!* uma fanfarra!... um desses orfeões!... no alto do barranco!... russos?... não!... boches militares!... o *Horst Wessel Lied!*[73] não podia ser mais boche!... bem no alto do barranco todo nevado! fazem uma serenata para nós... é, isso mesmo... uns fritz... fritz de verdade!... nada de LVF, nem de russos! não é nem sequer uma estação, é uma parada em plena planície... será Hohenlynchen?... não sabemos!... onde está o hospital?... não o vemos, não vemos nada... só vemos o barranco, a fanfarra no alto, e os boches... boches de botas, o chefe deles, um barbudo, que agita a batuta... de novo o *Horst Wessel Lied*... e mais uma vez!... devem estar esperando que a gente suba... o chefe deles nos faz sinal... que é preciso subir! ah, isso é que é dureza!... sobretudo para nós, com simples botinas! ainda assim, vamos lá, de mãos dadas, trepando... pronto!... ah, pensaram em tudo!... uma mala cheia de *butterbrot*!... não demoramos em nos servir!... nem dá tempo de dizer ufa e já não sobra mais nada! foi tudo devorado!... continuam a tocar o "Horst Wessel"... nós não temos botas!... eles vão nos conduzir, será? vamos segui-los... mas olhe lá um belo oficial! e que nos cumprimenta!... lá de cima, ao lado da fanfarra, do alto do barranco... não traz nenhuma comida?... pede para fazemos fila... primeiro "a Justiça"!... ele deve ser do Protocolo... eu lhe falei do Protocolo, não falei?... "a Justiça" primeiro!... a "Justiça" é quem representa o Pétain... depois da Justiça, a fanfarra!... e depois toda a Delegação... mas de acordo com certa ordem!... ah, mas aí eles mudam a melodia!... agora não é mais o *Horst Wessel*, é a "Marselhesa"!

73. O hino nacional nazista. (N. P.)

vamos nós!... escorregamos!... "a Justiça" mais ainda!... mas levantamos "a Justiça"!... é cada escorregão horroroso, que se há de fazer!... rajadas de vento uma atrás da outra!... o vento dos Urais bem em cheio! aliás todo o Norte da Alemanha é assim, o vento dos Urais durante seis dos doze meses!... só tendo conhecido para ter uma idéia... você passa a compreender todas as retiradas!... todos os desastres da Rússia! não há quem agüente! o Napoleão, um menininho, o Hitler, um merdinha delirante! planície infreqüentável, de verdade! não tivéssemos nós os Vosges, o contraforte de Argonne, também teríamos o mesmo vento!... compreendemos os conquistadores vindos do Leste, suas hordas alucinadas, ébrias de frio... que fiquem lá mesmo! que morram lá mesmo! onde é que querem nos meter? por que é que querem nos meter ali? é o que eu pergunto!... só mesmo os mandatários de hoje em dia, que nunca embarcaram na Gare de l'Est, para ficarem miraginando sobre o que se passa por lá!... táxis do Marne,* e o diabo a quatro!... que peguem um deles e boa viagem!...

Não lhe digo os nomes dos ministros que seguem atrás do orfeão... o nome dos outros também não... o Marion, tudo bem, você conhece... vai no fim da fila... é o seu lugar de acordo com o Protocolo, o mais recente dos ministérios... somos nove, ao todo... escorregamos sem parar, realmente estamos no limite... o oficial nos junta, um de braço dado com o outro, todos agarrados... e novamente a caminho!... onde é que fica esse hospital?... não vemos!... com a neve, não vemos mais nada!... mesmo agarrados como estamos, escorregamos, não avançamos mais nem um passo!... é um ringue de patinação de tão congelado está... eles, da fanfarra, podem ir em frente! têm botas com pitões! podem tocar a *Marselhesa*! nós, é um milagre que a gente não se esborrache, e fique por ali mesmo, estatelado!... todos! e que ninguém mais se levante!... quebre todos os ossos! choviam reclamações!... "devagar! devagar! *langsam!*" eles não escutam nada, ao contrário se apressam! aonde é que nos levam? puxa, até que enfim, alguma coisa na planície... lá!... deve ser!... na neve... alguma coisa... longe... uma bandeira!... estou vendo!... uma bandeira imensa!... deve ser para nós!... "tremula formidável bandeira"!... tricolor, azul, branca, vermelha, bem diante de uma espécie de galpão... é para lá que nos levam, aposto!... e de jeito nenhum para o hospital... o oficial nos acena: alto!... a música também pára... bem!... o oficial vem nos dizer alguma coisa... bem!... escutamos... ele fala francês... "tenho a tristeza de informar-lhes que o sr. Bichelonne morreu... há dez dias... no hospital!..." mostra-nos o hospital, lá!... longe demais para nós!... até mesmo para vê-lo!... no meio dessa neve!... diz também que nos esperaram dez dias! chegamos tarde demais!... o Bichelonne já está no caixão!... no galpão, ali?... agora trata-se apenas de lhe render as homenagens... um de nos quer tomar a palavra?... ninguém tem vontade!... frio demais, neve demais, tiritamos demais!... mesmo tão agasalhados em musselinas, tapetes, cortinas forradas, apertados, acolchoados, cada um bate mais os dentes que o outro! tomar a palavra, nem pensar! já é um estranho milagre termos chegado até aqui! compreendo cada vez melhor as Retiradas... que eles se deitassem sobre o ventre dos próprios cavalos! direto! sobre os ventres quentes e abertos!... as tripas! cruz-credo! horrores! é fácil falar! nós, não há cavalos, só há esse orfeão militar! que recomeça tudo de novo!... a *Marselhesa*! então temos de ir ao galpão render a última homenagem?... somos nós a última homenagem?... quem que nos prestaria a última homenagem se fraturássemos o crânio? como escorrega!... ninguém!... caralho!... mas já que estamos ali, milagre até ali, gostaria ao menos de ver o Gebhardt!... foi ele quem o operou... não está lá, não o vejo, não veio... tem cirurgias demais, dizem... se todas forem um sucesso igual a essa! na certa ele não faz a menor questão de nos ver... ninguém, aliás, faz questão de nos ver... e bóia, que é bom! neca! só uma coroa de flores é que nos oferecem! uma coroa para cada um, hera e edelvaisses!... com muito esforço e de tanto nos agarrarmos, conseguimos chegar... ele está ali debaixo daquele galpão?... depositamos nossas edelvaisses... será o Bichelonne dentro daquele caixão?... com os alemães, não dá para confiar... nunca se sabe... seja como for, um belo caixão! o Bichelonne não precisa prestar contas a mais ninguém!... nós, um pouquinho, ainda não terminou!... temos de nos explicar às pampas! prestar contas a todo mundo!... até àqueles que me surrupiaram tudo!... falo sempre de mim!... o Hamlet, para esse aí, filosofar em cima dos crânios, era sopa!... tinha a sua "segurança"! nós não tínhamos, santo Deus!

O oficial do Protocolo vê que não queremos dizer nada...

"*Nun!* senhores! está encerrada a cerimônia! devem retornar, senhores!"

Ah, a bandeira!... já a esquecíamos!... devíamos levá-la para o Marechal!... os musicantes a arrancam do gelo... a muito custo!... passam-nos a bandeira... garanto-lhe que é pesada!... o vento se introduz, infla-a! agarramo-la a sete... oito... dez! pelo mastro! ela nos carrega!... ao sabor das mudanças repentinas do vento... vogamos!... nós e a banda!... ainda bem que o vento sopra de leste a oeste! na direção do nosso vagão!... supondo que ele ainda esteja lá! como a Delegação dança, balança!... ministros e músicos juntos!... agarrados na bandeira! *plac!* tudo cambaleando! arriando! estatelando!... ah, mas o vento recomeça!... todos *eia*! de pé! e chega de bandeira reta, vertical, chega! agora toda na horizontal! todos no mastro, mas ao comprido!... descobrimos o truque!... o orfeão nos segue!... continuam a tocar a *Marselhesa*... continuamos a escorregar, mas não tanto... o negócio é descobrir o truque!... não derrapamos mais... o oficial nos segue... chegamos ao alto do barranco... ao alto do nosso vagão... imagine como está felicíssimo com o nosso reembarque! não nos fazemos de rogado... prestamos a última homenagem!... mas onde é que vamos enfiar essa bandeira gigantesca?... é tão comprida quanto o vagão! ainda bem que não tem mais nenhuma vidraça!... dá justinho... na horizontal, encostada no canapé... e meio de banda... mas e a locomotiva, cadê?... ainda está lá? como vai fazer para manobrar?... não vai nos rebocar? vai empurrar?... pergunto a um fritz... nos empurrará até Berlim... Berlim-Anhalt... aí será outra locomotiva!... bem!... esse velho ferroviário me informa... Berlim-Anhalt!... puxa, quem diria, um pouco de cortesia! ser amável não vai arrancar pedaço de ninguém, ora bolas... portanto voltamos para os nossos lugares, bem, quer dizer, nos amontoamos... ainda não chegamos a Berlim-Anhalt... ou a qualquer Anhalt... o oficial nos cumprimenta lá do alto... amplo cumprimento! seu orfeão recomeça a tocar o *Horst Wessel*... mais a *Marselhesa*... em suma, tudo se passou às mil maravilhas... salvo o rango!... neca de rango! ah, isso vem como um reflexo!... "e aí? e aí?" o Restif berra para o outro, lá no alto... "cadê a comida! droga! assim não dá mais!... *fressen! fressen!*"... o trem partia... o outro lá no alto, o oficial do sabre, fazia de conta que não nos escutava, continuava com os seus cumprimentos! e nisso o vagão inteiro ataca "*butterbrot! butterbrot!*" e o outro lá no alto não dá a menor pelota!... mesmo assim, grita: "Vocês terão lá em Berlim!"... essa não, Berlim! essa não! ele está é nos mandando bater as botas por aí, é o que a gente pensa!... opinião geral!... mas então: *puf! puf!*... a locomotiva empurra... conhecemos de cor e salteado esse vagão do Xá! pois se nos enrolamos com ele!... todas as cortinas se foram!... e os tapetes! estamos lindos! e com tantas camadas de musselina!... para falar a verdade, mesmo assim morremos de frio! mesmo deitados na horizontal, todos juntos, amontados, estirados no soalho! estranho, não há mais sacolejos!... dá a impressão de que avançamos deslizando... será que saímos dos trilhos?... será que escorregamos direto em cima do balastro?... o balastro congelado?... faz bem três horas que partimos... devemos estar passando por um subúrbio...

quer dizer, por escombros, destroços... mais um desabamento... e mais um!... será que é Berlim?... é!... ninguém diria... mesmo assim, está escrito!... e uma seta!... *Berlim!* e outra seta! *Anhalt*... chegamos bem devagarinho... é ali... deslizando... uma plataforma... duas... dez plataformas... é ela, a imensa estação!... três... quatro vezes a estação de Orsay... parece... é uma estação que sofreu muito... mais nenhuma vidraça, mais nenhuma esquadria nas janelas... mas em matéria de ramais e entroncamentos, pior que Asnières!... e em matéria de multidão, aquelas plataformas!... sobretudo de mulheres e crianças! repletas!... nossos dois vagões param de chofre, somos invadidos, na marra!... não existimos mais! submersos debaixo da pirralhada e das matronas!... igual a uma onda, é assim que eles se precipitam, passam por cima da gente, nos esmigalham! esmagam... por tudo quanto é abertura entra gente! e carregadores! lá estão os carregadores! que nos jogam no chão com seus caixotes passando por cima da gente!... reconheço os caixotes!... caixotes de conservas!... serão para nós? está escrito *Cruz Vermelha*... para nós a "Cruz Vermelha"? e enormes sacos de pão-bola... pães... *Cruz Vermelha* também!... e em profusão!... dariam para uns 110 anos de barriga cheia!... esse bendito trem pode partir, vamos atacá-los, já, já! com solavancos! ou sem solavancos! tenho dito!... vamos nós! vamos nós, de novo!... diacho, e as matronas e a pirralhada!... tomara que a gente não estique as canelas bem ali na estação de Anhalt! até que enfim! ele apita! juro! vamos partir! mas aqueles caixotes, para nós, hein, pois sim!... ainda na própria estação os fedelhos já arrebentaram tudo! dez... quinze deles em torno de uma tampa! crianças selvagens pra valer!... o que tiram dos caixotes! o que comem, na mesma hora! ali mesmo!... uns baldes desse tamanho, ó, de geléia! pães e geléias! não só os pirralhos, as matronas também! são todas uns bofes... mas esganadas!... e as grávidas!... tudo bem!... tudo bem!... como devoram!... não só a geléia, mas os presuntos!... também tem!... vemo-los passando, por cima de nós, todos por cima de nós! o que é que eles acham que nós somos? crina de estofados?... trouxas de bugigangas? estão cagando!... nós também! agarramos o que conseguimos... o que eles desprezam!... os restos dos caixotes... e ainda assim, tudo do bom e do melhor!... rosários de salsichas! deixam-nos comer, estão entupidos, enjeitam tudo, prostrados... dormem... bem!... assim temos duas três horas de calma... mais ou menos... o trem sacoleja... mas não muito... agora, para onde será que vai? veremos!... mas eles acordam! e na mesma hora começam a falar pelos cotovelos! e depois sai tudo cantando! e em coro! quantos são?... quarenta? cinqüenta?... a três vozes, em coro, e afinados! e alegres!... as crianças são de Königsberg... as grávidas são de Dantzig... ainda tenho as melodias na memória... *tigelig!... ding! digeligeling!* uma canção de sininhos... para o Natal, provavelmente... a canção que devem ensaiar?... seja como for, se divertem com a viagem!... a viagem dos potes de geléias, e de tantas laranjas e chocolates! de tudo!... mas quando abusam, quando ficam de fato insuportáveis é ao nos despojarem de tudo, é ao quererem todos os cobertores! têm os deles, da Cruz Vermelha! fedelhos desgraçados! querem os nossos ouropéis! todos os nossos retalhos de tapetes e musselinas! que nos deram tanto trabalho! tudo o que temos para vestir!... eles nos rasgam! temos de nos defender! como são predadores terríveis esses diabretes!... meninos e meninas... macaquinhos horríveis destruidores, bem piores que nós! como se agarram às nossas bateladas de musselina!... aproveitam todos os solavancos para nos descascar!... atacam, em grupos de dez! e puxa daqui, puxa dali!... e depois vão para cima dos ministros que roncam!... descascados! foi sobretudo depois do quinto dia que viraram uns piratas implacáveis! cinco dias trancados, sem sair! cinco dias e cinco noites!... ainda acham uns pedaços de vagão para quebrar!... ah, o trem do Xá!... restos de poltronas!... e como tudo isso briga, berra, ao mesmo tempo! jogam pelas janelas tudo o que arrancam! e em cima de nós!... a *Fräulein*, enfermeira deles, faz o que pode! eu acho é graça!... a Ursula, é seu nome... nem responde mais à criançada... "Fräulein Ursula! Fräulein Ursula!" chamam para que veja como estão rasgando tudo!... tudo mesmo!... e como estão orgulhosos!... ela não reage mais... deu-lhes tudo o que havia dentro dos caixotes... o leite condensado, os baldes de geléia... empanturrou esses pirralhos filhos-da-puta!... e nós junto! sem falar do que jogaram pelas janelas! você nem imagina! todos com diarréia, não deu outra! ainda bem que os banheiros funcionam... mas ficaram num estado! cocô para todo lado!... é mais uma distração, o cocô para todo lado!... por mais que a Fräulein se esgoelasse, as crianças, dá para imaginar, não escutavam nada!... um circo, o vagão! ela pode gritar à vontade "*Kinder! Kinder!*", e eles, ó, dão-lhe uma banana! os Kinder embirraram com a Fräulein! o que querem é que ela mande parar o trem! e é pra já! querem passear no campo! no campo! lá fora! e que ela leve outras geléias!... mais! mais! abra outros caixotes!... ah, a cerveja!... também querem beber cerveja!... que nem os Ministros!... direto no gargalo!... brindam com ela!... gluglus!... imagine só o resultado disso na pirralhada! a cerveja os derruba... resultado... roncam junto com os Ministros deitados no soalho do vagão... passamos por um túnel... o Marion me faz a observação, eu não havia reparado!... dormindo tanto quanto os meninos?... e não tinha bebido nada!... nunca bebo nada... a não ser o meu cantil de água... mas o Marion tinha razão, havíamos passado no túnel... o Marion me explica... os montes Eiffel... não vi nada!... houve bombas na saída, parece... não ouvi nada!... caíram muito longe... parece!... antes isso!... trocamos de locomotiva, manobramos... dentro do túnel, tudo isso enquanto eu dormia?... ainda bem! ainda bem!... sono nocaute!... a Fräulein também jazia, roncava!... nocaute também!... eles, os meninos, com a soneca ficaram repousados!

alucinados! mais azougues do que há pouco! pestinhas decuplicados!... e agora depenam os Ministros!... é! é! estou lhe dizendo! divertem-se!... casacos, cordões, as musselinas sobretudo!... recomeçam! arrancam! e transformam tudo em mantôs para eles! capuzes... as meninas também!... vestidos de cauda!... carnaval dentro do vagão!... os Ministros se defendem um pouco, como podem, não muito, o medo é que eles se mandem pelas janelas, aqueles pirralhos! e como brigam!... agridem!... berram!... o vagão todo!... as grávidas, de seu lado, estão tranqüilas, todas deitadas no chão... sensatas... pudera, naquele estado!... sacolejadas que só elas! jogadas umas contra as outras!... uma vergonha!... tenho pena delas... *tchutt! tchutt! tchutt!* mesmo assim vamos avançando... imito para você a locomotiva... essas grávidas estão quase todas "no finzinho"... bem, pelo menos no "oitavo mês"... chegaremos "antes" espero! espero!... não vou achar a menor graça se uma delas parir!...

Quanto tempo ainda temos pela frente? sem incidente? faço as contas... nessa velocidade, pelo menos dois dias... até Ulm... mas e se alguma coisa quebrar?... e Ulm?... Ulm, falar é fácil!... e se nos mandarem descer em Ulm?... é bem o gênero deles! que a gente não tem nada que estar neste trem! que para Siegmaringen é a pé!... os homens a pé! nós a pé! que o trem é só para as crianças e as grávidas! para nós, de jeito nenhum!... quarenta e cinco quilômetros, de Ulm a Siegmaringen!... vejo-nos bem ruinzinhos!... tanto mais que refrescou... não tão frio quanto lá no alto, na Prússia, mas mesmo assim... frio e neve... tanto mais que aqueles pirralhos endiabrados, selvagens, nos arrancaram quase tudo!... trapos e musselinas e carpetes!... espessos!... e nossos ternos fininhos!... até eles estão rasgados! não estamos nus, mas em fraldas de camisas! foi nisso que deu a criançada!... a Fräulein não disse nada... nunca nossos sapatos finos agüentariam... íamos ficar sem pés!... ai, que medo que tenho de Ulm! e se a cidade não existir mais?

nem a estação? é possível!... foi-se *num rasante*! vimos casos piores! mas, aposto, ainda haverá SS!... SA!... S-tiras! isso aí cresce por todo lado! cresce no meio dos piores escombros! tiras! tiras! tiras! enquanto isso, vamos andando bem devagarinho! *tchut! tchutt!* não me surpreenderia nem um pouco ver chegarem os guardas "*Raus! Raus!*".

Ah, eu não estava enganado, era ali mesmo!... tínhamos chegado!... estávamos na estação... mas na "acabou-se a estação!"... paramos: chegamos!... é ali, um poste... mas acabou-se Ulm!... uma tabuleta: ULM... mais nada!... nada dos galpões ao redor, destruídos!... ferragens retorcidas, mais nada... umas casas que pareciam fazer uma espécie de careta... e gigantescos pedaços de paredes aqui... ali... em enormes desequilíbrios que só esperavam que você passasse por baixo... os RAF tinham voltado!... enquanto estávamos lá no alto, na Prússia!... trituraram os escombros... bem!... tudo bem!... vamos seguir viagem?... o chefe da estação?... o grande boné vermelho... lá vem ele... olha... olha-nos... poderia nos mandar descer... não!... todos se calam... até as crianças... não há mais Ulm, não há mais estação, mas é ainda mais terrível... se ele não deixar o trem partir! nos mandar descer! não! não... ele é boa-praça... "partir! Siegmaringen!... Constança!" repartimos... ressacolejamos... nem um só pirralho escapuliu!... sorte grande!... ficaram com medo do chefe da estação!... felicito Ursula... "um bom chefe de estação!..." Nós até Siegmaringen só faltam duas horas... ela, três até Constança... chegará à meia-noite a Constança... ela e suas mulheres e suas crianças... tem sempre um lado positivo: Ulm está completamente destruída, portanto os aviões não vão recomeçar tão cedo!... espero!... uma pequena chance de que a gente escape! Acabou-se Ulm!... o mundo só ficará tranqüilo com todas as cidades destruídas! fique sabendo! são elas que tornam o mundo furioso, que fazem as iras eclodirem, elas, as cidades! acabam-se os music-halls, acabam-se os bares, acabam-se os cinemas, acabam-se os ciúmes! acabam-se as histerias!... todo mundo ao relento! a bunda no gelo! imagine que hibernação! que cura para a humanidade alucinada!...

Bem, ainda não chegamos lá... o nosso trem!... o nosso vagão sacoleja, soluça, resvala, como num calçamento de pedras! as rodas devem estar quadradas... seja como for, prova de que não saímos dos trilhos!... se estivéssemos sobre o balastro haveria mais solavancos!... e além do mais, no duro no duro! que ele chegue, e mais nada!... que faça o que quiser!... a Fräulein me chama, pede para acompanhá-la... acompanho-a... uma das mulheres... está com dores... vou, vejo... realmente, são as primeiras contrações... não é uma dessas fiteiras... uma mulher, estou vendo, nada histérica, não é dessas chegadas a uma encenação... uma primípara... faço o toque... mas sem luvas!... onde é que eu lavaria as mãos?... nunca me senti tão humilhado, miserável, "fazer o toque" sem luvas!... e ainda por cima, já estava "dilatado"!... "como uma moeda de cinqüenta centavos"... uma primípara... vai ser coisa de quatro... cinco horas... logo proponho, no ponto a que chegamos é o melhor, que ela desça em Siegmaringen, junto conosco!... que dê à luz em Siegmaringen... em Siegmaringen tenho todo o necessário... um dormitório inteiro para as "parturientes"... é uma refugiada de Memel... mais tarde se juntará às companheiras... mais tarde em Constança, depois do parto... ah, a Ursula está de acordo!... vai ficar sozinha, quando descermos... a Ursula... sozinha com suas crianças "pintando o sete"! agora elas roncam, mas de manhãzinha vão acordar, e o parto, para completar? "claro que sim! claro que sim! levo esta mulher!..." e mando-a de volta para Constança! estamos combinados! toda a Delegação se intromete! todos os Ministros... estamos de acordo!... todos estão de acordo!... o Restif também!... você vai me retrucar: eu não conseguia enxergar nada em plena noite!... não muito, confesso, mas bastante!... graças às pequenas lanternas que nos vinham da Suíça, automáticas e de rodinhas, controladas com a palma da mão!... nada de "iluminação-festival"!... não! quando está tudo perdido, não tem mais eletricidade, mais fábrica, as lanternas são um belo achado! a toda prova! a bobina acionada pela mão! digo a você, caso ainda não tenha pensado nisso, que se um dia desses se encontrar debaixo de dez mil toneladas de escombros, expirando mugindo como um troglodita... como uma rematada toupeira!... "a França, toda a França por um fósforo!... e a Aquitaine de brinde!" ninguém lhe dará o fósforo! não conte com isso!... mas minha "lanterna de pulso" lhe salvará a vida!

Portanto, no trem, você há de compreender, para passar por cima e se livrar daqueles corpos, com os solavancos, sem esmagar mulheres e crianças, seria impossível sem a pequena lanterna... o trem ia andando... ah, bem vai-não-vai!... *tchutt! tchutt!* mas de qualquer maneira... iríamos chegar por volta da meia-noite... não escutávamos aviões... ia tudo bem!... o Restif era da mesma opinião!... ia tudo bem! a Fräulein Ursula também... no final das contas até que ela tinha sido muito legal... com toda certeza poderia ter nos mandado descer em qualquer lugar, expulsar... o primeiro contato tinha sido bastante frio... inclusive quase agressivo... depois ficou amável, inclusive muito amável... talvez uma paquerazinha entre ela, o Restif e o Marion?... eu não tinha visto nada!... graças à Cruz Vermelha, e à sua criançada, e às suas grávidas, seguramos o rojão!... o que merecia ser dito e reconhecido! sem as crianças e as grávidas, e os caixotes suecos, gringos, cubanos, íamos ficar no ora-veja!... a prova é que toda a Delegação roncava, com ou sem solavanco, entupigaitados, misturados, debaixo das crianças e das grávidas, reaquecidos!... já não tinham os trapos, os pirralhos é que tinham tudo! mas me desculpe, o que haviam comido, entornado, desde Berlin-Anhalt!... pelo menos cinqüenta caixotes! e de tudo!... e só "papa-fina"! quanto às roupas, os fedelhos pegaram tudo deles!... depenaram, é isso!... musselinas, veludos, cetins, e casacos e calças!... fantasiaram-se igualzinho!... aquilo é que era farra!... devastação de ciclone, cinqüenta pirralhos trancados num vagão! se tivéssemos chegado de dia, seríamos obrigados a esperar anoitecer, não podíamos nos exibir tal qual estávamos, os Ministros menos ainda!... mas era meia-noite, não tinha problema, e não haveria ninguém na estação... seja como for, teriam de me ajudar a levar aquela senhora até a Escola de Agricultura... previno o Restif, ele compreende... a Escola não fica tão perto!... sobretudo na neve!... a mulher, conforme eu lhe disse, não era dessas fricoteiras, mas de qualquer maneira... proponho-lhe carregá-la... ela prefere ir andando... é no mínimo um quilômetro da estação até a Escola... me dará o braço... ao Restif, o outro braço... na Escola de Agricultura é que estão alojadas as minhas grávidas...

O trem se aproxima de Siegmaringen... digo ao Restif: ainda tem mais!... é preciso acordá-los!... e depois, pensando bem, pelo menos isso, vão fazer algo útil antes de regressarem ao Castelo!... vão nos ajudar da estação à Escola... na neve com aquela mulher... que está "em trabalho de parto" explico-lhe... acha que poderá andar, mas não poderá!... quanto mais um quilômetro, no mínimo... terá de ser carregada... eles nos ajudarão a levá-la!... irão para o Castelo depois!... têm todo o tempo!

O trem vai cada vez mais devagar... ah, chegamos!... pronto!... no céu, um ligeiro luar... não precisamos mais das lanternas... reconheço a estação... a plataforma... agora trata-se de descer sem que as crianças comecem a berrar! e sem que tampouco resolvam escapulir passando por baixo do trem!... e eu, com a minha mulher de Memel, faço-a descer devagarinho... as crianças não estão com vontade de berrar, roncam... que ronquem!... que ninguém as acorde!... agora faz frio na plataforma e a neve chega a altura que, santo Deus!... o tempo estava quase ameno quando partimos, oito dias antes... lá estamos na plataforma, todos... salvo as crianças que nem se mexeram... ah, mas e a nossa bandeira!... já a esquecíamos!... a bandeira para o Pétain!... merda!... está enrolada, está em algum lugar! o Restif volta ao vagão, encontra a bandeira!... debaixo das crianças, puxa-a... não está rasgada demais... é reenrolada... os Ministros ali, na plataforma, acham que não dormiram o suficiente... não sabem que chegamos!... por sorte ainda não está muito claro!... eles praticamente não têm mais calças... como que pelados, por causa da garotada! não é hora de ficarmos ali!... dou uma palavrinha ao SA de plantão, que nos deixe sair... digo também ao Restif, já pensei nisso, que não vamos manter a bandeira na vertical! mas ao comprido! e todos no mastro! na horizontal!... assim será uma espécie de corda para subirmos até o *Löwen*... todos os Ministros no mastro! e mesmo até mais acima, até a Escola de Agricultura... um bom pedaço! é o que dizemos a todos... aceitam... bocejam, espreguiçam-se, tiritam... mas vamos em frente! não tão frio como em Hohenlynchen, mas de qualquer maneira... não o vento boreal como lá no alto... mas assim, quase nus em pêlo, vão bater queixo!... ainda bem que o Restif nos guia, conhece o caminho... também conheço o caminho... a minha parturiente não quis ser carregada... de jeito nenhum!... eu, o Restif lhe damos o braço... ela reclama, mas não muito... a Lua está encoberta pelas nuvens... então nossas "lanternas de dínamo"!... só a elas ouvimos!... os pequenos torniquetes girados com a palma das mãos!... cada um tem a sua... ainda bem! vamos nós de mansinho, formamos uma lagarta luminosa pela neve, com as pequenas lanternas... *zzz! zzz!* em fila indiana!

Ah, até que enfim... lá está a casa, a Escola! não nos perdemos!... o meu dormitório das grávidas!... dormitório muito austero! mas nem um pouco triste, nem um pouco escuro como no *Fidelis*, mobiliado só com tabiques e colchões de palha... mas ainda assim elas estão melhor ali do que fora ou na estação... as grávidas! de um jeito ou de outro irão à estação, admito! seja como for, quando chegamos estão presentes! todas lá!... que estejam todas lá, muito me espanta... vêem-me... muito espantadas também!... dormiam... na mesma hora as perguntas!

"Quem é essa aí?... de onde ela vem?

— É uma mulher igual a vocês!... que vai dar à luz...

— Onde? onde?... é uma boche?

— Vai dar à luz aqui!... não fala francês, sejam atenciosas com ela!

— Vai parir agora?

— Vai... vai... depois irá para Constança!... é uma alemã de Memel... é uma pobre coitada... é uma refugiada igual a vocês!..."

Encaro-as, digo-lhes o que devem fazer.

"Onde fica Memel?

— Fica lá para o norte!"

Segurar bem as mãos dela... delicadamente... dizer-lhe tudo o que sabem de carinhoso, em alemão... não abrir as janelas!... cobri-la bem com as mantas... que não pegue frio... elas sabem... sabem tudo!... há algumas "multíparas"... calculo... ainda três horas de "trabalho de parto", pelo menos!... tempo de sobra para ir ao *Löwen* pegar minha maleta, minhas luvas sobretudo! deixo-lhes três lanternas "de manivela"... ficam radiantes! que presentão!... não tinham! não me devolverão!... brincadeiras! brincadeiras!... tudo bem!... saio com o Restif... a Delegação me espera... "Agradeço aos senhores!..." podem voltar para casa, é o que espero! para o Castelo!... conhecem as ruas... para descer não é complicado... Wohlnachtstrasse... e logo depois, embaixo, o Danúbio... e de novo à esquerda, a ponte levadiça!... ah, mas que não larguem a bandeira! o presente para o Marechal!... a lembrança do Bichelonne!... a recomendação!... bem!... bem!... eles sabem! não vou prendê-los mais tempo!... garotinhos de pernas de fora, peludas!... haverá bronquites e grogues!... têm tudo para se tratar!

nos seus aposentos! no Castelo! eu no *Löwen* já não posso dizer o mesmo!... estou apreensivo... pego um atalho... eu conheço, você pode imaginar... cheguei depressa... a escada... pronto!... posso afirmar que a Lili é corajosa, mesmo assim ficou apreensiva... parti sem dizer uma palavra... muito apreensiva!... não foi avisada!... explico-lhe... ela compreende... era preciso... claro!... e ela, como vai? o que aconteceu por aqui?... oito dias!... dez dias!... ah, de todo lado perguntaram por mim!... todo mundo perguntou onde eu estava... que fim tinha levado?... bem!... no *Fidelis*... no Castelo!... na Milícia!... no Hospital!... e ainda em outros lugares!... em cinco... dez endereços!... *Sondergasse*... *Bülowstrasse*... como você pode imaginar, eu já desconfiava... não sou muito dado a escapadas, a deixar ao deus-dará o que quer que seja... se parti tão de repente, tão depressa, e tão longe é que tinha uma séria razão... imaginava encontrar o Gebhardt lá no norte, flagrá-lo em seu posto...

Cada um tem seu pequeno segredo, o meu era vê-lo, pedir-lhe que nos fizesse passar para a Dinamarca... com toda certeza, ele conseguiria!... tinha hospitais lá no alto, vários sanatórios... Jutland... Fiónia... eu sabia... o Gebhardt não gostava muito de mim, mas ainda assim, poderia... uma pequena chance... a nossa chance!... conto à Lili... nem sequer consegui vê-lo! ela compreende... valia a pena tentar!... conto-lhe a nossa expedição... lances para rir não faltaram! rimos!... mais uma esperança que se esvai! ela ainda tem muito para me contar mas não posso ficar!... tenho a Memel!... a minha Memel... explico-lhe a Memel... preciso retornar à Escola!... que eu não chegue depois do parto! uma mulher praticamente "na reta final"... que foi chacoalhada, um horror... terrível, pode-se dizer!

Devo lhe confessar, imaginava ser suficiente!... 700... 800 páginas... eu releria tudo... mandaria "bater"... e vamos em frente!... o Brottin ou o Gertrut!... um ou outro? que dúvida atroz!... para quem der mais!... que dupla atroz!... o menos encagaçado diante das repercussões!... xô!... que eu tenha virado materialissa?... rá!... rá!... pode ser!... mas não muito!... meus ladrões saqueadores ciumentos com toda certeza são muito mais que eu!... e no estado em que me encontro, doença, mutilado, idade, pindaíba... necessitaria do *Chase National*, e de uma conta gorda assim, ó!... para retomar um relativo fôlego... uma conta igual à dos Claudel, Thorez, Mauriac, Picasso, Maurois... igual à de todos os verdadeiros artistas! quanto a mim, serei sempre bem inferior... por empreitada ou "por peça"... ao Julien Labase, varredor... um condenado de choque aos trabalhos forçados... e estarei longe do último dos curandeiros!... então, é ou não é, toda a minha bela obra, para quem der mais!... 800!... 1200 páginas!... pombas!... e repombas! o quitandeiro está pouco se lixando!... e o carvoeiro, esse então! e olhe que são as únicas pessoas que contam, austeras e risonhas e sérias! custa tanto mais tanto e o total é tanto!... metrônomos da nossa existência!... os editores?... bem mais terríveis! mesma mentalidade, mas na categoria de monstros!... todos os vícios ainda por cima! e você dependendo totalmente deles!... acrobatas da falcatrua! suas patifarias são tão horrorosas, imbricadas, supimpa! tão enroladas, perfeitas que você iria parar no Hospício, com todas as camisas-de-força, se tentasse dar uma espiada!... só mesmo farejar... e de muito longe!... como é que esses vigaristas fazem!... você, o ingrato que tudo lhes deve!... eles, que nunca lhe devem nada!... eles, em seus automóveis cada vez mais luxuosos, será que o transportariam na traseira, esfarrapado, a língua pendurada lambendo os paralelepípedos?... por pura bondade de alma é que se dignam jogar-lhe uma migalhinha!... você está morrendo no hospital? ótimo!... não faz mais do que sua obrigação!... nem um miosótis receberá!... as orquídeas são para a Miss Piranha!... bobagens, você vai argumentar... decerto!... mas bobagens também que eu imagine muitíssimo bem os dois sendo enforcados! e se balançando na brisa! bão balalão! o Brottin e o Morny! isso é que é ginga!... sorrisos bem amarelos e monóculos! ouço pessoas avançadas, engajadas, que são comunissas, anarquissas, criptos, companheiros de viagem, rotarys... uns bocós!... antipatrão, pronto, basta isso!... aí está ele, à nossa frente! sabemos qual é a conversa!... o Comuna dialectiquiza, perdigoteia, carrega as baterias, solta o verbo!... mas o Morny... o Brottin... você me desculpe! existem! eles existem!...

Não falo dos doentes... dos clientes... desses não falo mais!... faz é tempo que não conto mais com essa gente!... me custam dinheiro, só isso!... deixasse eu de exercer a medicina, e não teria mais calefação... ficaria deitado o inverno inteiro... não posso contar com mais ninguém, nem com mais nada... deitado, pensaria em como fui tão imbecil, vítima em todo canto... em como me meti numa cruzada a troco de nada!... merda! que outros me gadunharam tudo... inclusive os meus manuscritos!... e que estão com a vida que pediram a Deus! todos os meus móveis para o mercado das Pulgas!... todas as injustiças, é o caso de dizer... nada faltou!... cadeia, doenças, ferimentos, escorbuto... mais a Medalha Militar!... você vai me dizer: e os resistentes? teve um que se jogou pela janela!... entre 14 e 18, milhões se jogaram pelas janelas! e alguém fez um escarcéu por causa disso? só faltava essa! e a Joana d'Arc? na minha cama eu poderia pensar nos dons que tive, e que desperdicei! joguei-os aos porcos!... quantas cartas tinha na manga!... seria impossível agüentar!... tão artista assim, você cria uma cambada de ciumentos!... se o assassinam, nada mais normal! parece que estou vendo a minha residência, rua Girardon, os depuradores subiram, tão inebriados de patriótico furor, que foi mais forte que eles, levaram tudo para a Sala de Leilões, afanararam tudo!... meus amigos, conhecidos também, tios, primos, sobrinhas, esses aí preferiram o mercado das Pulgas!... de quebra teriam me empalado, aí sim teria sido o verdadeiro Gozo! quase todo mundo me esqueceu!... não eles!... não eles!... os ladrões que nos roubam jamais nos esquecem!... nossos plagiadores tampouco!... onde já se viu!... a vida, é o que nos devem!... o Tartre não vai um dia pôr as cartas na mesa "Eu, plagiário e dedo-duro mercenário, confesso! sou o seu olho do cu!..." pode ir tirando o cavalo da chuva!...

Ainda os meus rancores!... você há de me desculpar uma certa caduquice... mas não tanto a ponto de cansá-lo!... eu e meus três pontinhos!... um pouco de discrição!... meu estilo, pretensamente original!... todos os verdadeiros escritores lhe dirão o que pensar a respeito!... e o que pensa o Brottin!... e o que pensa o Gertrut! mas o quitandeiro, o que é que ele pensa?... isto sim, é importante!... isto sim, é que me faz refletir!... o Hamlet do alho-poró... reflito no alto do meu jardim... de onde se tem a vista de fato magnífica... o local de fato admirável para quem tiver os “meios”... mas se você não passa do angustiado nervoso aflito diante de tudo!... por tudo!... o tempo todo!... com os alhos-porós... as Contribuições!... e o resto!... então as vistas podem ir para o quinto dos infernos! você não tem nada que ficar aí devaneando!... à merda, os panoramas! delinqüente o pobretão que sonha!

Contudo, Paris se impõe... toda Paris, defronte, embaixo... os meandros do Sena... a Sacré-Coeur, lá longe... bem perto, Billancourt... Suresnes, sua colina... Puteaux, entre os dois... lembranças, Puteaux... o caminho das Bergères... outras lembranças, o Mont Valérien... o hospital Foch... a bem da verdade, posso postular alguma coisa, e me contentaria muito bem com o Mont Valérien... vejo-me perfeitamente como Governador... de que calma desfruta para trabalhar o Governador do Mont Valérien! com a minha luneta, avisto direitinho o seu palacete, essa residência de fato esplêndida, greco-romântica... justamente do que eu precisava!... essa suntuosidade severa... militar!... com colunas dóricas... recebe em cheio o sol nascente!... e nos domina, pelo menos uns cinqüenta metros acima de nós!... ah, realmente, não dá para ter pena do Governador do Mont Valérien!... quem sabe se não poderíamos nos entender? fazer “a troca”?... em todo lugar ouço dizer “eu troco!... eu troco!” será que contestarão os meus títulos?... que não tenho o de governador de Saint-Pierre e Miquelon?... primeiro, porque o Laval morreu!... e que o Bichelonne não deixou nada por escrito!... e que não se encontra nada no Ministério das Colônias! e que a minha palavra não basta!... e olhe que do jeito que estou, doente anêmico, ah, como precisaria de sol! muito!... muito!... que sou mutilado a 75 por cento!... que tenho direitos!... que o Clemenceau disse!... que seria apenas um nobre gesto de Justiça! só isso! quem está lá no alto, Governador, na certa é mais moço que eu!... se eu subisse um dia até lá... até o seu templo grego, finalmente teria sossego... poderia trabalhar tranqüilo, longe da estrada, longe dos carros, longe das fábricas... o pequeno bosque ao redor... uma prisãozinha à minha disposição, para os chatos... aquela onde se suicidou o Henry...[74] as discussões duram até hoje se ele se suicidou mesmo?... se não lhe deram uma mãozinha?... pois vá por mim: o Mont Valérien ainda não revelou todos os seus segredos! basta observá-lo, só com o binóculo: enigmático ao extremo!... ah, você não ia me ver ocioso!... no Mont Valérien!... eu ia pôr todas as celas para falar!... ao passo que aqui, ai de mim!... ai de mim!... não me dão tempo para as reflexões!... vivo azucrinado!... para me perguntar o que mais me conviria?... Governador do Mont Valérien? ou Governador de Saint-Pierre? aqui, ó!... meditações?... vão é foder comigo de tanta meditação!... sobretudo de uns dias para cá... ando atazanado de uns dias para cá... ah, nada muito grave!... mas mesmo assim... pressentimentos... inclusive mais que pressentimentos, o carteiro me disse!... e também um pirralho... a sra. Niçois teria voltado!... é!... para casa!... na praça ex-Faidherbe... eu tinha cá minhas dúvidas... que ela tivesse voltado do hospital... vendendo saúde!... totalmente curada!... bem!... antes isso!... custava a crer, mas antes isso! aqui para nós, poderia ter me avisado!... talvez não quisesse mais me ver? tivesse chamado um colega?... no que teria feito muito bem, diacho!... teria feito muito bem!... não direi: ufa, que alívio! mas mesmo assim seria ótimo para mim! chega uma certa idade, mais ainda após certos sofrimentos, que você só deseja uma coisa: que o deixem em paz!... melhor ainda: que o dêem por morto! numa pesquisa recente, "o que pensam os Jovens", todos pensavam que eu tinha morrido!... morrido na Groenlândia! nada mau!... de qualquer maneira, uma coisa, quanto à sra.

74. O coronel Henry, que durante o caso Dreyfus falsificou documentos e os anexou aos autos, para evitar uma revisão do processo do capitão acusado de espionagem e alta traição, suicidou-se no Mont Valérien em 31 de agosto de 1898.

Niçois, ali, eu não me via recomeçando o sobe-e-desce, praça ex-Faidherbe, cais, escalada até minha casa! duas vezes ao dia!

Em vez de ficar tão excitado, de me imaginar Governador do Mont Valérien... ou lá de Saint-Pierre-Langlade... seria bem mais profícuo perguntar de verdade ao carteiro se a sra. Niçois voltou de verdade para casa!... ele saberia na mesma hora, bastaria subir, bater... ela estaria em casa... ou não estaria!... seja como for, mais uma vez eu ia ficar sozinho... a Lili tinha de ir a Paris... nunca me deixava muito tempo sozinho... precisava, é claro!... as compras... isso... aquilo... para as alunas!... sobretudo as alunas!... o que elas conseguem gastar, as alunas! não dá para acreditar!... as sapatilhas!... portanto, sai a Lili!... fico com os cachorros... não posso afirmar que estou propriamente só... os cachorros me avisam... me avisarão sobre o carteiro, ainda a quatro quilômetros! sobre a Lili, ainda na estação... sabem quando ela desce do trem... nunca erram! sempre tentei saber como sabiam? sabem, só isso!... quanto a nós, damos cabeçada na parede, somos idiotas matemáticos... nem o Einstein saberia se a Lili está chegando... nem o Newton... idem o Pascal... todos surdos cegos tapados parvos... o Flûte também sabe! o meu gato Flûte... irá encontrar a Lili, pela estrada... assim, sem mais nem menos, avisado... quando se mexer, prestarei atenção... por ora, nada!... primeiro são as suas orelhas!... saberei com tempo de sobra!... um quilômetro até a estação, no mínimo!... tudo é por ondas... os cães também têm ondas... mas menos sutis que as do Flûte... ainda mais sutis que as do Flûte, as dos pássaros!... esses então, a quinze quilômetros detectam, sabem! os reis das ondas, os pássaros!... os melharucos em primeiro lugar!... quando eu perceber que começaram a levantar vôo... quando o Flûte sair estrada afora... a Lili estará quase em Bellevue!... prenderei os cães... porque com eles o que é terrível é deixá-los sair juntos, em matilha!... aí então, os seus ouvidos! você os escuta lá em Grenelle!... mas ainda não é hora!... ainda posso refletir um pouco... é nesses momentos que você se enxerga como um velho, jamais dorme de verdade, mas já não vive de verdade, é tudo cochilo... mesmo apreensivo, cochila... é o caso, ali, esperando a Lili... devo ter ido um pouco além do cochilo, não ouvi os cachorros... e não vi o gato Flûte sair... nem os passarinhos voarem... mas então, de chofre, escuto!... saio do devaneio!... uma voz!... uma voz de verdade!... é a Lili!... faço um esforço!... sim, é a Lili!... ah, mas não sozinha!... duas outras vozes!... os gatos voltaram!... lá estão eles!... *ron!ron!* muito interesseiros, sem dúvida!... dia de comerem baço!... pois sim que eles largam a Lili!... a alegria da volta!... miau! miau! mas ouvi três vozes femininas!... não sonhei!... meus olhos já não são essas coisas, mas, ora bolas, assim mesmo vejo a Lili no fundo do jardim, reconheço-a perfeitamente... ah, e uma outra senhora!... e a sra. Niçois!... é, ela!... as três sobem muito devagar até onde estou... ah, chegaram!...

"Está vendo como a sra. Niçois melhorou muito?... faz dois dias que voltou!... quer falar com você!

— Ah, que bom! ótimo! bom dia!... bom dia, sra. Niçois!..."

Ela se aproxima... não acho que esteja tão melhor assim!... vejo que emagreceu mais ainda... dá o braço à outra senhora... subiram até aqui... peço que se sentem no outro banco... a sra. Niçois não está enxergando melhor que há um mês atrás... olhar perdido, por cima da minha cabeça... nada!... posso falar alto!... não me escuta!... adoraria saber o que fizeram com ela em Versalhes!... é a outra que responde, a outra senhora, de encabulada não tem nada! ah, essa aí, pode-se dizer, tagarela! não a conheço, nunca a vi... de onde saiu?... ela me informa...

"Nós nos conhecemos em Versalhes!... nos 'cancerosos'!... é, doutor!"

Para que eu não duvide... repete... conta-me tudo, ali mesmo... ficaram amicíssimas, a sra. Niçois, ela...

"Eu, sabe, era um seio, doutor!

— Sei, sei, minha senhora!

— Eles me tiraram!... não acho que fosse necessário!... nem um pouco!... idéia deles! que idéia!..."

Ai, como eles eram engraçados lá em Versalhes! estúpidos! ela ri! cai na gargalhada, se esbalda!

"Só vendo como eles eram, Doutor! hi! hi!"

A ponto de ter um acesso de riso! tão idiota, aquela gente do Hospital! gozadíssimos, realmente!... que a confundiram com uma cancerosa! hi! hi! hi!

"Acredita, doutor? pois acredite!"

Aquela gente do Hospital! engraçadíssimos! engraçadíssimos! hi! hi!

"Ah, tem razão! pois é, minha senhora!"

A sra. Niçois eles perceberam!... ali, viram direitinho! nenhuma dúvida, no caso dela, nenhuma dúvida!... completamente cancerosa! até mesmo a forma!... a forma galopante!... não vai durar muito, a pobre mulher!

"É também a sua opinião, doutor?

— Ah, é!... com certeza, minha senhora!"

E lá vem ela de novo com os hi! hi! hi!... que me acha de repente muito engraçado! também! eu também!

"Doutor Necas é como vou chamá-lo!... o senhor não tem mais nenhum cliente, é o que dizem! hi! hi! hi! nem um só cliente!... a sra. Niçois me contou! não sobrou nenhum!... mais nada!... hi! hi!... me contou tudo!..."

Ao mesmo tempo, dá palmadas nas coxas!... e tapas com toda força! *plaft! vlapt!* em mim!... e na amiga!... *plaft! vlapt!* até não agüentar mais! a rainha da pândega, de fato!

Permito-me...

"Quantos anos a senhora tem?

— A mesma idade dela! setenta e dois anos no mês que vem! mas ela, o senhor está vendo, doutor! em petição de miséria!... afinal de contas, o senhor percebeu, doutor Necas! hi! hi! hi!... ao passo que eu, pode ver!... apalpe! nunca me senti tão serelepe! para eles, aquela gente lá, eu estava igual a ela! teriam me tirado os dois seios!... é ou não é, doutor Necas! eles só vêem o câncer! câncer para todo lado! maníacos! ainda bem que me defendi! fiz bem, não fiz? fiz bem, doutor Necas?"

Ah, como eram engraçados por lá! e me tasca mais uns tapas! plaft! ploft!... e na sra. Niçois também! nessa velha cancerosa! que ela se alegre um pouco! paft!

"Pode me chamar de sra. Armandine, está bem, doutor?

— Onde mora, sra. Armandine?

— Mas na casa dela, ora bolas! na casa dela!... moramos juntas!... é grande a casa dela! o senhor conhece!..."

Taí um arranjo simpático que me promete muita distração!... quer dizer que são mesmo amigas do peito...

"O cirurgião insistiu muito: 'Pegue alguém com a senhora... não fique sozinha!...' eu, sabe, morava no Vésinet... o Vésinet, ai que é longe pra chuchu!... ao passo que de Sèvres, de ônibus, só o senhor vendo! posso ir a Paris quando quiser! ela não precisa de mim o tempo todo!"

Pronto, sua crise vai recomeçar... seu acesso de hi! hi! e de contorções... e mais um tapa na sra. Niçois!

Percebo muito bem que ela é meio nervosa... e até mesmo, sinceramente, que tem um parafuso de menos... mas seja como for ainda com uma espécie de vigor juvenil para os seus setenta e dois anos! e cancerosa... e inclusive ainda meio vaidosa... a prova, a saia escocesa!... pregueada! e seus cílios e sobrancelhas maquiados de azul!... seu impermeável também azul!... cor dos seus olhos!... olhos azul-boneca!... ruge nas bochechas... muito rosadas, pastel!... era essa a personagem! a boca em sorriso de boneca... travessa, expansiva... só pára de sorrir enquanto duram suas pequenas crises de hi! hi!... tristeza não é com ela! a sra. Niçois trouxe uma companhia bem legal, não vai mais se chatear! não que isso vá contribuir para fazê-la falar!... qual o quê! não fala mais nada!... pergunto-lhe como se sente? melhor?... não me responde... reconheço que há o cansaço, o caminho, a ladeira... olho-a de mais perto... seu rosto... está com um lado bem parado... a metade da face direita... um canto de boca que não levanta mais... igual ao Thorez!... ah, mas a Armandine me responde... sabe tudo... estava no leito ao lado! viu... trataram da sra. Niçois não só por causa do câncer... hi! hi! hi!... ela estava lá!... sabe!... hi! hi!... a outra sofreu, ainda por cima, um ataque quando estava lá! sem tirar nem pôr!... todo um lado paralisado!... é! hi! hi!... por isso é que não fala mais!... um ataque!... ah, mas a Armandine fala por duas!... não creio que a sra. Niçois a escute...

"Sabe, ela faz tudo nas calças!... hi! hi! hi!"

Ela me garante... vai mantê-la sempre limpa!

"Já que moramos juntas! ah, limpeza em primeiro lugar!... estou acostumada com gente idosa!... doutor, pode ficar sossegado!..."

Bem!... bem!... antes isso! e os curativos?

"O senhor virá fazê-los todo dia!... o cirurgião insistiu muito nisso! e passar os preparados nas feridas! disse que o senhor saberia fazer direitinho!"

Vê que estou meio hesitante...

"Subimos até aqui... o senhor pode muito bem ir nos visitar, não pode, doutor?

— Com certeza, sra. Armandine!

— Em mim o senhor não terá que fazer nenhum!... nada!... eles ficaram bestas lá em Versalhes como foi que me recuperei! mais depressa que os jovens! oito dias! oito dias, eu estava cicatrizada! custavam a acreditar! hi! hi! aliás, pode ver! o senhor mesmo! e a Senhora também pode ver! a sua esposa!... dizem que ela é bailarina! olhem!"

Levanta-se do banco, vai para o meio do gramado... e ali, pimba!... arregaça a saia, a anágua! e fica de pernas para o ar!... cabeça para baixo!... ponta-cabeça!... flexibilidade total!... e assim, nessa posição, uma perna no ar, bem reta, que nem um dardo!... que nem a Torre Eiffel!... na verdade, do gramado da minha casa, lá longe, está a Torre Eiffel, bem defronte... ah, muito longe, é claro... e quase sempre na névoa...

"Parabéns!... parabéns!"

Aplaudimos... ela esperava... a perna no ar... e põe-se de novo em pé... flexibilidade total!... ajeita-se... os cílios, os olhos, a beleza!... um retoque de lápis nas sobrancelhas... carrega tudo dentro da sua pasta... um espelho, seu pó-de-arroz, seu batom... e provavelmente mais uma porção de bugigangas... uma pasta imensa, de fato!... Claudine a caminho da escola!... o que é que deve ter feito na vida, a sra. Armandine? não vou lhe perguntar!... acabará me dizendo!

"Amanhã descerei para ir vê-las, sra. Armandine! amanhã à tarde!... depois das minhas consultas..."

Anuncio.

"Não! não! hoje à noite! ela está precisando!... de noite, doutor! hi! hi! hi!... Necas!"

Acho-a um pouquinho exigente...

"Bom! está bem!... muito bem!..."

Não é mulher para se contradizer...

Apêndice

Os perfis a seguir privilegiam aspectos biográficos capazes de elucidar referências e alusões feitas por Céline aos refugiados de Sigmaringen e a personagens da época. Incluímos também termos e siglas relativos aos dois momentos que se alternam no romance: os cinco meses que Céline passou em Sigmaringen, no final da guerra, e os dez anos que viveu em Meudon, no final da vida. Nem sempre foi possível estabelecer datas de nascimento e morte. Certos nomes vêm acompanhados, em itálico e entre colchetes, das diversas grafias ou apelidos empregados pelo autor.

R.F.A.

ABETZ, Otto. 1903-1958 — Diplomata alemão casado com uma francesa, presidiu nos anos 30 o Comitê França-Alemanha, foco de propaganda do nacional-socialismo. Embaixador do III Reich na França de 1940 a 1944, tinha bom trânsito entre artistas e intelectuais, como Céline, e foi um mentor implacável do colaboracionismo. Elaborou as temidas Listas Otto, com os nomes de centenas de escritores franceses e estrangeiros, judeus em especial, cujas obras foram proibidas. No fim da guerra, foi preso na Floresta Negra, condenado na França a vinte anos de trabalhos forçados e libertado em 1954. Morreu em acidente de carro.

ALTMAN, Georges — Jornalista e crítico literário que, segundo Céline, foi o primeiro a escrever um artigo, em 1932, elogiando *Viagem ao fim da noite*, para o jornal de esquerda *Monde*, do intelectual comunista Henri Barbusse.

ARAGON, Louis [*Larangon, Larengon*]. 1897-1982 — Poeta comunista, companheiro de Elsa Triolet, a quem ajudou a traduzir para o russo *Viagem ao fim da noite*.

ARLETTY [*Arlette*]. 1898-1992 — Atriz de teatro e cinema, nasceu, como Céline, no subúrbio parisiense de Courbevoie. Grande amiga do escritor, leu, junto com os atores Michel Simon e Pierre Brasseur, trechos dos romances *Viagem ao fim da noite* e *Morte a crédito* nos dois discos que Céline gravou, em 1956 e em 1957. Amante de um alto oficial do exército alemão, foi presa no final da guerra e se afastou da vida artística.

ARTIGO 75 — O artigo 75 do Código Penal de 1939 condenava à morte por traição quem, entre outros delitos, usasse armas contra a França, mantivesse "inteligência e colaboração" com uma potência estrangeira incitando-a a promover hostilidades contra o país, pusesse em risco a segurança do Estado e favorecesse as empresas do inimigo. Nesse artigo basearam-se os mandados de prisão expedidos contra Céline e os refugiados em Sigmaringen.

BEN YOUSSEF, Mohammed [*Youssef*]. 1909-1961 — Sultão do Marrocos deposto em 1953, quando se exilou na França. Chamado de volta ao país, obteve em 1955 a independência do então protetorado francês, e em 1957 foi aclamado rei do Marrocos, com o título de Mohammed V.

BICHELONNE, Jean. 1904-1944 — Engenheiro, ministro da Produção Industrial, das Comunicações, e secretário do Trabalho, em Vichy. Organizou em 1943 o Serviço do Trabalho Obrigatório, criado por decisão de Pierre Laval e Adolf Hitler a fim de recrutar mão-de-obra francesa para substituir os alemães mobilizados na frente do Leste. O STO deportou cerca de 750 mil franceses para a Alemanha, sendo cada vez maiores as exigências nazistas e cada vez mais violentas as medidas de punição aos refratários. Refugiou-se em Sigmaringen e morreu num hospital de Brandeburgo.

BOEMELBURG, Karl. 1883-? — Oficial alemão SS, chefe da Gestapo em Paris de agosto de 1940 a fins de 1943, quando foi transferido para Vichy como responsável pela vigilância do marechal Pétain. Em abril de 1945 autorizou a viagem do marechal para a Suíça, e desde então desapareceu, sem deixar rastro. Personalidade secreta, homossexual não assumido, falava francês correntemente e cuidou da deportação dos judeus (120 mil deportados raciais, dos quais só voltaram 1,5 mil) e da execução dos reféns seqüestrados (150 mil civis fuzilados) em represália a atentados da Resistência. Jean Moulin, chefe da Resistência preso em Lyon em 1943, foi visto ainda com vida no casarão de Boemelburg em Neuilly, elegante subúrbio parisiense. Recentemente descobriu-se no Arquivo Nacional da França uma carta de Fernand de Brinon, datada de agosto de 1942, apresentando-lhe Céline como um "ardoroso anti-semita" e, "por seus livros, o mais útil defensor da aproximação entre a França e a Alemanha nacional-socialista". Inspirou a Céline o personagem de Raumnitz.

BONNARD, Abel. 1883-1968 — Ensaísta, destacado intelectual do colaboracionismo, ministro da Educação Nacional e da Juventude no governo de Vichy, quando cedeu aos nazistas obras de arte confiscadas dos judeus. No fim da guerra fugiu para a Espanha, foi condenado à morte à revelia e expulso da Academia Francesa.

BOUGRAT, Pierre. 1890-1961 — Médico de Marselha, acusado de assassinar em seu consultório o contador de uma fábrica para roubar os salários dos operários. Sempre negou o crime, mas foi condenado a prisão perpétua e trabalhos forçados em Caiena. Fugiu da colônia penal para a Venezuela, onde exerceu a medicina para uma clientela pobre, imagem com a qual Céline se identificava.

BOURGET, Paul. 1852-1935 — Escritor muito popular entre os anos 1880 a 1920, autor de ensaios e romances psicológicos, como o *best-seller Le disciple* (1889), membro da Academia Francesa. Combateu o naturalismo e defendeu o "retorno às origens", ou seja, ao nacionalismo e ao catolicismo. Desde que estreou com *Viagem ao fim da noite*, em 1932, saudado como um exemplo de libertação da língua e renovação da literatura, Céline se insurgiu contra o "estilo Bourget", então admirado, e muito copiado, por ser o supra-sumo do francês bem escrito, correto e acadêmico.

BOUT-DE-L'AN, Francis. 1908-1977 — Responsável em Vichy pela propaganda da LVF e secretário-geral da Milícia, da qual foi representante em Sigmaringen. Integrou a Divisão Charlemagne, criada por Himmler em 1944. Foi condenado à morte à revelia e refugiou-se na Itália, onde morreu.

BRASILLACH, Robert. 1909-1945 — Romancista, crítico literário. Empolgado com o falangismo espanhol e o nazismo, pregava no semanário fascista *Je suis partout* um fascismo francês que promovesse uma revolução das mentalidades. Foi comissário-geral do Cinema em Vichy, e fuzilado no final da guerra, apesar de um último apelo de François Mauriac ao general De Gaulle para comutar sua pena em prisão perpétua.

BRIDOUX, Eugène [*Bridou*]. 1888-1955 — General, ministro da Guerra de Pierre Laval por pressão dos nazistas, membro da Delegação Governamental em Sigmaringen. Preso pelos americanos, foi transferido para o hospital militar de Paris em 1947, mas conseguiu fugir para Madri, onde viveu sob a proteção de Franco.

BRINON, Fernand de. 1885-1947 — De família nobre, publicou em 1933 a primeira entrevista com Hitler na imprensa francesa. Nomeado em 1940 delegado-geral do governo de Vichy nos territórios ocupados, foi na prática o embaixador de Vichy em Paris. Presidiu a LVF e chefiou a Delegação Governamental em Sigmaringen. Condenado à morte em 1945, foi fuzilado. Numa carta de outubro de 1941, recém-descoberta, Céline pede a Brinon que intervenha "junto às autoridades 'ávidas'" para que não penhorem, como um "bem inimigo", um cofre na Holanda onde ele teria guardado, em moedas de ouro, parte do dinheiro arrecadado com seus direitos autorais.

BRISSON, Pierre. 1896-1964 — Jornalista, dirigiu por quase trinta anos o diário *Le Figaro*, cuja linha editorial, durante a Ocupação, oscilou entre o apoio moderado ao marechal Pétain e a atitude crítica à ocupação alemã.

BUCARD, Marcel. 1895-1946 — Doutrinário do fascismo, criou o Partido Francista, filiado à Internacional Fascista e financiado por Mussolini, que o recebeu em 1935 como membro da Comissão Permanente para o Entendimento do Fascismo Universal. Co-fundador da LVF, editava em Sigmaringen o

Boletim de informação francista. Em 1945 fugiu para a Itália, e no ano seguinte foi fuzilado na França.

CAGOULE, LA — Nome popular do Comitê Secreto de Ação Revolucionária, uma nebulosa de sociedades secretas de extrema direita, muito ativas entre 1935 e 1940, quando conspiraram contra o governo de esquerda da Frente Popular. Financiados por Mussolini, alguns *cagoulards* lhe garantiam, em contrapartida, a execução de imigrantes antifascistas, como os irmãos Carlo e Nello Rosselli e o engenheiro russo Navachine, assassinados em 1937 por Jean Filliol. Esse sinistro personagem chefiou em Sigmaringen um grupo da Milícia treinado pelos nazistas, e inspirou a Céline o personagem de Restif.

CARBUCCIA, Horace de. 1891-1975 — Jornalista de extrema direita, de família aristocrática, fundou em 1928 o semanário *Gringoire*, anti-semita e anti-soviético, que durante a Ocupação delatou judeus e maçons, e cuja tiragem chegou a 500 mil exemplares. Condenado em 1945 a cinco anos de trabalhos forçados, refugiou-se na Suíça e mais tarde foi absolvido.

CARONTE — Na mitologia grega, era o barqueiro do Inferno encarregado de transportar de uma margem à outra do rio Estige as almas dos mortos, que do contrário ficariam penando por cem anos. Em troca, recebia uma moeda, que era colocada na boca dos cadáveres. O remo com que quebrava o crânio das almas relutantes está citado em Dante (*A divina comédia*, Inferno, canto III): "Demônio Caronte/ com olhos em brasa/ acenando-lhes, recolhe todas;/ bate com o remo em quem se atarda". O mito de Caronte, personificação da morte e do inferno, aqui evocado num barco-fantasma durante uma crise de malária do narrador, é recorrente nos romances de Céline do pós-guerra.

CHARBONNIÈRE, Guy Girard de. [*Carbougniat*, deformação celiniana de *charbougnat*: *carvoeiro*, no dialeto da Auvergne]. 1907-? — Embaixador da França na Dinamarca quando se descobriu que Céline vivia sob identidade falsa em Copenhague desde março de 1945. Pediu insistentemente sua extradição, mas o governo dinamarquês, julgando insuficientes as acusações que a justificariam, preferiu deixar Céline numa prisão local, onde ele passou catorze meses, e depois concedeu-lhe liberdade condicional. "Nunca um homem pediu com tanto afinco que me fuzilassem, todos os dias, durante dois anos", escreverá Céline anos depois em carta a um amigo.

CHÂTEAUBRIANT, Alphonse de. 1877-1951 — Escritor com fama de místico, ganhou o prêmio Goncourt de 1911 com o romance *Monsieur des Lourdines*. Fundou a revista *La Gerbe*, dirigiu o grupo político Collaboration e foi da direção da LVF. Amigo íntimo de Otto Abetz, com quem dividiu um chalé na Floresta Negra, foi condenado à morte em 1948, mas se refugiou num mosteiro da Áustria, onde faleceu.

CLAUDEL, Paul. 1868-1955 — Escritor e diplomata, tendo servido no Rio de Janeiro em 1917, converteu-se ao catolicismo na juventude e produziu uma obra de cunho espiritualista. Numa nota explicativa ao romance de Céline *Féerie pour une autre fois*, publicado no volume IV da edição da Pléiade, Henri Godard escreve: "Desde que se aposentou como diplomata, em 1935, Claudel fez parte do conselho de administração da empresa Gnome et Rhône, que fabricava motores de avião. Durante a guerra, essa empresa trabalhou para a Alemanha". Daí o valor duplamente polêmico da alusão feita por Céline.

COTY, René. 1882-1962 — Presidente da República de 1954 a 1958, período em que se concentram as referências feitas por

Céline à atualidade política, como o fim da guerra da Indochina, a independência do Marrocos e da Tunísia, a crise de Suez, a revolta de Budapeste, o início da guerra da Argélia. Seu primeiro-ministro Pierre Mendès-France, cuja origem judaica Céline destaca, foi um dos mais populares da França.

DARLAN, François. 1881-1942 — Comandante das forças navais na Primeira Guerra Mundial, ministro da Marinha em 1940, foi o segundo homem de Vichy por vários meses, e designado delfim do marechal Pétain. Pressionado por Hitler, demitiu-se e passou a chefia do governo a Pierre Laval. Por iniciativa sua foi criado o Comissariado para as Questões Judaicas e promulgado o Segundo Estatuto dos Judeus. Chefiava as forças francesas na África do Norte quando, em novembro de 1942, houve o desembarque aliado sob o comando do general Eisenhower. As tropas de Vichy ainda tentaram resistir, mas Darlan assinou um armistício com os americanos, sendo desautorizado por Pétain. Semanas depois foi assassinado em Argel por um jovem monarquista antinazista.

DARNAND, Joseph. 1897-1945 — Militante de organizações de extrema direita nos anos 30, como a Ação Francesa, a Croix de Feu e a Cagoule, foi alto funcionário de Vichy. Organizou, em 1943, a Milícia Francesa, que ficou sob seu comando enquanto foi chefe de polícia e ministro do Interior. De Sigmaringen, partiu com um punhado de milicianos fanáticos para o norte da Itália a fim de lutar contra os *partiggiani*, mas foi preso por agentes secretos ingleses e voltou para a França, onde foi fuzilado.

DAUDET, Léon. 1867-1942. — Filho do escritor Alphonse Daudet, colaborava em jornais anti-semitas. Pouco depois de desistir do curso de medicina, publicou, em 1894, *Les Morticoles*, uma sátira aos medalhões da medicina que viviam na

"Morticolia" e eram venerados por maníacos e hipocondríacos. Quando Céline publicou *Viagem ao fim da noite*, elogiou seu talento para reproduzir "os abismos físicos e morais que só os médicos conhecem de perto".

DE GAULLE, Charles. [*Gaugaule, Charlot*] 1890-1970 — Militar de carreira, em 1940 comandou a IV Divisão de Couraçados que lutou contra os alemães, o que lhe valeu a Subsecretaria de Estado para a Guerra no último gabinete antes da capitulação. Em 18 de junho de 1940, dia seguinte ao pedido de armistício feito por Pétain, lançou em Londres o famoso apelo lembrando que a França perdera uma batalha, não a guerra. Impôs-se como o chefe da França Livre, entrou vitorioso em Paris em 25 de agosto de 1944 e tornou-se o presidente do Governo Provisório, com a autoridade de quem encarnava a Resistência e a "grandeza da França". Em 1958, chamado de volta ao poder, elegeu-se presidente da República.

DÉAT, Marcel. 1894-1955 — Professor de filosofia, deputado socialista nos anos 20, fundou em 1941 a Reunião Nacional Popular (RNP), primeiro partido autorizado pelos nazistas e um dos mais importantes da Colaboração. Obcecado com a idéia de ser um Führer francês, apoiado num partido único que Pétain se negou a criar, foi ministro do Trabalho de Vichy, função que conservou na Delegação Governamental de Sigmaringen. Em 1945 fugiu para a Itália, trocou de nome e se refugiou num convento.

DEBENEY, Victor. 1891-1956 — General, chefe do estado-maior de Pétain na Primeira Guerra Mundial, seu secretário-geral em Vichy, era um dos poucos a ter acesso ao marechal em Sigmaringen. Julgado pela Suprema Corte, teve o processo arquivado por insuficiência de provas.

DEIBLER, Anatole. 1864-1939 — Filho e neto de carrascos, substituiu o pai em 1899 e morreu aos 75 anos, ainda em atividade. Era o carrasco titular da França nos anos 30, quando Céline assistiu a uma execução na guilhotina.

DELONCLE, Eugène. 1890-1944 — Engenheiro e industrial, maníaco por sociedades secretas e esoterismo, foi um dos criadores da Cagoule, e passou dois anos preso como mandante de vários atentados. Na Ocupação fundou um movimento político fascista, mas ao mesmo tempo ligou-se a antinazistas do Serviço de Informações do Exército alemão. Foi morto em casa, junto com o filho, por policiais da Gestapo.

DENOËL, Robert [*Fred Bourdonnais*]. 1902-1945 — Belga de nascimento, abriu uma pequena editora em Paris, em 1930, e, dois anos depois, lançou o romance de estréia de Céline, *Viagem ao fim da noite*. Editou toda a sua obra até 1944, inclusive os panfletos anti-semitas *Bagatelles pour un massacre*, *L'école des cadavres* e *Les beaux draps*. Os dois primeiros, anteriores à guerra, chegaram a sair de circulação, mas voltaram às livrarias quando os nazistas ocuparam Paris. De junho de 1940 a 1944, as vendas dos três panfletos alcançaram, respectivamente, 86 mil, 38 mil, e 44 mil exemplares. Em 2 de dezembro de 1945, seis dias antes de seu julgamento por colaboracionismo, foi assassinado numa rua perto dos Invalides, quando trocava um pneu do carro. Quinze dias depois, Céline era preso em Copenhague. Jeanne Loviton, companheira de Denoël e gerente da editora após sua morte, é citada no romance como marquesa de Fualdès.

DEPURAÇÃO — A Depuração (*Épuration*), que visava punir os acusados de colaborar com os nazistas, foi uma das primeiras medidas do Governo Provisório presidido por De Gaulle. Criaram-se uma Corte de Justiça em cada departamento do país, uma Suprema Corte destinada a processar o marechal Pétain, Pierre Laval e mais uma centena de ministros e altas autoridades de Vichy, e Câmaras Cívicas para atos considerados antinacionais. Tipificou-se o crime de "indignidade nacional", punido com pena de prisão, cassação de direitos políticos e civis, exclusão do serviço público, suspensão de aposentadorias e benefícios, proibição de exercer profissão liberal, confisco de bens. Calcula-se que 1,5 milhão de franceses foram colaboracionistas (*collabos*) e atingidos de alguma forma pela Depuração. Cerca de 146 mil foram condenados pelas instâncias legais. Até o final de 1945, 4 mil foram executados, 13 mil condenados a trabalhos forçados, 26 mil a penas de prisão, 57 mil à degradação nacional. Paralelamente, desencadeou-se em 1944 uma fúria descontrolada de vingança, que resultou na execução sumária de 10 mil a 100 mil franceses.

DESCAVES, Lucien. 1861-1949 — Romancista, defendeu em 1932 o romance *Viagem ao fim da noite* para receber o prêmio Goncourt. Foi voto vencido, cabendo a Céline nesse ano o Renaudot, segundo prêmio literário do país.

DOENITZ, Karl. 1891-1980 — Chefe da Marinha alemã durante a guerra. Após o suicídio de Hitler e a capitulação de Berlim, presidiu por seis dias o último governo do III Reich, até a rendição incondicional de 8 de maio de 1945. Condenado em Nuremberg a dez anos de prisão.

DORIOT, Jacques. 1898-1945 — Ex-comunista expulso do partido em 1934, criou em 1936 o PPF, de inspiração fascista. Muito ligado a Otto Abetz, foi co-fundador da LVF e alistou-se em suas fileiras, combatendo junto com os nazistas na frente russa. Em 1944, reuniu à beira do lago de Constança, com o beneplácito de Hitler, um grupo de colaboracionistas que agiu como um contrapoder à colônia de Sigmaringen. Em fevereiro de 1945, vestia uniforme alemão quando seu carro foi metralhado numa estrada por um avião aliado.

DROUET, Minou. 1947 — Poetisa precoce, publicou em 1956 e 1957 duas coletâneas de grande sucesso que lhe valeram o apelido de Anjo da Poesia, mas cujos poemas teriam sido escritos por sua mãe.

FAGON, Guy. 1638-1718 — Intendente do Jardin des Plantes de Paris, onde se cultivavam ervas medicinais para a família real, presidente da Escola de Medicina de Paris, foi médico de Luís XIV, na época em que a corte vivia em Versalhes.

FONTENOY, Jean. ?-1945 — Jornalista, promoveu o encontro, em agosto de 1940, de Pierre Laval com o embaixador Otto Abetz. Engajou-se mais tarde na LVF. Suicidou-se em Berlim.

FUALDÈS, Joseph-Bernardin. 1761-1817 — Procurador do Império napoleônico, foi seqüestrado na rua enquanto dois músicos cúmplices, tocando sanfona e órgão, abafavam o tumulto com seus instrumentos. Os mandantes do mais famoso caso judiciário do século XIX teriam sido os ultras interessados em eliminar uma testemunha de suas atividades fraudulentas.

GABOLDE, Maurice [*Gabold*]. 1891-1972 — Procurador da República e ministro da Justiça de Pierre Laval, responsável pelas condenações de vários membros da Resistência nas Cortes Marciais de Vichy. Condenado à morte em 1946, fugiu para a Espanha, onde morreu.

GALLIMARD, Gaston [*Gaston, Achille Brottin*]. 1881-1975 — Editor, criou com André Gide e outros jovens intelectuais, em 1908, a *Nouvelle Revue Française*, embrião da editora que se transformaria numa das maiores da França, com um catálogo conhecido como "o Bottin [anuário] da literatura francesa e estrangeira". Em 1932, perdeu para Denoël o primeiro romance de Céline, mas em 1951 assinou com ele um contrato para reeditar suas obras, fora de circulação desde o fim da guerra. Em 1955, Céline pediu-lhe para ser publicado na prestigiosa coleção Bibliothèque de la Pléiade, "entre Bergson e Cervantes, por exemplo". Poucas vezes Gallimard e Céline se encontraram, embora tenham trocado muitas cartas, algumas tensas e desaforadas, por parte do escritor, que reclamava da falta de promoção de seus livros, da demora nas reedições. Os ataques feitos neste romance ao personagem de *Achille Brottin*, culpado da situação miserável em que o narrador se encontra, estão muito próximos da realidade, pois Céline sempre teve com seus editores a relação conflituosa e desconfiada do "operário que se sente explorado por um patrão gigolô e caloteiro".

GAZIER, Albert. 1908-1997 — Líder sindicalista, herói da Resistência, ministro da Saúde e Questões Sociais no governo de Guy Mollet, em 1956.

GEBHARDT, Karl. 1897-1948 — General alemão da SS e da Waffen SS, cirurgião-chefe do estado-maior de Heinrich Himmler, de quem era amigo de infância, e diretor do hospital de Hohenlychen. Condenado em Nuremberg por crimes de guerra e experiências feitas com prisioneiros nos campos, foi fuzilado.

GUITRY, Sacha. 1885-1957 — Ator e cineasta francês de origem russa, freqüentava a roda de Otto Abetz. Preso em 1945 por colaboracionismo, foi inocentado por insuficiência de provas. Em 1954, reconstituiu cenas da história da França para a superprodução cinematográfica *Si Versailles m'était conté*.

HÉROLD-PAQUIS, Jean. 1912-1945 — Jornalista, lutou com os falangistas na guerra da Espanha. Foi delegado da Propaganda no governo de Vichy e editorialista da Rádio-Paris, terminando seus textos com o bordão "A Inglaterra, como

Cartago, será destruída". Refugiado com os partidários de Doriot perto do lago de Constança, fazia crônicas para a Radio-Patrie. No final da guerra, foi condenado à morte e fuzilado.

HERRIOT, Edouard. 1872-1957 — Escritor e político, talentoso orador, liderou o Cartel das Esquerdas que governou a França em 1924-25, e foi três vezes chefe de governo. Fazia conferências para o grupo dos Annales, criado pelos historiadores Lucien Febvre e Marc Bloch.

JACOB, Madeleine. — Jornalista de publicações de esquerda desde 1935, tornou-se uma das mais conhecidas repórteres dos tribunais, tendo feito a cobertura dos processos de vários colaboracionistas. Céline se referia a ela como "a hiena". Em 1970, publicou *Quarante ans de journalisme*.

JOANOVICI, Joseph [*Joanovici, Juanovice, Juanovici*]. 1905-1965 — Nascido na Bessarábia, chegou à França em 1925 e fez fortuna durante a guerra, sendo, na expressão dos nazistas, um "judeu útil". Foi a um só tempo o maior fornecedor de metais para as tropas de ocupação, abastecedor do mercado negro, informante dos alemães, financiador de uma rede de resistentes. Condenado em 1949 a sete anos de prisão, em 1951 obteve liberdade condicional e refez fortuna, o que indignava Céline, como se lê em várias cartas do pós-guerra e em seus últimos romances. Em 1957 fugiu para Israel, mas retornou à França, onde foi preso e morreu na falência.

LANDRU, Henri. 1869-1922 — Célebre criminoso, matou dez mulheres, recrutadas por meio de anúncios classificados. Estrangulava-as e queimava seus corpos no fogão de sua casa de Gambais, na periferia de Paris. Morreu na guilhotina. Em 1923 o fogão foi leiloado, mas o holandês que o arrematou não pagou o lance, e o macabro objeto foi de novo a leilão, sendo comprado por um italiano.

LAVAL, Pierre. 1883-1945 — De família camponesa, advogado, deputado pelo Partido Socialista em 1903, prefeito de Aubervilliers em 1914, no final da Primeira Guerra debandou-se para a extrema direita, e nos anos 30 foi senador, ministro e chefe de governo. Ambicioso e pouco escrupuloso, fez fortuna e em junho de 1940 tornou-se o segundo homem de Vichy, jogando seu futuro e o da França na vitória do Eixo. Símbolo do colaboracionismo com os nazistas, sofreu em agosto de 1941 um atentado em Versalhes, onde ficava o quartel da LVF. Afastado pelo marechal Pétain por não conseguir limitar as exigências alemãs, retornou com plenos poderes em 1942, sob pressão de Hitler, e endureceu a colaboração, ao criar o Serviço do Trabalho Obrigatório, perseguir e deportar milhares de judeus, reprimir os resistentes. Em Sigmaringen considerava-se um prisioneiro de guerra e não exerceu atividade política. Fugiu para a Espanha em maio de 1945, mas foi extraditado. Condenado à morte em 9 de outubro, envenenou-se na cela, foi levado agonizante para um hospital, tratado, e fuzilado no dia 15.

LAZAREFF, Pierre [*Latzareff, Lazare*]. 1907-1972 — Jornalista de grande prestígio, dirigiu desde os anos 30 o vespertino popular *France-soir*, elevando sua tiragem a mais de 1 milhão de exemplares.

LE VIGAN, Robert [*La Vigue, Robert*]. 1900-1972 — Ator de cinema, trabalhou em mais de cinqüenta filmes, como *Quai des brumes*, de Marcel Carné, e *Goupi mains-rouges*, de Jacques Becker, a que Céline se refere. Grande amigo do escritor, durante a Ocupação trabalhou na Rádio-Paris, pró-alemã, e em 1944 acompanhou Céline por várias cidades da Alemanha, até Sigmaringen. Condenado a dez anos de trabalhos forçados, obteve liberdade condicional e fugiu para a Argentina, onde morreu.

LECLERC, Philippe de Hautecloque. 1902-1947 — Militar de carreira, em 1940 juntou-se a De Gaulle, reconquistou posições controladas por Vichy e combateu no deserto africano, quando jurou só depôr as armas ao ver a bandeira francesa tremular em Estrasburgo e Metz, cidades próximas à fronteira alemã. Uma das brigadas de sua 2ª Divisão Blindada era a dos soldados senegaleses. Libertou Estrasburgo em 23 de novembro de 1944 e entrou na Baviera, chegando a Sigmaringen.

LENÔTRE, Gosselin. 1857-1935 — Historiador especialista em obras anedóticas sobre a Revolução Francesa.

LUCHAIRE, Jean. 1901-1946 — Jornalista de origem italiana, ativista da Colaboração, fundou o influente jornal *Les Nouveaux Temps*, subvencionado pela embaixada alemã. Em Sigmaringen foi comissário da Informação. Em 1945 refugiou-se na Itália, mas acabou condenado e fuzilado em Paris. Sua filha Corinne (1921-1950), conhecida atriz de cinema, namorada de um oficial alemão, foi condenada à degradação nacional e morreu de tuberculose aos 29 anos.

LVF — A Legião dos Voluntários Franceses contra o bolchevismo foi criada pela cúpula de Vichy, com Jacques Doriot à frente, em junho de 1941, quando a Alemanha atacou a União Soviética. Pétain conclamou os voluntários a "afastarem de nós o perigo bolchevique", mas a LVF ficou aquém das expectativas, e recrutou, em dois anos, apenas 6 mil voluntários, aos quais se somou um contingente de soldados de profissão e aventureiros, que lutaram com os nazistas na frente russa.

MAGINOT, André. 1877-1932 — Político do Partido Radical, mandou construir nos anos 20, quando era ministro da Guerra, fortificações na fronteira nordeste e leste da França, esperando barrar qualquer tentativa alemã de penetrar em território francês. No início da Segunda Guerra, o grosso das forças francesas concentrou-se atrás da linha Maginot. Mas em maio de 1940 o estado-maior alemão invadiu a Bélgica, cruzou a floresta das Ardennes e contornou a linha fortificada, sepultando a concepção defensiva da estratégia militar francesa. Uma das falsas acusações feitas a Céline foi a de ter passado aos alemães os mapas com as fortalezas da linha Maginot.

MARION, Paul. 1899-1954 — Jornalista, expulso do Partido Comunista em 1929, foi o editor do jornal do PPF, *L'Émancipation Nationale*. Em Vichy, era secretário de Informação e Propaganda, e em junho de 1942 solicitou à Comissão de Controle de Papel que "a reedição pela Denoël das obras do sr. L.-F. Céline seja facilitada na medida do possível tendo em vista o interesse dessas obras". Condenado a dez anos de trabalhos forçados, foi agraciado em 1953.

MATHÉ, Pierre [*Mattey*]. 1882-1956 — Comissário-geral para Agricultura e Abastecimento do governo de Vichy. Condenado em 1948 a cinco anos de indignidade nacional.

MAURIAC, François. 1885-1970 — Romancista católico, prêmio Nobel de 1952. Desde a guerra da Espanha foi um atuante jornalista político, escrevendo no *Le Figaro*, e, no pós-guerra, na revista *L'Express*. Personalidade do mundo intelectual nos anos 50, é autor de *Noeud de vipères*, e de *La Pharisienne*, a que Céline faz alusão.

MAYER, René. 1895-1972 — Ministro da Justiça durante a fase de instrução do processo de Céline, que era acusado de traição, autoria de textos anti-semitas e colaboração com o inimigo. Recusou várias petições da defesa para que considerasse improcedente a denúncia, por insuficiência de provas. Em

21 de fevereiro de 1950, Céline foi condenado ao estado de indignidade nacional, a um ano de prisão, multa de 50 mil francos e confisco da metade de seus bens atuais e futuros.

MÉNÉTREL, Bernard. 1906-1947 — Amigo e médico pessoal do marechal Pétain desde 1930, foi diretor de seu secretariado particular em Vichy, e seguiu com ele para Sigmaringen.

MILÍCIA FRANCESA — Organização paramilitar criada em 1943 por Pierre Laval, que nomeou Joseph Darnand seu secretário-geral. Cuidava da "vigilância, propaganda e segurança" do regime de Vichy, tinha um jornal e programas de rádio, e foi muito ativa na captura de judeus e militantes de esquerda. Só recrutava franceses de nascimento, sem ascendência judaica, e seu corpo de elite copiava a estrutura dos SS nazistas. Reprimiu violentamente, ao lado dos alemães, os resistentes dos *maquis*. Chegou a ter 30 mil membros.

MOLLET, Guy. 1905-1975 — Político socialista, foi chefe do governo em 1956-57.

MONTHERLANT, Henri de. 1896-1972 — Romancista, membro da Academia Francesa. Escreveu para publicações de esquerda, mas se pôs a serviço do governo de Vichy, aceitando assinar artigos em jornais colaboracionistas. Sua peça *La reine morte* foi estreada na Comédie Française em 1942, em presença de Otto Abetz, que o recebeu em seu camarote. Suicidou-se.

MORAND, Paul. 1888-1976 — Escritor e diplomata, aderiu ao governo de Vichy e foi nomeado por Laval embaixador em Bucareste, e depois em Berna. Excluído do corpo diplomático em 1945, viveu na Suíça e na Espanha. Em 1953, foi reintegrado na carreira, mas aposentado compulsoriamente. O general De Gaulle proibiu seu ingresso na Academia Francesa em 1958, mas não vetou sua eleição dez anos depois.

MORNET, André — Procurador-geral da Suprema Corte de Justiça durante o processo de Pierre Laval e Philippe Pétain. Em 1917, como tenente do Exército, fora o promotor público do Tribunal Militar que julgou a espiã Mata Hari.

MÜNTHE, Axel. 1857-1949 — Médico sueco, autor de *O livro de San Michele* e *Homens e animais*, em que exalta seu amor pelos animais.

NEYRAUD, Paul [*Nero*]. — Amigo particular de Pierre Laval, de cujos negócios cuidava. Acompanhou-o no exílio em Sigmaringen.

NIMIER, Roger. 1925-1962. Romancista, escreveu em 1956 o artigo "Dêem a Céline o prêmio Nobel", argumentando que "seria tempo de pensar num dos maiores escritores do século XX, em todo caso o mais importante por sua influência oculta ou confessada". Fã da obra e do autor, com quem fez amizade nos anos 50, foi na editora Gallimard o maior defensor da inclusão de seus livros no catálogo da Pléiade. Em 1957 cuidou do lançamento de *De castelo em castelo*, apostando que o romance tiraria Céline do ostracismo, o que ocorreu graças ao escândalo que provocou entre os indignados ex-*collabos*, que o acusavam de traidor, e às primeiras entrevistas dadas pelo autor à grande imprensa e à televisão desde a volta do exílio. O romance vendeu 27 mil exemplares nos três primeiros meses.

NOGUÈRES, Louis [*Noguarès*]. 1881-1956 — Presidente da Suprema Corte de Justiça durante o julgamento dos responsáveis pelo regime de Vichy, publicou em 1956 *La dernière étape*, sobre a vida da alta cúpula colaboracionista em Sigmaringen, justamente quando Céline redigia este romance, sobre o mesmo tema.

NORDLING, Raoul. 1882-1962 — Cônsul da Suécia em Paris,

tendo bom trânsito com as autoridades francesas. Quando Céline se exilou em Copenhague, Nordling entrou em contato com o ministro das Relações Exteriores da Dinamarca e conseguiu sustar sua extradição. Visitou-o em 1949 e ofereceu-se para interceder em seu favor e acelerar seu retorno à França. Durante o processo de Céline, defendeu-o numa carta enviada ao presidente da Corte de Justiça.

PADRE PIERRE [*padre Maús, padre Gabola*]. 1912-. — Participou da Resistência no *maquis* do Vercors, e em 1949 criou a Comunidade de Emaús, para socorrer os pobres e excluídos graças ao dinheiro obtido com a venda de móveis e roupas usadas. No inverno de 1954 promoveu uma bem-sucedida campanha para alojar as vítimas do frio. Figura carismática e muito popular desde então, inspirou dois filmes e uma dúzia de biografias. Indignado com essa popularidade, Céline se queixou em carta que tinha contribuído para aliviar a miséria e o sofrimento dos pobres tanto quanto "esse padre de meia-tigela" e que "nunca ninguém me disse obrigado e eu também nunca pedi".

PARAZ, Albert. 1899-1957 — Romancista, amigo de Céline desde os anos 30, defendeu-o no livro *Le Gala des vaches*, de 1948. Nos anos 50, foi dos pouquíssimos a publicar artigos chamando a atenção para seus novos romances. Tuberculoso, vivia no sul da França.

PARTICIPAÇÃO — Um dos métodos de intimidação usados pelos resistentes contra os *collabos*, especialmente a partir de 1944, eram as falsas "participações" (*faire-parts*), imitação dos cartões impressos que convidam para um casamento ou comunicam um falecimento. Fabricadas pela Associação Anti-Eixo (AAA), e enviadas pelo correio aos pró-nazistas, tinham textos recheados de insultos e desenhos de pequenos caixões. Desde que os resistentes leram na BBC a sua sentença de morte, Céline recebeu diversas participações tratando-o de nazista, pornográfico, traidor, vendido. Num recente livro de memórias, Lucette Destouches, viúva de Céline, acrescenta que o casal "recebia regularmente caixões pelo correio".

PAULHAN, Jean [*Norbert Loukoum*]. 1884-1968 — Crítico, ensaísta, editou a *Nouvelle Revue Française* desde 1925 até 1940. Eminência parda do mundo literário francês, foi no pós-guerra o primeiro a publicar, numa revista que dirigia, um texto de Céline, então banido das publicações. Mas o desentendimento entre o escritor, que, no auge do rancor e da amargura, volta à França em 1951, e o conselheiro literário e presidente do Comitê de Leitura da editora Gallimard foi crescente, chegando à ruptura em 1954.

PELLEPOIX, Louis Darquier de. 1897-1981 — Advogado, anti-semita visceral, criou em 1937 a União Anti-Semita, e chegou a cumprir pena por incitação ao ódio racial. Em Vichy, fundou a União Francesa para a Defesa da Raça e foi o comissário para as Questões Judaicas, aplicando com intransigência o estatuto dos judeus. Condenado à morte à revelia em 1947, fugiu para a Espanha.

PÉTAIN, Philippe. 1856-1951 — Vencedor da batalha de Verdun em 1916, era um herói nacional quando foi chamado a formar um novo governo, em junho de 1940, após a derrota militar da França. Pediu o armistício, transferiu o governo para a estação de águas de Vichy, obteve plenos poderes e se autoproclamou chefe do "Estado francês", acumulando funções do Executivo, Legislativo e parte do Judiciário. Instalou um regime autoritário e reacionário, sob o lema Tradição, Família, Pátria, incentivou o culto à personalidade, apresentando-se como o salvador da nação. Transferido pelos nazistas para Sigmaringen, no verão de 1944, negou-se a participar da Delegação Governamental. Em 1945, condenado à morte, teve sua pena comutada para prisão perpétua, em razão de seus quase noventa anos. Morreu seis anos depois, no forte da Ile d'Yeu, onde está seu túmulo.

PETIOT, Marcel. 1893-1946 — Médico, confessou ter assassinado 63 pessoas, quase todas judias. Atraindo-as com a promessa de organizar sua fuga para a América do Sul, pedia que fossem ao consultório levando uma maleta com o que tinham de mais valioso. Depois de mortas, as vítimas eram queimadas na caldeira do aquecimento central de seu prédio. Calcula-se que lucrou 1 milhão de libras. Morreu na guilhotina.

POINCARÉ, Raymond. 1860-1934 — Presidente da República de 1913 a 1920, chefe de governo durante a crise de 1929, promoveu uma política de estabilidade financeira. Ao se referir ao pressentimento que teve no ano da morte de Poincaré, Céline alude à crise econômica que se seguiu a seu governo e à repercussão de *Viagem ao fim da noite*, publicado em 1932. É opinião corrente que Céline se tornou um escritor maldito por seus libelos anti-semitas, mas ele atribuía suas desgraças ao romance de estréia, cuja linguagem inovadora e desabrida repercutiu fortemente na paisagem literária, foi confessadamente copiada por Henry Miller e outros, e motivou mais tarde sua convicção de que seria julgado não por anti-semitismo ou traição, e sim por "meu estilo", "a verdadeira razão, que ninguém pode confessar: a inveja verbal".

POUJADE, Pierre. 1920-2003 — Criador, em 1956, da União de Defesa dos Comerciantes e Artesãos da França, núcleo de um partido popular de direita de grande audiência entre os pequenos comerciantes. O *poujadisme* apoiava-se em reivindicações corporativistas e reagia contra o aumento de impostos e os crescentes controles fiscais.

PPF — Partido Popular Francês, fundado em 1936 por Jacques Doriot. De inspiração fascista, foi o mais influente e bem implantado da Colaboração, chegando a ter 100 mil membros.

RENAUD, Madeleine. 1900-1994 — Famosa atriz nos anos 50, quando criou com o marido Jean-Louis Barrault uma companhia teatral.

RENAULT, Louis. 1877-1944 — Pioneiro da indústria automobilística. Acusado de produzir para os nazistas, teve sua fábrica bombardeada pelos Aliados em 1942, e nacionalizada no final da guerra. Condenado em 1944, Louis Renault teria morrido em conseqüência dos maus-tratos sofridos na prisão de Fresnes. Seu cadáver foi exumado para autópsia em 1956, mas o laudo confirmou a morte por causa natural.

RESISTÊNCIA — No apelo de 18 de junho de 1940, o general De Gaulle conclamou os franceses a resistirem ao ocupante nazista e ao governo do marechal Pétain. Em Londres, criou as Forças Francesas Livres (FFL), que agiram sobretudo a partir das colônias. Mas na França os resistentes [*fifis*, como Céline os chama] só formaram um movimento expressivo após o ataque de Hitler à União Soviética, com o engajamento dos comunistas e a criação de redes como os *Francs-tireurs et partisans* (FTP), que deslancharam operações militares de espionagem e sabotagem contra as tropas de ocupação e as autoridades colaboracionistas. A reação de Vichy foi violenta, com seqüestros e fuzilamentos de reféns civis, deportação de resistentes, criação de tribunais de exceção e ataques aos *maquis*, essas regiões montanhosas de difícil acesso onde se escondiam os guerrilheiros. Em 1944 os resistentes se uniram num comando único militar, as Forças Francesas do Interior (FFI), um ano depois de terem se unido politicamente no Conselho Nacional da Resistência, organizado por Jean Moulin. Calcula-se que o total de *maquisards* variou entre 20 mil, em outubro de 1943, e 200 mil, em julho seguinte, aí se incluindo os milhares de jovens que, fugindo do Serviço do Trabalho Obrigatório, passaram para a clandestinidade.

REYNAUD, Paul. 1878-1966 — Chefe do governo por ocasião da derrota militar de junho de 1940. Opôs-se à capitulação e quis prosseguir a luta a partir das colônias, para onde transferiria o governo. Mas Pétain, chamado pelo próprio Reynaud, exigiu que se assinasse o armistício.

ROCHAT, Charles [*Rochas*] 1892-1955 — Secretário-geral das Relações Exteriores no governo de Vichy. Condenado à morte à revelia em 1946, entregou-se à polícia francesa em 1955, teve novo julgamento mas conseguiu anular a sentença.

SABIANI, Simon. 1888-1956 — Excluído do Partido Comunista em 1924, filiou-se ao PPF, sendo de seu comitê central e seu representante em Sigmaringen. No final da guerra, fugiu para a Espanha.

SARTINE, Antoine de. 1729-1801 — Tenente-geral da polícia em Paris de 1759 a 1774. Muito estimado pela população, montou os serviços mais bem informados da Europa.

SARTRE, Jean-Paul [*Tartre*, "tártaro" em francês]. 1905-1980 — Intelectual no auge da notoriedade nos anos 1940-70. Em dezembro de 1945 publicou em sua revista *Les Temps Modernes* um ensaio sobre o anti-semitismo em que afirmava: "Se Céline pôde apoiar as teses socialistas dos nazistas, é porque foi pago". Céline foi um anti-semita ferrenho, defensor do estatuto dos judeus e instigador do ódio racial, mas não há provas de que tenha recebido dinheiro dos nazistas. Ao ser informado desse artigo por seu amigo Albert Paraz, em 1948, ele respondeu com o violento libelo "À l'agité du bocal", em que chama "Jean-Baptiste Sartre" de tênia, sanguessuga, dedo-duro, titica. O original celiniano foi enviado a Jean Paulhan, que não o publicou, e uma cópia foi para Albert Paraz, que o reproduziu em seu livro *Le Gala des vaches*, com reduzida repercussão. Desde então, Céline não perdeu ocasião de acusar Sartre de ter plagiado o seu estilo, ser um aproveitador e um farsante.

SCHWEITZER, Albert. 1875-1965 — Médico, fundou em 1913 o hospital de Lambaréné no Gabão. Recebeu em 1952 o prêmio Nobel da Paz.

SICARD, Maurice-Ivan. 1910-2000 — Dirigente do PPF, integrava o grupo de Doriot refugiado perto do lago de Constança. No final da guerra fugiu para a Espanha, de onde só voltou para a França em 1983. Com o pseudônimo de Saint-Paulien, publicou nos anos 60 uma *Histoire de la Collaboration*.

SIGMARINGEN [*Siegmaringen*]. — Pequena cidade da Baviera para onde os nazistas, diante do avanço das forças aliadas em território francês, transferiram a cúpula do governo de Vichy. Segundo Céline, que morou no hotel Löwen de novembro de 1944 a março de 1945, eram 1142 refugiados com mandado de prisão, aos quais se somaram familiares, funcionários subalternos, milicianos etc. O castelo de Sigmaringen pertencia a uma família da velha dinastia dos Hohenzollern, hostil a Hitler e transferida para outra cidade. No último inverno da guerra, a chegada de 2 mil franceses ao vilarejo de 4 mil habitantes agravou drasticamente a escassez de alimentos, controlados pelas "cadernetas", os problemas de higiene e saúde. A colônia francesa foi alojada no castelo, onde Pétain ocupava todo o último andar, em quatro pequenos hotéis e em casas particulares, sendo o convento-hospital *Fidelis* reservado aos doentes, às grávidas e parturientes. Por sugestão de Hitler e Ribbentrop, criou-se em Sigmaringen um arremedo de governo francês no exílio, a Delegação

Governamental, dirigida pelo embaixador Fernand de Brinon. Seus membros eram os "ativos", aos quais Céline opõe os "sonolentos", como Pétain e Laval.

STÜLPNAGEL, Heinrich von [*Stupnagel*]. 1886-1944 — General da Wehrmacht, comandante militar das tropas de ocupação na França. Participou do complô dos generais contra Hitler em 20 de julho de 1944, e nessa noite, acreditando na morte do Führer, mandou prender o estado-maior da SS e policiais da Gestapo na França, num total de 1,2 mil pessoas. Convocado a Berlim no dia seguinte, tentou suicídio à beira de uma estrada. Ficou cego, foi julgado na Alemanha, e enforcado numa prisão militar.

TÁXIS DO MARNE — Em 1914, no começo da Primeira Guerra, o marechal Joseph Gallieni, governador de Paris, requisitou cerca de mil táxis parisienses para transportar 4 mil homens até a frente de batalha. Os "táxis do Marne" foram decisivos para a primeira vitória contra os alemães, que não conseguiram transpor o rio Marne.

THOREZ, Maurice. 1900-1964 — Secretário-geral do Partido Comunista, de 1930 até sua morte. No início da guerra, foi considerado desertor, exilou-se em Moscou, de onde continuou a dirigir o partido, e eventualmente a publicar editoriais contra Vichy no jornal comunista *L'Humanité*.

TRIOLET, Elsa [*Triolette*]. 1896-1970 — Russa de nascimento, foi companheira do poeta Louis Aragon. Empolgada com *Viagem ao fim da noite*, propôs a Céline traduzi-lo para o russo, a pedido dos soviéticos. A tradução saiu em 1934. Anos depois, Céline acusou Triolet e Aragon de terem mudado seu texto para fins de propaganda comunista, o que nos anos 70 a tradutora admitiu: "'Reescreviam' meu texto, como é hábito na URSS, cortavam sem consultar o autor nem o tradutor. Desisti".

TROPMAN, Jean-Baptiste [*Tropmann*]. 1849-1870 — Famoso assassino francês no século XIX, matou um casal e seus seis filhos. Jamais confessou o crime, mas foi executado na guilhotina.

VAILLAND, Roger [*Vaillant, Etienne Vaillant*]. 1907-1965 — Romancista, reconheceu anos mais tarde que, em 1943, os resistentes reunidos num apartamento da rua Girardon, em Montmartre, decidiram matar Céline, que morava no andar de cima. Vailland, membro do grupo, foi contrário à decisão, em consideração ao seu "talento literário". Em 1957, *De castelo em castelo* e o romance *La Loi*, de Vailland, vencedor do prêmio Goncourt desse ano, saíram no mesmo mês pelo mesmo editor, aparecendo lado a lado nas vitrines. Várias vezes Céline afirmou que Vailland se arrependeu de não tê-lo assassinado.

VERMEERSCH, Jeannette [*Vermersh*]. 1910-2001 — Deputada comunista, companheira de Maurice Thorez, em 1939 refugiou-se com ele na embaixada soviética em Paris, e em seguida na Suíça e em Moscou.

VICHY, GOVERNO DE — Por quatro anos, de junho de 1940 a agosto de 1944, o território francês não ocupado pelos nazistas foi governado pelo autodenominado "Estado francês". A política interna de Vichy baseou-se na Revolução Nacional implantada pelo marechal Pétain, um misto de programa de soerguimento moral, com o combate ao laicismo e ao divórcio, ao aborto e ao alcoolismo, e de aparelho repressor cada vez mais cruel contra maçons, comunistas, operários sindicalizados, judeus, resistentes. No plano externo, o encontro de Pétain e Hitler, em outubro de 1940, selou a política de colaboração com a Alemanha. Em 20 de agosto de 1944, quando Pétain e Laval embarcaram nos furgões nazistas para o castelo de Sigmaringen, encerrou-se o governo de Vichy. Cinco dias depois, Paris era libertada pelos Aliados.

ESTA OBRA FOI COMPOSTA EM ELECTRA PELA SPRESS E IMPRESSA
PELA RR DONNELLEY EM OFSETE SOBRE PAPEL PÓLEN SOFT
DA COMPANHIA SUZANO PARA A EDITORA SCHWARCZ EM JULHO DE 2004